国家社科基金项目"姜敬爱在中国东北时期小说创作研究"（编号 13BWW028）研究成果

2018 年延边大学外国语言文学一流学科建设出版资助项目

姜敬爱在中国东北时期小说创作研究

刘艳萍 著

中华书局

**图书在版编目(CIP)数据**

姜敬爱在中国东北时期小说创作研究/刘艳萍著. —北京:中
华书局,2021.9
ISBN 978-7-101-15308-8

Ⅰ.姜… Ⅱ.刘… Ⅲ.姜敬爱(1906～1944)-小说研究
Ⅳ.I312.074

中国版本图书馆 CIP 数据核字(2021)第 161025 号

| 书　　名 | 姜敬爱在中国东北时期小说创作研究 |
| --- | --- |
| 著　　者 | 刘艳萍 |
| 责任编辑 | 陈　乔 |
| 出版发行 | 中华书局 |
| | (北京市丰台区太平桥西里 38 号　100073) |
| | http://www.zhbc.com.cn |
| | E-mail:zhbc@zhbc.com.cn |
| 印　　刷 | 北京瑞古冠中印刷厂 |
| 版　　次 | 2021 年 9 月北京第 1 版 |
| | 2021 年 9 月北京第 1 次印刷 |
| 规　　格 | 开本/920×1250 毫米　1/32 |
| | 印张 11　插页 2　字数 260 千字 |
| 国际书号 | ISBN 978-7-101-15308-8 |
| 定　　价 | 66.00 元 |

# 目　录

# 序：姜敬爱文学的国际主义与
# 姜敬爱文学研究的国际性

接到刘艳萍教授请我为其撰写即将出版的著作《姜敬爱在中国东北时期小说创作研究》的信函，我很高兴。

我是在1980年代硕士学习阶段开始"发现"姜敬爱小说的，并以姜敬爱的生活与作品世界为对象撰写了硕士学位论文。此后，我又搜集并整理了零散的姜敬爱的文学创作，编辑出版了《姜敬爱全集》，并进行了后续的研究。我"发现"了一个有关姜敬爱的事实，这就是姜敬爱在当时的韩国文学史上几乎默默无闻，而在朝鲜文学史上却获得高度的评价，并广传于后世。转眼间，30年后的今天，作为韩国殖民地时代的代表作家，姜敬爱在韩国也获得了很高的评价。作家在创作中对民族、阶级、性别问题的同一性与复杂性表现出敏感的认识，以《人间问题》为代表的姜敬爱的作品被译成英语和日语等文字刊行于世。

需知，姜敬爱小说的这些成果与她在中国东北地区生活并从事文学创作的环境密切相关。从以首尔为中心文坛的视角来看，经历了1925年"三矢协定"①、1931年"九一八事变"等事件的中国东北，

---

① 1925年，日本帝国主义强迫张作霖奉系军阀签订了《三矢协定》，目的是加强对东北地区朝鲜移民的管控，也是奉系军阀对东北朝鲜人的态度从"温和"转向"强硬"的开始，参考尹铉哲、唐烈的《浅析〈三矢协定〉》，《社会纵横》，2014年第9期。

处在复杂的国际形势中,就使得朝鲜、中国、日本等民族的利害关系变得极为复杂。它不仅成为"动乱"的地区,也是从朝鲜半岛移居或亡命的朝鲜民族各种抗日活动和社会解放运动如火如荼地开展起来的地区。生活于中国东北龙井地区的姜敬爱必须直面这些现实问题,由此导致其非常紧张的创作活动,而这种紧张感使她既关注小说的政治性,更注重创作的艺术性,从这个意义上说,姜敬爱的文学创作比同时代的任何一位作家都取得了突出的艺术成就。

尽管我关注于姜敬爱的这种特质,并做了研究,可是因为生于韩国、长在韩国的缘故,我的空间视域和能力显得不足,不能充分地揭示姜敬爱这种特质的本质,对此,我深感遗憾!但是,这次有幸结识了刘艳萍教授,并阅读了她的这部论著,感到非常的欣慰!刘艳萍教授不仅细致地描画出姜敬爱的人间面貌,而且充分地阐释了作家的创作成就。这样,从韩国与中国两方面就将姜敬爱的特质与创作成就最大限度地发掘出来,为此,我甚是高兴,同时,也平复了曾经感到的遗憾之情!

事实上,我曾经多次参加在中国延边或者北京等地召开的学术研讨会,也认识了多位中国的韩国文学研究者,但是没有结识刘艳萍教授的机会。可是 2017 年,刘教授专门从中国来到大田我的研究室见我,就此我们相识了。看得出刘教授心怀一种志向,就是要把姜敬爱的作品翻译成汉语,并且出版有关姜敬爱小说创作研究的著作。现在,看到刘教授完成的这部著作,她对作家姜敬爱的生活与创作是从多种视角出发,运用多种理论和方法进行细致的分析和阐释的,所以具有重要的意义。

该研究成果一旦以汉语出版,势必使中国读者更广泛地认知姜敬爱,从而获得共同分享姜敬爱的苦闷及其精神世界的机会。事实上,从某种意义上说,殖民地时代能够在作品里最彻底地贯彻国际主义精神的韩国作家不是没有,可是姜敬爱却是具体体现这一精神的代表性作家。在热情而有才干的刘艳萍教授的具体阐释下,姜敬爱的文学成就获得了另一视角的国际性。希望读者借助刘艳萍教授的这部著作,获得超越民族、阶级和性别的认识!

〔韩〕李相琼(刘艳萍译)

值此"三一运动"100 周年的 2019 年

# 绪　论

　　姜敬爱(1906—1944)不仅是朝鲜/韩国现代文学史上杰出的女作家,也是因其生活和创作与中国东北地区息息相关,从而在中国东北特别是延边朝鲜族作家圈以及部分朝鲜/韩国文学研究者中享有一定声誉与影响的作家,但是也仅限于此,大部分读者尤其是非朝鲜族读者对她知之甚少,甚至比较陌生。究其原因,有以下几方面主客观因素的制约:第一,除《人间问题》等一两部作品被翻译成汉文外,姜敬爱的大部分作品至今都没有汉译本,这严重阻碍了中国读者的阅读;第二,作家生前,因为当时社会对女性(女作家也难逃社会舆论之殇)的传统偏见,使得时评家们很少关注并评价姜敬爱及其创作,更见不到长篇评论;第三,从作家角度看,姜敬爱糟糕的身体因素和对自我身份价值留存意识的"淡漠"与"忽略",导致她未能及时地、积极主动地为自己"树碑立传"。因此,有关姜敬爱生平的史料寥寥无几,这在很大程度上制约了她及其创作对后世的影响,我们只能从同时代少数几位作家或批评家对她的追忆与评价、作家留世的随笔和小说等只言片语中捕捉并勾勒其生活与创作过程的简略影像。

　　姜敬爱相貌几何?迄今鲜有人做过详尽而完整的描绘。笔者基于与之熟悉并交往过的人们的粗略描述,可以窥见到作家不同时期的外貌。首先是作家最初相恋的情人梁柱东的勾勒,他在回忆与姜敬爱相识的瞬间时,也仅仅浮光掠影地描述道:"姜敬爱聪明、朴实,颇有心计,真是很可爱。"①这是对青年姜敬爱的总体观感,此时的她大胆,有魄力,追求自由思想和自由恋爱,因为爱慕梁柱东的才学,便主动前往其居住地拜访他,并且勇敢地冲破世俗舆论的束缚与之同居。

其次是与丈夫张河一结婚后移居到中国东北龙井地区初期时,与她接触过的人的印象记:

> 从未谋过面,因为通信很熟,现在才见到她。乌黑的瞳孔,正忙活着做菜,尽管夜深了,她仍不停地说着,丝毫没有因旅途劳顿而倦怠的样子。
>
> 我听她说着,忽然感到她不同寻常,不由得敬佩起她来。最像样的是她的衣服摆放得很讲究,顶水罐、做饭、买柴等家务事都做,与追求宝石戒指、钢琴、文化住宅、舒适的床的现代女学生们不同,营造出更愉快的气氛。②

再次,与姜敬爱同时期生活在中国东北龙井地区的作家安寿吉,应该是多次见过姜敬爱的作家,可是他也没有用更多的笔墨为后世读者细致刻画作家的肖像,只是说:

> 她不胖不瘦,和其她妇人们没有什么不同,……③
>
> 她穿着朴素,与一般妇人家没有什么不同,顶着水罐去水井汲水,做家务等,连邻居也不知道她是有名的作家。④

---

① 〔朝〕梁柱东:《青莎草——追忆文学少女 K》,《人生杂记》,探索堂,1963 年,第 149 页。
② 〔朝〕金璟载:《最近的北满形势——在动乱的间岛》,《三千里》,1932 年 7 月 1 日。
③ 〔韩〕安寿吉:《龙井·新京时代》,1983 年,第 233 页。
④ 转引自〔韩〕李相琼:《2005 年 3 月的文学人物姜敬爱》,韩国文化观光部内刊,2005 年,第 40 页。

此外,曾经见过姜敬爱生命后期模样的人这样来描述她:

> 相比艺术家,我对身为主妇,忙于家庭的姜氏的印象是:东方女人,个子小,门牙脱落,显得老相。脸紧实,显得贫穷,不过看上去聪明的两个眸子,如同晚上的灯火闪烁着光彩。①

上述几段回忆与描述表现的是姜敬爱不同时期的面貌,可是能够概括出姜敬爱几个鲜明的特征,这就是眼睛乌黑明亮、衣着朴素、善做家务,是贤妻型传统妇女的形象。

从目前所能见到的姜敬爱的肖像来看,主要有四帧:一帧是登载在 1939 年 11 月号《女性》杂志上的作家写生自画像(素描,见图 1);一帧是 1939 年朝鲜日报社出版《女流短篇杰作集》时与作家作品《地下村》一起刊登的姜敬爱照片(见图 2);一帧是 1949 年朝鲜劳动新

图 1　1939 年 11 月号《女性》杂志上的作家写生自画像(素描)

图 2　1939 年朝鲜日报社出版《女流短篇杰作集》时与姜敬爱作品《地下村》同时刊登的姜敬爱照片

---

① 〔朝〕白铁:《女作家姜敬爱论》,《女性》,1938 年 5 月。

闻社出版《人间问题》单行本时刊登的姜敬爱照片（见图3）；一帧是
1959年朝鲜作家同盟出版社出版《现代朝鲜文学选集》时刊登的姜
敬爱肖像写生画（见图4）。姜敬爱的自画像、肖像写生画和两帧照片

图3　1949年朝鲜劳动新闻社
出版《人间问题》单行本时刊登
的姜敬爱照片

图4　1959年朝鲜作家同盟出版社出
版《现代朝鲜文学选集》时登载的姜
敬爱肖像写生画

都见于韩国著名姜敬爱研究专家李相琼教授主编的《姜敬爱全集》第
一、第二版①中，但是由于年代久远，除自画像外，其它几帧图片图像
不是很清晰，显得模糊。若从人物衣着、坐姿、发式和面部表情看，似
源自同一帧照片，被反复使用。下面，笔者就根据该照片，斗胆描摹
一下作家姜敬爱的相貌，以供读者认知。姜敬爱生有一张典型的朝
鲜女性的脸庞，面平但是较为丰满，弯而细的眉毛，细长的眼睛，微微
隆起的鼻梁，紧抿着的不甚厚实的嘴唇，中分缝且梳得平整的头发，
身着洁白的民族服装。从图片上看，她算不得漂亮，可是在这温和、
纤弱而朴实的外表下面，却透射出一股刚毅、倔强与睿智的女性
之美。

①〔韩〕李相琼：《姜敬爱全集》，首尔：昭明出版社，1999年版和2002年版。

或许是殖民时代日帝的暴虐和涂炭对人的精神戕害，或许是苦难现实穷困的窘境与压抑对人的肉体摧残，正待人生与创作将迈入辉煌时期的姜敬爱却英年早逝，留给读者无尽的遗憾与哀思。在她遗留后世的21部小说（不包括与他人合著的2部作品《年轻的母亲》和《破镜》）中，以中国东北地区生活为背景和素材的小说就有12部，占其全部创作的57%。由于长期生活和创作于中国东北地区，姜敬爱中国东北时期的小说创作真实而生动地再现了20世纪二三十年代朝鲜与中国东北地区的社会与文化样态，以及移民至中国东北地区的朝鲜民众特别是朝鲜女性的悲惨生活、命运悲剧与情感历程。

根据目前所搜集到的资料来看，国内外有关姜敬爱在中国东北时期小说创作研究的直接资料并不多，而且散见于与其他作家（如崔曙海、安寿吉、朱耀燮等）的共同研究中，例如韩国学者蔡埙的《日帝强占期在满韩国文学研究》、中国学者崔鹤松的《在中朝鲜人文学研究》等。客观公正地说，朝鲜和韩国姜敬爱小说研究起步最早，始于作家生前，可是从数量来看，当时对姜敬爱及其作品的评论并不多，而且缺乏系统性。原因可从下述三个方面来探究：一是姜敬爱长期生活在中国东北，朝鲜文坛和读者对她并不熟悉，这在一定程度上限制了其小说在域内的广泛传播；二是她与中国东北文坛联系较少，与中国东北朝鲜移民文坛也甚少接触，尽管移居之初她也曾参加过朝鲜作家安寿吉等人在中国东北延边地区组织的《北乡》①同仁会，并

---

①《北乡》：20世纪30年代中期，移居至中国东北龙井地区的朝鲜移民作家创立的文学团体“北乡会”的核心刊物，32开本，竖版，每期页数不等，大致在30页左右。其主要栏目包括诗歌、评论、纪行文、随笔、短篇小说等多种体裁作品，外加一些小广告。主编为安寿吉等，主要撰稿人有安寿吉、朴永俊、千青松、李学仁等，姜敬爱、朴花城等女作家也在上面发表过诗歌等作品。但是，《北乡》杂志只发行到第4号便停刊了。

在《北乡》第 1、2 号上发表过 2 首诗歌，但是不久便因为身体欠佳等因素而中断了与其的交流，这导致东北朝鲜移民文坛对其创作的忽略；三是当时朝鲜社会男尊女卑之封建思想根深蒂固，文学界将她视作"女流文人"，影响了评论者以正确的眼光对其创作公正地评价。尽管如此，姜敬爱还是以其创作的真实和强烈的情感流露赢得了一些同时代作家和批评家的首肯和批评。从内容上看，论者多从"卡普"文学视角对其创作进行短评或印象式评价，有肯定和否定两种倾向。其中，否定性评价有：梁柱东批评姜敬爱的作品"力量不足"①。安怀男认为："《菜田》（1933）要说是小说，更像是一篇感想文。"②李青提出："《母子》（1935）是观念在先，与手法多少有些发展的《烦恼》没什么不同，《二百元稿费》更是如此。"③白铁则说："随着时代潮流的变化，卡普系列作品衰退了。此时处于摸索时期，创作于此时的《山男》（1938）是不成功的。"④相比之下，肯定性的评价占多数。譬如，李无影认为，《菜田》虽然有漏洞，线粗，表现直露，但是是一部高水平的作品；张赫宙指出："尽管稍有不足，但是《盐》是一部杰作。"⑤金起林则由衷地赞美说，读了姜敬爱的一部短篇，他顿时产生要做小说家的兴奋。作家对形象进行忠实的现实主义描写时，表现出她的才气。从她出色地分析几种杂乱的观念上看，相信她一定能成为优秀的作家⑥。作为与姜敬爱同时代的女作家和批评家，林纯德独具慧眼，中肯而高度评价了姜敬爱创作小说《黑暗》的胆量与卓识："……《黑暗》揭示了我们脑海中还留存着鲜活记忆

①〔韩〕郑德薰：《姜敬爱小说研究》，《西江语文》第 5 辑，1985，（12），第 302 页。
②〔朝〕安怀男：《印象深刻的一幅风景画》，《朝鲜日报》，1933，（27）。
③〔朝〕李青：《女流作品总观》，《新家庭》，1935 年，第 12 页。
④〔朝〕白铁：《今年的女流创作界》，《女性》，1936 年 12 月号。
⑤〔朝〕张赫宙：《姜敬爱女史》，《新东亚》，1935 年第 7 页。
⑥〔韩〕郑德薰：《姜敬爱小说研究》，《西江语文》第 5 辑，1985，（12），第 302 页。

的'事件',……将来史家能够从这部小说中了解到 30 年代社会现实的真相,而依据历史却感受不到生活在这一时代的人的呼吸、脉搏、气氛、感情、思索及其转机与波动。因为了解历史的人都知道,那个时代的文学作品中以那一'事件'为题材创作的作品除了《黑暗》是见不到的。"①从上述评价事实看,无论是反对与批评,还是肯定与赞同,基本局限于对作家某一部作品的个别研究,缺乏对其全部创作的宏观分析与科学定性,而且受时代思想和政治倾向等因素的制约,论者很难做出客观公允的评价。

对姜敬爱小说大规模且深入细致的研究始于 20 世纪 70 年代末 80 年代初,西方女性主义文学批评可谓是强劲的推手,然而中、朝、韩三国学界对姜敬爱及其小说创作的研究并不平衡。在韩国,从上世纪 70 年代末开始,以李揆姬、李相琼等为代表的女性学人,率先把姜敬爱研究纳入自己硕博士论文的选题,由此开启了韩国学界对姜敬爱小说研究的热潮。90 年代以后,韩国对姜敬爱小说的研究走向深入,拓展到作家论、作品论、主题论,研究视角涉及到比较文学、心理学、美学、叙事学以及女性主义文学批评等诸多领域,出版了《姜敬爱全集》(李相琼,1999)、《姜敬爱研究》(金正花,2000)等专著和《姜敬爱小说研究》(郑德勋,1986)、《姜敬爱后期小说与体验的伦理学》(金央善,2003)等数百篇论文。可以说,姜敬爱小说研究在韩国学界已步入显学研究阶段。

在朝鲜学界,对姜敬爱及其小说的研究基本沿袭传统的批评模式,如对姜敬爱小说创作的资料考察、姜敬爱小说与普罗文学的关系、《人间问题》研究等,鲜少采用西方文学批评理论进行分析与研究,这与朝鲜意识形态领域开放力度不够有关。

①〔朝〕林纯德.《女流作家再认识论》,《女流文学选集述评》,《朝鲜日报》,1938 年 1 月 28 日—2 月 3 日。

在中国读者界和学术界,有关姜敬爱作品译介与研究状况不容乐观,因为除《人间问题》有单行本(一本是田华麟翻译的汉文版《人间问题》,延边人民出版社,1982 年;一本是江森根据朝鲜作家同盟出版社 1959 年版翻译的汉文版《人间问题》,人民文学出版社,1982年)外,姜敬爱的其它小说尚未被翻译成汉文,这无疑制约了中国非朝鲜语读者的阅读,不利于姜敬爱及其小说创作在中国的广泛传播。总的来看,中国学界对姜敬爱及其小说创作的研究始于 20 世纪 90年代末,原延边大学蔡美花教授的《姜敬爱小说创作的美学特征》①是较早一篇论文。进入世纪之交后,中韩两国学界对姜敬爱小说的研究态势呈现有趣的"并轨"现象,即学术刊物上大量出现姜敬爱与萧红、张爱玲、丁玲等中国现代女作家小说创作比较研究的论文。始作俑者是北京大学何镇华教授的论文《肖红和姜敬爱的小说创作比较》(《韩国学论文集》,第七辑)。这种现象的出现,有以下几种原因:一是学理上的接受与实践,即西方女性主义文学批评等理论和比较文学在中国学界的勃兴,采用新视角比较研究同时代的中韩两位女作家的小说创作,无疑是新颖且极具操作性的选题;二是学科上的互动与渗透,即中国朝鲜—韩国学研究发展的可喜成果。毋庸讳言,延边大学当之无愧地成为先驱者和最大贡献者之一。正如原中国朝鲜—韩国学研究会会长金炳珉教授所言:"延边大学拥有 100 多名从事'朝鲜—韩国学'研究的优秀教学科研队伍,已成为中国国内最大的朝鲜—韩国语言文学、艺术、历史、哲学、经济、法律等领域专门人才培养基地。据不完全统计,中国国内 100 多所大学的朝鲜(韩国)语专业的学科带头人和骨干教师约 85% 为延边大学毕业生。另外,国内很多朝鲜—韩国学研究机构中都有延边大学培养的人才在担任

①蔡美花:《姜敬爱小说创作的美学特征》,《文学与艺术》,1999 年第 5 期,第30 页。

学术骨干。可以说,延边大学为中国的朝鲜—韩国学研究的开展和发展起到了不可替代的作用。"①尽管如此,这种一枝独秀的研究局面正逐渐被国内外一些大学同类学科的崛起与研究成果所打破;三是研究者性别上的优势与弊端,即随着市场化的推进,本科毕业后继续攻读人文社会科学领域硕博士学位的研究生主体以女性为主,相应地,在中国高等院校从事人文社会科学研究的女性学者越来越多,女性研究者对女作家创作的敏锐感知和天然情感,促使她们倾向于选择不同国度的女作家作品进行比较研究。反之,缺少男性研究主体的另类视角和争鸣,也易造成研究现状的单一与泛化,表现在:许多论文为比较而比较,或广度有余,深度不足,或重复议论,拓展不够。特别是将其她女作家作品与姜敬爱小说进行平行比较时,只局限于《人间问题》、《母与女》、《盐》等少数作品,而忽略了姜敬爱在中国东北时期创作的其它小说。换句话说,对姜敬爱在中国东北时期的小说创作缺乏深入而细致的研究,譬如,她缘何来到中国东北? 在中国东北怎样生活? 中国东北与其小说创作有何关联? 为何不在中国东北延边文坛发表小说? 其小说中的中国形象是怎样的? 这诸多问题既是姜敬爱小说研究的焦点与空白,也是本书研究着力关注的重点与难点。

值得欣慰的是,在姜敬爱小说创作与中国东北的关系之关联研究中,有几部著作和几篇论文值得介绍。著作有韩国金仁焕、金载勇等人编纂的《姜敬爱,时代与文学》(2006)和中国青年学者崔鹤松撰写的《在中朝鲜人文学研究》(2013),两部著作均用韩文分别在首尔兰登书屋和昭明出版社出版。《姜敬爱,时代与文学》实际上是一部论文集,共收录了5位朝鲜学者和6位韩国学者的论文,计11篇,可

①刘艳萍:《姜敬爱与萧红小说创作之比较研究·总序》,延吉:延边大学出版社,2010年,第2页。

谓是朝鲜半岛学者在姜敬爱文学研究上的一次成功的学术合作。其研究范围包括姜敬爱小说与普罗文学的关系、从姜敬爱的作品看女性与殖民地、近代化的关系、姜敬爱小说中的女性形象分析、对姜敬爱小说的女性主义考察以及对其代表作《人间问题》的分析和对《盐》中覆字被复原情况的考察等方面。同时,不仅涉及到小说研究,还对姜敬爱的诗歌和随笔进行了考证与分析,关涉的研究领域比较广,有些观点很是新颖。

　　《在中朝鲜人文学研究》着重选取姜敬爱、朱耀燮(1902—1972)和金朝奎(1914—1990)等三位曾在中国生活过的朝鲜作家为对象,研究其文学创作。其中,把姜敬爱小说研究作为重点,篇幅远远超过对后两位作家的研究。从研究范围看,它分为两部分:一是对姜敬爱小说的主题和变化情况的研究;二是对姜敬爱与萧红小说比较研究的再考察。从研究内容看,作者首先考察了不同时代姜敬爱研究者对作家思想倾向和政治立场的界定,认为有两种观点。第一,姜敬爱不是"卡普"(指朝鲜无产阶级艺术联盟)作家,而是"同伴者作家"或批判现实主义作家,这一观点是李圭海在20世纪70年代最先界定的,李相琼、金贞和、赵南宪等韩国许多学者都持这种看法,很具普遍性;第二,姜敬爱是"卡普"作家,其作品属社会主义现实主义创作。崔元植、金恩政持这种看法。其次,作者指出,不管是采用女性主义视角,还是叙事学角度进行研究,都不能忽视中国"满洲"体验对姜敬爱文学观和小说创作的影响,这已引起许多学者(李南勋、张春植等)的注意和研究;第三,作者把姜敬爱小说的题材分为"满洲"背景和朝鲜背景两大题材,从考察姜敬爱的履历入手,结合史料,具体描述了姜敬爱的成长经历以及先后移居中国海林、宁安和龙井的生活与创作过程。其中,对作家在海林地区与金奉焕同居、与丈夫张河一在龙井的生活与创作以及与在满朝鲜人文坛("北乡会")的关系、与"金佐镇将军被暗杀事件"的瓜葛等都条分缕析,很是细致;第四,作者基于主题论视角,对姜在中国东北时期的小说创作逐一进行分析。总之,该著作秉持忠于史实的原则,运用大量有价值的史料进行论证,得出比较合理的看法,如姜敬爱最初移居龙井时曾在分局工作过;张河一在东兴中学的工资收入等。但是,过分偏重史实,相对也弱化了对小说人物形象的分析和小说美学价值的阐释,这是该研究有待提高的地方。

近10年来,与姜敬爱在中国东北时期小说创作研究直接相关的重要论文有中国学者张春植的《间岛体验与姜敬爱小说》(《女性文学研究》第11辑,韩国女性文学学会,2004年),韩国学者有金中浩的《姜敬爱间岛背景小说研究》(《教育研究论丛》第9辑,2004年)、郑宪淑的《姜敬爱小说与间岛离散》(《亚洲文化》第24辑,2008年)、金央善的《姜敬爱——间岛体验与女知识分子的自我反省》(《近现代女作家列传》第3辑,2010年)和李英美的《看在满朝鲜人的别样视线:姜敬爱再论》(《韩中人文学研究》第32辑,2011年)等。《间岛体验与姜敬爱小说》从阶级观念的实践性、贫穷的揭示与现实的批判、恶劣环境中的自我鞭挞、黑暗中的挣扎等意义层面,具体分析姜敬爱不同时期的“间岛”体验小说,指出其小说在表现主人公的反抗与斗争意志上呈现逐渐弱化的趋势,这也是“间岛”现实的真实反映。而作家对革命者反抗与斗争情况的描写,显然又受到有着社会主义思想倾向的丈夫张河一的影响。

《姜敬爱间岛背景小说研究》从小说创作的艺术技巧着眼,分三个阶段细致剖析姜敬爱的中国东北题材小说,得出其创作由不成熟走向成熟的结论。在创作小说《那个女子》、《二百元稿费》的第一阶段,作家虽然关注并同情移居到中国东北地区的朝鲜移民,故意以一种嘲讽的口吻批判女知识分子的虚伪与做作,表达了自我反省的意识,但是这种描写是印象、断片式的,因为过分表现作家改变现实的热望,即作家主观倾向过于暴露而使小说失去了艺术性。到了《鸦片》、《烦恼》和《母子》中，这种"席勒式"的表达方式明显减少，这充分表明作家对现实认识的加深。尽管如此，保得妈、"R"和承浩妈等人物形象塑造得仍不够典型，并且由于日帝的高压政策和书报检查的森严，小说情节描写得比较模糊。而在创作《盐》的第三阶段，上述削弱小说艺术性的因素基本消失了。作家以一位经历种种苦难的朝鲜移民女性奉艳妈为视角，真实地描写了她被日帝"五族协和"政策愚弄，从思想麻木、被欺骗、被侮辱乃至最后觉醒的思想发展过程。因此，从人物与背景设置的典型化、人物的生动感、冷静与客观的视线、细腻的描写、抗日武装斗争的暗示等方面来看，《盐》都是一部完整地表现20世纪30年代中国东北现实（"间岛"）的非常优秀的现实主义小说，也标志着姜敬爱小说创作的成熟。

《姜敬爱小说与间岛离散》着重考察了姜敬爱小说所表现的"间岛离散"的意义及其女性叙事。所谓"间岛离散"，指的是朝鲜民众在国家沦为日本殖民地的背景下因移民而导致的家庭解体和父亲缺席情况下女性遭受现实苦难的悲剧。作者将姜敬爱在中国东北时期创作的12部作品划分成两种叙事：一种是知识分子叙事，包括《那个女子》、《二百元稿费》、《有无》、《同情》等；另一种是女性叙事，包括《母子》、《盐》、《鸦片》、《黑暗》《黑蛋》等。前种叙事展现了民众与知识分子之间的思想隔阂，表达了知识分子的自我反省，具有强烈的社会批判精神和自传性；后种叙事凸显的是女主人公面临生存危机时刻为保全家庭和子女所焕发出的母性与强大的生命力，也是作家极为关注和重点表现的主题。尽管经历了生活的种种苦难，这些女主人公最终产生了阶级觉醒，但是这并不意味着她们具有了社会主义信念，并开始走上无产阶级斗争的道路，只是反映出其对破坏家庭的罪恶势力的防御性的抵抗意志。该研究视角虽然比较独特，但是两种叙事的划分不甚严密，因为知识分子叙事也包括女性知识分子，如《二百元稿费》等。

　　《姜敬爱——间岛体验与女知识分子的自我反省》首先指出姜敬爱研究的难点问题在于，缺乏作家生平史的第一手资料。研究者只能依据作家遗留下的随笔、评论和自传体小说以及生前好友的回忆录等间接材料进行研究，这样，受记录者主观性的限制，很难见到完整而客观的见解。之后，作者结合作家的一些随笔、评论和小说等梳理了姜敬爱的生平经历：幼年丧父，随母改嫁，与继父及其子女的矛盾，窘迫的学习条件，"同盟休学"事件，结识梁柱东并与之同居，参加"槿友会"，发表随笔和评论，与张河一结婚，移居中国东北延边地区的生活等。同时，基于女性意识之视角，具体分析了《母与女》、《盐》、《人间问题》、《黑暗》、《二百元稿费》、《地下村》和《同情》等作品中的女性形象，表达了对底层不幸女性悲惨命运的同情和对女知识分子虚伪做作意识与行为的批判。

　　《看在满朝鲜人的别样视线：姜敬爱再论》强调姜敬爱创作自始至终都聚焦于在"满洲"的朝鲜人群体，并且以现实主义手法真实地揭露了朝鲜人内部的矛盾、对立与分裂，而对民族的团结与和谐寄予希望。在表现在中国朝鲜人政治理念的对立与矛盾时，作者另辟蹊径，着重选取姜敬爱在中国东北时期创作的《盐》、《鸦片》、《地下村》等作品中的"局子街"、"地下村"等场域和"登记"、"风"等政治和自然话语，揭示姜敬爱创作的隐蔽用意和前人对姜敬爱研究的疏漏之处。譬如，《盐》中的"局子街"是奉植惨死的现场，他因参加共产党而被日帝残忍地杀害，可是对这一过程的叙事被作家人为地压缩和省略了。《地下村》虽然以作家的故乡松花镇和佛陀山为背景，其实暗指"间岛"这一黑暗的"地下村"。七星妈对儿子说的："哎呀！真可怕。那是什么风啊！就是那个风！我们的地也完了吧！"这里的"风"隐喻"间岛"严酷的现实。这种有意的省略和暗指，实是作家为躲避日帝书报检查机关的严厉审查而采取的一种巧妙策略。而"登记"反复出现于《鸦片》的首尾段落中，也意在突出姜敬爱的隐蔽意图,即突出朝鲜移民被日帝宣传所奴化的现实。同样,《那个女子》、《同情》、《月谢金》、《山男》、《足球赛》等小说也通过塑造在中朝鲜人的形象,揭示了其内心的分裂意识及矛盾的行为。作者指出,在中朝鲜人同属于亡国奴、失败者,应出于民族意识团结起来,一致对外,然而在理想与现实的冲突中却表现出内部的分裂与矛盾,这是作家姜敬爱痛心疾首的。她借此呼唤民族自省和团结,并采用隐蔽的批判的叙事结构,突破了日帝的检查,从而发出了强有力的反抗的声音。

通过对上述国内外一些学者有关姜敬爱在中国东北时期小说创作研究现状的简要梳理,可以看出,韩国和朝鲜学界的相关研究比较突出,成绩斐然,而国内研究明显不足,因此,本书基于目前所掌握的史料和前人研究的相关成果,着力分析并阐释姜敬爱在中国东北时期小说创作的全貌,力图为中国读者真实地描述韩国现代文学名家姜敬爱在中国的生活和创作活动,从而为国内学界姜敬爱小说研究之大厦添砖加瓦,夯实基础。从这一角度而言,本书具有比较重要的学术价值和意义。

本书共分9章,首先详细地梳理姜敬爱的生活与创作情况,然后根据其创作题材趋于集中(从小说描写的背景看,可分为故乡题材和中国题材两大类)、形象相对固定(以底层女性形象塑造为主)等创作特点和规律,以历史唯物主义和辩证唯物主义为指导,秉持以史为据的理念,着重采用社会学、女性主义文学批评、比较文学形象学、叙事学、精神分析学、神话—原型批评、心理学和美学等文学理论和方法,对姜敬爱在中国东北时期小说创作的主题意蕴、性别意识、形象塑造(人物形象和中国形象)、叙述模式、隐喻结构、审美特征和景物描写等方面进行细致扎实和比较全面的分析与研究,力求为读者描绘出姜敬爱中国东北时期小说创作的完整、真实而生动的图景。

第一章结合史料,细致地勾勒姜敬爱的生活轨迹和全部创作过

程,特别是对其除小说以外的随笔、评论和诗歌等文学创作进行概括
说明,因为这些创作有助于读者对作家的全面了解和把握,尤其是认
识作家的苦难人生、情感激变、创作追求和悲剧命运,感受身处特定
时代、特定地域的女作家的内心苦闷、疾病折磨以及对善恶与正义的
判断与呼求。

第二章阐述姜敬爱中国东北时期小说创作的基本主题,即深刻
地揭露20世纪二三十年代中国和朝鲜社会的民族矛盾和阶级矛盾,
真实地书写两国底层民众的苦难生活和悲剧命运,特别是底层女性
的屈辱和痛苦,讴歌其坚韧不拔的精神和顽强的生命意志。同时,细
腻地展现大众反抗情绪和阶级意识的觉醒过程,批判抗日运动低潮
时期人心的突变和人性的自私,表现进步革命志士的精神苦闷,借此
把握作家强烈的爱憎情感和人道主义立场。

第三章阐释姜敬爱中国东北时期小说创作中的性别意识。性别
意识是包括男作家在内的作家性别身份在创作过程中的自然流露,
它受到作家的文化传统、阶级地位和学识教养等诸多因素的影响。
尽管姜敬爱在早期创作(1935年以前)中有意识地彰显性别不平等
的现实,强调女性主体地位,但是却推崇温柔娴淑、隐忍大度、任劳任
怨和谙熟家务的传统女性典范。之所以如此,与作家的亲历体验和
感受密切相关。这样,姜敬爱因为看不到家务劳动所具有的性别压
迫的性质,因而在小说中表现出保守而矛盾的性别意识。而且,其后
期创作(1935年以后)受社会局势和身体疾病等多重因素的影响,其
性别意识非但未能继续发展,反而被阶级意识和民族意识所弱化,甚
至被取而代之。其原因有三:一是"卡普"时代主流叙事的客观要求;
二是中国共产党东北局妇女工作政策的客观反映;三是作家趋于保
守的性别意识的艺术投影。总之,姜敬爱中国东北时期小说创作的
性别意识呈现出逐渐弱化的不均衡态势。

第四章分析姜敬爱东北时期小说创作中的人物形象。在人物塑

造上,姜敬爱主要塑造了三类典型形象:一是正面形象,以出身低微而贫寒的"草根"群像为主,包括遭受欺压、逐渐觉醒的贫民形象和坚忍顽强、抗争命运的女性形象,如阿大、石头、亨三、奉艳妈、承浩妈等;二是中间形象,即虚荣心较重、意志动摇、转向变节的知识分子形象,如玛利亚、K老师、信哲等;三是反面形象,包括地主、资本家和监工等,譬如,郑德浩、朴初时、吉尾、全重等。从作家的创作倾向和形象系列在小说中所占的比重上看,第一类形象是作家形象塑造的重点,起到抒发小说主题的重要作用;第二类形象带有作家自身的思想与情感影像,是作家深入剖析自身心理并时时进行内省的形象,起到衬托底层民众形象的作用;第三类形象是作家着力批判与否定的对象,主要起到深化主题的叙事作用。

　　第五章阐述姜敬爱中国东北题材小说创作的中国形象,主要包括中国自然形象(狂风、暴雪、白杨)、中国社会形象(乡下的抢劫、龙井的枪声、局子街的杀人)和中国人形象(地主、商人、土匪、伪满警察等)。从作家塑造的这些中国形象中,读者既可以看到充满汉民族气息的中国传统家庭布局与中国人朴实温馨的日常生活,又可以看到作家对中国东北之冷酷无情的负面形象刻画。也就是说,作家笔下的中国形象以冷酷、动荡、肮脏、丑恶、残暴的负面形象为主,具有负面性、直观性、断片式之特点。其笔下的中国东北被刻画成蕴含着民族矛盾与压迫的寒凉之所与孤苦之地,与朝鲜民族的历史想象大相径庭。从这个意义上来说,姜敬爱在其以中国东北为题材的小说创作中,未能塑造出完整而典型的中国形象,也没有反映出中朝爱国志士在共同反抗日帝侵略与压迫的斗争中所结下的深厚情谊。究其原因,身体因素限制了作家在中国东北地区活动的范围,影响了其文学对中国形象的正面塑造,因而姜敬爱对中国形象的认知与塑造既亲切而又陌生,既熟悉而又疏远。尽管如此,姜敬爱毕竟站在移民者的立场,以冷静而犀利的笔触描绘出了自己眼中的中国形象,给今天的中朝韩文学交流留下了宝贵的文学财富,因此姜敬爱中国东北题材小说创作的意义是深远的。

　　第六章分析姜敬爱中国东北时期小说创作的叙述模式。根据主人公的生活与命运以及小说主题倾向的叙述视角,笔者将姜敬爱在中国东北时期的小说创作分为"贫穷"、"苦难"、"斗争"、"苦闷"和"批判"等五种叙述模式。从人称与视角的选择上分析,姜敬爱小说主要采用第三人称全知视角进行叙事,或者以此为主,穿插使用第一人称限知视角。在以第三人称全知视角为主要叙事的小说里,作者居于小说之上,以全知全能的态度进行叙述。此时,作者与叙述者常常合而为一,组成坚实可靠的联盟,共同向读者诠释小说的主题与道德价值。这类叙述模式的小说约占姜敬爱中国东北题材小说创作的79%。而在以第一人称限知视角为主的叙事小说(只有《烦恼》、《同情》、《二百元稿费》、《山男》4 部小说,约占作家 19 部中国东北题材小说的 21%)里,作者与叙述者、人物都保持着一定的距离。比起前一类小说,这类小说的情节比较生动,富于变化,能够更强烈地吸引读者的阅读兴趣。综合来看,姜敬爱小说属于典型的传统叙事,追求有头有尾的完整叙述,情节单纯,线索清晰而单一。作者总是在客观而公正的叙述过程中,将自己的道德价值诉求与评判正面传达给读者,借此唤起读者的同情与共鸣。对读者来说,小说通俗易懂,教育性强,却难以攫住读者的心,进而达到不忍释卷、寝食俱废的艺术效果。

　　第七章分析姜敬爱中国东北时期小说创作的隐喻结构。姜敬爱在小说中通过"怨沼"传说、"母子/母女"家庭建构模式以及"地下村"、"黑暗"、"B"、"白杨"、"松林"等一系列虚拟人物或动植物形象等,有意识地使用了隐喻的创作技巧。其中,"怨沼"传说不仅具有结构功能的表层隐喻作用,还是赋予小说人物思考与行动的动力和决定性力量,也是地主与农民之间深刻阶级矛盾的象征性图式,是小说基本情节的隐喻,对作家表达底层民众反抗阶级压迫的主题起到牵引和诠释的作用。此外,从主题学角度进行分析,"怨沼"传说还隐喻着整个民族的"亡国之恨",是充满爱国情怀的作家内心苦痛的隐喻表达。而"母子/母女"家庭建构模式可从精神分析心理学、社会学和神话—原型批评等多种角度来解读,即它既是作家单亲家庭成长印记的心理隐喻,成为被遗忘继父的"替身",也是国家灭亡和民族苦难的时代悲剧隐喻,同时,还是朝鲜民族母性崇拜意识衰退的神话隐喻。此外,作家还通过"局子街"、"龙井"等地名,"黑蛋"、"白杨"、"松树"等动植物名,"B"、"山男"等人名以及"地下村"、"黑暗"等小说名称来表现隐喻的特征。

　　第八章分析姜敬爱中国东北时期小说创作的景物描写。严格地说,景物描写在姜敬爱东北时期小说创作中并不占很大比重,作家绝不单纯地为写景而写景,而是将景物描写作为陪衬人物思想和行动的功能存在。尽管如此,姜敬爱小说中的景物描写是独特、自然而贴切的,含有较强的目的性。其笔下经常出现的自然意象有天体类(太阳、月亮、天空、星星等)、天气类(风、雨、雪、雾等)、季节类(秋季、冬季等)、动物类(小鸟、乌鸦、麻雀、屎壳郎等)、植物类(松林、白杨等;高粱、谷子、玉米秸等;篱笆)。在具体的景物描写中,景由情生是姜敬爱小说惯用的写景方式之一。它包括两种类型:景烘托情和景反衬情,前者是指景物描写起到渲染和烘托人物感情的作用,后者是指景物描写起到反衬和比照人物感情的作用。此外,情景交融也是作家创作的矢志追求。它多出现于人物产生心理冲突或命运发生变化之际,起到烘托人物心理,表达作家思想感情的作用。不足之处,过早,也容易暴露作家的写作意图,功利性较强。

　　第九章阐述姜敬爱中国东北时期小说创作的审美意蕴。概括而言,姜敬爱小说的审美意蕴是悲戚、哀愁和沉郁,主要通过眼泪和凄风苦雨等意象予以呈现。在眼泪意象中,有因物质匮乏、饥寒交迫而

流泪,如《月谢金》中的金三子、《二百元稿费》中的"我"等;有因失去
亲人、过度思念而哭泣,如《人间问题》中的"怨沼"、《盐》里的奉艳妈
等;有因国破家亡、精神迷茫而哭泣,如《破琴》里的亨哲和惠京、《解
雇》里的老金等;有因遭受欺骗、失去自由而流泪,如《同情》里的山
月、《鸦片》里的保得妈等;有因爱情纠葛、无法排解而哭泣,如《烦
恼》里的"R"、《盐》里的七星等;有因同情弱者、无计可施而落泪,如
《足球赛》里的过路妇人等。这些泪水的承载者都是无力反抗强者的
弱者,其悲鸣带给读者剜心割肉似的痛苦,引发圣徒受难般的悲剧之
美。凄风苦雨的自然意象是姜敬爱渲染凄苦哀愁意境的又一手段。
她通过乌云密布的天空、黑压压的乌云、倾盆而下的大雨、咔嚓炸响
的闪电、毁坏庄稼的暴雨、肆虐大地的洪水和波涛翻滚的大海等自然
意象,营造出一幅幅凄风苦雨的悲惨图景。而这些意象描写是作家
"文艺为大众"的艺术观和"以悲为美"的美学观的形象化体现,其形
成既有民族性格的历史因袭,也有时代氛围的直接影响,更有作家不
幸命运和审美情感的自然投射。

# 第一章　姜敬爱的生活与创作

　　有关姜敬爱生活与创作情况的资料并不多,主要原因在于作家没有为读者留下详细的传记资料,笔者只能通过其小说、随笔和同时代人对她的回忆与记述进行大致的勾勒。

　　姜敬爱(1906—1944)于1906年4月20日出生在黄海道松花郡松花村一个贫苦的农民家庭。父亲在地主家做长工,淳朴正直、话语不多,却勤劳能干,年龄很大时才娶妻生下女儿。可惜1909年姜敬爱4岁时,父亲不幸病逝。1910年,柔顺而体弱的母亲实在不堪忍受饥饿的困扰,带着姜敬爱改嫁给邻郡长渊郡的崔都监做续弦。崔都监已过了花甲之年,身有残疾,膝下有儿女,他们都比姜敬爱年长。母亲在他家的角色其实就是免费的女仆,家务劳动全部落到母亲身上。在作家童年记忆里,母亲整天忙碌着,无暇照顾自己的女儿。继父脾气比较暴躁,只要妈妈洗衣服过了钟点,便生起气来。他还常常责骂幼小的敬爱:

　　　　他拿那双可怕的眼睛乜斜着我,我稍一有点错,他便打我。就是现在已步入中年的我,还时常回忆起他那对乜斜着的眼睛。①

---

①〔朝〕姜敬爱:《我的童年时光》,转引自〔韩〕李相琼:《姜敬爱全集》,首尔:昭明出版社,1999年,第734页。以下涉及姜敬爱的诗歌、小说、随笔或评论等注解,除特别指出其出处外,均转引此书,只标注页码,不再详列,汉译文为笔者翻译。

不仅如此，继父的亲生子女们也时常挤兑和欺侮这个外来的异姓妹妹。对此，作家在随笔《自叙小传》中这样记述道：

> 我很早就失去了父亲，五岁时就得孝敬继父。继父有自己生育的儿女，他们不知怎么那么强壮，成天打我、骂我，或掐瘦小的我。他们摁住我的头，揪住我的衣服，我根本不敢呆在家里，所以只要母亲去洗衣服或者有事出去不在家的话，我总是哭着被赶出家门。这时我就爬到后山上，呆呆地等待着母亲归来。我已年过三十，可是对母亲回来的那条小路仍记忆犹新。①

可见，这段不幸的童年经历给作家造成了极大的精神创伤，成为她永远抹之不去的阴影。由此，我们能够看到在父亲缺席的家庭里，女性贫穷凄惨的生活境遇，也体会出正是与继父及其子女的矛盾冲突，姜敬爱才对母亲怀有深深的爱恋之情。

1913年，8岁的姜敬爱偶然看到了朝鲜民间小说《春香传》，显然，这是继父或其子女们看过后随手扔掉的。然而，《春香传》却成为姜敬爱学习识字的课本，开启了她学习朝鲜国语的大门。此后，她陆续读完了《三国志》、《玉楼梦》、《赵雄传》等旧国语小说，并常被村里的爷爷奶奶们叫去给他们读小说。因为她聪颖，读书多，又擅长讲故事，因此博得了"橡子小说长"（即小小说家）的雅号。1915年，在姜敬爱再三恳求和争取下，继父才允许10岁的姜敬爱进入当地长渊小学校学习。可是因为穷，她无法缴纳学费，也无钱购买学习等用品，无奈偷了旁边同学的钱和学习用具，为此挨罚，受到同学们的嘲笑。在这种情况下，她艰难地完成了学业，同时也深切感受到学校教育制度的缺陷和无人性的现实，她将这一生活体验写入《月谢金》、《二百

---

① 〔朝〕姜敬爱：《自叙小传》。转引同上，第788页。

元稿费》等小说和随笔中。

1921年，姜敬爱15岁时，继父去世。在继父家姐夫的资助下，她进入平壤崇义女子学校学习。这是一家由美国北长老教神教会精英创办的教会学校，教学死板，校规极严。但是，社会启蒙思想的风潮也影响到该校，姜敬爱参加了进步学生组织的读书会等活动，不断地积累自身学养，树立个性解放的思想。1923年10月，3年级的她因"同盟休学"事件①被学校勒令退学。所谓同盟休学是指1923年10月15日在该校爆发的一场学生运动，目的是反对校方过分干涉学生行动自由和宿舍舍监对学生的苛刻限制。这年中秋节，一位学生倡议为死去的同学扫墓，几名寄宿生便向舍监老师罗真经请假，遭到拒绝。激愤的学生们涌进校长美国人宣佑理的办公室，恳请其准许她们外出，也未得到同意。学生们平时常受舍监老师的虐待，感到就像监狱里的囚犯一样被控制，失去了人身自由，不平之气愈积愈烈，适逢学校创立纪念日也即将到来，于是一致举行了同盟休学运动，而姜敬爱是主要发动者之一。

此前，即1923年3月，姜敬爱在长渊遇到了同乡梁柱东。他是日本东京早稻田大学预科生，为反对包办婚姻而毁掉婚约，为此受到

---

① 根据学校规定，学生特别是新生必须住集体宿舍，由舍监负责管理，学生出入都必须得到舍监的批准，这种严格的住宿制度严重束缚了学生行动的自由，以致该校在当时被称为"平壤第二监狱"。1923年中秋，一名叫李东玉的学生想要去故世的朋友韩淑媛墓地所在的圣庙祭拜，12名寄宿生向罗真经舍监请求同行，遭到拒绝。校长认为拜祭孔庙违背基督教教理，不合学校的教旨，于是拒绝她们外出。学生们早就不满舍监像对待犯人一样看管她们，更不满校方过分干涉其私生活，于是在1923年10月15日学校建立纪念日那天举行罢课活动，即"同盟休学运动"。她们提出如下要求：第一，重新修订宿舍规则；第二，辞退舍监。学校为平息众怒，不仅对罗真经舍监予以停职处理，新任命了舍监，也开除了带头闹事的学生，姜敬爱是其中之一。参见李相琼：《姜敬爱的时代与文学》，《姜敬爱全集》，首尔：昭明出版社，2002年，第823—824页。

家乡人的非议,被迫退出留学生会。退会那天,他做了一场文学讲座,姜敬爱也前往听讲。她被梁柱东的文学才华深深地吸引,当晚就去拜会了他,并向他请教文学写作方面的事宜,两人谈得甚是投机。不久,他们双双坠入爱河。关于这段恋情,姜敬爱没有留下任何文字记录,而梁柱东却这样追忆他们最初相识的情景:

> 那时乡下对年轻男女学生的自由交往与拜访也会给予非难的时候,这个意想不到的大胆的少女,在漆黑的夜晚,冒着哗哗下着的大雨,像只单身的被浇透的野鸟来找我。她不分青红皂白地劈头说道:"先生教我点英语吧!还有诗、文学,我是中学 3 年级学生,什么也不懂,但是很有文学素质,请教我吧。"[1]

尽管姜敬爱给梁柱东留下胆大、冒失的第一印象,但也赢得了后者对其文学热情与执着的赞叹之情。同盟休学事件后,也就是1924 年春,姜敬爱跟随梁柱东来到汉城,与之同居在清津洞 72 号。当时,梁柱东在《金星》杂志社担任主编,姜敬爱也插班到汉城东德女子学校 3 年级继续完成学业。与梁柱东接触后,在他的影响和带动下,姜敬爱广泛涉猎了《近代文学 10 讲》《近代思想 16 讲》《资本论》《孟子》等书籍,并于 1923 年 5 月,以"姜珂玛"[2]的笔名在《金星》上发表了短诗《一本书》。9 月初,她与梁柱东分手,关于分手原因,姜敬爱只字未提,梁柱东在《人生杂记》中解释为"志趣不同"和"因为一些毫无意义的琐事而最终分手"。但是 1931 年,姜敬爱在评论《梁柱东的新春评论——为反驳的反驳》中批评梁柱东的折

---

[1]〔朝〕梁柱东:《青莎草——追忆文学少女 K》,《人生杂记》,探索堂,1963 年,第 149 页。
[2]"珂玛"是姜敬爱儿时的称呼,因她头上有两个旋儿而得名。

衷主义文学论时说道："君站在超然文坛左右派之高位,仿佛以一种优越的态度,能够用两手任意摆布两派似的。"①可见,姜敬爱非常反感对方的自我炫耀和无所不能的作风。回到长渊后,姜敬爱暂时寄居在姐姐经营的书仙旅馆。对姜敬爱与梁柱东恋爱、私奔到汉城而又回来的行为,传统而保守的亲友和邻里投以嘲讽和斥责。姐夫也深感失望、丢脸和愤怒,于是狠命地抽打了姜敬爱的脸腮,结果造成她耳疾后遗症。此后,该病时时困扰着作家,使其听力下降,创作也受到严重的影响。

　　20世纪20年代中期②,姜敬爱在家乡长渊为穷苦家庭子弟开设了"兴风夜校"③,一边亲自教授学生,一边进行写作练习。作为受到启蒙思想洗礼的新女性,姜敬爱努力摆脱封建思想的束缚,不断抗争,走自己的路,可是因为认识的局限,这种反抗更多地带有自发性、狂热性。在实践中,姜敬爱不断地探索自己所要走的路。她曾这样写道:"我在平壤崇义女子学校为反对寄宿舍间而参加了同盟罢课,因此被退学,此后进入汉城东德女子学校,中途又退学去了故乡长渊。我家后面是树林茂密的大山,上山可以听到知了的叫声。草木和禽兽各有特色,声音各异,我也发展了自己独特的个性。我一再下着决心,一定使我的存在更有意义。所以我要通过小说创作……我

---

① 〔朝〕姜敬爱:《梁柱东的新春评论——为反驳的反驳》,《朝鲜日报》,1931年2月11日。

② "20世纪20年代中期"可推测为1924年秋至1925年冬。尽管未有准确的时间记录,但是从李相琼等研究者的相关文字表述中可知,姜敬爱与梁柱东同居时间并不长,应不超过1年。1924年9月初,与梁柱东分手后,姜敬爱便回到故乡,创办夜校,教穷人家孩子读书,期间约为1年多。

③ "兴风夜校"于1925年创办,免费为那些渴望学习却不能上学的贫穷家庭子弟授课,在许多地方都有同名的夜校,姜敬爱并非最初的开设人。见〔韩〕李相琼:《2005年3月的文学人物姜敬爱》(内刊),韩国文化观光部发行,首尔市印刷信息产业协会印制,2005年3月1日。

就是这样想的。"①从她此时创作的几首习作诗《秋天》②、《熨斗里的炭火》③中,我们也能看出作家意在表达个人心境的思绪,即面对贫弱不堪、饱受外族欺凌的朝鲜民众,作家强烈地感到无力改变现实的痛楚,因而寄希望于创作,力图通过创作实现自己的价值。然而,她教孩子们的时间并不长,只有 1 年多。直到 1929 年,她参加了"槿友会",成为该会分支长渊分会的成员,才逐渐接受了"卡普"文学思想的影响,思想认识得到了进一步提高。

这就引出了一个问题,为什么在韩国姜敬爱研究专家李相琼教授统计并整理的"姜敬爱年谱"里,1926 年初至 1928 年冬这段时间,没有任何关于姜敬爱形迹与活动的记述? 姜敬爱 1925 年 11 月在《朝鲜文坛》发表诗歌《秋天》后,创作便中断了。直到 1929 年 10 月,她才又在《朝鲜日报》上发表了评论《读廉想涉君的评论〈明日之路〉》。此后,无论是诗歌、评论,还是随笔、小说,她都笔耕不断,直到生命最后。而且,从评论《读廉想涉君的评论〈明日之路〉》的内容看,思想成熟,笔锋犀利,绝非思想单纯的平庸之辈所为,并且创作体裁也迥异于初期创作的习作诗歌。这种前后创作上的巨大反差充分表明,姜敬爱在这 3 年里,一定经历了什么重大的事情,使其人生发生了重大的转折。那么,姜敬爱这段时间在哪里,在做什么,与哪些人接触,就成为无法回避的问题,也是争议最大的问题。因为它牵涉到作家第一次来中国东北的时间,对此,现有下述几种说法:1926年,1929 年,1931 年。

首先,"1926 年北满说"。中国青年学者崔鹤松教授认为,姜敬爱 1926 年第一次来中国东北的北满地区。他在论著《在中朝鲜人文

---

①〔韩〕李相琼:《姜敬爱全集》,首尔:昭明出版社,1999 年,第 817 页。

②〔朝〕姜敬爱:《秋天》,《朝鲜文坛》,1925 年 11 期。

③〔朝〕姜敬爱:《熨斗里的炭火》,《朝鲜日报》,1926 年 8 月 18 日。

学研究》①中指出,1926 年,姜敬爱因无法忍受家乡人的非议和嘲讽,来到中国北满的海林、宁安(时称"宁古塔",距海林约 60 里地)一带地区,与前辈同乡、共产主义运动家、进步刊物《新民报》的主要创办人许圣默(1891—1931)关系密切,从他那里接受了社会主义思想的熏陶。同时,作者用大量的史料证明,这一时期,姜敬爱曾与一位名叫金奉焕的共产主义者同居。金奉焕又名金一星,庆南密阳人,本是东莱梵渔寺的和尚,因参加"三一运动"被捕入狱。出狱后,他来到北京,接受了共产主义思想。1927 年,他来到北满海林,与已在宁安县某农村一家幼稚园做教师的姜敬爱相识并同居。1928 年冬,他们因在《新民报》上发表带有"赤色倾向"的文章而被哈尔滨日本领事馆警察署逮捕,不久被释放。据说,释放的原因是金奉焕叛变,其后(1930 年 1 月 24 日),他主导并策划了暗杀朝鲜独立运动领导人金佐镇将军的重大事件②。总之,被日本警察署释放回来后,姜敬爱便与金奉焕分道扬镳,并于同年冬天回到故乡黄海道长渊郡。从时间的衔接上看,"北满说"似乎有一定的道理,这一点从姜敬爱在韩国最早创作的两部小说《母与女》和《破琴》中也能找到痕迹。在《母与女》中,英哲先生来京城看望玉,谈起农村的破败景象和生活的艰难时说道:"……反正生活比以前是更难过了,很难办。你家前边的铁石家去年秋天去了北满洲,今年春天还有 10 户家庭要去满洲。"③在《破琴》中,亨哲爸给儿子写信说,因为粮价大跌,无法偿还巨额欠债,实在生活不下去了,"想投奔满洲宁古塔的一个亲戚去"④。小说后

---

① 崔鹤松:《在中朝鲜人文学研究》(韩文版),首尔:昭明出版社,2013 年,第 25 页。

② 〔韩〕金学俊主编:《革命家们的抗日回忆》,首尔:民音社,1988 年,第 303—304 页。

③ 〔韩〕李相琼:《姜敬爱全集》,首尔:昭明出版社,2002 年,第 130 页。

④ 同上,第 424 页。

记中,作家暗示,亨哲一家去的"满洲"地方正是中国黑龙江省海林、宁安一带地区。两部小说写到"满洲"时同时指向宁安一带的中国北满地区,说明作家并非道听途说,随意拉扯,似是有着这方面的生活体验,只是不愿过多谈及,所以蜻蜓点水,一笔带过。

崔鹤松的这种观点主要依据的是李康勋的证言,在韩国具有一定的代表性①。然而,尽管崔鹤松教授认为姜敬爱初次来中国的时间是1926年,目的地是黑龙江省的海林、宁安地区,可是不同意姜敬爱与金佐镇将军被暗杀事件有直接关联。他说:

> 姜敬爱去过北满,也去过哈尔滨领事馆警察署,但是很难说她与金佐镇被暗杀事件有直接关联。金佐镇被暗杀事件本身还是一个谜,否定姜敬爱可谓是草率的结论。假设在特定条件下,姜敬爱与金佐镇被暗杀事件有一定程度的关联,那也不至于否定姜敬爱的文学作品。姜敬爱文学是韩国近代文学作品中始终反抗日帝的最前沿的书籍。②

可见,这段史实是否真实、姜敬爱究竟在其中扮演了怎样的角色等问题,因为缺乏直接有力的史实资料作为证据,很难辨别真伪。假使日后有资料证明此事确真,那么可以想象,这3年在海林和宁安的生活对姜敬爱的人生而言是一段多么痛苦而不堪回首的往事啊! 作为一个关心国家前途与命运、矢志追求人生理想的进步青年,姜敬爱在这3年里得到了初步的信念的历练。然而,作为一位年轻、孤身的弱女子,姜敬爱与金奉焕的交往是其不可原谅的错误选择,反映出其

---

① 〔韩〕李康勳:《李康勳历史证言录》,人物研究所,1994年。
② 崔鹤松:《在中朝鲜人文学研究》附录2"姜敬爱的'满洲'移居",首尔:昭明出版社,2013年韩文版,第180页。

政治觉悟比较单纯、盲目,从而导致作家一生都可能不愿回首这段痛苦的往事。或许,这可以解释姜敬爱为何这几年中断文学创作,不发任何声音,此后也不写自传的理由,当然这仅仅是一种猜测而已。

　　其次,"1929 年龙井说"。金宪顺等朝鲜学者持"1929 年龙井说",其在文章《姜敬爱论》中写道:"1929 年冬,姜敬爱冲破故乡环境的阻碍来到中国间岛①。在国内工农运动持续高涨时期,中国东北

---

① 所谓"间岛",本指图们江北岸中国所辖光霁峪(位于今吉林省延边地区和龙市境内)前的一块面积不大的江中滩地,时称"假江"。1877 年(光绪三年),朝鲜咸镜北道流民私自越江开垦,称之为"垦岛",转音为"间岛"。最早用文字表述"间岛"之称者为朝鲜官吏李重夏,他在乙酉状启别单中说:"间岛云者,钟城、稳城之间有豆满江分流处,不过数方之地。而本缘田土极贵,自丁丑年分居民屡回呈吁,始得耕食,呼之以间岛。此为滥觞之本。"(参见黄惠琴:《中韩"间岛问题"之探讨》,《中朝边界研究文集》,长春:吉林省社会科学院,1998 年)对此,中国清朝边务督办吴禄贞表述道:"盖图们江自茂山以下沿江多滩地,而以光霁峪前假江之地面为最大。纵十里,宽一里,计有地两千余亩。图们江正流向经钟城南岸的滩地,连接图们北岸。光绪七年,韩人于图们北岸私掘一沟,使江水歧出。此滩地遂介在江中,四周带水矣。"(吴禄贞:《延吉边务报告》,长春:吉林文史出版社,1986 年。转引自赵兴元:《"间岛"问题的由来与演变》,北华大学学报,2000 年第 3 期,第 65 页)光绪三十年(1904 年),中韩两国边吏会订《中朝边境善后章程》,明文规定"间岛"即假江之地,本属中国领土,只是准许"韩民租种"。然而,日俄战争后,出于"大陆政策"的需要,日本声称中朝国界未清,间岛归属未定,不仅将朝鲜纳入自己的保护范围内,而且借题发挥,强行将间岛范围从纵十里、宽一里左右扩展到海兰河以南、图们江以北,长约五六百里、宽约二三百里的包括延吉、汪清、和龙和珲春等四县在内的六七万平方公里的广大地域,制造所谓"间岛问题"事件,以达到其军事侵略中国领土之目的。而朝鲜和韩国右翼民族主义者借此混淆视听,进一步将"间岛"细分,把上述延边地区称为"西间岛",将黑龙江省东部和南部三江平原在内的广大地区称作"东间岛",将黑龙江省的朝鲜族聚居区牡丹江市附近地区叫作"北间岛",而把其他中国东北剩余地区统称为"北方故土地域",意为"满洲"。为更好地还原和再现历史真貌,本研究中涉及姜敬爱以"间岛"来表述题目的文学创作时仍沿用"间岛"这一术语。姜敬爱作品中的"间岛"主要指的是位于延边地区的龙井,她居住于此。

一带的革命形势日益成熟,特别是"东满"地方不同于别的地方,反日气势更盛。姜敬爱在龙井一带近 2 年左右都担任教育机构的临时教员,过着时常断顿的穷苦生活。"①此说与"1926 年北满说"相比,不仅时间节点不同,而且金宪顺教授强调姜敬爱第一次来中国东北所到达的目的地是龙井,而不是黑龙江省的海林、宁安一带。

再次,"1931 年龙井说"。持此种观点的人比较多,韩国姜敬爱研究专家李相琼教授最初也认同此说。这种观点的根据来自于姜敬爱的文学创作。姜敬爱在小说《二百元稿费》和几篇随笔中多次强调自己初次来中国东北龙井的时间是 1931 年。譬如,她在随笔《离别间岛》中写道:

> 1932 年 6 月 3 日早晨。……我从无数乘客的缝隙中挤出来,一抓到座位,便靠着车窗回头看着渐渐远去的龙井村。这时,我的脑海里立刻浮现出去年的此时,我初次踏上这片土地的情景。②

这篇随笔描写作者于 1932 年 6 月 3 日早晨离开龙井回国时,透过车窗望着渐渐远去的龙井,回想自己一年前首次来龙井时的情景。其中,作者明确提出她是 1931 年 6 月第一次来到龙井的。

在随笔《间岛》的开篇中,她说:

> 虽然我在间岛待了不过两年,可是我想向人们夸耀……③

①〔朝〕金宪顺:《姜敬爱论》,《现代作家论》(1),平壤:朝鲜作家同盟出版社,1961 年,第 297 页。
②〔朝〕姜敬爱:《离别间岛,再见吧,间岛!》,《东光》,1932 年 8 月号。转引同上,第 717 页。
③〔朝〕姜敬爱:《间岛》,《朝鲜中央日报》,1934 年 5 月 8 日。转引同上,第 747 页。

　　这篇随笔发表于 1934 年 5 月 8 日,期间(1932 年 6 月)她回过故乡,停留约 15 个月后,于 1933 年 9 月返回龙井,由此推算,她初次来中国东北龙井的时间应在 1931 年。

　　在另一篇随笔《图们江礼赞》中,她又写道:

　　　　我第一次接触图们江正好是 1931 年春天,一个万物生发新绿并充满阳光的日子。①

　　图们江是中国与朝鲜的界河,作家在作品中直接言明自己来中国时所看到的图们江,时间再次指向了 1931 年。而且,6 月在当时的中国东北正是春夏之交,也可理解为春天。

　　此外,在《故乡的星空》("离开故乡已经 3 年了")、《异域月夜》("尽管 2 个月前的那个月亮是我在家乡看到的")等随笔和小说《二百元稿费》("我来到这儿虽然已经迎接了 4 个寒霜")等作品的字里行间,我们也能通过作家记叙的时间标记和作品创作时间的切换,推算出作家第一次来中国龙井的时间确是 1931 年 6 月。

　　笔者认为,姜敬爱于 1931 年 6 月第一次来到龙井的观点是正确的,以上事实可证明。但是,这并不是说姜敬爱第一次来中国的时间就是 1931 年。笔者同意崔鹤松教授提出的"1926 年北满说",因为如果认为作家是 1931 年来中国的话,那么就很难解释为什么姜敬爱在 1926 年至 1928 年这段时间的行迹为空白,为什么作家在 1929 年前后的政治观点和创作文风如此突兀般地成熟等种种现象。尽管至今缺乏史料的证明,但是这几年应该发生了对作家整个人生和思想都造成了极大影响的重要事件。对此,李相琼教授也修正了自己最初的看法,她在最近给笔者的信中就姜敬爱第一次来中国的时间问

────────────

①〔朝〕姜敬爱:《图们江礼赞》,《新东亚》,1934 年 7 月。转引同上,第 756 页。

题这样答复道：

> 若从结婚说起的话，我想金宪顺的《姜敬爱论》和崔鹤松教授的推论是有根据的。最近，我根据所看到的新资料，姜敬爱在1926年—1929年间约2年左右的时间应该住在中国海林。姜敬爱行迹中，发表诗歌《熨斗里的炭火》(《朝鲜日报》，1926年8月18日)以后至参加长渊"槿友会"活动前(《东亚日报》，1929年5月10日，"槿友会"长渊分会成员)这一时期是空白。
>
> 论起这一时期(1926—1929)2年左右的时间，姜敬爱是在海林市。此后，1931年6月左右—1932年6月，在龙井；1932年6月左右—1933年9月，回到朝鲜长渊；1933年9月左右又回到龙井，直到1939年为止。这期间也因事去过几次长渊或者首尔(时称"汉城"——笔者注)。
>
> 但是与金佐镇将军被暗杀事件(1930年1月24日)的关系仍旧难以断定。我认为，姜敬爱尽管在北满呆过不长时间，但是与金佐镇将军被杀事件应该没有关系。

可见，李相琼教授也承认姜敬爱1926年在北满生活过这一事实，但是不认为姜敬爱与金佐镇将军被暗杀事件有直接关系，由此可以推想，姜敬爱也许因为此事件受到过牵连，此后不愿谈起，力图抹去这段记忆，因此造成这段时间作家行迹的空档。

1929年10月，姜敬爱加入"槿友会"长渊分会。"槿友会"是由左翼女性运动家发动的全国性的女性民间组织，成立于1927年5月27日。它以"反帝反封建"作为宗旨，主张废除对女性的社会、法律、教育、政治和经济等方面的性别差异，团结朝鲜广大女性，争取女性的各项合法权益。它特别提出，私有制是女性受压迫的根本原因，只有解决资本主义经济矛盾，才能消除性别差异，而只有无产阶级才是消灭旧秩序,进行社会主义革命和建设事业的唯一阶级,显然这是马克思主义思想的体现。遗憾的是,1931 年"槿友会"解散。姜敬爱参加"槿友会"时,正值其活动处于高潮时期,有关作家在该会的活动,资料记载非常有限,仅 1929 年 6 月 17 日的《东亚日报》上有一篇与"槿友会"相关的报道《长渊槿友支会野游》。

> 在槿友会长渊支会礼堂,……10 日上午 9 点左右,20 余名会员,其她数十名家庭主妇集会到本镇学校大圣殿后面的东山上举办盛大的野游会,按顺序,本会庶务部长姜敬爱君发表了意味深长的开幕辞,后录音,……下午 5 点左右,聚会结束。①

可见,姜敬爱当时在"槿友会"长渊支会担任干部"庶务部长",还致开幕辞,发挥过重要作用。此外,她在《朝鲜日报》上以"读者投稿"的方式发表的《读廉想涉君的评论〈明日之路〉》②和不久后发表的《朝鲜女性的必由之路》③以及《梁柱东君的新春评论——为了反驳的反驳》④等评论,批判了廉想涉和梁柱东的折衷主义思想,表明了自己的马克思主义立场和对女性命运与前途的深切关注,标志着其政治上的成熟。这一时期,她在《朝鲜日报》"妇女文艺栏"中发表了第一篇短篇小说《破琴》⑤。小说讲述年轻的知识分子亨哲在国家灭亡、家庭举债和自己无法继续学业之际所产生的精神苦闷与危机,

---

①崔鹤松:《在中朝鲜人文学研究》(韩文版),首尔:昭明出版社,2013 年,第 30 页。
②〔朝〕姜敬爱:《读廉想涉君的评论〈明日之路〉》,《朝鲜日报》,1929 年 10 月
　3—7 日。
③〔朝〕姜敬爱:《朝鲜女性的必由之路》,《朝鲜日报》,1930 年 11 月 28—29 日。
④〔朝〕姜敬爱:《梁柱东君的新春评论——为了反驳的反驳》,《朝鲜日报》,1931
　年 2 月 11 日。
⑤〔朝〕姜敬爱:《破琴》,《朝鲜日报》,1931 年 1 月 27 日至 2 月 3 日。

最后,他与家人一起移居中国东北宁古塔,并参加了该地区的抗日民族解放运动,最终被捕,英勇就义。

1931 年,姜敬爱与毕业于水源高等农业学校并担任长渊郡厅书记的张河一①结婚。因为张河一抛弃了早婚妻子,与母亲寄居在姜敬爱家里,为躲避前妻闹事,他带着姜敬爱离开长渊,先在仁川打短工生活,这段生活体验被作家写入代表作《人间问题》中。同年 6 月,他们移居到中国延边龙井。经文人朋友金璟载②介绍,张河一得以进入龙井东兴中学担任教师,同时负责《朝鲜日报》龙井支局的工作。姜敬爱则一边做家庭主妇,一边进行文学创作。他们在龙井的生活很清贫,特别是开始因姜敬爱不擅长做家务,夫妻间经常因意见不合发生争吵,但是基本上保持着生活伴侣和志趣相投的同志关系。作为第一位阅读姜敬爱文稿的人,张河一是以忠言相告的好读者,这在随笔《初次朗读文稿》中表现出来。作家每次一写完稿子,就拿给丈夫看,丈夫读后不满意,便沉默不语,如果修改后满意了,他的嘴角边便流露出满意的微笑。

①张河一,朝鲜社会主义思想家和活动家,出生于黄海道黄州,先后在黄州公立高等普通学校和水源高等农业学校读书。1946 年 8 月 28 日,在朝鲜劳动党成立大会上,他作为黄海道代表出席大会并发言。1949 年前,他在中国延边龙井县东兴中学长期担任教师。1949 年,他担任朝鲜劳动新闻社副主编,该社出版的姜敬爱的《人间问题》单行本就是经其审阅后发行的。1949 年后,担任朝鲜黄海道人民委员会委员长。参见崔鹤松:《在中朝鲜人文学研究》(韩文版),首尔:昭明出版社,2013 年,第 30 页。
②金璟载(1899—?),朝鲜社会活动家、火曜派著名批评家,笔名苍君。出生于黄海道黄海洲中产阶级家庭,读过黄州公立高等普通学校和水源高等农业学校,与张河一是同乡好友。他是花友会北风会会员,1926 年因第二届朝鲜共产党事件被捕,1929 年 8 月出狱。出狱后,他担任《独立新闻》、《新韩公论》主笔。在《三千里》、《彗星》、《别世界》、《新女性》等刊物发表过大量评论文章,主要有《铮铮的当代论客的风貌》,登载在 1932 年 8 月的《三千里》上。参见姜万吉等编:《韩国社会主义运动人名词典》,首尔:创作与批评社,1996 年,第 42 页。

1930년대 강경애의 남편이 교사로 있었던 당시의 용정 동흥중학교 전경. 강경애는 이 학교 안의 사택에서 살았다.

图5:20世纪30年代姜敬爱丈夫张河一在龙井东兴中学做教师时所
在教学楼全景,当时姜敬爱住在该所学校后侧简陋的草房住宅里。

从1931年8月至1932年12月,姜敬爱在《彗星》杂志上连载长篇小说《母与女》,这是姜敬爱在朝鲜国内创作并发表的第一部长篇小说,也是张河一委托金璟载帮忙而发表的。对此,金璟载记述道:

　　去年夏天,我的桌子上放着一封信,其内容是寄来的《母与女》小说原稿,说是让我看看并评价。这对于不是小说家的我来说真的是很难担当的请求,但是我想帮助发表这篇不认识的女性的力作和处女作,所以请求我的朋友(文艺家),求得他的评论,又请他帮助发表。这样,长篇小说《母与女》经朋友之手在《彗星》上发表了。这以后,那位不认识的女性又寄来各种体裁的稿件,我也主动请她多次赐稿。于是我与她通过信件成了熟人。她就是我现在在此谈到的姜敬爱君。①

————————————

① 〔朝〕金璟载:《最近的北满形势——在动乱的间岛》,《三千里》,1932年7月。

《母与女》从女性视角描写了母与女两代人的生活与命运,展现了父权制社会里女性所受到的阶级和性的压迫。以美丽、珊瑚珠等为代表的母亲一代饱受经济剥削和性的奴役,尽管美丽懦弱无知、沉沦堕落,珊瑚珠自强不息、个性独立,但是两人最终都以悲剧告终。相反,代表女儿一代的玉(美丽之女)却能从母亲和婆母的悲惨处境中,以及在自觉为革命而牺牲的英实哥哥的精神启迪下产生精神觉醒意识,决定不再遵照婆母珊瑚珠的遗言做丈夫贤惠顺从的妻子,而是毅然答应丈夫奉俊的离婚请求,离开家庭,走上独立自主的人生之路。小说塑造了敢于冲破封建压迫和家庭羁绊的女性玉的形象,通过她表达了力图摆脱宗法社会的压迫和精神束缚的思想。

同年底,她还创作了一首诗《答复哥哥的信》(《新女性》,1931年12月),以妹妹给哥哥写信的方式,描写在参加革命运动的哥哥被捕入狱后,柔弱的"我"经历了种种磨难,克服怯懦心理,终于成长为一名劳动者(制鞋女工)。并且,"我"决心追随哥哥的志向,坚定地与厂主进行斗争。

1932年1月,姜敬爱在《新女性》上发表随笔《一个大问题》,以敏锐的眼光预见到世界战争的即将爆发,提出"我们要防止这场战争,以便从死亡的威胁中将人们拯救出来。"①6月初,因日军入侵龙井地区和中耳炎病发,姜敬爱离开龙井回汉城治疗,9月左右又回到龙井。她在8月和10月的《东光》杂志上发表《离别间岛》、《再见吧! 间岛》,表达自己离开龙井地区的感想。此后,她虽然中间偶尔往来于汉城或者长渊,但是基本上都住在龙井。为了学做家务,姜敬爱亲自顶水洗衣服,做饭,操持家务,这在后来的随笔《漂母之心》(《新家庭》,1934年6月)中表现出来。9月,姜敬爱在《三千里》杂志上发表了以中国东北龙井地区的社会现实为背景创作的第一部短

————————

① 〔朝〕姜敬爱:《一个大问题》,《新女性》,1933年1月。

篇小说《那个女子》。小说描写年轻貌美的女作家玛丽娅从汉城来到龙井正华女子学校做教师，受校长委托，前往二头沟基督教堂为农民演讲。她自以为高人一等，学历也高，便没有把农民们放在眼里，结果她的傲慢的话语和优越的举止彻底激怒了前来听讲的农民。农民们联想到自己背井离乡来到这里种地和自己的姐妹受苦受难的情景，于是群情激奋，推倒了教堂的立柱，造成人压人的混乱局面，玛丽娅被挤倒在地，衣服也被刮破。小说通过玛丽娅的形象，批判了小资产阶级知识分子的虚荣和炫耀心理。

同年12月，姜敬爱在《新东亚》和《新女性》上分别发表了随笔《初雪如花朵》和诗歌《愿您成为真正的母亲》。《初雪如花朵》表达自己身在家乡百无聊赖的心情："松软的雪花下着，我的心里好像也在下着雪。我似嗅非嗅地嗅着雪的清香，觉得鼻尖一阵清爽。"①《愿您成为真正的母亲》以书信体形式，表达抒情女主人公听到做女佣的母亲被从地主家赶出来的消息后，义愤填膺，向母亲讲述自己参加"××会"的喜悦心情，也希望母亲参加农会，成为真正的母亲。与《一本书》、《秋天》和《熨斗里的炭火》等初期习作诗相比，《答复哥哥的信》和《愿您成为真正的母亲》表明姜敬爱对女性解放认识的深化，即女性应克服自身弱性，勇敢地参加有组织的斗争，才能在实践中得到锻炼，成为坚强的女性。

1933年3月，姜敬爱以故乡附近的梦金浦渔村为背景，在《第一线》发表了短篇小说《父子》。小说通过被渔场主全重解雇的父亲金壮士和被农场监督解雇的儿子石头两代人的不幸遭遇，揭示了渔场主对渔民的剥削与压迫，表达了有组织的反抗与斗争的重要性。6月，她在《新东亚》上发表诗歌《树丛里的农夫》，表现锄草的农夫的精神成长。他不单纯是个农民，而是怀揣着秘密使命的同志。同年9

①〔朝〕姜敬爱：《初雪如花朵》，《新东亚》，1932年11月。

月和 12 月,她还在《新家庭》上分别发表了以龙井地区为背景的短篇小说《菜田》和《足球赛》。《菜田》以秀芳在家庭中受奴役、虐待,老孟和老秋等雇工反抗地主的阶级对立两条线索展开情节,秀芳虽是地主之女,但是与同父异母妹妹友芳相比,宛如使唤丫头一般,不仅上不了学,而且穿得破衣烂衫,做饭、洗衣,什么家务活都由她做。这种地位与家里的长工老孟、老秋和老李没有什么差别,因此,她从父母和家庭中得不到任何温暖,反倒从老孟等善良的长工那里得到同情和帮助。一次,她在睡梦中隐约听到菜田主夫妇的毒计,即一种完白菜,趁冬季来临前就解雇老孟等雇工。经过激烈的思想矛盾,秀芳最终将这一秘密告知给老孟等人,结果使老孟等长工由被动接受被撵出去的命运转变为积极主动的斗争,与菜田主谈判,赢得了自己的利益,而秀芳却在几天后悄然死去。小说通过可怜的秀芳的悲惨命运,揭示了残酷的阶级压迫。

《足球赛》以青年学生承浩和姬淑为主人公,叙述许多同志在日帝大缉捕时被抓进领事馆,被这种白色恐怖所笼罩的 D 学校一派死寂。为了提升进步学生的士气,振奋其反抗日帝的信心,他们决定以参加 Y 市举办的足球赛为契机,让人们知道反抗力量的存在,进而鼓动人们的斗争热情。为了筹集参赛的经费,承浩带领男同学去吉会线铁路工程做苦力,姬淑则与女同学一起在位于赛场旁边的赛马场卖票、做女招待。由于饮食跟不上和训练不到位等主客观原因,比赛未能取得胜利,然而学生们有组织地反抗日帝的斗争精神却得到了检验。小说结尾描写,比赛结束后,走在唱着行进曲前进的 D 校学生们行列前头的、高举校旗的是承浩,而跟在他们后面的是潮涌般的群众。

此外,1933 年,姜敬爱几乎以每月一篇的数量完成了《间岛之春——文人激动人心的春天》(《东亚日报》,1933 年 4 月 23 日)、《我的童年时光》(《新东亚》,1933 年 5 月)、《初次朗读原稿》(《新家

庭》，1933 年 6 月）、《夏夜农村风景素描》（《新家庭》，1933 年 7 月）、
《异域月夜》（《新东亚》，1933 年 12 月）、《送年辞》（《新家庭》，1933
年 12 月）等大量随笔。这些随笔有的描写表面平静实则飞机不间断
地在空中盘旋的龙井现实，有的是对童年时光的追忆、母亲的辛劳、
与继父儿女的冲突，有的是对农民特别是农妇们整日操劳不得休息
的同情与喟叹，都发自作家内心，是其细致观察现实生活的生动
写照。

　　1934 年，姜敬爱先后发表《有无》（《新家庭》，1934 年 2 月）、
《盐》（《新家庭》，1934 年 5 月—10 月）、《人间问题》（《东亚日报》
1934 年 8 月 1 日—12 月 22 日）和《同情》（《青年朝鲜》，1934 年 10
月）等小说以及诗歌《今天突然》（《新家庭》，1934 年 12 月）等，从而
步入创作的高峰期。《今天突然》抒写"我"秋日思乡的心绪。小说
《有无》采用第一人称"我"讲故事的方式，描写一天晚上，很久未见
的福纯爸突然来到"我"家，向"我"讲述他的噩梦。他只要一闭上眼
睛，就会被一个长相凶恶丑怪的人"B"强行拉到黑暗的魔窟中。映
入他眼帘的是一幅血淋淋的屠杀场面：孩子被 B 们当着妈妈的面挑
死在刺刀尖上；脖子上套着铁链的同志被奔驰的汽车活活拖死；福纯
爸的心脏也被 B 们"刺中"，吓得他惊叫着醒来，才知这原来是一场
噩梦。事实上，这不是噩梦，而是残酷现实的真实写照。"B 们"影射
的是强占朝鲜和中国土地、杀人不眨眼的日帝及其走狗，福纯爸是一
位反对日帝的斗士。他因此被日帝逮捕又被放出来，而这期间他的
妻儿也不知去向，生死未卜。

　　《盐》是一部描写移居到中国东北龙井地区的朝鲜人悲惨生活和
抗日武装斗争故事的中篇小说，着重塑造了坚强面对悲惨生活和残
酷命运的朝鲜移民女性的形象。女主人公奉艳妈一家因日帝强占朝
鲜被迫离乡背井来到中国东北龙井地区，租用了中国地主房东家的
土地。他们尽管辛勤耕种，可是仍然摆脱不了窘迫的生活，连盐也买

不起。不仅如此,龙井地区局势动荡,各种势力纷争较量,去房东家的奉艳爸无缘无故被"共产党"枪杀,儿子奉植安葬完父亲后也杳无踪影。走投无路的奉艳妈带着年幼的奉艳来到房东家做了老妈子,却遭到房东的蹂躏。房东夫妇以奉植参加共产党为借口,将怀孕的奉艳妈母女俩赶出了家门。奉艳妈在冰冷的夜晚在借来过夜的中国人的仓房里生下了女儿奉姬。为了养活女儿,她被迫到人家当奶妈,而奉艳姐妹因得不到母亲的照顾先后患病死去。现实的苦难并没有摧垮奉艳妈,她要活着,于是跟人一起去私贩食盐。贩盐路上的艰辛与苦楚难以言表,却遇到了真正的共产党抗日游击队。为首之人"钢铁般雄壮的声音"和亲切的问候感动了奉艳妈,她重新审视共产党的形象,认为地主房东说共产党是匪贼的话是错误的,丈夫也不是被共产党杀害的,儿子奉植肯定参加了共产党。这样,她的思想认识急剧转变,认识到共产党是不祸害老百姓的好人。最后,回到家的奉艳妈正憧憬着美好的未来时,被闯进家门进行搜捕的巡警以私自贩盐的罪名抓走。

《同情》通过底层女性山月的悲剧,批判了人性的自私和人情的冷漠。小说采用第一人称手法,写"我"为治病听从医生的建议,每天清晨都去龙井海兰江边喝井里的泉水,结识了也来这里的山月,并得知了她的不幸身世。山月出生在黄海道丰川,12岁被父母卖掉还债,几经转卖,沦为妓女,经常挨打受骂。"我"非常同情山月的悲惨遭遇,鼓动她逃离虎口,并许诺一定帮助她。可是当山月真地跑出来,寻求"我"资助路费时,我却退缩了,以种种借口回绝了她。第二天清晨,传来山月投井自杀的消息,"我"不禁悲伤得哭泣起来,并自我谴责道:"导致山月这么快地死去,不就是因为我空口说白话表示同情吗? 否则,她能死吗?"

此外,姜敬爱在1934年还创作了3篇随笔《间岛》(《朝鲜中央日报》,1934年5月8日)、《漂母之心》(《新家庭》,1934年6月)、

《作家的话》（《东亚日报》，1934 年 7 月 27 日）和一篇评论《图们江礼赞》（《新东亚》，1934 年 7 月）。《间岛》通过作家在龙井短暂生活过程中所遇到的"买柴被骗"的小事，透视了当地农民的真实心态。《漂母之心》描写"我"因为不会做家务常与丈夫吵架、动辄回娘家的尴尬以及跟邻居妇女学顶水、洗衣服的过程，赞美了劳动妇女的勤劳、淳朴和对家庭的热爱。

　　　　离去的妇女，刚来的妇女，我的眼睛迎着日光的照射，注视着走过去的妇人的衣筐。我的眼睛顿时一亮，洗得多白的衣服啊！简直令人炫目。霎那间，我感觉那些白衣服猛烈地撞击着我的心。那是在阳光下更显得熠熠发光的衣服啊！它似乎凝聚了那位洗衣服的妇人真诚而纯洁的心。想到挚爱着的丈夫和可爱的孩子们，洗得那么漂亮的衣服，不正代表了母亲和妻子的心吗？否则又是什么呢？春光仿佛透露出了她们多情而温暖的心。①

　　《作家的话》指出，人类社会总会出现一些新问题，人也正是在解决这一问题的奋斗中成长并发展起来的。然而，人类社会的根本问题是什么？谁又是解决这一根本问题的人呢？这段短小精炼的文字也成为作家代表作《人间问题》的卷首语。在《图们江礼赞》这篇评论中，作家基于朝鲜官方话语视角叙述了图们江的历史传说、发源、名称由来以及"间岛"所辖地域等自然、历史与现实概貌，中国读者阅读时应注意明辨。

　　1935 年，姜敬爱发表《母子》（《开辟》，1935 年 1 月）、《二百元稿费》（《新家庭》，1935 年 2 月）、《解雇》（《新东亚》，1935 年 3 月）、

---

① 〔朝〕姜敬爱：《漂母之心》。转引同上，第 750—751 页。

《烦恼》(《新家庭》,1935 年 6 月—7 月)等短篇小说,此外还发表了随笔《故乡的星空》(《新家庭》,1935 年 5 月)、《渔村素描》(《朝鲜中央日报》,1935 年 9 月 1 日—6 日)和评论《致张赫宙先生》(《新东亚》,1935 年 7 月)等作品。同年秋天,姜敬爱被"北乡会"聘请为顾问,开始参加"北乡会"的活动。"北乡会"是由移居龙井地区的朝鲜文人金俞勋、李周福、千青松、安寿吉和朴英俊等人创办的文学团体。"北乡"意为朝鲜人的第二故乡,成立于 1935 年 10 月。其同仁杂志《北乡》的发刊(1935 年 12 月),标志着中国朝鲜人文坛的正式形成①。姜敬爱开始积极参加"北乡会"的活动,不仅在文艺演讲会上发表演讲,而且悉心指导求教者,还在《北乡》第 1 号上发表了诗歌《这片土地的春天》(《北乡》,1935 年 12 月)。但是,后来因身体欠佳等因素的影响,她很少参加"北乡会"的活动,她的小说也从未发表在《北乡》杂志上②。

　　《母子》以龙井地区抗日游击队活动因日帝围剿而由高潮转入低潮为背景,描写游击队员的家属承浩妈母子俩的艰难困境,批判了人心的转变和冷漠。"满洲事变"发生前,承浩大伯时亨非常照顾承浩一家,可是"满洲事变"一爆发,龙井社会时局突变,承浩爸参加了抗日游击队并英勇牺牲后,时亨的态度发生了根本转变。他非但置患百日咳的侄儿承浩于不顾,还绝情地断绝了与弟媳侄儿的往来。大雪纷飞的日子,穿着单薄的承浩妈背着咳嗽不止的小承浩,艰难地跋涉在齐身腰的雪地里,无处安身。回想起丈夫临行前说过的话,她决定去丈夫活动的山里寻找丈夫。因为她相信丈夫所做的事情是对

①〔韩〕安寿吉:《龙井、新京时代》,《韩国文坛内史》,首尔:深泉,1999 年,第 256 页。参见吴相顺:《朝鲜人的第一个文坛"北乡会"与同仁杂志〈北乡〉》,《改革开放与中国朝鲜族小说文学》,《月人》,2001 年第 12 期。
②崔鹤松:《在中朝鲜人文学研究》(韩文版),首尔:昭明出版社,2013 年,第 47 页。

的，"父亲未就的事业将由儿子来完成"。小说通过承浩妈的悲惨遭遇，揭示了抗日武装斗争退潮时期龙井地区民心的转变、人情的冷漠和烈士家属陷入绝望的境况。

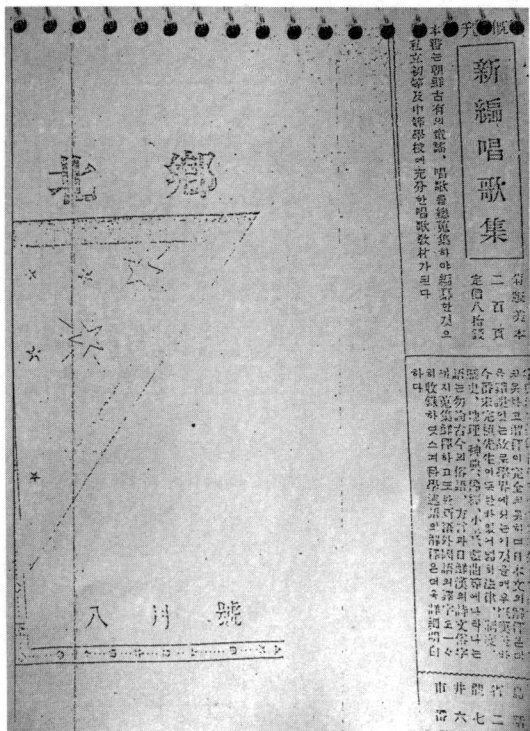

图6　朝鲜移民作家在龙井创办的《北乡》杂志封面

《二百元稿费》采用"我"给弟弟"K"写信的书信体形式写成，带有自传性。"我"因为在某杂志发表一部长篇小说而获得二百元稿费，围绕这笔钱应如何使用的问题，"我"与丈夫发生了激烈的冲突。从小到大，"我"始终处在贫穷中，没钱交学费、买学习用品，更没钱买奢侈的穿戴，因此意外得到这笔钱后，"我"决定给自己买毛外套、围脖、皮鞋、金戒指、手表，并给丈夫买一套西装。结果"我"的提议遭到丈夫的反对,他要用这笔钱帮助患心脏病而久治不愈的英豪同志,并探望身在囹圄的洪植的家属。在冲突中,丈夫打了"我"一巴掌,并将我推出门外。徘徊在冷风里的"我"经过仔细反思,明白了自己的想法是错误的,是虚荣心在作怪,应该听从丈夫的意见,把这笔钱用在更需要它的同志身上。于是"我"真诚地向丈夫承认了自己的错误,得到了丈夫的谅解。

《解雇》通过主人公老金被地主赶出家门的凄惨遭遇,揭示了严峻的阶级矛盾。老金从小失去父母,无依无靠,被地主朴初时带回家当作长工。60年来,纯朴而勤劳的老金为主人家如牛似马地开垦荒地、置办家业、扩大产业,毫无怨言,耗尽了体力,可是年老体衰、疾病缠身时,却被朴初时的儿子、新任面长解雇,用5元钱轻易地打发了他。至此,老金才终于明白自己受了骗,老地主朴初时曾经许诺要给他娶妻生子的话是假的,认识到"自己被老主人的话麻痹了近50年,好像白活了一场"。小说表现了老金最终的精神觉醒,最后以他狠抽责备其的面书记的耳光结束。

《烦恼》以对话体方式,描写男主人公"R"向"我"讲述自己暗恋同志之妻,由此产生烦恼的故事。"R"入狱7年,出狱后龙井的政治形势已发生变化,他无处投身,意外来到还未出狱、家在明东的同志家里,受到同志母亲和妻子的热情接待。此后,他便寄居在这里,并做了当地学校的一名教员。为了感谢她们的容留,他自愿担当起"丈夫"的职责,每天早早起床、扫地、锄草、担水,把挣得的工资全部交给同志的母亲。渐渐地,他暗恋上了同志之妻继淳,为此理智与感情产生了激烈的搏斗,最终感情未能战胜理智,他决定采取行动。然而,他的这种恋情却遭到了外柔内刚的继淳的坚决拒绝,他也从一时的感情冲动中醒悟过来,离开了同志家。小说借此表现了革命退潮后,龙井地区人心变化的现实和抗日革命家所感到的幻灭感与复杂的情感矛盾。

诗歌《这片土地的春天》采用象征手法,抒发了作者对日寇践踏他国土地、导致民不聊生现实的愤懑情绪,同时用"只有一棵谷苗在雨中生长"暗示革命力量的增长。随笔《故乡的星空》是对故乡生活的回忆,描写"我"不谙女红,唯有对文艺情有独钟,抒发了作者的乡愁和对母亲的怀念和依恋。随笔《渔村素描》描写"我"借归乡探亲之机游览旅游胜地梦金浦的观感。梦金浦美丽的大自然与生活在岛上的四五户渔民的贫苦生活形成了鲜明的对照,再也引不起"我"的兴趣,从而表达了作家对穷苦渔民的深切同情。

1936 年 1 月,姜敬爱在《北乡》第 2 号上发表了诗歌《断想》,抒发抒情女主人公在革命形势恶化的条件下仍坚守自己立场时的艰难与痛苦的心情。在寒冷的冬日,鹅毛大雪悄无声息地下着。"我"披散着头发,徘徊在空荡荡的院子里,回忆起"先生"踏上这条不归路的情景。3 月 12 日至 4 月 3 日,作家在《朝鲜日报》发表了《地下村》,这是一部被认为是具有自然主义倾向的现实性很强的中篇小说。主要描写身有残疾的七星一家与邻居盲女大丫一家等生活在地下村里的人们的穷苦、黑暗与渺茫的生活。七星在爸爸死后,与妈妈和弟妹相依为命,因为他手脚使不上力,干不了地里活,只能沿村乞讨,饱受他人嘲弄和欺辱。妈妈每天累死累活地劳动,操持家务,可全家还是挨饿,住漏雨屋,吃橡子面。更让七星不解的是,村里的儿童大部分都是残疾儿,可是人们为什么还要生孩子呢? 在这种环境中长大的七星暗恋着邻居美丽的盲女大丫,他想靠自己乞讨来的钱买一块裙料送给大丫作聘礼,可是等他费尽辛苦和屈辱拿回布料时,大丫已被家里卖到镇上大户人家做妾去了。他因乞讨被有钱人家的恶狗咬伤腿,又遭暴雨淋袭,幸遇一位瘸腿男子的帮助才摆脱困境。在对方的思想启迪下,七星终于明白了自己和地下村里的人们为什么如此贫穷,为什么残疾,于是对社会发出了愤怒的诅咒。

6 月,姜敬爱用日语创作出小说《长山串》,发表在《大阪每日新闻》朝语版上。小说以黄海道梦金浦贫穷的小渔村为背景,通过朝鲜渔业工人亨三与日本渔业工人志村间的友谊和生活,反映在日帝垄断下的渔业组合中工作的朝鲜与日本劳动者的悲惨处境,表现了底层人民所面临的被压迫被剥削的共同命运,提出国际工人阶级应团结起来的思想。同时,揭露了日帝独占资本宛若章鱼的触须无处不在以及殖民掠夺政策的罪恶。1937 年 2 月,这部小说被收录到日本文艺刊物《文学案内》中,1989 年 12 月,在《韩国文学》上被翻译发表。

1936 年 8 月,姜敬爱在《新东亚》发表了短篇小说《山男》。小说同样以第一人称"我"写成,表达了无奈的悔恨之情,谴责了违背约言的人们背信弃义的行为。"我"在回乡探母途中,路遇暴雨,所乘汽车陷入悬崖绝壁之上,非常危险。情急之下,副手找来住在此山里的力大无比的山男帮忙,条件是送他生病的母亲去医院诊治。山男冒着摔下山崖的危险,用九牛二虎之力终于拉出了汽车,然而司机、副手和乘客们却违背约定,抛弃山男扬长而去,留下了绝望而郁愤的山男。

这一时期,姜敬爱只创作了一篇随笔《致佛陀山 C 君——怀念故乡》(《东亚日报》,1936 年 6 月 30 日)。正如随笔标题所示,作者以给 C 君回信的方式,先是回忆他们一年前登杜鹃山,眺望佛陀山,并谈论文艺的情景。

> 我们并肩伫立,然后向杜鹃山登去。长长的青草扫着我们的衣边发出沙沙的声音,随之飘来伴有浓郁草香味的熟透了的泥土的芳香。我们的脚尖柔柔地没入矮草里,仿佛步入了溪流中。草里边响起了虫鸣声,宛若唑唑地抽着绸丝的声音,蚂蚱扑棱棱地飞着。①

---

① 〔朝〕姜敬爱:《致佛陀山 C 君——怀念故乡》。转引同上,第 778 页。

　　然后转入对故乡的思念,仿佛看到了正收工回家的农夫们白衣随风飘动的样子。随后作者又如梦初醒,回到真正的龙井现实中来。

　　1937 年,姜敬爱在《女性》1—2 月号和 11 月号上分别发表小说《黑暗》和《鸦片》(《麻药》),同时发表随笔《作家作品年代表》(《三千里》,1937 年 1 月)和《留在记忆里的梦金浦》(《女性》,1937 年 8月)。《作家作品年代表》是对有关作家创作情况问卷调查的回答,包括作品名称、发表刊物、发表时间和作品篇幅 4 项内容。从中可知作家如下信息:姜敬爱喜爱的作家和作品是俄罗斯作家陀思妥耶夫斯基的《罪与罚》;她比较亲密的文人朋友有朴花城、崔贞熙和金子惠3 位;她爱好音乐、散步、运动和家庭生活;她出生在黄海道长渊,时年 31 岁,现居住在中国东北龙井地区。

　　《留在记忆里的梦金浦》与《渔村素描》都是描写故乡旁边的旅游胜地梦金浦的。作家回忆两年前回故乡时游览梦金浦的情景,思绪不觉飞到了那里,蓝蓝的天空,茂密的松林,结着花骨朵的道拉吉花,松脂的香气,梦一般的西海,渔船的白帆,出海的渔女、岸边开得正艳的海棠花,这一切都牵动着作家的情思,引起她的遐想。但是另一方面,作家也敏锐地观察到,与优美的大自然形成鲜明对照的是生活在梦金浦渔村里的穷苦渔夫的悲惨生活。由此,她联想到自己身为作家应该做的事情:

　　　　是啊! 作家的使命是什么呢? 不是比谁都更清楚地看到这一现实,并由此取材,通过作品向普通民众表现所见到的现实吗? 艺术若是脱离民众的生活,又有什么价值呢?"①

　　《黑暗》是以"间岛共产党事件"为背景创作的小说。所谓"间岛

---

① 〔朝〕姜敬爱:《渔村素描》。转引同上,第 773 页。

共产党事件"是指在中国延边地区从事抗日斗争的朝鲜共产党秘密组织五卅暴动,遭到日帝的残酷镇压,18名朝鲜共产党员被日帝以违反治安之杀人、放火等罪名判处死刑。1936年7月22日,度过7年铁窗折磨的他们在西大门被日帝残忍杀害。这件事震惊了中朝两国,但是慑于日帝的高压和淫威,鲜有作家表现这一史实。姜敬爱大胆地以此为素材,凭借敏锐的政治觉悟与文学才能通过小说《黑暗》再现这一残酷斗争,可见其超人胆魄和远见卓识。诚如同时代韩国著名作家和批评家林纯得所高度评价的那样:

> 其实姜敬爱君的《黑暗》揭示了我们脑海中还留存着鲜活记忆的"事件",……将来史家能够从这部小说中了解到30年代社会现实的真相,而依据历史却感受不到生活在这一时代的人的呼吸、脉搏、气氛、感情、思索及其转机与波动。因为了解历史的人都知道,那个时代的文学作品中以那一"事件"为题材创作的作品除了《黑暗》是见不到的。①

小说通过女护士英实听到哥哥被枪杀后的痛苦心理、无处排解乃至精神错乱的描写,揭示了因延边朝鲜共产党事件而被杀害的抗日革命活动家遗属的苦闷与悲伤,批判了以医生为代表的转向者变节后的丑恶嘴脸。

《鸦片》以保得妈的视角描写丈夫为吸食鸦片,而将妻子卖给中国布商做妾,导致妻子惨死的悲剧。小说气氛沉郁,批判的矛头直指日帝统治下的黑暗现实,正是日帝所推行的鸦片明禁暗销政策才导致底层人民的贫穷与悲剧。

---

① 〔朝〕林纯得:《女流作家再认识论》,《女流文学选集述评》,《朝鲜日报》,1938年1月28日至2月3日。

　　1938 年 5 月,姜敬爱在《三千里》杂志同时发表了小说《黑蛋》和随笔《迎春的我家窗户》。《黑蛋》是一部未完成的小说,描写淳朴正直的社会主义者 K 老师因为不想迎合日帝统治秩序而产生的思想矛盾与困惑。因为追求反抗日帝侵略的社会主义思想,K 老师被日帝逮捕,7 年前从西大门监狱出来,经朋友介绍来到中国龙井×中学做教师。在日帝不断到学校缉捕进步学生,正常教学秩序被打乱,许多师生相继离开学校的情况下,K 老师不仅坚守岗位,还带领剩下的学生亲自动手维修破败的教室,铺设坑洼的操场,修建围墙和校门,恢复了校貌。因此,K 老师受到学生的拥护与爱戴,有望升任校长。可是,时局稳定后,由 K 老师介绍来校并且思想转向的崔老师却暗中活动,坐上了校长的位置。他向 K 老师施压,使其放弃与日帝斗争,安于教学,面临抉择又受到日帝监视的 K 老师由此陷入了矛盾中。小说呈现了一个开放的结尾,即 K 老师该如何选择呢? 这令读者思考。

　　《迎春的我家窗户》描写白雪纷飞的冬日,我坐在窗边一边做着针线活,一边细细观察着对门人家院子里的白杨树和在树上飞来飞去的麻雀们。对可爱的麻雀的喜爱与观察被小乞丐讨钱的声音所打断,映入“我”眼帘的是“令人生厌而疲惫的脑袋、脏兮兮的面孔、褴褛的衣衫。我下意识地皱起了眉,为了快点让他走,我便从钱包里掏出一分钱扔给了他”。“我”之所以生厌,是因为小乞丐惊扰了“我”观看麻雀觅食的快乐心情,然而,他的乞讨与麻雀的觅食不都是为了生存吗?

　　1939 年,姜敬爱担任《朝鲜日报》延边分局长。然而,从 3 年前即 1935 年开始,她的身体每况愈下,影响了她的对外交往活动。1939 年某月某日,安寿吉的妻子在路上遇见了姜敬爱,听她说自己“因为病身体浮肿,头疼,什么事也不能做,很是痛苦”①。在这种情

---

① 〔韩〕李相琼:《2005 年 3 月的文学人物姜敬爱》,韩国文化观光部内刊,2005年,第 57 页。

况下,姜敬爱被迫回到故乡长渊,丈夫张河一稍后也回国。1940 年 2月,姜敬爱入汉城帝大医院接受治疗,也去过元山三防药用矿泉水之地疗养,但是病情始终未见好转,创作也时断时续,难以坚持。诚如作家所言:"近 3 年来,因为身体有病,我不得不同病魔斗争,因此自然明白笔和墨被冷落了,想法也有些迟钝了,可这是没有办法的事儿。"①这一时期,她没有创作小说或诗歌,只写了随笔《自叙小传》(《女流短篇杰作集》,朝光社,1939 年)、《矿泉水》(《人文评论》,1940 年 7 月)和《我爱松树》。

如前所述,姜敬爱并未给读者留下自己生平与创作的详细记述,但是通过她的随笔《自叙小传》,我们还是隐约捕捉到作家青少年时期生活的掠影。这篇文章讲述了她小时候在继父家挨打受骂的痛苦生活,学习并阅读《春香传》等国语小说的过程,以及接受姐夫资助攻读学业的寄宿生活,表达了寄人篱下的内心痛苦。

> 寄宿生活多少改变了我的性情,但是仍然意志消沉,喜欢旁观……
>
> 同学们若是收到学费,就兴奋得像只麻雀似地跳起来,高兴地招呼亲密的同学过来,买东西给他们吃。唯独我收到姐夫寄给我的学费,高兴之余,却觉得肩膀变得沉重起来,眼泪也莫名其妙地流出来。这天晚上便无法入睡,就跑到如白色丝绸般的月光笼罩下的校园里来回地踱着步。②

《矿泉水》是应《人文评论》约稿而作,是对黎明时分静美大自然的赞歌。叙述者"我"为了强身健体,一大清早便来到掩映在树丛里

①〔朝〕姜敬爱:《矿泉水》。转引同上,第 790 页。
②〔朝〕姜敬爱:《自叙小传》。转引同上,第 788 页。

的天真洞矿泉水地,一杯清冽甘甜的泉水下肚,心身顿觉轻盈起来。"我"放眼望去,争相媲美的各种树木、墨绿丝滑的岩石、青翠欲滴的露水、奔流欢笑的溪水,这纯美的大自然令"我"深深感叹:"真希望我的被世俗侵染的身体和心灵能被这泉水洗涤干净啊!"这句话蕴含着双重含义,一方面希望矿泉水真的能治愈自己的病,另一方面也希冀人世间也能如这矿泉水一样纯净和谐。

《我爱松树》发表时间和刊物都不详,后被收录于《韩国现代文学全集》12(汉城:三星出版社,1978 年)。这篇文章抒发了作家对松树的诚挚热爱和对其真正价值的认识过程:

> 在故乡时,松林遍布在前后山上。我虽然常常爬到松树上,可是却不懂得松树的真正价值。一旦离开故乡远远地踏上了间岛大地,我才真正认识到松树是多么珍贵啊! 故乡……,一提起故乡,我脑海里立刻浮现出蜿蜒陡峭的崇山峻岭、飘浮在上面的朵朵白云和松林间那白练一般的瀑布。①

"松树"是姜敬爱创作中常常出现的一个意象,象征着"精神家园"之意。作家喜爱松树,源于小时候的情结,但是那时,她只觉得松树高大挺拔,是绝佳的避难所,却不懂得松树的真正价值。"我"只知道,躲避继父子女的追打时,"我"会爬到松树枝上;等待去洗衣或打柴的母亲归来时,"我"会去树上瞭望。在这篇随笔里,作家为我们描写了 3 个地域的松树,即家乡的松树、异国龙井的松树和帝大医院内的松树。家乡充满松脂香气的松树让她回忆起童年时与母亲在松树下打松楸子的日子,异国土地上的松树因为动乱的现实常常被作家忽略,而帝大医院里那棵斑驳、孤独的老松树令她心生怜悯,仿佛被

---

① 〔朝〕姜敬爱:《我爱松树》。转引同上,第 794 页。

疾病缠身的自身的写照。无论哪个地域的松树，都是寂寞的。松树尽管不开花，却散发着浓郁的松香，而且不怕风吹雨打，保持着冰清玉洁的品格。

经受了漫长风雨的锤打与磨折，松树逐渐长成粗壮的树身，宛若画家用神秘的笔触点缀而成的。它害羞地低着头，摆弄着衣襟儿，色彩甚是庄严肃穆。针叶相互搭遮着，尽管好像有点乱，可是却显得亲密无间，颇有秩序。哪怕在凛冽而强劲的寒雪里，它也是冰清玉洁，气概凛然，丝毫不变。①

姜敬爱在生命的最后时期是痛苦的，据当时看望过她的人的记录，姜敬爱卧病在床，失语，失聪，眼睛也几近失明状态：

这位女前辈不光视力差，看不清楚，连话也一点说不了，是个重患者。我对她的境况感到绝望，竟喉咙哽住，什么话也说不出来。我觉得不好意思耽搁下去，立刻跟着兄长以及几位文学青年告辞出来。②

1944年4月26日，姜敬爱病情开始恶化，最后呼唤着先她一月去世的母亲而病逝，享年38岁。她的遗体被安葬在距离黄海道长渊郡长渊镇约7里地的杜鹃山的山岗上，左边山脚下就是作家曾经生活过的小山村。

---

① 〔朝〕姜敬爱：《我爱松树》。转引同上，第795页。
② 〔韩〕崔太雄：《在故乡拜访姜敬爱女士》，《现代文学》，1963，（2）。转引自〔韩〕李相琼：《2005年3月的文学人物姜敬爱》，韩国文化观光部内刊，2005年，第58页。

# 第二章　姜敬爱中国东北时期
# 小说创作的主题意蕴

　　小说创作是奠定姜敬爱文坛地位,为她赢得 20 世纪 30 年代朝鲜著名作家的重要基石和领域。而她在移居中国东北龙井地区生活的 10 余年里,一共独立创作了 19 部小说,占其全部小说创作的 83%①。也就是说,姜敬爱 90% 以上的小说创作都是在中国东北时期完成的(包括与他人合著的 2 部小说《年轻的母亲》和《破镜》)。其中,长篇小说 1 部(《人间问题》),中篇小说 2 部(《盐》《地下村》),短篇小说 16 部。根据作家的生活和体验以及小说描写的背景,笔者将姜敬爱在中国东北时期创作的小说分成两大题材,即中国题材和故乡题材②。前者是作家以中国东北龙井地区的生活与观感为背景创作的小说,共 12 部,占其中国东北时期小说创作的 63.2%,分别是《那个女子》《菜田》《足球赛》《有无》《盐》《同情》《母子》《二百元稿费》《烦恼》《黑暗》《鸦片》《黑蛋》;故乡题材是作家

---

①姜敬爱一生共创作了 23 部小说,其中,除《年轻的母亲》和《破镜》是她与人合著小说,《破琴》与《母与女》是其移居中国东北龙井以前在韩国创作的小说外,其余 19 部都是她在中国东北时期的小说创作。

②关于姜敬爱中国东北时期小说题材的划分,许多研究者都持二分法,如崔鹤松提出,姜敬爱小说在题材上可分为"间岛背景小说"和"黄海道长渊一带小说"。参见崔鹤松:《在中朝鲜人文学研究》(韩文版),首尔:昭明出版社,2013 年,第 75 页。

以家乡黄海道长渊一带的现实生活为背景完成的小说,共有 7 部,占其中国东北时期小说创作的 36.8%,分别为《月谢金》、《父子》、《人间问题》、《解雇》、《地下村》、《长山串》、《山男》。

从主题意蕴上看,姜敬爱中国东北时期小说创作揭示的主题是深刻而丰富的,有力地契合了 20 世纪二三十年代中国和朝鲜社会的主流形势与主流话语,批判了强者压迫弱者的暴行与丑恶,传达了广大民众渴望摆脱剥削与压迫的心声,展示了抗日武装斗争的艰巨性与复杂性。也正是在这个意义上,姜敬爱超越了同时代的女作家,与李箕永、韩雪野等作家一道成为朝鲜/韩国优秀的现实主义小说家。

# 第一节　民族压迫与阶级剥削的深刻揭露

明治维新以后,日本国力迅速增强,意欲吞并亚洲的野心日益暴露。1894 年,经过甲午海战,日本从失利的清政府的保护伞下夺走了朝鲜,1910 年,正式将朝鲜沦为自己的殖民地。接着,又将黑手伸向中国东北,悍然发动了"九一八事变",控制了整个中国东北地区。生逢这一历史时期的姜敬爱不仅目睹了国破家亡的惨痛,而且亲历了日帝在中国东北地区的野蛮暴行。作为接受过社会主义思想理念、意识到作家神圣使命的进步文人,她运用犀利的笔大胆地揭露地主、资本家与日帝相互勾结、残酷剥削与压迫底层民众和残忍屠戮生灵的暴行,展示社会深刻的民族矛盾和阶级矛盾。

《有无》侧面描写秘密从事抗日革命活动的福纯爸,他每天夜里都出去,很晚才回来,"汗水浸湿了衣服"。两年前,他被捕入狱后,遭受了严酷的拷打,妻子和孩子也不知所踪。正面描写他对故事叙述人"我"讲的梦,这是每天夜晚一闭上眼睛就会做的噩梦,令人胆战心惊,又挥之不去,以致他分不清这是梦境还是现实。在梦中,他被"B"拖到一个黑暗的魔窟里,那里像他一样的人不计其数,也都是被拖来的。白天,B们从不露面,而到了晚上,他们才会出现,带走几个人。被B们带走的人永远不会回来了,显而易见被处死了,因此大家都害怕叫到自己,"所以一到夜里,我们好像死了似地趴着"。

　　一天夜里,听到B们走在混凝土地上的啪嗒啪嗒的皮靴声,接着门嘭地被打开。我们全身突突,起了鸡皮疙瘩。这时,B们叫着××,而他们好像都未听到。随后,B们蜂拥而上,用脚踢着,用皮鞭抽着。这时听到一位同志炸雷似的声音:"我们就去看看!"紧接其后,响起"去看看"的声音,接着是喘息声。他们的声音中流露着人生最后时刻表现出的对生的眷恋和对死的挣扎。听到他们沉重的脚步声,我们全身在颤抖,但是手脚却一点也不能动。①

　　穿着皮靴、挥舞着皮鞭的B们,漆黑的夜晚,潮湿的囚室,戴着镣铐的人们,这些都营造出阴森恐怖的气氛。这哪里是梦,分明是日帝大肆抓捕、关押、处决殖民地具有反抗思想和行动的进步人士这一残酷现实的真实投影啊!作家借福纯爸"梦"中的实地观察和亲历体验揭露了日帝令人发指的暴行。

　　一天,福纯爸又做了同样的梦,梦见自己被B们叫了出去。首先映入他眼帘的是一幅恐怖的画面:B们用闪着寒光的刀尖把一个哇哇哭叫的孩子刺挑起来,小孩"啪啪啪"地舞动着胳臂,蹬着小腿儿,呼叫着自己的妈妈。而"那个被呼唤成妈妈的女人只是像傻子似的呆呆地看着孩子",不一会儿,孩子便呼噜呼噜地倒着气死了。福纯爸被眼前的景象震惊了,"也好像死了似地"。没等他缓过神来,又一幅更加惨烈的图景降临到坐在他前面的同志身上。

————————

① 〔朝〕姜敬爱:《有无》。转引同上,第487页。

B们用铁链缚住那个同志的脖子，并把另一端系在汽车上。……车右边的B们打着手势，发动机开动了，车跑了起来。那个同志好像风车似地甩开两臂跟着走去，但是还没走几步，就扑地倒下。汽车震动着大地，消失在灰蒙蒙的空气中。

接着轮到我了，这时一个B拿着尖上带刺刀的枪向我这边走来。"现在他真的想杀我吗？"我这样想着，B把那个刀对着我的心脏，我活着的希望这才突然全部灰飞烟灭。……就在这时，我在绝望中忽然间获得了一种力量。就这样，我的意识清醒了，同时我也完全明白了，人必有一死。我看着B，这时刀刺进了我的心脏，我猛然发出嚎叫声，颤栗着醒来，原来只是一场梦啊。①

福纯爸梦中经历的血淋淋的场景正是残酷现实的真实再现，狱中日帝的摧残给他带来严重的后遗症，以致夜不成寐，一闭上眼，所经历的一切便历历在目，痛苦不堪，并且混淆了他的意识，改变了他的容貌。作品描写道："他的脸比以前更加憔悴，似乎是经历过人世的沧桑后留下的印迹。他的眼神黯淡，即使看一眼都会让人起鸡皮疙瘩。"②这分明是受过迫害的人的面貌，作家通过福纯爸的悲惨遭遇揭露了日帝的暴行。姜敬爱身处中国东北，耳闻目睹了这块土地上不断上演着的日帝野蛮屠杀爱国志士和无辜人民的罪行。譬如，1932年，她在回国途经会宁火车站时，看到成群结对的日本军人正在集结：

那被太阳映得闪闪发光的刺刀上，似乎散发出一股血腥味，又好像闪动着无数的幻影，那是因××党之嫌疑而被残酷杀害的

---

① 〔朝〕姜敬爱：《有无》。转引同上，第488—489页。
② 〔朝〕姜敬爱：《有无》。转引同上，第484页。

白面壮丁的冤魂。①

这是扫荡回来的日本军队。为了消灭反抗力量,日帝三番五次地大肆进行讨伐,1932年4月又展开大规模的扫荡作战,凡是有嫌疑的成年男子都被杀死,整个中国东北地区笼罩着白色恐怖。据当时日本驻地总领事馆统计,至1932年底为止,日寇共枪杀了1200名以上的共产主义者,另有1500名类似倾向者被投入监狱②。面对日帝的高压统治,目睹中国和朝鲜民众的惨状,姜敬爱决定用小说记录下这段历史。因为日帝书报检查极严,不能直接描绘日帝的野蛮暴行,表达自己的抗议之声,所以作家假托"梦"的形式,透过福纯爸的眼和口,形象地书写出真实的现实图景,这不能不说是作家的别具匠心。

《父子》的故事背景发生在朝鲜西海岸的M码头,讲述父亲壮士和儿子石头两代人遭受农场监工全重的剥削与压迫的过程。壮士是个孤儿,从小就力大无穷,因而得名为壮士。他无依无靠,在全重家当雇工,每天拼死拼活地出海捕鱼,可30多岁了仍然娶不上媳妇。无奈之下,他仗着力气硬是抢来了一个寡妇,生下了儿子石头,才算安了家。有一次,他驾船去西海捕鱼,遇到逆风,船被凶猛的暴风打坏。壮士拼死才保住了性命,可是因为船被严重损坏,全重从此不再把船租给他,这无疑切断了壮士家的生活来源。他走投无路之下做了盗贼,一想到害得自己遭受这困乏和痛苦境遇的不是别人,正是全重,他就怒火中烧,于是"如猛虎一般跳起来",持刀"像疯了似地朝全重家跑去",最后他因为杀人被日本巡警处死。

①〔朝〕姜敬爱:《离别间岛,再见吧,间岛!》,《东光》,1932年8月号。转引同
　上,第723页。
②崔鹤松:《在中朝鲜人文学研究》(韩文版),首尔:昭明出版社,2013年,第
　90页。

厄运似乎总是降临到穷人头上,儿子石头花费了 6 年心血,起早贪黑,手脚磨出血泡,将一块遍布荆棘、藤蔓缠绕的石头瓦块地开垦成松软的田地。结果因为没有听从全重禁止去夜校的命令,不仅自己被解雇,就连这片辛苦侍弄好的土地也被全重以某种借口肆意夺走。可是,在开垦这片荒地前,全重曾亲临 M 码头,将农民们召集到一起,许诺只要开垦出这块后地,3 年不交地租,还准许建造新家,如今这一许诺早已化为了泡影。从父子两的悲惨遭遇中不难看出,全重就是采用愚弄欺骗和强取豪夺的手段剥削压迫农民、发家致富的。而他之所以肆无忌惮地鱼肉百姓,就是因为有日本财阀做靠山,他是日本财团在朝鲜的忠实代理,是典型的日本走狗的形象。

长篇小说《人间问题》是姜敬爱的代表作,于 1934 年 8 月 1 日—12 月 22 日在《东亚日报》连载,共 120 回。小说以男女主人公阿大与善妃的贫穷生活和不幸遭遇为主线,以龙渊农村和仁川大同纺织厂两个场域为主人公活动的舞台,真实地揭露了地主、资本家对农民和工人的巧取豪夺和剥削压迫,提出了解决人间问题的人只能是无产阶级的问题,表现了进步思想的传播和革命力量的成长。由此,它被誉为"殖民地时期最优秀的现实主义小说之一",并与李箕永的《故乡》、韩雪野的《黄昏》一起成为朝鲜普罗文学的重要代表作。

小说真实地再现了 20 世纪 30 年代初朝鲜所处的殖民地的社会现实,揭露了地主、资本家对底层人民的残酷剥削与压迫,反映了地主与佃农、厂主和监工与劳动者之间尖锐的阶级矛盾和民族矛盾。其中,龙渊故事表现了地主郑德浩对农民们的横征暴敛和残酷剥削。在郑德浩家做长工的善妃爸金民洙因为没有收回欠债就被地主用算盘打伤,不治身亡。丰宪老头辛辛苦苦栽种的熟稻被郑德浩以抵债名义悉数抢走,被迫四处流浪。今年,稻谷又获得了丰收,农民们望着辛苦一年打下的"一个个白光光的稻谷堆,像喝醉了酒一样兴奋"。谁料,他们空欢喜一场,郑德浩照例来收债了。在事先未通知农民们的情况下,他私自抬高了稻谷价格,结果一算账,农民们打下的粮食还不够还债的。看到郑德浩强取豪夺,阿大非常气愤,他不愿意重历丰宪老头的遭遇,一声怒喊,带头把装上车的稻子卸了下来。惊慌失措的郑德浩请来巡查帮忙,执达吏们把"闹事"的阿大、狗屎蛋等人抓进了驻在所,拘禁,毒打,关押了一夜。因为担心天气转冷,没有人打场以及谷价看涨,才将他们放了出来。郑德浩这样训斥阿大等人:

> 就拿昨天晚上的事来说,我把稻子都拿过来,也完全是为了你们……从你们的情况看,稻子到手里,还不是要卖掉拿钱还债!这样一来,你们的债按时还不上不说,因为稻子不能在节骨眼上出手,也卖不起价钱,所以我情愿自己受点损失,还是把稻子都收了来,让你们抵债……你们也许要问我怎么会受损失,我可以告诉你们。其实你们自己也知道,过不了多久,稻子明摆着是要跌价的。嗯,我怎么能不照顾你们呢?我是把你们当亲儿子一样看待的,难道你们一点也不知道?昨天的事情,若不是我,换了别人能放过你们吗?我不光为你们自己着想,也为你们的家人着想,所以亲自去向巡查部长求情。这些你们知道不知道啊?谁都有做错事的时候,不过以后可要注意了!①

这一通猫哭耗子的冠冕堂皇的话让农民们六神无主,开始埋怨带头闹事的阿大,由此活画出地主郑德浩的人面兽心和狡猾欺骗。看着这些像霜打的叶子一样发蔫儿的农民们,郑德浩心里明白,这是靠了驻在所的力量。可见,郑德浩等地主阶级就是这样与日帝相互勾结,沆瀣一气,从而坐上面长的位置的。

---

① 〔朝〕姜敬爱:《人间问题》,江森译,北京:人民文学出版社,1982年,第99页。

作为一位典型的亲日地主,为了进一步巩固和扩大自己的权势,成为日本统治者在农村的最大代表,郑德浩千方百计地讨好、买通新上任的日本郡守,借其权力为自己撑腰打气。因此,他是比当地其他地主掌握更大权力的地主,连地主韩治洙也得让他三分。而日帝也需要扶持郑德浩这样的农村地主买办,以达到巩固统治的目的。小说描写郡守在郑德浩的陪同下视察郡内,向农民发表演说道:

> ……我们大日本帝国占领了满洲,国运昌盛,举世无敌,你们更要热心种好庄稼,多打粮食,贡献给国家。①

这里,所谓的"国家"就是日本国。郡守"开导"农民要卖力种田,就是为了役使朝鲜人民,以满足本国的粮食需求。这就赤裸裸地暴露出殖民统治者的侵略野心和荒谬说教,即朝鲜农民只有老老实实地种庄稼,缴纳各种税赋,安心守"法",才能有好日子过,这显然是压制殖民地国家人民反抗的暴力行为,以使其对农民的剥削合法化。并且,郡守还要求朝鲜农民穿带颜色的衣服,穿草鞋,认为朝鲜农民之所以受穷,就是因为懒和喜欢穿白衣服,"白衣服容易脏,要经常洗,既浪费时间,又容易坏"。这明显是在贬辱朝鲜民族文化,因为朝鲜素有白衣民族之美誉。讲完这些不关痛痒的废话后,郡守似乎想起了郑德浩,于是把话题转到面事务所上:

> ……最后我要告诉你们,"面"这个机构,不可小看,它将尽力指导你们过上好日子。面事务所向你们征收土地税、户口税,还有别的种种税收,也是为了你们。既然指导你们,就需要费用,

---

① 〔朝〕姜敬爱:《人间问题》,江森译,北京:人民文学出版社,1982年,第103页。

应当踊跃缴纳才对。……你们要好好听从面事务所的指导。①

如果按照郡守说的话,面事务所为广大农民的利益着想,那么为什么地主越来越富,农民越来越穷呢? 显而易见,这是愚弄朝鲜农民的骗术,目的就是巩固其长久的殖民统治。

此外,小说通过仁川码头工人和大同纺织厂女工的超强度劳动,揭示了日帝资本家对工人的剥削和对剩余劳动的榨取。仁川位于水陆交通的咽喉要道,1883 年被日本开航后,逐渐成为重要的贸易港。至 20 世纪 30 年代,仁川港已成为重要的国际港,也是朝鲜最大的港口,经常停泊着一长排足有数千吨级的大轮船,粗大的烟囱里冒出团团浓烟。贸易的发展带动了商业的发展,店铺林立,厂房矗立,仁川一跃成为一个集港口贸易、工业、商业和旅游等为一体的综合性的国际都市。随之,在仁川码头涌现出一批又一批的劳动大军,他们来自四面八方,有的是破产后进城的农民,有的是失业后来此谋求生计的城市贫民,还有的是刚从监狱被释放出来的抗日分子。小说描写:

> 工人成群结队地涌来,一会儿功夫就聚集了几千人,围满了港口,人声喧哗。其中一多半是背背架的,此外有拉小车子的,有往仓库里背米袋的,还有几个人在一起抬东西。年老的、年轻的、小孩子,全都混杂在一起,彼此挨挨挤挤地来回奔跑。②

工人们一大早就来到码头,背砖、扛水泥袋、抬大木箱,不停地装卸着货物,稍一停息,日本监工便大声吆喝、叱骂和鞭打。有时,工作

① 〔朝〕姜敬爱:《人间问题》,江森译,北京:人民文学出版社,1982 年,第 104—105 页。
② 〔朝〕姜敬爱:《人间问题》,江森译,北京:人民文学出版社,1982 年,第 184 页。

还相当危险，稍不留神就会失掉性命。小说描写阿大等码头工人为修建大同纺织厂的烟囱而背着沉重的砖块登上脚手架的场面令人触目惊心：

> 当时身背三十块砖走在脚手架上，晃晃悠悠的，脚下的木板好像立刻会断似的；往下看去，离地几十丈高，地面像一片深不可测的湖水，便禁不住两腿发抖，全身毛发都竖了起来。有时眼睛一黑，需要定一定神才能继续向上爬；后来觉得连烟囱也摇晃起来，仿佛眼看要倒，自己也会被摔得粉身碎骨。①

　　然而，一天如此危险而沉重的劳动所挣得的工资不过五六毛钱。同样，大同纺织厂采用大规模先进的机器和设备，把生产女工视作机器的奴隶和劳动的工具，30多名日本监工严格监管着千余名女工工作，只要换班的汽笛不拉响，女工们便不能停歇，也不能断丝，否则就扣罚金。有时，不熟练工人的罚金超过了一天的工资，等于白干。不仅如此，资本家还打着为女工谋福利的名义，把全体女工"囚禁"在宿舍里，不许外出，强制储蓄，连生活必需品也都由厂方统一购买。工厂的厂房和宿舍被高高的围墙封闭起来，连个小洞也找不到，"插翅也飞不出去"，这真是人间地狱啊！姜敬爱通过描写仁川码头和大同纺织厂的规模和工作强度以及日本监工的苛刻监管，揭露了日帝资本家及其走狗对朝鲜民众的剥削和压迫，批判了机器化大生产对人身体的戕害和精神的束缚，因为它不以工人的意志为转移，而是以机器所有者的意志为转移。也就是说，它的终极目的是为资本家创造更多的剩余价值，而不考虑工人的死活。

　　《长山串》是姜敬爱小说中唯一一部用日语写作的小说。它以作

---

① 〔朝〕姜敬爱：《人间问题》，江森译，北京：人民文学出版社，1982年，第214页。

家的故乡长渊一带的梦金浦作为背景,讲述日帝时期侵吞朝鲜经济的急先锋——日本财阀之一三井集团将魔爪伸向黄海边的长山,控制该地区的渔业资源,残酷剥削和压迫当地渔民的故事。穷苦渔民亨三心地善良,性格温顺,靠租用渔业组合的船出海打鱼为生。负责渔业组合管理的是日本人吉尾,他冷酷自私,心狠手辣,不顾渔民死活。与《父子》里的壮士遭遇相同,亨三也是在出海打鱼时遇到风暴,船被打破,船舱进水,他与志村(日本贫苦人民)拼死才保住了船。可是吉尾不管这些,看到他们没有捕到渔,又损坏了船,就解雇了亨三他们。这样,亨三家的生计线就被掐断了,结果导致妻子惨死、女儿患病,自己无以为生的绝境。小说通过亨三及其家庭的不幸遭遇,深刻批判了日帝独占资本宛若章鱼的触须无处不在以及殖民掠夺政策的深刻罪恶。

　　《解雇》通过描写老实朴素、任劳任怨的贫苦农民老金的不幸遭遇,揭露地主阶级对农民的剥削。老金从小失去父母,四处流浪,幸遇老主人朴初时,被他雇佣。他感激主人的救助,毫无怨言地帮助其开垦屋前的那片荒地,从不吝气力。没过几年,朴初时便发了家,成为新华面资产最为殷实的小地主。为了笼络住老金的心,让他继续为自己家卖力,狡猾的朴初时夸口说把老金当儿子看待,许诺将来攒够钱就给他娶媳妇,并向儿子立下遗言,永远不许把老金赶出家门。可是,朴初时死后,老金也因年老体衰干不动了,而且因拼命干活落下了咳嗽的病根,于是朴初时那当了面长的儿子就借故要卖掉那块地,用5元钱将老金扫地出门。被从自己辛勤开垦、拾掇出来的土地上赶出来的老金至此才幡然醒悟,明白朴初时所说的话和许下的诺言都是骗人的鬼话,一个也没有付诸实施,自己被他利用了,白白地活了五十年。小说最后以气愤至极的老金打了面书记一记耳光而结束。从反抗性上看,这部小说里的老金和《父子》中的壮士以及龙渊村的阿大一样,都属于本能的自发性的反抗。

　　姜敬爱不仅揭露朝鲜社会深刻的民族矛盾和阶级矛盾,还从阶级理念出发,批判中国地主的恶行。《菜田》是一部完全以中国为背景,以中国人为主人公的小说。它以秀芳在家庭中受奴役的家庭虐待、老孟和老秋等雇工反抗地主的阶级对立两条线索展开情节,揭示了残酷的阶级压迫。秀芳生在地主之家,但是因为从小失去母亲,也就失去了在家庭中的应有地位。父亲、继母将她视作家庭免费的女仆,不仅用棍棒打她,不让她吃饱,还天不亮就喊她起来烧饭,去地里摘菜,与家里雇佣的长工同等对待。因为天还黑着,她很害怕进黑漆漆的厨房,就央求长工老孟点着厨房灯。她很希望葡萄、桃子之类的水果能掉落下来,可是继母看管得很严,她根本拾不到。然而,同父异母妹妹友芳却与她命运截然不同,不仅什么活儿也不干,还有桃子吃,有学上。小说描写:

　　　　蝉声呱呱地响起来,她连忙将头转向蝉的右边,无意间看到正看着那儿的友芳。她穿着新买的鲜艳的粉红色西服,背着书包,一只手里还拿着一只桃子。羡慕地看了好一会儿的秀芳,无精打采地低下头。她讨厌自己身上的破衣服,更讨厌再次看到它,她厌恶自己整天只是穿着这身破衣服。友芳穿得多好啊!妈妈也穿得好,爸爸更是这样,只有我穿得不好。想到这儿,她的眼泪扑簌簌地流下来。①

　　秀芳在自己家庭却得不到亲人的温暖,反倒从雇佣的长工老孟、老秋那里得到帮助和同情。她在心里把自己和这些勤劳朴实的人画上了等号,认为劳动的人就都是好人,而爸爸、妈妈这些不劳而获的人就都是坏人。因此,听到父母计划一种完白菜地就解雇长工的毒

---

① 〔朝〕姜敬爱:《菜田》。转引同上,第467—468页。

计后,经过激烈的思想斗争,她还是把这个消息通知给了老孟等雇工,为老孟等人与地主谈判提供了时间和条件。然而,几天后,秀芳却无声无息地死去。表面上,秀芳与父母的矛盾是家庭内部问题,实际上却是地主阶级对底层民众的剥削和虐待,属于阶级问题。由此可见,阶级矛盾是 20 世纪 30 年代中国和朝鲜社会共具的主要矛盾之一。

# 第二节　民众苦难生活与悲剧命运的真实书写

受俄罗斯作家陀思妥耶夫斯基小说创作的影响,姜敬爱在中国东北时期创作的小说中,基于人道主义同情心,真实地书写了朝鲜和中国底层民众的苦难与悲剧,特别是底层女性的屈辱和痛苦,讴歌其面对苦难所表现出的坚韧不拔的精神和顽强的生命意志。读者借此可以透视 20 世纪二三十年代朝鲜和中国殖民地与半殖民地社会文化语境下个体生命的生存样相,进而把握作家强烈的爱憎情感、人道主义立场和现实主义的创作风格。

由于地主、资本家对农民和工人敲骨吸髓的剥削与压迫,导致底层民众赤贫的生活境遇。壮士因为船遇暴风被损坏,被全重赶出渔场,家里也断了顿。全家忍饥挨饿,可是儿子小不懂事,饿得一个劲儿地哭着要吃的。壮士无计可施,想出海捕鱼无奈没有船,想种地又不会农活,只得背着儿子到朋友老金家里要点吃的。然而,这只能解燃眉之急,今后如何生活呢?被逼到死胡同的壮士最后铤而走险,偷窃,杀人,走上了不归路。

无独有偶,福纯一家也没有固定的收入,当天挣当天吃,挣不着钱,买不了吃的就饿着肚子。因为他们租住在"我们"上房的单间房里,所以叙述者"我"时常把剩下的冷饭和菜汤端给他们,帮助其摆脱困窘的状况。以致小福纯一见到"我",知道会有吃的,就嗖嗖地爬过来,那样子甚是可爱,也很可怜,着实让"我"难受一番。福纯妈的"两个脸颊上总好像有泪水在流,看上去就像印着两条泪痕,我心里明白,她的脸是因为贫穷而变成这样的"。最后,当福纯爸被捕入狱后,孤苦无靠的福纯妈娘俩也不知所踪。

亨三被吉尾赶出渔业组合后,家庭失去了生活来源,四五天没饭吃,女儿们饿得直哭。无奈,妻子冒险去采贝,不幸坠入海里身亡。没有了妻子的操持和打理,家里更是一贫如洗。为了能够出海打鱼,亨三硬着头皮去求吉尾。当他走到渔业组合蓝色油漆大门前的时候,一股全骨的肉香强烈地刺激着鼻子,"他从板障子上露出的疖子眼儿往里一看,吉尾在后院的餐厅里正翻着全骨锅,的确正在吃饭,他妻子坐在对面服侍他吃饭"。而与此形成鲜明对照的是,在亨三为生计四处奔波时,两个女儿顺姬和明姬因为饥饿难忍,捡食了吉尾家放在篱笆外边垃圾桶里的馊饭和坏牛肉,呕吐不止。看着患病的女儿,亨三想,这个世上最可怕的事情就是饥饿。他不仅无钱买药,连烧水的柴火也没有,因为长山被三井霸占了,派了监视人看守,普通百姓被禁止上山砍柴,一个死树根子也不允许刨。亨三不能眼睁睁地看着女儿遭罪,就拿起斧子偷偷进了长山,他要刨些树根烧炕,烧点热水给女儿喝。小说描写:

　　　他提着斧子和绳子走到外面,停下站了一会儿,注意地观察着远处面事务所和驻在所的方向,然后漫无目的地走起来。越来越急的雨使他的心也更加忙乱起来,他在雨中摇摇晃晃地走着。……

　　　走过高粱地,趟过小溪,他悄悄地走进长山。松叶郁郁葱葱很茂密。突然,他瞥见大海那边好像是监管员的眼睛在诡秘地闪烁。嘎吱嘎吱,自己踩在堆在沙子上的松叶的脚步声格外响亮刺耳。他吓了一跳,又一次偷窥着那边的大海。……

　　他挖了一会儿,才发现两个树根,于是再次窥视着周围,悄悄地走进有干枯松树的地方,迟疑了片刻,他猛地挥动斧子砍起来。因为拿斧子的手不住地颤抖,他只得放下斧子,再次环顾着周围。①

在此,作家对亨三"违反禁令"去长山偷挖树根时的心理和动作作了惟妙惟肖的描写。最后,他被监管员发现并追赶,在逃跑过程中,额头撞到了树上,裤子也被撕破了。结果,他还是没有逃脱,因为挖树根被抓进了驻在所,遭受一顿痛打,受到吉尾的嘲笑。

　　如果说上述小说描绘的只是贫苦百姓生活发生变故后的不同侧面,那么《盐》、《人间问题》、《地下村》等对底层民众苦难生活和不幸命运的揭示则具有普遍性和常态化之特点。小说《人间问题》开头便通过不同身份的人所居住的房屋式样来揭示龙渊村贫富悬殊的阶级差别:

　　　　登上山梁,龙渊村便清晰地呈现在眼前。那座高高矗立的瓦房,是农庄主郑德浩的家;紧靠这面的洋铁皮房子,是防疫站;还有一座同样的洋铁皮房子,是驻在所。驻在所的周围,黑糊糊的一片,尽都是农家。②

瓦房、洋铁皮代表的是地主及其统治机构,草屋、土墙则是农家的居住之所,贫富阶级的界线壁垒分明,一目了然。地主郑德浩从农民们那剥削来的农作物堆满了生铁皮仓库,仍不满足,对欠他

────────────

①〔朝〕姜敬爱:《长山串》。转引同上,第 656 页。
②〔朝〕姜敬爱:《人间问题》,江森译,北京:人民文学出版社,1982 年,第 1 页。

债的农户步步紧逼。善妃爸金民洙在地主郑德浩家做长工,风雪之日被派往大堤沟替他收债。当他深一脚浅一脚地冒着大雪,走了一天一夜才来到那户农家时,映入眼帘的是一幅凄惨的画面:一间"黑糊糊的屋子","门上有个拳头大的洞,用破布塞着"。"乌黑的破棉絮"抵挡不了严寒的侵袭,孩子们连用干菜叶子煮的烂米粥也吃不上,饿得哇哇直叫。这让善妃爸不忍目睹,于是他背着地主给了那家1块钱。不料,这带给他杀身之祸,郑德浩看到他非但没要回债,反而折了1元钱,火冒三丈,抄起算盘朝民洙头上砸去,又狠踢了民洙一脚,将他赶出家门。可怜金民洙走了那么多路,滴米未进,又遭此委屈。回到家后,一病不起,不久他便凄然死去。孤儿寡母的阿大妈为了养活儿子,靠出卖肉体为生,每天在周围人的侮辱和嘲笑中委曲求全地苟延残喘。阿大因为砸地主家的牛车这件事,租用的土地被郑德浩收回,家里彻底断了顿。母亲躺在炕上唉声叹气,一边咒骂着儿子得罪地主闹到挨饿的地步,一边期盼着出外行乞的老李头快点回来。阿大毕竟是年轻人,几顿饭未吃,就饿得有气无力,眼冒金星。

　　昨天晚上,阿大虽然也饿着肚子,可是还能坚持,走起路来也不觉得什么,今天早晨却不行了,饿得爬不起来。他对母亲说:

　　"肚子饿得实在动不了,您到谁家讨点饭来给我吃吧。"

　　阿大妈望着有气无力地躺在炕上的儿子,心像被撕裂了似地难受。她决定去讨饭,拿起一个瓢走了。

　　母亲走后,阿大刚一闭上眼睛,仿佛有数不清的盛满了白米饭的碗在眼前晃动。

　　他忍受不了,又睁开眼睛,几天前盛满了粮食的米缸一下映入他的眼帘。他身不由己地爬起来,走了过去,扒倒米缸看看,空空的什么也没有。①

　　阿大家的遭遇是龙渊村广大贫苦百姓苦难生活的缩影,如同村前的怨沼,成为表现地主残酷剥削和压迫农民的象征性意象模式。阿大看着"那光秃秃的柳林,越看越像自己的命运!"而当他靠在柳树上,俯视着怨沼时,不禁想起了有关它的传说,于是自问道:当时的人,可能也是犯了什么法,才没了命,遭了殃吧!说不清是几千年还是几百年前的那些农民,也一定像自己现在这样,到了山穷水尽的地步!他这样想着,又望了望怨沼的一汪绿水。

　　俄罗斯批判现实主义作家列夫·托尔斯泰( Лев Николаевич Толстой, 1828—1910)在《复活》中指出:"土地不能成为任何人的财产,它跟水、空气、阳光一样不能买卖。不管是土地或是土地给予人类的种种利益,所有的人都有同等的享受权利。"这段话借用了 19 世纪末美国著名经济学家和社会哲学家亨利·乔治( Henry George, 1839—1897)的思想。亨利·乔治有感于社会的巨额财富与食不果腹之间的强烈反差,在《进步与贫困》( 1879)中提出,土地占有是导致社会财富不平等的主要根源,主张实行土地公有制,征收地税,使社会财富趋于平均。他进而批判了不顾贫富悬殊的社会现实,盲目追求社会进步的错误理论:

　　　　只要现代进步所带来的全部增加的财富只是为个人积累巨大财产,增加奢侈,使富裕之家和贫困之家的差距更加悬殊,进步就不是真正的进步,它也难以持久。这种情形必定会产生反作用。塔楼在基础上倾斜了,每增加一层只能加速它的最终崩溃。对注定必然贫穷的人进行教育,只是使他们骚动不安。把

————————————

① 〔朝〕姜敬爱:《人间问题》,江森译,北京:人民文学出版社,1982 年,第 110 页。

理论上人人平等的政治制度建筑在非常显著的社会不平等状况之上，等于把金字塔尖顶朝下竖立在地上。①

　　阿大、壮士、亨三等底层农民勤劳务实，辛苦劳作，却仍然摆脱不了贫穷挨饿的苦难现实，原因就在于土地私有制程度加大，社会财富都被郑德浩、全重、吉尾等地主、资本家占为己有，还冠冕堂皇地训诫农民们要安心贫困，老实干活，才能有饭吃，有衣穿。可见，正是贫富悬殊的阶级社会制度逼得走投无路的农民们去偷窃、去杀人，继而背井离乡，移民异国。

　　奉艳妈（《盐》）移民中国东北前，在朝鲜故乡有一块田产，那是位于松林前面的地，可是被参奉老头耍手腕吞掉了。自从失去土地后，不幸和贫穷便接踵而至，他们实在活不下去了，就背着几只瓢移民到了中国东北龙井地区。在这儿，他们开垦了一块又一块火耕田，却还是没有属于自己的土地，无奈只能租种中国地主的土地。可是一到秋天，辛辛苦苦打下的稻子就被房东抢走，所剩无几。他们仍然受穷，顿顿愁着无米下锅，无盐做大酱，更别说给女儿奉艳买运动鞋了。丈夫的意外死亡，儿子奉植的离家出走，使奉艳妈失去了生活的依靠，无奈寄居在房东家里，靠做女佣过活。命运多舛，她又遭受房东的蹂躏，临产前被狠心的房东夫妇赶出了家门。她拖着疲惫而沉重的身子，带着女儿奉艳，借宿在海兰江边的一家中国人堆房。就在这晚大雨倾盆的时刻，她痛苦地生下了孽女奉姬。此时，她饥饿难忍，想起了以前生产时，丈夫端着一碗热腾腾的海带汤和白米饭送到她嘴前的情景，哪怕有碗热水喝也好啊！可是眼前什么都没有，她太饿了，就抓起一把泥土吃起来。痛苦地过了一夜后，天亮时，饥饿又来侵袭她，小说描写道：

①好搜百科. http://baike. haosou. com/doc/4380716-4586947. html。

她瞪大眼睛，环视着四周。堆房还是黑漆一片，她的视线扫到漆黑的那边角落里，隐约看到一些葱根儿！奉艳妈想起，这是昨晚东家婆娘把今天要去集市卖的大葱放到这间堆房里。"对！不管是什么，只要吃点东西，就会打起精神的。"想到这儿，她连忙挺起身子，剥起葱根来。可是主人好像出来了，她几次刚将剥好的葱放到嘴边，又赶紧藏起来。最后她终于把葱放进嘴里了，并且咯吱咯吱地嚼着，此时牙都辣倒了，所以她皱着脸，吧唧着嘴，张了又张一会儿嘴。

就在口水快要流到下巴上的时候，她赶快用手堵回去，并且把这口水咽到嗓子眼里。她好像活过来了，又把葱放进嘴里，这次也不嚼，就用舌尖囤囵着舔到嗓子里去了。咽下去的葱怎么这样硬啊，她的嗓子眼儿像是被撕裂一般，眼泪唰地流出来。"吃葱也能活吗？"她这样想着，呆呆地望着从堆房门缝间看到的天空。①

可见，面对生活中的种种屈辱与苦难，奉艳妈表现出了多么坚强的意志和忍耐力。

《地下村》里，穷苦人们的生活景象更是悲惨，令人触目惊心！与其它小说不同，姜敬爱在这部小说里并没有塑造典型的地主形象，也没有渲染严重对立的阶级冲突，而是以客观冷静的笔触大量而真实地书写这块土地上发生的悲惨故事，因而被许多研究者评价为自然主义的描写。例如，金央善在《姜敬爱——间岛体验与女知识分子的自我反省》一文中指出："由于抗日武装斗争的消退和个人身体恶化等因素，姜敬爱的后期创作对下层阶级贫穷生活的描写带有自然主义

---

① 〔朝〕姜敬爱：《盐》。转引同上，第516页。

倾向,如《地下村》、《鸦片》等。"①韩国著名文学评论家金允植先生也说:"《地下村》描写的是所经历的穷极,却超越了小说的界限,也不是文化,而是被恐怖所支配,由此窥视出滑落到一种神物世界的危险。"②所谓"自然主义",是指19世纪60年代在法国产生的一种文艺思潮,其开创人是法国作家左拉、龚古尔兄弟等。他们受到哲学家孔德的"实证论"和生物进化论的影响,排斥浪漫主义的想象和夸张等主观因素,强调遗传和环境决定人的品性和命运,主张通过观察和实验研究现象界的事实,即真实地描写客观生活。自然主义对欧美批判现实主义文学影响较大。

笔者认为,作家尽管未在小说中塑造处于农民对立面的统治阶级的典型人物,而是肆意铺叙底层民众的穷极生活和悲惨遭遇,客观效果上正突出了社会中严重的阶级对立和阶级剥削。因为是谁造成了贫富悬殊的社会差别和分化呢? 换句话来说,如果没有统治阶级对自然资源和社会财富的疯狂占有和掠夺,普通民众何至于落到如此窘困和悲惨的境地呢? 在这部以作家故乡长渊一带农村生活为背景的小说里,农民们住在漆黑肮脏、布满灰尘、漏雨潮湿的破屋子里,吃着见不到几颗饭粒、难以下咽的橡子面。不仅如此,村子里的孩子们大部分都身有残疾:七星一侧胳臂腿不好使,干不了农活;大丫眼睛失明……他们的残疾并不是天生的,而是因为无钱医治而导致的后遗症。七星4岁那年出麻疹引起抽风,妈妈背着他,在大雪里艰难地跋涉了几里路才来到镇医院,可是医生见他们母子穿着破烂,又没有钱,根本不给他看病,结果落下了残疾。七星的小妹英爱因为奶水不足,瘦得皮包骨头,头上生

①〔韩〕金央善:《姜敬爱——间岛体验与女知识分子的自我反省》,《近现代女作家列传》③,2010年,第353页。

②〔韩〕金允植:《姜敬爱论——殖民地工场工人的世界》,《韩国近代作家论稿》(内刊),日知社,1981年,第245页。

了脓疮,脓水引得苍蝇不停地叮咬,奇痒无比。妈妈见它不好,就用耗子皮敷,最后生蛆溃烂要了小妹的命。村子里的女人们即使生孩子也不得休息,大丫妈眼看要临产了,还得下地干活,结果将孩子生在垄沟里,全身都是土坷垃,眼睛里、耳朵里全都是土。七星妈生下英爱第二天便去地里收割大麦,小说这样描写她的痛苦:

> 由于身体发虚,她眼前直冒金星,头晕目眩,大麦穗儿小的被看成了大的。一拿起或放下脱粒机的时候,她就觉得下面有什么东西直往上泛,后来又像是重得支撑不了似的。她想靠在什么上面看看,又怕别人看见,只得忍着。不一会儿,她去小便的时候发现,大腿内侧的血凝成了拳头大的肿块。她一下子害怕起来,又害臊跟别人说,只得那么撂着。这个包直到现在还坠在那,时不时地从里面流出脓水来。
>
> 夏天一热的时候,这个包就发出怪味,恶臭无比。冬天因为冷,全身常常像患了伤寒似地一阵阵发冷。要是走一点远路,这个包就火烧火燎地疼,想必是起了炎症,钻心地疼痛。①

灾难不断地降临在贫穷百姓的家里,包括七云在内的全村许多人都患上了眼病,红肿痒痛,却无钱买药。地下村里发生过的和正在上演的一幕幕生活惨景,并不都是自然生成的,而是罪恶的社会和残酷的时代造成的。日本统治者残酷掠夺朝鲜资源,鱼肉贫苦百姓,地主阶级则依仗日本势力,蚕食农民土地,逼迫其交租交息,以致民不聊生。七星沿村乞讨,不仅被人欺辱和虐待,还被有钱人家放出凶恶的狼狗咬伤小腿。镇上那户有钱的生意人妻妾成群,却还要娶大丫为妾,目的就是让大丫给他生儿子。

---

① 〔朝〕姜敬爱:《地下村》。转引同上,第613页。

农民们的境况如此,作为20世纪朝鲜现代化产业中的生力军,工人们是否能过上好日子呢? 在大同纺织厂寄宿并做工的难儿、善妃(《人间问题》)等女工,干着繁重而工时长的活儿,却吃着没有一点劲道、散发着一股汽油味的安南米,就着腥气扑鼻、难以下咽的腌制咸虾,结果时不时地闹肚子。机器仿佛永远不会停止转动的怪物,女工们那被水泡白、泡肿了的手指头随着飞旋着的绕轴上下舞动,活像一条条吞噬着女工生命的蛆虫。监工看管甚严,不许女工外出,不许工作时说话。为了最大限度地剥削女工,工厂还制定了严格的储金制度,强迫女工加入,美其名曰是为其福利着想,实际上是变相克扣女工已然少得可怜的薪金。女工们每3周休息一天,每天机器一开动,除非笛声响起,否则不能休息,劳动强度之大令人发指。资本家看重的是生产利润,而不是工人们的健康和生命,因此,一旦有工人被机器弄伤或惨死,他们不是将其赶出工厂,就是封锁消息,赶紧将人抬出去。磨坊里的男人(《地下村》)曾经是厂里的模范工人,然而被机器轧断了腿后,资本家非但没有赔偿一分钱,反而将他踢出工厂。美丽鲜活的善妃被繁重的劳动累得吐血而死。可见,所谓的机器文明并不能带给工人任何利益,还不断吞噬着他们年轻的生命。

姜敬爱之所以把目光投向20世纪30年代中国和朝鲜苦难的民众群体,源于其自身的苦难历程、人道主义的普世情怀和关注天下危亡的社会主义理念。她4岁丧父,与母亲相依为命,挨饿是家常便饭,实在无法生活下去,母亲才被迫带着她改了嫁。到了继父家里,她常受继父及其子女的毒打和辱骂。虽然有机会上了小学,她却仍然吃不饱,穿不暖,买不起书,交不上学杂费,为此偷窃过同学的纸和笔,受到老师和同学的责骂和嘲讽。中学时,她也没穿过一件漂亮的衣服、一双可脚的皮鞋。她最羡慕别的女同学拿着阳伞、穿着新裙子、新上衣、围着毛围脖、身着外套,带着手表的样子,然而这只是可望而不可即的幻想。乃至跟随丈夫来到中国东北延边后,仍然过着贫穷的生活,就连自己辛苦写作赚取的稿费也不能如愿购买上述物品,因为还要资助比自己更加困难的同志及其家属。这种困苦的生活状态,使姜敬爱对贫穷有着切身的体验,她常常站在人道主义的立场把关注的目光投向与自己一样受苦受难的人们。

参加"槿友会"等女性进步团体的活动,特别是受到丈夫张河一社会主义思想的影响,姜敬爱更加关注民众,自觉地把书写民众的苦难,揭露统治阶级对民众的剥削和压迫作为自己的创作宗旨。她直言不讳地批判廉想涉、梁柱东等同时代作家忽视民众力量的错误,认为文艺离不开现实,脱离人类社会的艺术是不存在的,艺术也不能超越人类社会[1]。在随笔《渔村素描》中,她进一步阐述了自己的创作思想:

> 作家的使命是什么呢? 不是比谁都更清楚地看到这一现实,并由此取材,通过作品向普通大众表现出所见到的现实吗? 艺术本身若是脱离民众的生活,又有什么价值呢?[2]

正是基于这一理念,姜敬爱才在小说中真实而大量地书写底层民众的苦难生活与悲惨遭遇,表达出强烈的人道主义同情心,鲜明地反映了作家现实主义的创作精神。

## 第三节　大众反抗情绪和阶级
## 意识觉醒的细腻展现

根据马克思主义的阶级斗争学说,社会发展的深刻原因在于社会的基本矛盾,即生产力和生产关系的矛盾以及受此矛盾制约的经

---

① 〔朝〕姜敬爱:《读廉想涉君的评论〈明日之路〉》。转引同上,第708页。
② 〔朝〕姜敬爱:《渔村素描》。转引同上,第772页。

济基础与上层建筑的矛盾。在阶级社会中,社会基本矛盾必然表现为阶级矛盾,即统治阶级与被统治阶级、剥削阶级与被剥削阶级之间的矛盾。在 20 世纪 30 年代的中国和朝鲜,日帝、地主、资本家及其帮凶构成社会的上层建筑,是统治阶级、剥削阶级,而广大的农民、工人和沦落到社会底层的人构成社会的经济基础,是被统治阶级和被剥削阶级。如前所述,因山林、渔业、土地等自然资源被统治阶级和剥削阶级所垄断,被统治阶级和被剥削阶级辛苦劳动所创造的大量社会财富被其野蛮占有,导致社会分配不均,贫富分化加剧。这势必造成两种后果:一是社会动荡,各种势力相互较量,彼此倾轧,民不聊生;二是人民反抗,苦难大众朝不保夕,生活难以维系,忍无可忍,被迫反抗。姜敬爱在中国东北时期的小说创作中细腻地展示了这一现实,反映了进步思想的传播和民众阶级意识的觉醒和对压迫者的反抗行动。

奉艳妈一家被迫从朝鲜移民至龙井乡下,本想过平安富足的生活,没想到这里更不太平。每天鸡鸣犬吠,刀枪声不断,农家们动辄受保卫团、自卫团侵扰劫掠,粮食等财物被抢走。保卫团勒令农民按照份额准备好钱或者粮食,以此作为月金缴纳,否则性命难保。后来,共产党出现了,地主、保卫团因为害怕共产党而躲避到城里,不敢回乡下。随着时局的变化,共产党离开了。保卫团、自卫团和马匪又卷土重来,结果家里被抢个精光,别说播种,就连种粮也无处借到。为了避免保卫团或者马匪的侵扰,确保生命安全,奉艳家在灶坑边偷偷地挖了个地洞。小说描写:

> 他们还在灶台前挖了个隐秘的地洞,不管哪里响起枪声,只要狗一叫,全家就躲进这个地洞里,一连几天都待在这儿。衣服和粮食也都放进这个洞里,只拿出一点必穿的衣服和吃的东西。①

————————

① 〔朝〕姜敬爱:《盐》。转引同上,第 494 页。

尽管如此,他们也难逃厄运。奉艳爸听说东家地主回来了,去找他借种粮,结果在保卫团与共产党的枪战中不幸被打死。可见,生逢荆棘丛生的乱世,身处多股势力火拼的夹缝中,普通民众想过安稳太平生活的愿望是根本不可能实现的。

《二百元稿费》同样描写了这种动荡不安的现实:

> ……间岛也是动不动就闹土匪,现在更是枪声刀声响成一片。劳苦大众都吓得瑟瑟发抖,生活在恐怖里。农民们也不去地里种地了,又不许砍伐山里的木头,真是性命难保啊! 他们都涌进相对比较安全的地方龙井市和像局子街的都市,将来他们吃什么活呢,这里人的生命比狗命还贱啊!①

农民无钱、无粮也无法种地,造成土地大片荒芜,无以为生,只能流落到城市。而城市就安全吗? 读者看到,在局子街和龙井市,杀人、抢劫现象时有发生,治安极其混乱。有时,为了制止混乱和消灭敌对势力,日帝不惜出动飞机实施镇压。作家在随笔《间岛之春——文人激动人心的春天》中讲述自己的亲历,有一天,她和往常一样顶着木盆去海兰江边洗衣服,突然飞机螺旋桨的噪声打破了春天的寂静。两三架飞机从头上飞了过去,飞到前山上空时,投掷出一颗炮弹,发出“嘭”的剧烈爆炸声。接着,人们从那边慌慌张张地蜂拥过来,原来是刚才出现了马匪,所以飞机才跟着追了过去。在龙井市街上,军警紧急集合,到处是迎风招展的膏药旗。维持龙井治安的“满洲国”警察看上去失魂落魄的,仿佛没了弹丸的枪。

在《异域月夜》里,“载着军警的火车奔驰在荒芜的田野上,上空单叶式飞机盘旋着”。民众们每日生活于弥漫着火药味的气氛里,胆

---

① 〔朝〕姜敬爱:《二百元稿费》。转引同上,第567页。

战心惊,不得安宁。地主、资产阶级借机巧取豪夺,抬高物价,大敛钱财。在当时中国东北延边地区,大米一斗 7.5 分钱,食盐更贵,竟然是大米价格的 3 倍多,即一斗 2.2 角钱①。广大底层民众无衣无食,饥肠辘辘,破衣烂衫。有些人甚至沦落为乞丐,沿街乞讨。在朝鲜,因为不种地,荒地很多,出现了饿死人的情况。哪里有剥削和压迫,哪里就有反抗。然而,在表现底层民众反抗日帝侵略和压迫以及地主阶级的残酷剥削时,姜敬爱没有采用激进式的慷慨激烈的言辞,也没有主观上刻意拔高笔下形象的行动意志,而是遵循历史与认识发展的客观规律,真实生动地写出了民众从自发式反抗到阶级意识的觉醒,再到有组织斗争的渐进的过程。笔者认为,这种描写既是姜敬爱小说创作的最大成功之处,也是她作为现实主义作家深刻观察生活、真实反映现实的创作宗旨之所然。相比稍早于她,也有着中国东北生活之亲历体验的朝鲜作家崔曙海(1901—1932),姜敬爱显得思想更加沉稳,创作更加成熟。

　　作为 20 世纪 20 年代日帝殖民统治下的朝鲜"新倾向派"作家,崔曙海不仅亲历了流浪、饥饿与穷困的苦痛和折磨,而且通过小说创作(主要是短篇小说创作)渲泄出贫穷的苦闷和激烈的抗争意识。特别是他以中国东北体验为题材创作的小说,更深刻地反映了当时背井离乡的朝鲜民众移居到中国东北地区的苦难历程。从这个意义上说,崔曙海与姜敬爱都是特定历史时期朝鲜民族苦难的忠实代言人和鸣不平者。可是,崔曙海笔下的主人公愤极成疯后的暴力行为,如杀人、放火等极端行为,虽然是一种反抗方式,但不是自觉的有意识的反抗(无产阶级斗争的方式),而是因饥饿、贫穷与愤懑而导致的发泄和暴力行为。譬如,小说《饥饿与杀戮》里的敬洙见妻子产后风复发后呼吸急促,病情加重,就去请崔医生前来看诊,但是被深知敬洙

————————

① 〔朝〕姜敬爱:《异域月夜》。转引同上,第 744 页。

穷得拿不出钱来的崔医生拒绝了。敬洙救妻子心切,便与崔医生签
下了这样的契约:"兹欠医生诊费,保证一月内补齐,如若违约,敬洙
去崔医生家做长工一年。"可是虽然崔医生开出了药方,敬洙还是因
为没钱从药局买药,最后这张药方也成了一张废纸。当他擦着眼泪
回到家时,妻子已奄奄一息,而年迈的老母为了给儿媳换米吃也被中
国地主家的狼狗活活咬死。遭遇这一系列惨景,敬洙瞬间愤极成疯,
挥刀冲上街头,喊着"杀光呀! 打垮这个被诅咒的世界! 打垮这个魔
鬼的殿堂、杀光呀,杀光!"他乱砍乱杀,结果被警察开枪打死。

　　朝鲜同时代文学评论家金基镇评价道:"作为克服自然生长性、
了解朝鲜现阶段运动,并彻底把握○○主义意识的作品,我们的普罗
文学创作想要表现什么呢? ——在作品创作领域,这一问题不能不
说是重大问题——我想率先提出这一问题并采用新的创作手法的是
崔曙海,不过我的希望还是失落了。"①金基镇认为,崔曙海虽然能创
作出符合无产阶级意识的作品,但是他还没有克服新倾向派文学的
自然生长性,即暴力倾向,在小说中过分流露出作者的主观思想倾
向,因而感到失望。

　　当然,这样说也许是过于苛求崔曙海,因为他是在 20 世纪 30 年
代初便终止了创作,因而创作理念未能得到净化,创作手法也未能得
到进一步拓展,这是其一;其二,崔曙海与姜敬爱毕竟生活在不同的
时代,社会环境和时代氛围也不尽一致;其三,崔曙海虽然在中国东
北地区生活过,可是创作却是在朝鲜本土。而姜敬爱的创作主要是
在形势更加复杂、矛盾更为突出的中国东北地区,其创作显然受制于
日帝严格的书报检查机关,过激的语词和过于露骨的思想是不能公
开言说的。尽管如此,姜敬爱的小说创作仍不愧为 20 世纪 30 年代
朝鲜最优秀的作品之一。下面,笔者结合其中国东北时期创作的小

①〔韩〕金基镇:《创作界的一年》,《东亚日报》,1928 年 1 月。

说来考察姜敬爱是如何描写民众的反抗情绪和阶级意识的觉醒的。

老金(《解雇》)因为从小被老地主朴初时收留,而对主人怀有感激之心,因而任劳任怨地干活,从不计较报酬。加之老主人的花言巧语,他更加相信主人对他有着知遇之恩。但是令他没有想到的是,朴初时死后,随着自己年老体衰,干不动活儿,就被少主人、新任面长一脚踢开。小说有一段描写,揭示了新任面长不顾父亲遗言、无情解雇老金的心理:

> 老金那看起来好像骷髅一样的脸! 行尸走肉般的身子,根本谈不上什么生气和希望。特别是最近以来,老金的咳嗽声嗡嗡震动着厢房的墙壁,好像奄奄一息之人的最后一口痰上来时的声音,让人感到不快。再加上家里有郡里来的客人,这种咳嗽声好像一下子加剧了,面长立刻生出将他撵出去的心。①

原来,新任面长是害怕朽木一般的老金的存在会损毁自己面长的形象,不利于自己的前程和家庭的兴旺。面对突如其来的不幸命运,老金仿佛晴天霹雳一般,痛苦得气愤填胸,泪如雨下。他不禁回顾起自己牛马般的一生,想起死去的老主人。40 多年来,他凭着强壮的身体和布满老茧的大手,开荒、锄地、种地、收割、编草席和蒲垫、烧火做饭、喂鸡喂狗,打理家里家外,把全部的爱和心血都无私地奉献给主人家,帮他家发财致富。而今,光棍一条、体弱多病的他将去哪里安身呢? 难道去狗屎蛋爸爸移民的"北间岛"吗? 他无法想象,直到这时,他才如梦方醒,认识到老主人的话都是假话,因为他的许诺一个也没有付诸实施,自己整整被他欺骗了 40 多年。他遏制不住内心的气愤,大声喊道:"唉,该死的家伙,你比你儿子更不是个东

① 〔朝〕姜敬爱:《解雇》。转引同上,第 571 页。

西。"恰在这时,迎面碰见从朱门酒肉、狂歌热舞的面长家出来小解的面书记,于是老金集聚全部的愤怒扑向他,狠狠地抽了他一记耳光。我们看,老金的觉醒源于人与人间的和谐稳定的关系被践踏被欺骗后的醒悟,不能算是真正意义上的阶级觉醒。同样,他的反抗也不是自觉的反抗,而是自发的、本能的反抗意识,况且他反抗的对象不是赶走他的新任面长,而是他人,因此他的反抗是一时的冲动,是愤懑情绪的宣泄。

　　那么,《菜田》中的老孟、老秋等长工们与秀芳爸的谈判和面对面的斗争是否属于阶级间的自觉的反抗行为呢? 或者说,他们的阶级意识是否觉醒了呢? 笔者认为,判断这一点的一个重要因素就是他们是否有正确思想的引导。从小说情节进展来看,看不到老孟等人接受过任何思想的影响,他们只是秀芳家里雇佣的长工,是一些勤苦耐劳、老实本分的农民。如果不是秀芳通风报信,他们还处于被动的命运中,最终摆脱不了被地主施展诡计赶出去的悲剧结局。而秀芳之所以背叛父母,站到他们一边,向他们传递信息,源于老孟等人平时对她的同情、关心和照顾。由此可见,老孟是一个热心肠、同情弱小的具有正义感的农民。他耳闻目睹秀芳在家庭中的屈辱地位,真心地爱着她,帮助她,这也是秀芳把父母的秘密通报给他的重要原因。而从老孟带领其他农民与秀芳父母斗争的过程来看,他又是一个机智、勇敢而沉稳的农民,具有阶级意识觉醒并成为领导者的基础。然而,作家并未深化对这一形象的塑造,小说描写的重心仍是秀芳的苦难和悲剧命运。小说结尾,老孟等农民与秀芳父亲以及证人老王对面而坐进行谈判。作为被压迫阶级,老孟等农民提出两个谈判条件:1. 不管发生什么事,这个冬天也不能解雇他们;2. 工钱一次性结清。如果不答应这2个条件,那么,他们今天就离开东家。因为害怕老孟等人离开种不上地,加之临时雇佣劳动力还会损失更多钱,秀芳爸不得不同意签订书面协议。这次阶级间的斗争,老孟等农民变被动为主动,最终赢得了斗争的胜利。表面上看,似乎老孟等农民的阶级意识觉醒了,能够团结起来与地主进行针锋相对的斗争,然而缺乏先进思想的引导,这场斗争仍是偶发性的、自发性的反抗,并未上升到有组织的自觉地反抗斗争的高度。

《父子》中父亲一代的代表壮士走的也是自发反抗的道路。他被全重剥夺了出海捕鱼的权利后,失去了经济来源,家庭也陷入饥饿境地。看着儿子饿得不停哭叫的样子,他不禁诅咒这个人世,遂产生报复的心理。于是,一到夜里,他就怀揣着刀,在大街上抢劫、盗窃,然后躲避到山沟或山谷里,不敢回家。因为太思念妻儿,一天夜里,他悄悄地潜回家里,见过妻儿和朋友,就起身冲向全重家里。他想,自己沦落成今天这个样子,罪魁祸首就是全重,是他使自己遭受这困顿和痛苦的境遇。结果,他非但没有杀掉全重,反倒被扣上杀人者的罪名被处死。儿子石头从小忍受着盗贼和杀人者之子的骂名,在屈辱中艰难长大。不料,因为参加农会,田地被全重霸占,他遭受了与父亲一样的命运。饥饿与愤怒之下,他来到全重家仓库门前,用手使劲拧着白铁库门上的铁锁,声音很响。如果他打开仓库门,抢走粮食,结果必然会被抓住,然后被投进监狱,这无疑又将走上父亲壮士的老路。此时此刻,石头的眼前突然浮现出洪哲的面孔和他平日里说过的话:"我们无论做什么事,都要谨慎,不要受个人感情支配……"他猛然意识到自己这么做是错误的不明智之举,并联想起父亲所走过的路:"父亲的这种反抗会有什么结果呢,完全是无谓的牺牲。以后,其子孙将被当作盗贼的儿子!杀人者的儿子!不过留下这些罢了。"

石头的觉醒得益于洪哲的思想启发与精神引导。洪哲在小说中并未真正出场,而是通过石头的回忆介绍出来的。特别是描写石头去他家向其妻打探洪哲的下落,洪哲妻抱着孩子出来与石头说的一段对话,凸显了洪哲这个人物的真实性。由此,读者知道了他的存在和活动轨迹。他是一名具有坚定思想的社会主义者,受组织所派来到石头所在的 M 码头开办夜校。他在开办夜校的过程中究竟讲授了什么内容,传播了什么样的思想,这些小说都没有具体地展开叙述。但是,我们可以从 3 个方面看出他宣传的一定是启迪民众阶级觉悟的进步思想:第一,他在参加夜校的青年们当中具有极大的威信和感召力,听过他讲课的青年都非常信任他、拥护他;第二,全重极其憎恨夜校,更憎恨洪哲,因此严禁农场的农民们去夜校。石头因为不听他的话,坚持不懈地去夜校,才引起全重的嫉恨,从而被他编造一个口实而解雇。对此,石头心里很明白,自从与洪哲接触后,迟早有一天,全重会对自己下手;第三,M 码头的日本驻在所下达关闭夜校的命令,强行取缔了夜校。并且,日本巡警把洪哲家翻了个底朝天,翻出了什么秘密文件,多数被没收了。随后,将洪哲逮捕,押解到镇上的监狱,至今杳无音信。洪哲的被捕,中断了进步思想的传播,石头感到失去了前进的动力和方向,差点做出盲目的错误举动来,只是想到他曾经教导自己的话语,回味洪哲握住自己双手时传导过来的温暖体温,才幡然醒悟。他认识到,此时的自己不是单独的个人,而是一名会员。"我的身体不是我个人的身体,而是献给了××会的身体。既然这样,按指令我不应行动啊!"可见,在洪哲的悉心引导和启发教育下,石头开始成熟起来,思想觉悟不断提高,认识到像父亲那样的自发反抗是徒劳无益的,而有组织的斗争才是最重要的。

真正认识到团结起来与敌人进行斗争的是《足球赛》中以承浩和姬淑为代表的进步的青年学生们。日帝侵占中国东北后,为了镇压当地进步势力和仁人志士的反抗活动,多次展开大规模的搜捕行动。特别是 1932 年冬季,驻扎在龙井的日帝对承浩和姬淑所在的 D 学校发动突袭,疯狂逮捕并杀戮进步学生,这些同志至今还被关押在日本领事馆所属下的监狱里。这次缉捕事件在民众中引起了强烈的震动,一时间,白色恐怖笼罩在人们的头上。面对日帝极其嚣张的反动气焰以及统治阶级的残酷镇压,大众不免产生悲观绝望情绪。针对这一严峻现实,承浩和姬淑决定不能保持沉默,既然救不出狱中的同志,就应开展积极的活动。他们利用××会举办足球赛的机会,动员并组织本校学生参加,使大众了解进步力量的存在。这次足球赛名义上由××会主持召开,实际上是 Y 市××们主办的。然而,他们面临的一个非常棘手的现实问题就是没有参赛经费,学校是不会提供参加比赛的资金的。经过仔细思考和研究,承浩和姬淑终于想出了解决的对策,这就是组织男同学们去吉会铁路工地做苦力,动员女同学们在赛马场卖门票、做女招待等,通过这些途径筹集资金。尽管他们付出了最大的努力,尤其是女同学坚强地克服了在大庭广众之下抛头露面的羞涩心理,可是经费还是严重不足。在这种不利的条件下,参赛选手们喝着冷水坚持训练,把比赛当作一场殊死战斗。在比赛过程中,他们奋力踢球,高声呐喊,场面极为激烈。他们所表现出来的顽强精神和英勇气概,赢得了周围观众的阵阵喝彩和同情。然而,由于选手们吃不饱肚子,没有运动裤,也穿不上运动鞋,临时组队训练不足,最终未能赢得这场比赛。尽管如此,他们向观看比赛的市民们展现了不气馁、不服输、勇敢作战的大无畏精神,传递了团结起来战胜黑暗与恐怖的坚定信念。小说结尾写道:

> 她们霎时迸发出一股力量,跑到足球场。同志们已经排成一队,唱着雄壮的进行曲走向市里。她们举目望去,承浩举着旗帜走在最前面。前进! 在他后面,群众潮涌般地跟随着。在红日的照射下,D 学校的旗帜像鲜血一样红。①

众所周知,足球最早起源于中国春秋战国时期,时称"蹴鞠",唐

---

① 〔朝〕姜敬爱:《足球赛》。转引同上,第 480 页。

代时大盛,并流传于民间。现代足球运动始于 1863 年英国伦敦的足球运动组织"英格兰足球协会"。1900 年,足球被列入第 2 届奥运会正式比赛项目。1904 年,国际足联在巴黎成立。之后,它规定从 1930 年开始,每 4 年举办一次世界足球锦标赛,这就是世界杯足球赛。它有力地推动了足球发展的进程,同时也使足球比赛不可避地掺杂了政治因素。在足球史或影视文学中,不乏以足球赛为契机进行政治造势的作品,最著名的就是二战期间,即 1942 年 8 月在乌克兰首都基辅举行的德军球队与当地起点球队的"友谊赛"。出乎人们预料,后者以 5∶3 的佳绩战胜了德国队。这场比赛被称作"足球场上重挫德国占领军的胜利"。后来,俄罗斯为此专门拍摄了一部名为《死亡球赛》的影片①,将参赛球员们塑造为英雄。美国好莱坞也以此素材拍摄了电影《胜利大逃亡》,由著名影星史泰龙担纲主演。

　　而在足球竞技水平相对滞后和弱势的亚洲,特别是在 20 世纪 30 年代日帝统治下的中国东北延边地区,足球运动鲜少普及。可是,作为一名体弱多病的女性,姜敬爱不事足球,却独具慧眼地把足球比赛与振奋士气的政治动机联姻,大大早于上述"死亡球赛",足见其创作选材上的机智锐敏和政治觉悟。当然,这部小说在承浩等人物塑造上略显粗糙,对球场"战事"等中心事件的描写也是通过姬淑的感觉侧面烘托,浅尝辄止,但是小说基于足球赛来传播进步思想,并鼓动反帝信心的创作视角却是极为成功的,它仿佛黑暗王国的一线光明,

――――――――

①影片中描述的故事发生在 70 年前。1942 年 8 月,占领乌克兰的德军与当地一支足球队举行"友谊赛"。为振奋士气,侵略者要求主队"放水",否则"后果很严重"。但乌方队员拒不服输,最终从绿茵场上凯旋。按照苏联时代的官方表述,多名球员事后惨遭纳粹杀害,他们不屈的爱国精神则被广为传诵,基辅迪纳摩体育场外还竖起了纪念雕塑。引自池晴佳:《二战中的"死亡球赛":英雄传奇还是政治宣传》,凤凰网 2012 年 7 月 5 日,http://news.ifeng.com/mil/history/detail_2012_07/05/15797921_0.shtml。

增强了人们继续斗争的勇气和热情。

　　真正反映受苦受难的底层民众接受社会主义思想的影响,从而阶级意识觉醒并最终走上无产阶级斗争道路的小说是姜敬爱的代表作《人间问题》。在这部作品里,作家提出,只有工人阶级才能担当起解决人类根本问题的重任,强调了工人阶级紧密团结同资本家斗争的重要性。小说题为"人间问题",这昭示出作家借助作品所要表达的中心思想。姜敬爱曾于1934年7月《东亚日报》连载《人间问题》的预告中发表"作者的话":"人类社会总是经常不断地出现新的问题,人类正是在解决这些问题的奋斗中向前发展的。所谓人间问题,大致可分为根本性问题和枝节问题两种。在这部作品中,我想努力把握住时代的根本性问题,指出解决这种问题的要素、什么人具备这样的力量以及他们的前途。"①这段话也成为小说《人间问题》发表时的卷首语,它通过各阶层各种人物的生活与命运的描写,说明这个时代的人间的根本问题是与剥削阶级和被剥削阶级不可调和的矛盾与对立有关的问题,是与被剥削被压迫的劳动人民大众的贫穷与无权、不幸和痛苦有关的问题,这是几千年来都未能解决的问题。而今能够具备这种力量解决这种问题的人是谁呢? 他不是小资产阶级知识分子信哲,而是无资无财无权无势的阿大。

　　小说表现了有组织斗争的必要性和重要性。阿大在龙渊村虽然带头反抗地主德浩私自抬高地租变相掠夺农民辛苦打下的粮食,可那是自发性的反抗,不仅以失败告终,就连农民也不理解。他们粗鲁地埋怨阿大:"昨天都是因为你,我们被打得死去活来!"阿大不在乎挨德浩的骂,可是大家的埋怨使他感到委屈,难过得想哭,感到像独自一人走在夜路上那样孤独。阿大的孤独感和不被理解表明自发反抗的局限与无力。在仁川码头劳动过程中,阿大开始还为了抢货物

---

①〔朝〕姜敬爱:《人间问题》,江森译,北京:人民文学出版社,1982年,第222页。

多挣点钱与其他苦力厮打,后来在信哲的教育和启发下,他逐渐认识到了团结的重要性。为了响应碾米厂女工的罢工斗争,码头工人在黎明时分举行了大罢工,要求厂主如不答应他们所提出的条件,就绝不复工。小说生动地描写了聚集在码头上的参加罢工斗争的数百名工人的坚定神色和冲天的气势:

> 太阳升起来了,满天红光。工人们抬头望着太阳,深深感到了团结起来的力量的伟大! 今天,太阳也仿佛想看看他们团结的气势,喷喷薄薄,向高空升起。工人们顿时感到心胸开阔,仿佛能把阳光下的闪闪发光的大海都拥抱在怀里。他们眼睛里看到的一切,好像都变得新鲜起来,都在纷纷向他们致意。
>
> 他们,这些默默无闻、无权无势的人,似乎顷刻之间竟有了能够支配整个宇宙的力量! 一向横行霸道的银丝眼镜和那些船员,甚至汽船上的起重机,在他们的面前都失去了活动能力,动弹不得。①

遗憾的是,因世界观的局限和被疾病过早夺去生命,姜敬爱只能写到冲破黑暗的黎明曙光,而未能借助生花妙笔为读者描绘一幅无产阶级推翻资产阶级和帝国主义统治的壮观图景。

## 第四节　人性自私的无情鞭挞
## 　　与精神苦闷的着力表现

有学者指出,从表现主人公的反抗意志上看,姜敬爱中国东北时期小说呈现出下降的趋势,这既是中国东北地区抗日斗争的现实状

---

① 〔朝〕姜敬爱:《人间问题》,江森译,北京:人民文学出版社,1982 年,第 229 页。

况使然,也与作家的阶级理念和反抗意识的退化相一致①。的确,综观姜敬爱 1935 年以后创作的小说,更多地展现了抗日斗争低潮时期人们的思想苦闷,批判了社会的世风日下、人情的冷漠和人性的自私。革命斗争并非一蹴而就,而是艰巨复杂的,总是在高潮与低潮中曲线发展。由于日帝连续扫荡和野蛮镇压以及革命内部不断激化的矛盾与内讧,1930 年代中期以后,东北抗日斗争严重受挫,抗日力量急剧削减。在这种严峻的形势下,中国共产党领导下的东满抗日游击队被迫进行战略转移,撤离延边地区。至 1937 年"卢沟桥事变"爆发前,日帝基本上控制了整个中国东北地区②。敌我力量的此消彼长,对革命志士和人民群众都是严峻的考验。一些意志不坚者或者投机钻营者因为看不到革命的前途而变节、转向,充分暴露出其人性自私和扭曲的本质。同时,曾经激情澎湃地投入抗日斗争洪流的进步人士,在这一困难时期也经历着巨大的精神苦闷,姜敬爱在小说中真实地再现了这一现实图景。

《母子》通过时亨在"九一八事变"前后对参加革命的弟弟态度的转变,批判了冷酷的世态人情。"九一八事变"爆发以前,承浩的大伯时亨就开了一爿药店,生活比较富裕,对捉襟见肘处于贫困中的弟弟一家慷慨解囊,无私地资助他们生活费用,毫无怨言,是个真正像样的大家长。可是,"九一八事变"一爆发,日帝将魔爪伸向中国东北后,龙井社会的局势发生突变,弟弟承浩爸毅然参加了抗日游击队,离家与日军作战,结果时亨的心也就变了。他不仅中断了付给弟弟家的生活费,还不分白天黑夜地咒骂弟弟,生怕被弟弟牵连上。特别

①张春植:《间岛体验与姜敬爱小说》,《女性文学研究》11 号,韩国女性文学学会,2004 年。
②崔鹤松:《在中朝鲜人文学研究》(韩文版),首尔:昭明出版社,2013 年,第 58 页。

是听说一年前弟弟所在的抗日游击队被日军打败被迫退入深山老林,而弟弟也在日帝讨伐中被打死的消息后,他非但不伤心,反倒幸灾乐祸,袖手旁观,甚至置孤苦无助的弟媳母子俩的安危于不顾,将他们赶出家门。

作家采用对话、动作和心理描写等手段揭示时亨一家的自私和冷酷。承浩妈被大伯家赶出后,为了生计做了老妈子,但是因为儿子承浩患上了百日咳,东家怕被传染而解雇了她。走投无路的承浩妈只得背着病重的承浩,硬着头皮去投奔大伯家。到了门口,看着大伯家新刷的油漆大门,承浩妈犹豫了,往事浮想联翩。她担心大伯问她为什么来,自己该怎样回答呢?不说也不好,如果被他拒绝怎么办呢?她一时打起了退堂鼓,干脆不求他们了。可是想到被咳嗽折磨的儿子,时亨毕竟是承浩的大伯,不求他又能求谁呢!她欲敲门,又想到与大伯对面说话时,承浩如果咳嗽不止怎么办呢?想到这儿,她的心不安起来。她想等承浩咳嗽完再进去,于是站在寒风暴雪中等了很久,而忘了生病的承浩再经不起任何严寒天气的侵袭。正在踌躇不安时,时亨的女儿开门出来了,她在 H 学校当老师,穿着雪白而柔和的毛大衣,极为时尚。而大姒娌的鱼钩眼一见她进来,脸呱嗒落下来,好像对待敌人似的。接着,冷嘲热讽、刻薄犀利的话语兜头泼来,承浩妈赶紧赔笑脸,不停地道歉,希望大伯能出来决断。然而,时亨在上房药店里招呼来买药的中国人,始终不出来。直到承浩又剧烈地咳嗽起来,叼着烟袋的大姒娌一边当当地用烟袋锅敲着烟灰缸,一边吵嚷着家里无治病的咳嗽药时,时亨才拉开上房门,露出了脸:

　　　“这儿怎么这么闹啊!”

　　他喊了一声,转动着眼珠。

　　　“就是啊,此前不知躲到哪个耗子窟窿里去了,孩子得了病,没地方去了,就又想来了。”

"我讨厌听!"

时亨狠狠地叫了一声,又关上了拉门。①

中国唐代诗圣杜甫在《自京赴奉先咏怀五百字》诗中写道:"朱门酒肉臭,路有冻死骨。"时亨与承浩是有骨血关系的至亲,而且家里开着药房,却因为忌恨承浩妈与自己吵架之事而漠视受百日咳病折磨的承浩的痛苦,足见其比朱门更加冷酷残忍的心。他憎恨弟弟加入抗日游击队的行为,因为这会牵连到他及其家庭,因而疏远并断绝与弟弟一家的关系,这又表现出他的自私和独善其身。总之,姜敬爱以"九一八事变"为镜,透视时亨在其前后思想的不同变化,批判了触及不到自身安全与利益就赞同并支持抗日武装斗争,反之则明哲保身恩断义绝的人们的投机与自私的本性。

《黑暗》中的"医生"也是如此。10年前,刚来这家医院工作的外科医生可谓是踌躇满志,热血沸腾,怀抱着治病救人的态度积极工作。他崇尚正义,同情弱小,热心服务,时刻以病人为己任。对那些无钱治病的贫穷病人,他不收一分钱,还常常自掏腰包为其治病,表现出无私奉献的精神。有时,为了病人的利益,他还和院长吵架,动辄要辞职。因此,他不仅受到病人的喜欢和爱戴,还赢得市民们的尊敬和拥护,人人觉得他是一位好医生,不愿他离开。然而,随着时光的流逝和时局的变化,人情也淡漠了。他与10年前判若两人,变得势利而虚伪,自私而冷酷。具体表现在:第一,他对病人漠不关心,表情冷漠。小说开头描写一个穿着邋里邋遢、腿打绷带的病人走进医务室,坐在转椅上看书的医生回头瞥了他一眼,不仅没站起来,还好像没看见似地很快转过头,眼睛里射出厌烦的光芒,蹙着眉头仍旧埋头看书。小说这样描写他的心理:

---

① 〔朝〕姜敬爱:《母子》。转引同上,第554页。

　　医生眉宇紧蹙,他心情不好的时候总是这个样子。这种粗
劣的病人来过后,他也就难以读懂医书中难解的文句了。他突
然回想起意想不到的往事,不能不发出一丝冷笑。①

　　这种对病人不屑一顾、厌烦鄙视的表情和态度着实令英实气愤,
她主动站起来为病人处置伤口、换药。在给一位盲肠炎患者动手术
时,医生不假思索地一刀切开腹部,脂肪顺着咕嘟咕嘟地流出的血翻
出来。不知是没有打麻药,还是打的麻药剂量不够,病人发出猪一般
的嚎叫,医生命令护士们紧紧摁住患者的头和脚。沉浸在手术里的
这位医生,一只手里拿着刀,另一只手握住钳子,向前滚动着器械,表
情麻木而冷酷,而病人不断地发出"哎哟!哎哟!"的割骨剜肉般的悲
鸣。这幅情景与屠宰场里屠夫宰杀动物没有什么两样,动物的哀嚎
引不起冷血"屠夫"的任何反应,他只想尽快地拾掇完案板上的这块
活肉,哪管动物的痛苦。可是病人的悲鸣却刺激了英实的神经,她产
生了错觉,心跳加速,簌簌发抖。她仿佛看到医生握着的刀闪闪发
光,而这刀正在杀自己的哥哥,因而痛极成疯。
　　第二,他背叛与英实的爱情,移情别恋。姜敬爱通过英实的回忆
简略地说明了两人相爱的过程。几年前,因为医生表现出正直、善
良、大度而乐于助人的奉献精神,赢得了同事与病人的喜爱,也赢得
了与之一起工作的护士英实的爱情。英实非常信任医生,觉得他是
那样高大,淳朴,无私,而且医术精湛,值得一生相托,因此深深地爱
着他。医生曾在写给她的情书中海誓山盟道:

　　英实,我离开你一刻也活不了,我的手起皱前,你那柔和的
白手洗净了我这光棍的脏手,啊,那双能紧紧抓住我这光棍的手

---

①〔朝〕姜敬爱:《黑暗》。转引同上,第665页。

啊！那双漂亮的手永远属于我！①

　　沉浸在爱情幸福中的英实多少次幻想自己的手和医生那双留着扁平指甲略微瘦削的手合而为一，那样的话，什么样的大手术不能顺利地突破呢！然而，她万万没有想到，医生竟然变了心，变得狡猾势利，追名逐利。他抛弃了英实，粗暴地践踏了他们纯洁的爱情，与别的女人订了婚。关于那个女人的情况，作家在小说中未提及，可是不难想到，她的家庭条件和社会地位一定比英实优越。尽管被心爱、信任的男人所抛弃，可是英实仍然忘不了他。现在，他们同在一间医务室工作，朝夕相处，不经意间的一个动作、一个物件都会勾起英实对他们过去美好爱情的记忆。作家通过3个细节描写英实的这种感受：一是正午时分，天气炎热，医生放下书，趿拉着皮拖鞋向外走。这个声音如此熟悉，英实不自觉地追寻着鞋的声音走去，突然，她意识到自己竟然留意他的鞋子发出的声音，不禁停下嘲笑起自己来。二是当她走到办公桌前，习惯性地拿起一本医学书，从散发着烟味和熏香味的书里，她蓦地感到了医生的呼吸和脸颊。意识到这一点，她不禁皱起眉头来。三是看到护士孝淑在忙碌，往墙上挂衣服，她忽然在白色的护士服里发现了医生的衣服。这些记忆是那样熟悉、清晰，难以抹掉，而现实却物是人非，以前的那位医生永远不存在了，眼前这位医生的虚伪与做作让英实感到愤怒、恶心。小说写道：

　　他那抹了过多润发油的头发很讨厌地晃动着，黑不溜秋的眼睛里透露出傲慢。医生避开她的视线，专心致志地摆弄着手指。以前他那高尚的人格哪里去了，找不出一点痕迹，从头到脚透着卑鄙。这种人虽然能夺去可爱的少女，可是却夺不走少女

①〔朝〕姜敬爱：《黑暗》。转引同上，第671—672页。

那颗思念哥哥的纯洁的心。她想自己的愚蠢在于透不过气来的气愤，就打消了想奔过去用力捅死那个男人的念头。①

医生医德的丧失和心理的蜕变源于其信仰的转变，而诱因则是变化了的社会局势和英实哥哥英植的被捕入狱。小说文本中并未介绍当时复杂而变动了的社会形势，只是在结尾采用隐喻的手法揭示主人公身处的是黑暗的时代。英实因过度思念哥哥和受到现实惨景的刺激而精神错乱，医生狂怒地命令医工老金把这疯女人拉出去。老金背着英实楼上楼下转了几圈，不知该把她放到哪里，于是背着她冲向医院外面——"一片黑暗"，小说以此作结，含蓄而隐喻地揭示出当时的黑暗社会。另外，医生经常读书看报，不会不知英实哥哥因参加革命被捕之事，但是他采取疏远英实并断绝与之爱情的极端方式摆脱自己可能面临的危险。特别是从报纸上看到英实哥哥被处死的消息后，他佯装不知，冷眼旁观，暴露出其自私、冷酷的本性。

与上述以中国东北地区时局变化而导致人心突变的小说不同，《山男》的背景设置在作家的故乡，着重采用倒叙手法，通过"我"两年前回乡探望生病母亲的途中所发生的事，鞭挞了人性的冷漠与自私。那是七月一个暴雨倾盆而下的午后，大雨淹没了路两侧的田地，公共汽车挣脱飞溅着的雨水吃力地行进着，转过氤氲的松林，爬上了泥泞湿滑的陡坡。突然，汽车戛然而止，原来后轮陷在黏土里，而前车轮的一半伸出到悬崖外，进退不得，情况非常危险。此时，天色已近傍晚，司机与乘客们都束手无策。这时，司机的副手喊来一个男人帮忙，他是住在悬崖下面一户简陋的茅草屋里的山里人，高大壮实。他二话不说，独自将绳子系在腰上，想用力把车拉出来，可是谈何容易！他希望有人帮他一起拉，可人们

---

① 〔朝〕姜敬爱：《黑暗》。转引同上，第669页。

看到他脚上沾满湿泥,几次跌倒弄得浑身污迹斑斑的样子,竟然没有一个人上前帮忙。小说写道:

> ……我心一惊,回头看去,男人的一条腿滑倒了。刹那间,男人跟着倒退着的车咪溜溜地被拉过去,他拽也没有拽住,像风车似地摇晃着两只胳膊。我们"啊"地喊了一声,不知怎么办,一齐躲开车。
>
> 男人什么也不知道,蠕动着头一用力,挺起了身子,用没有裤腿的裸腿铆劲一跳,跳了出去。在拖着滑不唧溜的腿跳出去的瞬间,男人的头发可怕地伸向空中,腿上起了无数的鸡皮疙瘩,黝黑的腿毛像生物一样蠕动。
>
> 简直不能相信,车来到了路中间。男人精疲力竭地一头扎到地上起不来了,我们大家跑过去,直到这时,他那没有裤腿的通红的腿才瑟瑟地颤抖起来。①

山男之所以冒着生命危险拯救遇险的汽车,只有一个目的,就是希望汽车司机把他病危的母亲送到县城的医院去治疗。比起他刚才的拼力付出,这是多么小的愿望和要求啊!况且孝子之心,至诚至爱,感天动地。但是,他的这一要求却遭到了司机和副手的断然拒绝,因为他们害怕山男的妈妈死在自己的车里,回去不好交差。至此,司机、副手和乘客们的过河拆桥、冷酷自私的本性暴露无遗。由此,笔者联想到19世纪法国著名小说家莫泊桑的代表作《羊脂球》,妓女羊脂球之所以最终被同胞抛弃,而惨遭普鲁士侵略者的蹂躏,只因其地位低下,所以马车上的各个阶层的代表人物视她为理所当然的牺牲品。莫泊桑以普法战争为镜,照出了这些人的丑恶心态。而

---

① 〔朝〕姜敬爱:《山男》。转引同上,第646—647页。

姜敬爱借大雨之夜车陷险境之机，揭示了人们冷漠的心理。从叙述者"我"的角度看，尽管同情山男的遭遇，认为他与自己都是因生病的母亲而着急，因此非常想对山男说一句道歉的话。可是看到愤怒的山男向着疾驶而去的汽车投掷石块时，却不免恐怖起来。这一幕也永远定格在了"我"的记忆里，此后，腰里系着绳子、投掷着石块的山男的形象时不时地浮现在"我"的脑海里，引发"我"的深思。

展示时局变化和人心突变的现实背景下曾追求社会主义思想的进步人士的精神苦闷，也是姜敬爱后期小说创作着力表现的基本主题之一。《黑蛋》是一部未完成的作品，描写淳朴正直的社会主义者K老师因不想迎合日帝统治秩序而产生的思想矛盾与困惑。7年前，参加抗日运动被捕入狱的K老师被从西大门监狱释放出来，不久就经朋友介绍来到中国东北龙井某中学任教。当时，日帝借"伪满洲国"建立之机，向中国东北出动大批军队，开展大规模的讨伐和拘捕，导致抗日运动受挫，革命退潮。在学校里，差不多天天发生缉捕事件，一些学生被抓走，一些学生吓得跑掉。大部分教员也因害怕逃之夭夭，只有K老师和十几名学生坚持留了下来。他们每天只能吃一顿饭，咬着牙挺过最艰难时期。随着时局的稳定，学生和教员的数量逐年增加，可是学校设施和教学条件却每况愈下。为了节约成本，K老师带领学生们自力更生，担水和泥，运土做坯，修缮破败的教室，并且盖厕所、砌灰壁、刷油漆、建门廊，加宽运动场，坚固篱笆墙，直到2个月前监督工人盖起了崭新、结实的大门，一座像样的学校终于矗立起来了。由此，K老师在学生中享有极大的威信，也有机会被提升为校长，不料却被崔校长取而代之。

崔校长与《黑暗》里的医生一样也是随时局而变化的人物。他是由K老师介绍来校的，与K老师最大的不同就是圆滑世故、贪得无厌。他对学校的建设没有任何建树，唯独擅长溜须拍马，并向日帝统治集团宣誓合作与效忠，因而最终取代K老师顺利地升任了校长。

他生着保养得极好的脸,戴着一副金色丝边眼镜,留着黑亮浓密的胡须,厚唇、厚手。而 K 老师面庞黑瘦,身体衰弱,上课时差点晕倒,因为他已有几顿饭没有吃了。回到家,仍然没有可吃的粮食,妻儿也跟着他挨饿受苦。他明白,这一切都是因为自己不肯向崔校长妥协,公开发表放弃信仰和斗争的违背良心的宣言造成的。只要他也像崔校长那样做,不仅堂而皇之地上课,挣钱养家,还可能当上教务主任,生活无忧。残酷的现实给了他两难选择,要么放弃信仰,改变思想,与当局妥协;要么不改初衷,拒绝上课,继续困顿,受当局监视。一直以来,K 老师都是采取后一种态度,坚持信仰不动摇,也不与崔校长为伍。这样,学生们也自然分成了两派,一派追随着 K 老师,一派跟着崔校长跑。然而,崔校长依靠当局的势力,不断地打压 K 老师,逼迫他转向。K 老师碍于生计,只得一味地让步,但是秉性正直的他又不能做违背良心的事,因此他内心极为苦闷,痛恨自己的软弱,无法忍受的孤独与寂寞之感时不时地袭上他的心头。他去校长办公室告知崔校长自己不能上课,言外之意是不发表与日帝合作的宣言,并且产生想说服校长的冲动。可是,不动声色的崔校长却抓住他的软肋,暗示他如果这样做就会开除他,因为前面已有几位教师被开除了。K 老师深知这句话的分量,又不能熟视无睹,因此感到既愤怒又痛苦。他愤怒的是,崔校长为了达到逼迫他转向的目的,竟然采取如此卑劣的手段,痛苦的是,自己还抱着这个职位不放,没有立刻提出辞呈。小说这样揭示他的复杂心理:

　　近来不论是看职员们的眼神,还是听到一般的舆论,自己好像更引起关注了,所以来自学校的打击也不少,他对此比谁都更清楚地知道。他也不是没有放弃学校的想法,可是眼前的生活问题很渺茫,轻易让出眼前的位子也不是容易的事。不过紧闭着眼睛不理睬职员们说的话也是不可能的,连一向信赖的校长也好像是那种神色。①

　　这部小说对 K 老师在复杂而变动的现实情境下内心激烈的矛盾与冲突的揭示是非常充分而细致的,但是因为它是一部未完成之作,因而 K 老师最终变与不变的结局也不得而知。有学者指出:"从《黑蛋》第 2 回本未能发掘的情况看,K 老师最终不知是否顶得住压力。但是,若看第 1 回本,曾是同志、现在却转向的崔校长劝告而受到日帝监视的 K 老师转向,对此,K 老师是很难继续保持社会主义者的良心的。"②

　　小说的题目为"黑蛋",它是一条狗的名字,而且是崔校长家的狗,在未完成的第 1 回本中只出现过 2 次,而且是在小说的初始部分中出现。表面上看,"黑蛋"似乎与小说情节的进展没有什么太大的关联,实际上它的存在起到了线索的作用,是一条暗线。通过它,读者能够更好地观察和了解主人公的好恶情感和潜在心理。黑蛋在小说中第 1 次出场是在 K 老师上课的时候:

　　　　吱嘎抓门的声音,再一看,教室门在响,原来刚才是狗爪子在抓门,黑毛里伸出来的脚爪比刀尖还锋利。门被打开,一条耳朵支棱着的颀长黑狗猛地跳进来。油黑发亮的毛,绿莹莹的眼睛,突出的尖嘴,胖而修长的腰身,一副威风凛凛的样子。学生们瞪圆了眼睛看着,直至哄堂大笑起来。

　　　　正在擦黑板上字的 K 老师听到学生们的笑声,扭过头来,黑蛋摇晃着尾巴跑过来。本来高兴爽快的 K 老师忽然间起了愤

①〔朝〕姜敬爱:《黑蛋》。转引同上,第 698 页。
②崔鹤松:《在中朝鲜人文学研究》(韩文版),首尔:昭明出版社,2013 年,第 65 页。

怒,连自己也控制不住了,拿起放在书桌上的鞭子用力地抽打狗头。狗腾地蹿起,也不躲避,仍旧跑到 K 老师面前。它那轻轻摇着的尾巴尖上有一撮白毛,像葫芦花一样白。可是狗终于哼哼叫着跑了出去。①

从黑蛋对 K 老师态度的反应来看,它是认识并非常熟悉 K 老师的,这暗示出以前 K 老师与崔校长是很亲密的同志关系,K 老师经常出入崔校长家,因此黑蛋见到 K 老师也非常亲切。今天,它也是嗅到 K 老师的体味儿而抓开门进来的。而从 K 老师见到黑蛋时的态度上看,本来高兴爽快的心情霎时被愤怒所取代,而且控制不住地抡起教鞭狠抽黑蛋的头。可见,K 老师对黑蛋怀有愤怒之情,实则是对崔校长怀着愤恨之情,两人目前的关系极为尴尬紧张。在此,黑蛋成为崔校长的化身,正是崔校长的施压使自己遭受精神的苦痛和饥饿的威胁,因此 K 老师把近段时间以来自己的孤寂、苦闷和窘迫等所有不顺都发泄到了黑蛋的身上。而黑蛋面对 K 老师的鞭打,仿佛面对主人般的亲近举动再一次证实了 K 老师与崔校长曾经有过的亲密关系。

黑蛋第 2 次出现是在 K 老师的家里。从 K 老师妻子一下子叫出黑蛋的名字来看,它熟悉并常来常往 K 老师的家。这次,K 老师一改在教室的态度,心疼起黑蛋来。

　　K 老师抚摸着黑蛋的腰身,抱着它来回地看。黑蛋像人一样倾诉着不满,一动不动地站着,多情地舔着脚,长长的睫毛和胡须里似乎闪着光,一双长眼睛略有所思的样子,嘴离谱地撅着,仿佛与它的心相距甚远,它的整个脸盘浑圆,比起自己毫无

①〔朝〕姜敬爱:《黑蛋》。转引同上,第691—692页。

特点的脸来显得更加出众。似乎很难再答应信任的校长的要
求,尽管对方派黑蛋过来,可又觉得缺了点什么,K老师的心一
阵阵发热。像这样连小狗都培养它的才干,花费了各种心思,所
以现在它能买肉买烟,甚至还能传信儿,真是无法想象啊!①

　　K老师明白,黑蛋来到自己家,不是毫无目的的,而是崔校长派
它来打探自己虚实的。为了监管教师们,崔校长无所不用之,就连自
己的狗黑蛋也训练它买东西、跟踪、传信。想到上课时黑蛋被自己粗
暴鞭打的情景,K老师不禁同情起黑蛋来,感到惭愧。他回想起一次
走过崔校长家门前,被铁链子拴住的黑蛋见到他又跳又叫的样子,觉
得自己就是被束缚的黑蛋,不免胸口发堵,愤恨起崔校长来。前几次
黑蛋来,他家没有可吃的东西给它,为此崔校长老大不高兴。现在若
不好好待它,结果可想而知,可是家里也到了喝米汤的贫困境地,K
老师着实为难起来。最后,妻子找来孩子吃的饼干喂它,才把黑蛋打
发走。

　　《烦恼》采用故事套故事的结构形式,以故事主人公"R"向叙述
人"我"讲述自己的亲历:参加革命,被捕入狱,被释放后来到同志家,
因暗恋同志之妻而产生烦恼等,表现革命退潮后龙井地区人心变化
的现实和抗日革命家所感到的幻灭感与复杂的情感矛盾。

　　R出生在朝鲜咸兴,但是锻炼其筋骨的真正故乡却是海参崴。
当时的俄罗斯处于十月社会主义革命的前夜,白军与红军争斗较量,
社会动荡不安。一次,R被红军抓住,就此加入无产阶级阵营,成为
一名社会主义者。苏联社会主义建设时期,他来到了"满洲",四处奔
走,宣传革命,决心为社会主义思想奋斗一生,并将儿女情长抛之脑
后。最能激动并鼓励他意志的是移民到中国东北地区的朝鲜民众,

---

① 〔朝〕姜敬爱:《黑蛋》。转引同上,第697页。

他们因为在朝鲜活不下去,产生了阶级意识,才来到抗日斗争的最前线——中国东北,因此,他们意志最坚决,斗争最勇敢。从 1932 年开始,为了镇压社会主义运动,日帝对朝鲜社会主义者集中聚集的东满和南满地区进行了多次大规模的讨伐,逮捕了许多人。R 也在 8 年前入狱,过了多年牢狱之苦后才被释放出来。他满心希望同志们会来迎接他,可是这一希望却落了空。小说描写:

> 我刚从监狱出来时,也想不到社会变得这样,虽然会有变化,可是变成这样……然而发傻的是自己心里还认为,只要出了监狱门,并且到龙井站的话,思念的同志们就会到窄小的火车站来接他。……所以怎么不想到龙井来呢? 不是吗? 应该有一张熟悉的面孔啊。以前这里没有守备队,而现在只有守备队走来走去的。我觉得身体变成了千斤,感到火车站也空荡荡的,于是像孩子似地哭了起来,气愤填膺,说不出话来。①

出狱前的喜悦和期盼与出狱后的冷场和尴尬形成了鲜明的反差,可见龙井社会世态人情的巨大变化。R 没有父母,也没有朋友,孤零零地无处可去。后来,他决定投奔同志家,可是连续找了两家,要么不在,要么搬家。在路上,他遇见了一位身穿日本领事馆制服的同志,不消说对方已转向。他感叹时过境迁,龙井人心的变化,想去俄罗斯,但是国境守备森严,无法出境。最后,他来到尚未出狱的家在明东的同志家里,受到同志之母和妻子继淳的热情款待。同志的母亲因为日夜思念儿子而双目失明,看到儿子的同志到来非常高兴,执意挽留他,R 耐不住同志母亲的挽留住了下来,并应聘到明东一所学校任教。他每月把薪水如实交给这位母亲,自觉地承担起同志的

---

① 〔朝〕姜敬爱:《烦恼》。转引同上,第 582 页。

职责来,照顾他的母亲。每天一大早起床,扫地,清理厕所,给花草浇水,给地锄草,收拾南瓜秧,将同志家打理得井井有条。然而五六年过去了,R却感到比在监狱还不自由,原来在朝夕相处的日子里,他被同志之妻继淳的温柔、贤淑、干净和勤劳所打动,深深地爱上了她。他深知,这份感情是违背政治信仰与人之情理的。因为第一,他为了阶级信仰,冒险从俄罗斯跑到"满洲"参加抗日运动,曾发誓不考虑个人婚姻。此前,他确是置生命危险于不顾,与敌人进行猛烈的斗争,为此被捕入狱。此时的R感到茫然的是,违背初衷的恋情,不意味着堕落吗?第二,继淳是同志之妻,有夫之妇,况且同志尚在狱中服刑,自己于情于理都不能做出违背良心的事情。

小说对R因单相思而产生的精神苦闷进行了细致的描写。上课时,他神情恍惚,黑板上的字写了擦,擦了写,引得学生们哄堂大笑;放学后,他独自留在学校,在教室里和操场上徘徊,思考该怎样决定。最终,他决定像男子汉一样勇敢地去追求爱情。可是回到家,面对继淳时,他还是抑制住想要拥抱继淳的情感冲动。他想起了继淳的丈夫,回想起他们曾携手工作的过去,明白这是不能超越的。然而,当同志的母亲有事出门,晚上只剩下他和继淳在家的时候,R却无论如何克制不了内心的冲动,小说真实地描写了他欲火中烧、欲罢不能的焦躁心理。

　　　　我一下子起来,……我又一屁股坐下,可是虽然坐着,屁股却像着了火似的,因失去一次绝好的机会而生出的不安,就像被刑警拷问毒打而喘不上气来一样。我又站起来,在房里来回转着,将耳朵侧向里屋,抓住门锁,手里的汗业已蒸发了。门锁浸透了汗,滑溜溜的。手里边的铁腥味好像是摸过生鱼的手似的。我一想到这双抓住继淳的手,就把手放到墙上蹭,又把手放到西服裤子上擦,还是觉得不对劲。我想找一条毛巾,转遍了整个屋子也没有。于是,我往桌子角上撞着头。①

继淳的坚决拒绝,使他恢复了理智,认识到自己的情欲是兽欲,自己的行为是疯狂的,于是他毅然离开了继淳家。R 的烦恼揭示了变革的希望丧失后人们精神的苦闷与失落。

———————

① 〔朝〕姜敬爱:《烦恼》。转引同上,第 590 页。

# 第三章　姜敬爱中国东北时期
# 小说创作的性别意识

## 第一节　关于性别意识的理论表述

性别意识是 20 世纪末期西方女性主义文学批评的理论术语,其初始称谓为"女性意识",源于法国极负盛名的存在主义哲学家、女权运动的创始人西蒙娜·德·波伏娃(Simone de Beauvoir,1908—1986)的《第二性》(1949)。在这部著作中,波伏娃喊出了一个令世人振聋发聩的声音:"女人不是生就成的,而宁可说是逐渐形成的。"①由此,这部书被誉为"有史以来讨论妇女的最健全、最理智、最充满智慧的一本书",甚至被尊为西方妇女的"圣经"。女性意识是英、法、美等西方国家资产阶级女性针对社会中男女偏见和不平等的现实状况而产生的女性自觉意识。同时,她们追本溯源,将矛头指向父权制社会,认为以私有制为特征的父权制社会是导致男女不平等的罪魁祸首。诚如美国女性主义者、著名女诗人阿德里安娜·里奇(Adrienne Rich,1929—2012)所说:

①〔法〕西蒙娜·德·波伏娃:《第二性》,陶铁柱译,北京:中国书籍出版社,1998年,第 309 页。

父权制指一种家庭——社会的、意识形态的和政治的体系，在此体系中，男人通过强力和直接的压迫，或通过仪式、传统、法律、语言、习俗、礼仪、教育和劳动分工来决定妇女应起什么作用，同时把女性置于男性的统辖之下……我们处处都处于父权制的控制之下；不管我的身份、处境、经济地位或性偏爱如何，我都生活在父权之下。只有在我为赢得男性的许可而付出代价时，我才能在父权制的许可下享有特权，发挥影响。①

这段话可谓是恩格斯（Friedrich Von Engels, 1820—1895）在《家庭、私有制和国家的起源》中阐释男女两性性别差异根源的表述的翻版：

Familia 这个词，起初并不是表示现代庸人的以多情善感和家庭不和为内容的理想。（它首先由罗马人发明——笔者注）用以表示一种新的社会组织，这种组织的首长乃是妻和子女以及若干奴隶的领主，依照罗马父权制而对他们握有生杀予夺之权。②

可见，历史上男女地位的不平等是与家庭的诞生相伴而生的，也就是说："父权社会通过亚属国家机器——家庭和婚姻，通过伦理秩序，概念体系等直接的人身强制手段，实行对女性的社会—历史性压抑。"③从这个意义上说，女性的历史就是一部陷入家庭的历史。男

---

① 〔美〕阿德里安娜·里奇：《生来是女人》。转引自康正果：《女权主义与文学》，北京：中国社会科学出版社，1994 年，第 3 页。
② 〔德〕弗里德里希·冯·恩格斯：《家庭、私有制和国家的起源》，《马克思恩格斯文选》两卷集 第二卷 莫斯科：外国文书籍出版局，1955 年，第 215—216 页。
③ 孟悦、戴锦华：《浮出历史地表》，郑州：河南人民出版社，1989 年，第 223 页。

人的空间是世界,是宇宙,而女人获得的却是一间狭窄的厨房和卧室。难怪恩格斯如是说:

> 最初在历史上出现的阶级对立,是跟专一婚制下的夫妻间的对抗状态的发展相一致的,而最初的阶级压迫是跟男性对女性的奴役相一致的。专一婚制乃是一个巨大的历史的进步,但是……任何进步同时也就是意味着相对的退步,这时一些人的幸福和发展是用别一部分人的苦痛和受压抑为代价而实现的。①

这充分说明,即便在现代,不管是在婚姻家庭里,还是在社会生活中,有些女性仍然摆脱不了公开的或隐蔽的奴隶地位。因此恩格斯说,母权制的颠覆,乃是女性所遭受的具有全世界历史意义的失败。

对此,马克思在《神圣家族》中也指出:

> 侮辱女性既是文明的本质特征,也是野蛮的本质特征,区别只在于:野蛮以简单的形式所犯下的罪恶,文明都赋之以复杂的、暧昧的、两面性的、伪善的存在形式。②

由此,产生于20世纪60年代的马克思主义女性主义文学批评力图建构一种与男性针锋相对的女性"她者"的声音。她们强调压迫,认为阶级是妇女受压迫的根源,资本主义制度造成了对女性的压

---

① 〔德〕弗里德里希·冯·恩格斯:《家庭、私有制和国家的起源》,《马克思恩格斯文选》两卷集,第二卷,莫斯科:外国文书籍出版局,1955年,第230页。
② 陈九如:《严复论妇女解放》,《皖西学院学报》,2001,(3),第223页。

迫,因而妇女反抗压迫应当被看成是争取实现共产主义社会的广泛斗争的组成部分。但是,这一观点却受到黑人女性主义者的质疑,认为黑人男性与女性同样受到来自社会上层的阶级和种族的压迫,这种压迫远远大于男性对女性的压迫。受此启发,在中国、印度等第三世界国家中,甚至出现了与女性主义话语相抗衡的男性批评。这表明,在愈趋复杂的国际形势下,单纯用极具敏感性的"女性"来标示女性争取解放与平等的斗争势必遭遇瓶颈。因此,20世纪70年代以后,西方女性主义者越来越多地采用"性别"来区分"女性"与"男性"。譬如,心理分析学派女性主义者认为,正是由于父权制社会的核心家庭模式导致男女两性的自我意识走上了截然不同的发展道路。而社会性别差异理论家则认为,以母亲为中心的幼儿抚养模式造成了女性更重关系性的自我意识,女性获取知识和价值观的方式更注重背景和联系,而男性自我意识则是冲突性的,注重抽象思考和倾向原则。

笔者认为,在文学创作实践中,性别意识应是包括男作家在内的作家性别身份在创作过程中的自然流露,它受到作家的文化传统、阶级地位和学识教养等因素的影响,有的表现得比较强烈(例如传统的大男子主义思想),有的则比较隐晦。那么,姜敬爱小说,特别是在中国东北时期创作的小说是否真实地体现了作家的性别意识呢? 又体现了作家怎样的性别意识呢?

# 第二节　姜敬爱小说的性别意识

姜敬爱从小目睹母亲等受辱受虐却坚强面对生活的女性的悲惨现实,青年时代又参加过朝鲜女性进步团体"槿友会"的活动,对当时性别不平等的现实有了清醒的认识,因而在早期创作中能够有意识地彰显这种性别意识。譬如,长篇小说《母与女》通过女主人公玉最终摆脱对丈夫和婚姻的依赖与固守,揭示了其性别意识的自我觉醒。由此,这部小说被一些女性学者认为是最全面地体现作家性别意识的作品。玉从小遭受堕落而放荡的母亲美丽带给自己的痛苦,后来被婆母珊瑚珠收养,长大后奉婆母之命与奉俊成婚,但是从日本留学归来的奉俊爱上了新女性淑姬,执意要与玉离婚。玉想起母辈们婚姻的不幸,非常痛苦,但坚决不从,甚至为了病中的丈夫亲自去求淑姬,遭到后者拒绝。然而,在回家的路上,她偶遇被押送监狱的英实的哥哥。看到英实哥"为了几百名工人而毅然舍弃自己生命"的壮举,玉被深深地触动。乃至回到家看到被相思病折磨得痛不欲生的奉俊,不禁鄙视起他来,觉得他为了一个女孩子而哭是太没有价值的哭,于是毅然决定与丈夫离婚。从小说结尾描写玉的思想转变上看,玉的性别意识的觉醒显得突兀,并不符合小说内在情节发展的逻辑,应视作作家性别意识和阶级意识的过度投射。

在此,读者应注意的是,姜敬爱从第一部长篇小说《母与女》开始,对性别意识的表现就是与阶级意识和民族意识掺杂在一起的。也就是说,她的性别意识在很大程度上从属于阶级意识和民族意识,这显然与作家青年时期参加"槿友会"的体验与所受影响有着密切的关系。因为"槿友会"传播的正是马克思主义女性主义的性别观,如它提出,私有制是女性受压迫的根本原因,只有解决资本主义经济矛盾,才能消除性别差异,而只有无产阶级才是消灭旧秩序,进行社会主义革命和建设事业的唯一阶级。从姜敬爱在《人间问题》、《二百元稿费》等小说中对性别意识、阶级意识和民族意识的表现和处理上看,她都在强调,只有推翻殖民统治,消灭阶级压迫,女性才能获得真正意义上的解放。若从20世纪初朝鲜所处的殖民地现实来看,姜敬爱的性别意识很契合时代的主流意识和主流话语,是无可厚非的。然而,若是基于西方女性主义的批评标准来分析,姜敬爱及其小说中所表现出的性别意识不免显得保守而矛盾,这也是作家在这点上被诟病的主要原因。

另一方面,姜敬爱前后期小说对性别意识的表现也不均衡,前期小说(1935 年以前)相对比较鲜明而突出,后期创作(1935 年以后)因受身体、政治等复杂因素的影响,其性别意识非但未能继续发展,反而被阶级意识和民族意识所冲淡,甚至被替代。总之,姜敬爱中国东北时期小说创作的性别意识呈逐渐弱化的趋势。

姜敬爱笔下的许多女性都身处民族、阶级和性别三重压迫之下,不仅遭受民族歧视和经济剥削,更遭受家长制性别秩序的束缚。作家通过本土的或移居中国东北地区的朝鲜底层女性的生活和命运,艺术地再现了处于民族矛盾、阶级矛盾和性别冲突中的贫穷女性的苦难。为了打探儿子奉植的消息,奉艳妈带着女儿奉艳来到龙井,找到中国房东家。房东对她们母女俩的态度经历了一个细微的心理变化,开始很高兴,嘘寒问暖,这就给奉艳妈造成错觉,认为房东是个好人,产生想要依靠房东的想法。听到奉艳妈说无处可去,同时,看到母女俩泪流满面的样子,房东明白她们是来寻求自己帮助的,于是不高兴起来,想用点钱打发她们离开。转念一想,不如先暂留她们一两日,看看情形再说,想到这儿,房东的脸上带着一丝笑意。这样,奉艳妈娘俩就在房东家住了下来。奉艳妈每天做家务,使用缝纫机做活,却没有一点报酬,成为无偿的劳力。受民族压迫和经济剥削还不够,房东又把魔爪伸向了奉艳妈的身体。他时常说些感谢的话,并在奉艳妈的眼前晃来晃去,要么吹口哨,要么弹奚琴,以此来诱惑奉艳妈。善良、胆小而懦弱的奉艳妈不知是计,还心存感激,对房东抱着极大的希望,希望他尽快打探到奉植的音讯,因而放松了对房东的警惕之心。终于,趁房东太太回娘家之机,房东连哄带吓,蹂躏了奉艳妈。奉艳妈虽然恨房东,但是也暗怀着想要借怀孕靠住房东这座大山的奢望心理,因此对自己始终犹豫而没有向房东说出心里话的行为感到无奈和后悔。小说这样揭示她的心理:

> 奉艳妈不无忧虑地低下头，为什么怀上这冤家对头的孩子。她拿起活计来，从针尖上现出那天晚上的情景。那晚的房东不是像一头发怒的老虎，朝自己扑过来的吗？自己也因为太害怕，屋子里又很黑，便抓起挂着的缎子布帐想以死反抗，但即使这样也没有成功，不是怀上了孩子了吗？想一想，这好像不是自己的罪，可是自己为什么不向爽快的房东说这话呢？自己现在连最想吃的冷面也不能吃，一切似乎都是自己没出息的错。"为什么不说话？为什么踌躇？这次应当说，一定要说，还要让他买一碗冷面。"想到这儿，她眼前出现了冷面，于是把唾沫咕嘟一下咽下去了。很快地，她便明白这是妄想，便不由得"嗽"地吁了口气，扑哧笑出来。一想到出现的一切问题虽然像座山似地压着自己，可自己却像个小孩子似地想吃东西，她觉得自己很可笑，也很可怜。①

被侮辱被欺凌而身处尴尬境遇的奉艳妈非但不反抗，反而顺从自己因怀孕产生的生理需求想让房东给她买一碗冷面吃，这既揭示了以奉艳妈为代表的朝鲜移民底层女性群体的贫穷无助和可怜处境，也反映了她们愚昧、麻木、胆小、怯懦和一味顺从的性格。她们身心遭受性别歧视和性别剥削，还对性压迫者抱有幻想，这正是其可怜又可悲之处。怀孕后的奉艳妈对房东许久不来感到失望，猜不透他为什么态度由和蔼变得冷淡，因此把这一切原因归咎于房东太太的嫉妒。有一天，听女儿奉艳说房东来了，她突然不安起来，产生了不知是害羞还是害怕的复杂心理，"说不出来话，嘴在哆嗦，手脚也瑟瑟颤抖起来"。乃至被房东太太恶言恶语赶出家门，她还期盼着房东能为她说一句公道话。可见，奉艳妈的思想还处在愚昧无知的阶段，既

①〔朝〕姜敬爱：《盐》。转引同上，第 507 页。

没有阶级意识、民族意识,更没有性别意识。

在《人间问题》里,姜敬爱通过描述以善妃为代表的朝鲜底层女性的苦难等性别问题,来揭示人类必须要解决的"人间问题",而郑德浩对贫穷女性的性榨取和性奴役、工厂监工对女工的劳动和性剥削,都是必须要解决的人间问题。可见,作家在小说中力图将性别问题与时代的根本问题"阶级问题"、"民族问题"复合为一。那么,她做到了吗?

作为龙渊村有钱有势的地主,郑德浩对贫穷、弱势的女性实施性别剥削和压迫。为了生儿子传宗接代,他喜新厌旧,不断地纳妾:信川女人、难儿。善妃妈刚刚病逝,他又将魔爪伸向孤苦无依的善妃,假借替善妃安葬母亲,实则把善妃诱骗进家门,这样,既免费使用了女佣,又满足了自己的兽欲。他口口声声说把善妃当作亲女儿一样看待,并以送善妃去汉城上学为诱饵,解除了她的疑虑。善妃被郑德浩的花言巧语所迷惑,仿佛见到了久别的父亲,感激地叫了他一声"爸爸"。她觉得,在这个"家"里,只有郑德浩照护自己,一切他都会为自己安排的。善妃从未进过城,"上学"在她心里产生了巨大的冲击波,她想象读书的女学生应该像玉簪那样,搽脂抹粉,涂口红,穿洋服,甚至不害羞地与男人并肩走路,一起吃饭和学习。想到这些,她感到别扭和难为情,同时又很兴奋,两种感情相互交织。看到善妃完全沉浸在"上学"的遐想里,放松了警惕,郑德浩便原形毕露,得寸进尺。面对郑德浩的强势与性侵,善妃的反应是失语的、无力的。她"低下头去","沉默不语","坐也不好,走也不好,站在那里发愣"。及至郑德浩把那张醉醺醺的胖脸贴到她的脸上时,她"手足无措,吓得全身发抖",机械地发出"爸爸,爸爸,我错了,我错了!"的下意识的自言自语和嘤嘤啜泣的哀求。软弱的善妃认不清自己所遭受的性别压迫,还期盼着能为德浩老爷怀孕生子。而后者见她生不出儿子,便开始厌恶起她来。最后,因为打碎了一个瓦盆,善妃遭到玉簪母女俩的辱骂和毒打,才被迫断了这个念头,逃离了地主家。

　　善妃在仁川大同纺织厂做工时,因为长得漂亮,常受监工的性骚扰。监工开始眼不离她,在她身边转来转去,还对她动手动脚。如果没有阶级意识和性别意识都已觉醒的难儿的思想启迪,善妃恐怕会重蹈被侮辱被蹂躏的悲剧命运。受到进步思想影响而觉醒的难儿,目睹厂内一些女工为了讨好监工,多拿奖金,夜里竟然跑到监工房间与之私会,不禁感到了肩上的责任。她暗自发誓,一定要尽快启发这些纯洁而天真的姑娘擦亮眼睛,把一千多名女工团结成一个整体,首先以争取提高经济待遇和人格平等为目标进行斗争。显然,难儿是把女性意识的提高纳入到以经济斗争为主的阶级解放的任务中。为了启迪善妃的思想觉悟和性别意识,她告诉善妃,监工及其他们背后的那些人,"都是比德浩还要可怕几百倍,几千倍的家伙!"她根据厂外组织的指示,在女工宿舍秘密地散发写有揭发监工虚伪、欺骗与剥削的字条,启发女工们的思想,提高大家的认识。善妃明白这些事都与难儿有关,想到难儿的话,又想到郑德浩对自己的蹂躏,才终于明白是他毁了自己的贞操,使她失去了再见阿大的勇气。隔壁监工的咳嗽声打断了她的思索,不禁想道:

　　　　监工把自己调到这个房间里来住,准是不怀好心,也妄想像对待龙女那样对待她。但是,自己不是龙女,也不是从前的善妃! 监工要是胆敢闯进来侮辱她,就跟他斗,把他的丑行当众揭露出来![1]

　　这段心理描写表明,善妃的性别意识开始萌芽,她再也不是龙渊村那个被德浩任意蹂躏的懦弱胆小的善妃了。但是,这种性别意识

---

[1]〔朝〕姜敬爱:《人间问题》,江森译,北京:人民文学出版社,1982年,第222页。

还处在自发懵懂阶段,达不到真正意义上的觉醒和反抗,主要表现在,当监工半夜闯进她的房间,掀开她的被子,用冷冰冰的手摸她的脸时,她的反应是下意识地推开它。当监工警告并敲她的头时,虽然想跳起来打他一个耳光,可是她连手指头也不敢动一下。

善妃思想的成长发生在难儿身份暴露被迫离开工厂以后。善妃不仅勇敢地帮助难儿翻越高墙离开,还毅然接过她的工作,在宿舍内秘密散发外面递送进来的传单。此时的善妃弄懂了这样的道理:"世界上还有许许多多德浩这样的坏人,要反抗他们,就必须团结起来。"一想到要与阿大汇合在一起同德浩之类的坏蛋进行斗争,她顿时身上增添了力量。当监工找她谈话,软硬兼施逼迫她说出难儿的下落时,她尽管内心紧张,但努力克制自己,沉着应对,顺利地挺过了这道关,以实际行动证明了自己的成长。这样,作家就把以善妃为代表的朝鲜下层女性所受到的性压迫转化为下层阶级所遭受的普遍苦难来认识,通过"女性问题"来揭示"人间问题",再进一步通过阶级解放来实现女性解放之路。这既说明当时社会的主流意识是阶级意识和阶级斗争,而不是性别意识,也表明作家性别意识的矛盾与分裂。

对此,韩国学者指出,《人间问题》在表层上阐释的是底层阶级的旧女性善妃的成长叙事,但是若结合20世纪初期朝鲜女性文学热议的焦点问题是新女性问题这一点来看,像善妃这样被束缚在私人领域的女性,因为出入于公共领域而产生女性主体意识是很难实现的①。首先,善妃自身很难摆脱郑德浩的性压迫,因为她缺乏独立的意志,如果不是因为生不了孩子遭到郑德浩的厌恶和抛弃,她难以离

---

① 〔韩〕许英仁:《姜敬爱文学的女性性》。转引自《姜敬爱,时代与文学》,《姜敬爱诞辰100周年纪念南·北共同论文集》,首尔:兰登书屋,2006年,第100—101页。

开地主家;其次,善妃在无路可走的情况下来到汉城找难儿,在难儿的逐步引导下,产生了阶级意识和性别意识。正当善妃的成长叙事要与小说男主人公阿大的成长叙事并轨之时,她意外地因肺病死在了工厂里,因此,善妃的成长叙事因为她的死亡而断裂,并没有完成。从女性叙事的角度看,尽管作家为表现失语状态下的底层阶级女性的生活做出了巨大的努力,但是用阶级叙事解决不了女性性的具体差异。善妃试图通过阶级意识觉醒和阶级解放来结束性的受难生活最终并未完成,而是通过阿大代言而完成。这样,善妃的性别主体性因郑德浩成为工人阶级的敌对面而被隐蔽起来,郑德浩与阿大的阶级矛盾和阶级对立同郑德浩与善妃间的性别矛盾和性别对立虽然不无关系,但是很难统一在一起。

况且,阿大从小就对善妃抱有好感,长大后也期盼着娶善妃过日子,可是善妃对阿大的认识却受到村民负面舆论的限制,不理解他,认为他是一个坏小子,还把阿大为治母亲的病辛辛苦苦挖来的苦楝根扔到了门外。直到后来成为大同纺织厂女工后,她才逐渐理解了阿大对自己的爱,心里产生对阿大的歉疚和思念。然而,他们彼此并没有向对方表达过自己的爱,总是被作家先验地错开。善妃虽然期待并相信阿大可以依靠,能够解决自己的问题,结果却还未发出自己的声音就凄然死去。因此,他们之间并没有形成真正恋人的关系,爱情叙事本质上是无冲突的,也是无法结合的。这充分暗示出阶级解放与女性解放是不能统一在一起的,也就是说,小说中的女性意识很难与以阶级意识为主的男性叙事相复合,即使碰撞在一起,那也是女性意识被阶级意识所遮蔽、所取代。这一点,在作家的另一部小说《二百元稿费》中鲜明地体现出来。

《二百元稿费》以"我"给弟弟 K 回信的书信体形式为载体,描述了"我"与丈夫因如何使用"我"所获得的二百元稿费而引发的矛盾冲突,实际上是"我"的性别意识与丈夫的阶级意识间的一场冲突和较量。姜敬爱在小说开头用三分之一的篇幅描述"我"小时候贫困的窘境,因贫穷而偷窃,受到同学的嘲笑与老师的惩罚,自尊心受到极大伤害。至于"我"为什么贫穷,作者并未揭示,只是讲述因贫穷与物质条件的匮乏所导致的生活窘迫。从小开始,"我"就没穿过一件漂亮的衣服,没吃过一顿大米饭,也没有纸、笔等学习用具。"我"非常羡慕戴着毛围脖的女同学,每次见到她们脖子上用松软毛线织成的围脖,就情不自禁地走上前去抚摸,喜欢闻那毛线的味道。看到同学打着阳伞,"我"也羡慕得要发疯,甚至想没有阳伞,"我"就不回故乡。有一次,一位同学开玩笑将一把破伞给"我"时,虽然被"郁愤和伤心堵住了嗓子","可是我没有扔掉那把阳伞"。作家之所以用整整4段的篇幅铺叙女主人公"我"在成长过程中刻骨铭心的极其匮乏的物质条件,就是为"我"后来获得二百元稿费后想要尽情地"奢侈"消费进行蓄势。

　　可是 K 呀,方才谈到的那份稿酬被寄来之前,我晚上很长时间都不能入睡,我在想用这钱做什么呢?现在想想,我说的都是些很难为情的话:"首先,冬天要置办一件毛大衣、围脖、皮鞋,我的门牙缝隙太宽,也需要矫正均匀,还要买金戒指、手表……啊,丈夫还没说想买什么呢。他却说什么钱是我挣的,我应当支配。可是我要是开口说买什么,他又能说什么呢。如果没有这次机会,我恐怕连一块金表也没有吧。我紧紧地闭着眼睛琢磨着,我应当给丈夫买一套西服,买那种式样的西服。"我就这样一股脑地想着。①

　　其实,"我"的上述想法并不过分,是任何一位家庭主妇最常见、

----

① 〔朝〕姜敬爱:《二百元稿费》。转引同上,第 562 页。

也是最自然的心态。况且与丈夫结婚以后,物质条件仍未得到改善,家庭生活依然贫困,这些东西已成为"我"魂牵梦绕的幻想,而二百元稿费正是改善"我"与丈夫贫穷生活的必要经费。用这笔钱实现梦想,不仅是对"我"童年以来所缺失的物质生活的一种弥补,也是"我"重建人之自尊心的基石,更是张扬"我"之女性主体性的最有效方式。此时的"我",只想用这笔钱满足个人和家庭对物质条件的欲望与需求,而丝毫没有想到其它,包括阶级意识。

　　当我征求丈夫如何使用这笔款项的意见时,丈夫却想把它用作英豪同志的住院费,以拯救他的生命,还想资助处于困境中的洪植夫人。丈夫的话出乎"我"的意料之外,"我"不禁茫然起来。"我"不是不同情这些同志及其家属,只想在满足自我需求的情况下力所能及地帮助他们。当"我"把对稿费的处理方式告知丈夫时,没想到却与之发生了激烈的冲突。丈夫猛地起来,"啪"地抽了一下我的脸颊。接着,"闪着一对虎眼再次扑过来,揪住我的一边头就打",并且嘴里辱骂道:

　　　　"哼!你这种人就是死一百次也是活该。我不会不知道你的心思,哼,有一分钱也不想让丈夫知道,嗳!卑鄙的臭娘们,滚吧!把那些钱都拿着,明天从我家走,我不能和你这样无耻的臭娘们一起生活。狐狸精,骚娘们……你也想成为近来时髦的摩登女一类的放荡娘们吧。啊!作为一流文人就得这个样子,哈哈,我不具备成为这种一流文人的男人的资格吧。烫卷发,脸蛋子上抹面粉,戴金表和金刚钻戒指,穿毛大氅,你尽管穿吧。嘴里高喊着做一名无产者,却想成为这样的文人,你马上给我滚出去!"①

---

① 〔朝〕姜敬爱:《二百元稿费》。转引同上,第564页。

遭到丈夫突如其来的辱骂和殴打的"我",一时不知如何应对,只是拼着嗓子喊道:"去死吧,去死吧。"在此,"我"的性别主体意识与丈夫的阶级意识发生了激烈的冲突,而丈夫充满暴力的行为,对"我"这个深居简出、专心创作的"文人"足以起到震慑和警醒的作用。被丈夫赶出家门后,"我"想离家出走,而恶劣的自然环境和时下社会对女性的偏见,又使"我"断绝了这个念头。在凛冽的寒风中,"我"开始反思自己的思想,特别是想到洪植夫人那衣衫褴褛可怜兮兮的样子和英豪那皮包骨头的面孔时,突然清醒地意识到自己正在玩一场危险的游戏。的确,在1935年的中国龙井地区,底层阶级陷入极端贫困的现实条件下,金表、金戒指、毛外套等奢侈品不过是资产阶级炫耀其财富的外在手段,这种虚荣的炫耀是为当时甘于贫穷的无产阶级人士所不齿的。想到这儿,"我"意识到自己的肤浅与虚荣心,意识到用这些钱救助同志的一条生命是"多么伟大的壮举"。至此,作为一位女性,"我"的阶级意识觉醒了,"我"意识到他们也是"我"的同志,并且,在"我"向丈夫认错并得到其原谅后,"我反而变得勇敢起来,内心的烈火猛地燃起",并提出帮助同志的具体措施。而作为一位知识女性,"我"的女性主体意识却被阶级意识遮蔽了。

在小说结尾,叙述者"我"更是借用丈夫的口吻,采用丈夫的方式对收信人弟弟K进行阶级式说教,俨然站在无产阶级人道主义的立场,充满同情地描述受殖民压迫而背井离乡的朝鲜移民,并劝诫弟弟"努力实现自己的社会价值",不要被眼前的利欲所羁绊。"我"已经由一个阶级意识的被动接受者,成长为阶级意识的主动传播者。众所周知,摒弃资产阶级物质主义,弘扬无产阶级奉献主义,在当时作者生活的时代,是值得推崇的主流叙事,符合当时主流价值观的要求。然而,我们也应该看到,小说中"我"的阶级意识虽然得到了觉醒,可是"我"的女性主体意识却遭到了压抑,并且伴随着阶级意识的觉醒,女性主体意识反而被弱化、被屏蔽了。下面,笔者结合作品,进一步阐述"我"的女性主体意识被阶级意识弱化并屏蔽的过程。

　　小说里,"我"与丈夫的关系,算得上是新时代中趋于平等的夫妻关系,丈夫在得知"我"获得稿酬以后,也说"钱是我挣的,我应当支配"。但是,当"我"的女性主体意识与丈夫的阶级意识产生冲突时,丈夫却一反之前的言说,对妻子进行殴打和辱骂,并将"我"逐出家门。这充分表明,表面上看似平等的夫妻关系其实是不平等的,存在着强烈的性差。特别是丈夫所采用的暴力行为和所使用的诸如"臭娘们"、"狐狸精"、"骚娘们"、"放荡娘们"等种种辱骂的语言,是对女性尊严与人格的公开践踏,是典型的性别歧视和性别压迫。其前提条件就是将"我"视作其个人的私有财产和商品,随意打骂,随意抛弃,这正是父权制社会赋予给男性群体的无上权力与至高权威。当然,丈夫能够堂而皇之地行使这一权力和权威,是打着帮助阶级同志的所谓"正义"的旗号,这令"我"难以反驳和反抗。因为"我"并非是没有同情心和使命感的无德文人,而是一位有公德心的知识女性。可见,在以丈夫为代表的父权制压迫下,"我"的女性主体意识,在萌生之初便遭到了遏制,随着"我"的阶级意识的觉醒,女性主体意识却被弱化、被屏蔽了。

　　小说对"我"的女性主体意识的展现,得益于对"我"心理活动的刻画。稿费是"我"作为一名知识女性,凭借自己的努力写作挣来的货币报酬,因此在得知获得稿费之初,"我"首先想到的是给自己添置衣物和饰品,以满足潜藏在自己心头的积压多年的愿望,这是正常的女性主体意识的抒发。然而在想到"丈夫还没说想买什么呢"时,"我"的主体意识的重心开始向丈夫偏移,进而想给丈夫买一套西服。丈夫还未发表言论,"我"的主体意识就受到传统家庭中男性主导地位的无形压迫而产生动摇,虽然已经打算好了怎样使用稿费,"我"还是"想听听丈夫的意思"。而在丈夫提出想要用稿费帮助同志时,"我"先是"觉得前面渺茫起来,什么话也说不出",进而"把头转向墙壁呆呆地看着"。女性主体意识在传统家庭中长期遭受压迫,此时的"我",心里有无限的委屈,却无法表达不同的意见,只能用回避、流泪来表示反抗。而在"我"的心理活动中,读者得知在"能挣钱的今天,丈夫还是那样不想着挣钱,而靠我的手挣钱来花",丈夫用妻子的劳动报酬来实现自己的慷慨无私,其社会主义奉献精神是建立在对妻子女性主体意识的压迫之上的。而当妻子意识到这一点,内心积郁导致其闷声哭起来时,却遭到了丈夫的殴打。"我"拼着嗓子喊出的"去死吧,去死吧",这是妻子面对丈夫的性别压迫所能做出的最激烈反抗,也是女性主体意识在极端条件下的反弹,而得到的却是被驱之门外的后果。在这一过程中,"我"的女性主体意识始终存在于心理层面的挣扎,未能外显为实际行动来对抗丈夫的压迫;而这一主体意识稍一有所发展,得到的就是当头一棒似的更加严厉的惩罚。在此,"我"与丈夫的冲突既是家庭内部夫妻间的冲突,也是资产阶级思想意识和无产阶级奉献精神的冲突,更是女性主体意识与大男子主义思想的性别冲突。

　　而在被赶出门外后,"我"的传统家庭意识与女性主体意识之间也产生了激烈的冲突。"我"首先想到的是"和那个男人生活不了了,有了钱也不能生活在一块",至于接下来怎么办,"我"所想到的种种方法都被自己否定了。回故乡,却不想忍受"那些坏娘们的嘲笑"和母亲的焦急;去汉城工作,觉得自己除了堕落外没有其他出路;去东京学习,又担心没有学费。男尊女卑的传统家庭仿佛温室一般,把"我"培养成了一株柔弱的花朵,即使在温室中受到压抑,但是一旦被移除温室,"我"却无法适应外界的环境。先前被丈夫的殴打所激发的女性主体意识在面临严苛的现实环境时,还未待遭遇外界的打击,就被自己根深蒂固的传统家庭意识所击败,从而主动弱化了。"好像被抛出了这个世上似的","我"认为丈夫"尽管像老虎一样吼叫",但没有他,我又能依靠谁呢。至此,女主人公的女性主体意识退却了,女人存在的意义仿佛只能依赖于丈夫,没有丈夫,妻子便飘忽不定,无法独立生存。于是,"我"又成为一个臣服于丈夫背后的妻子,即使丈夫"不想着挣钱",花自己挣的钱,也没有什么不可的。这样,为不至于居无定所,"我"接受了丈夫的价值观,并从内心认可丈夫对于同志的援助。因此,"我"最终选择回去向丈夫认错,女性主体意识彻底让位于父权制权威。"我"付出消泯女性主体意识的代价,赢得了丈夫同意回家的许可,而自愿重新回归女性的藩篱,则意味着必须按照该体制所规定的要求行事。因此,在得到丈夫的谅解后,"我"被丈夫的好言所感动,主动为丈夫的暴力行为开脱:

> 我能理解,他也是在我不在期间反复考虑过后才说出这样的话,这也是他解气的一种方式,即自己极力抑制由自身生出的全部不快的想法。①

这仿佛是对易卜生《玩偶之家》可能出现的最现实结局的戏仿,也应了鲁迅先生对娜拉结局可能性的猜测:"不是堕落,就是回来。"与娜拉不同,"我"是被赶出家门的,"我"的女性主体意识,由于先天发育不足,在受到充满暴力的性别压迫时便主动弱化了。并且,"我"还自愿担当丈夫思想的代言人,成为告诫、引导弟弟K阶级觉悟的义务宣传员。

姜敬爱中国东北时期小说中的女性主体意识在其后期创作中更加弱化,趋于消失,这在《地下村》、《鸦片》等小说中表现得尤为突出。生活于"地下村"里的女性们每天忙于田地、生计、孩子和疾病,丧失了对造成如此贫穷现状原因的思考,变得麻木、愚昧而盲目崇拜。盲女大丫生得美丽大方,性格又温柔贤惠,尽管看不见,但是家

---

① 〔朝〕姜敬爱:《二百元稿费》。转引同上,第566页。

务活一样不落,做得很好。因此,她被镇上做生意的有钱人看中,准备嫁到镇里。听说这件事的七星妈甚是羡慕,认为大丫真是交了好运。小说这样描写她的羡慕心理:

> ……大丫现在也真有福气了! 现在看来还得积德啊。这孩子眼光不远才怪呢,真是天上掉馅饼,哪有的好事儿。现在嫁到那家,再生个胖小子,哎呀,该过得富裕一些了……①

七星妈的心理代表了整个地下村里的人们,特别是妇女们的想法,即认为大丫嫁给富人家做妾是天大的好事,是积德的结果。殊不知,大丫这是落入了虎口,因为她是作为贫富之间等价交换的牺牲品被买卖的。那位生意人和《人间问题》里的买办地主郑德浩一样,"虽然先后娶了好多妾,还是没生下儿子",因此,等待大丫的将是不可避免的悲剧命运。别说信川女人、难儿、善妃等因为生不了儿子被地主郑德浩虐待并抛弃,就连生了女儿的美丽也不是被地主李春植无情地赶出家门了吗? 可见,妾不仅是性的商品化的结果,是封建社会里人身买卖的丑恶表现,还是人种生产的工具,是物,失去了这个作用,也就没有存在的价值了。同时,妾名义上是夫家人,实际上是干杂活的女奴、没有报酬的厨娘,不仅得不到丈夫的欢心,还受到地主正妻的欺辱和排挤。譬如,美丽被大奶奶抓住辫子打、被大奶奶之女抽耳光是家常便饭;信川女人常常被玉簪妈打得哭肿了眼睛;善妃因为打了一个瓦盆,就遭到玉簪娘俩狠命的毒打和辱骂。实际上,玉簪妈等女性也是父权制的产物,是被儒家传统社会所倡导的妻妾制度所毒化并扭曲后产生的畸形儿。她们生活在衣来伸手饭来张口的寄生状态下,既有高于底层女性的阶级优越意识,又有害怕失去地主

———————————

① 〔朝〕姜敬爱:《地下村》。转引同上,第 614 页。

管家婆地位的危机感。更可悲的是,她们认识不到造成自己尴尬处境和屈辱命运的真正根源——丈夫以及父权制所许可的"纳妾"制度,而是把矛头指向和自己同样受到性别歧视和性别压迫的同类,即比她们更为不幸的底层女性,可见她们的愚昧、无知、麻木和不觉醒。

大丫的麻木、无知和顺从还表现在对七星爱情的毫无感觉和推拒上。七星一直喜欢并追求着大丫,想用乞讨来的钱给大丫买块布料做聘礼。他一再寻找时机向大丫表白自己对她的爱,劝她不要嫁人,可是大丫很害怕,躲开他,让他离开,并表示嫁人是爸爸做的主,自己要听爸爸的。可见,在自我命运的定夺上,大丫与美丽、善妃一样,是绝对盲从的,听命于父权制家长的安排,而缺失女性独立的意志,更别提女性主体性了。

《鸦片》中的保得妈更是愚昧、麻木得令人可怜、可叹又可悲。她明明知道丈夫不仅堕落到偷窃的地步,结果被商店主人发现而被吊起来打,而且还染上吸食鸦片的毛病,可还是无条件地信任他,"只要丈夫说的话,自己都非常相信"。这次,丈夫说带她去中国人家借米做饭,她仍旧义无反顾地跟着丈夫走了,而把熟睡的儿子保得独自留在家中。此时的保得妈既没有独立的意志,女性意识更处于沉睡状态。尽管在与丈夫行走在布满荆棘、陡峭的山路时,她也隐约地怀疑过丈夫是不是要害她,可是绝对想不到丈夫会把她卖给中国人以换取毒资。可悲的是,当被老秦凌辱过程中,她仍然想着丈夫,呼唤着丈夫,而且眼前不时闪现出丈夫的身影,掠过丈夫那高耸的鼻梁,期盼着丈夫来救她,不相信丈夫会把自己卖给这个糟老头子。并且,她还生出一丝侥幸心理,也许是丈夫暂时把自己抵押给这个人,现在回家筹钱去了。乃至从老秦口中证实的确是丈夫把自己卖给他,并拿着钱回家的事实,她也不怨恨丈夫,而认为丈夫这么做也是迫不得已。最后在逃跑的过程中,她被院子篱笆上缠绕的铁丝网挂住。在挣脱无果、奄奄一息之际所产生的幻觉里,她脑海里仍不时浮现出丈夫和孩子的样子。她临到最后一口气还惦念着丈夫,想到他"现在是个登了记的吸毒者吧"。

在此需要说明的是,所谓"登了记的吸毒者"是指吸毒者只要登了记,就可以"合法"吸毒。那么,在哪里登记呢?1937年9月,在中国东北境内的鸦片经营分为公营和私营两种。"九一八事变"后,日本统治者打着为"日本国新民"利益着想的旗号,突然发布"鸦片麻药断金方策要纲",宣称根绝鸦片。接着,又先后两次废除治外法权,实行鸦片专卖制度,即"满洲国"对日本人和朝鲜人的鸦片私下交易可以行使司法权和警察权。其主要内容有:强化并普及禁烟教育和思想,强化吸食鸦片许可制度,对25岁以下的青年严格禁止发放吸烟许可证,确立吸毒者登记制度,废除现行的鸦片零售所,改为公营的管烟所,设置康生院,以便治疗吸毒者等。日本统治者将此作为根除鸦片的万全之策,宣布从1938年开始,10年内要根绝鸦片。实际上,这是将私营鸦片转为官方许可的鸦片专卖,是变相垄断。所谓的走上重生之路的"登了记"的吸毒者,不过是日帝鸦片专卖制度的幌子而已①。

保得妈直至死亡前还想着丈夫能否登上记,成为"合法"的吸毒者。她对堕落的丈夫怀着对封建家长的无原则的同情,逆来顺受,盲目屈从,不愿正视抑或逃避自己被丈夫卖掉的残酷现实,极力为丈夫开脱、着想,这正是其女性主体意识未苏醒的典型表现,是极其可悲的。小说对女主人公保得妈女性主体意识完全被遮蔽的描写,也在一定程度上表明作家后期小说创作中女性主体意识的弱化。其原因有三:

第一,"卡普"时代主流叙事的客观要求。20世纪二三十年代,

---

①〔韩〕李英美:《看在满朝鲜人的别样视线:姜敬爱再论》,《韩中人文学研究》
　32,2011年,第52页。

受马克思主义思想浪潮的影响,继苏联"普罗"(无产阶级艺术联盟)和中国"左联"(左翼作家联盟)之后,在朝鲜成立了"卡普"组织。无产阶级文学成为这一时期文学的主流叙事,阶级斗争和阶级压迫成为无产阶级文学的主流话语。姜敬爱也受到时代氛围的影响和驱动,特别是她的丈夫张河一还是一位坚定的社会主义者,因此书写殖民地社会文化语境下尖锐的阶级矛盾、阶级斗争和民族矛盾就成为其创作的主要内容。而作为女作家,从小耳濡目染的性别偏见和性别歧视现象以及青年时代参加"槿友会"的亲历体验,使姜敬爱具有比较强烈的性别意识。然而,其性别意识与时代主流叙事话语阶级意识产生激烈的交锋(如上述自传体小说《二百元稿费》中所揭示的夫妻间的冲突),因此,姜敬爱努力缝合这种矛盾,力图使处于弱势地位的性别意识与占据强势地位的阶级意识复合为一。这在她的随笔《朝鲜女性的必由之路》(1930)中表现出来:

> 虽然在家庭中,辅佐男性,谋求家庭的和平与快乐,培养子女成长,为我们社会提供强壮劳动力是女性共同的,而且是天赋的责任,但是,如何更多地与社会相结合也是我们朝鲜女性的特殊使命。
>
> 家庭是社会的一部分,因此自己的身体无论对深爱着的丈夫,还是子女来说,与社会利害休戚相关。也就是说,有理想的女性不可能不关心社会。①

她号召朝鲜女性多读书,学习朝鲜语,并且停止使用雪花膏、白粉和香油等化妆品,以节约开支,解决物价上涨带给家庭的困窘,并认为这才是朝鲜女性当然的使命和必由之路。尽管如此,她也时时

---

① 〔朝〕姜敬爱:《朝鲜女性的必由之路》。转引同上,第710页。

感到因这种缝合所导致的分裂、尴尬与无奈，因此，有意无意地使性别意识让位于阶级意识，或者说以阶级意识来遮蔽性别意识。如在描写善妃的成长叙事中，因不断感到其性别意识的压抑而最终中断其成长叙事，安排其死亡的悲惨结局。随笔《送年辞》只有短短的两段文字，不足120字，其中第一段透露了作家对女性之主体意识丧失的担忧：

> 我们既看不到社会经济的完全改变，也看不到女性的彻底解放。照这样下去，所谓的解放越来越使女性商品化了，女性在社会中的地位也渐渐被抹杀了。①

第二，中国共产党妇女工作政策的客观反映。20世纪20年代末至30年代初，在中国的朝鲜共产党员越来越多地加入中国共产党的组织和革命队伍中。考虑到民族问题的特殊性，中国共产党东北局一视同仁地采取与内地相统一的政策。妇女工作政策也仿效内地进行，即把妇女工作作为反帝反封建斗争的重要组成部分，号召女性从封建婚姻制度的束缚下解放出来，积极投身到阶级斗争的社会实践的洪流中。然而，大量女性走向社会、参与革命的结果导致以农村经济为主导的家庭相继解体，农村生产缺乏劳动力，直接影响到部队中农民战士的革命积极性。为此，从1934年开始，中国共产党妇女工作政策发生变化，开始强调妇女在家庭中的责任与义务，提倡家务劳动、照顾公婆、抚育子女等是女性的本分和美德。要求女性战时参加战斗，补充军事力量，而战时体制结束后就要重新回到原来的家庭体制中。姜敬爱与身为社会主义者的丈夫张河一长期生活在中国东北地区，不可能不了解中国共产党的妇女政策并受某种程度的影响，因

①〔朝〕姜敬爱：《送年辞》。转引同上，第746页。

此也有意识地将性别问题从属于阶级问题①。

　　第三,作家趋于保守的性别意识的艺术投射。对姜敬爱性别意识的评价,历来存在着不同的争议,譬如,有学者指出,姜敬爱小说对男性中心社会最为肯定的女性素质——母性的完全信赖,这是作家在以男性为中心的社会中所形成的根本的性别意识②。也有学者认为,姜敬爱所看到的被殖民化的朝鲜现实以及离散和移居现实中旧女性的旧的素质与被动性也存在着差异性,母性不仅代表旧女性的旧素质,也是殖民地女性所经历的苦难与桎梏③。这些议论尽管侧重点稍有不同,可是殊途同归,基本上能够达成共识,即认为姜敬爱小说的性别意识是"以家长制世界观认识现实的结果"④。也就是说,受过进步思想启蒙的知识女性姜敬爱尽管力图冲破封建宗法制传统思想的藩篱,在行为上表现出不喜欢做家务、与已婚男性恋爱等离经叛道之举,但是骨子里却潜移默化地受到传统思想的影响,推崇温柔善良、勤劳隐忍、任劳任怨、真善美完美统一的女性和母性。其性别意识是趋于保守的,着重表现在作家对其笔下女性家务劳动的大量描写与极力赞美上。

## 第三节　姜敬爱小说对女性家务劳动的描写与礼赞

　　善妃虽然是被动地进入地主郑德浩的家庭体制内,却忠实地履

①崔鹤松:《在中朝鲜人文学研究》(韩文版),首尔:昭明出版社,2013年,第146—147页。

②〔韩〕朴慧京:《姜敬爱作品中的女性认识问题》,《民族文学史研究》23号,2003年,第260页。

③〔韩〕金央善:《姜敬爱后期小说和体验的伦理学——以离散与母性体验为中心》,《女性文学研究》11号,2004年,第213页。

④〔韩〕许英仁:《姜敬爱文学的女性性》。转引自《姜敬爱,时代与文学》,《姜敬爱诞辰100周年纪念南·北共同论文集》,首尔:兰登书屋,2006年,第100页。

行女性在家庭中所担负的职责，主动而毫无怨言地从事着各种家务劳动，做饭、喂鸡、洗衣服、擦地板、种菜、摘棉花、织布等。在劳动过程中，她任劳任怨，竭心尽力，喜欢追求精致和完美，这通过知识分子信哲的视角表现出来。信哲看到晾在院子里的自己的衣服，知道是善妃洗的，情不自禁地感叹，"她给自己洗的衣服，洗得那么细心、干净，每次把她洗的衣服穿在身上，就禁不住地想：若有这样一个妻子……"尽管这是有着资产阶级享乐主义思想的信哲的感受，但是也从侧面说明了善妃对家务劳动的热心与投入。不仅如此，善妃对劳动果实也心存喜悦和爱惜，小说描写她积攒鸡蛋的细节充分地说明了这一点。她捧着母鸡刚刚生下来的鸡蛋，面含笑容地给人参观。看她如此投入地攒鸡蛋，想到这些鸡蛋只有主人才能享用，老太婆不禁提醒她："你这么热心地摆弄它，有什么用呀？"老太婆的话给她喜悦的心里泼了一盆冷水，"但这只是一刹那间的事，眼睛立即又去看她手里的鸡蛋，越看心里越爱"。就连跟玉簪学刺绣，她也想绣一只生蛋的母鸡，这遭到了地主之女玉簪的嘲笑和鄙视。玉簪回来后天天吃鸡蛋，看着鸡蛋越来越少，她心疼得要命，感到自己的心血白费了。可见，善妃看重的是鸡蛋的审美价值，滚圆透红的鸡蛋是对她辛苦劳动的肯定与最高回报，而不是鸡蛋的使用价值。因此，看到玉簪回城时要把她辛辛苦苦积攒了一个春天的鸡蛋一个不剩地带走，她难过得掉泪，仿佛挖了自己的命根子，甚至一时产生某种冲动，真想把一个个积攒起来的可爱的鸡蛋都摔在地上，全部打碎，也不让她带走。

更让善妃和老太婆不舍与伤心的是，玉簪妈竟然无视她们的劳动，而吩咐善妃拿出今年的新棉花包鸡蛋，以防鸡蛋破碎。小说借老太婆的回忆描述了她与善妃在村前的棉田里摘棉花的情景，太阳下山了她们也不肯回家，因为：

　　喜人的棉花常常使她们陶醉,忘记了时间。她们不怕棉秆刺手,从一个个绽开的棉桃里摘下一朵朵棉花,用裙子包起来,顶在头上一趟趟搬运,累得脖颈像断了似的。可是,主人连她们做件小棉袄的棉花都舍不得给,只给一点没用的破棉絮。现在,竟舍得用新棉花给去汉城的女儿包鸡蛋!①

　　善妃等底层女性所做的家务劳动,都是传统家庭女性(旧女性)必须娴熟掌握的技能,符合父权制社会的家庭伦理规范,因此她们才获得封建家长的认同与许可,可以长期地生活在其家庭里。如果说她们是在自己的家庭范围内从事劳动,成为劳动成果的享有者和真正主人,那么她们对劳动的全部投入和无私奉献都是值得肯定的,也是有意义的。但是正相反,她们是通过各种方式被有偿或无偿雇佣来从事这些劳动的,并不是劳动成果的真正拥有者,只是生产成果的劳动工具,这样,她们的劳动就具有了被剥削的性质。而她们却还乐在其中,付出巨大精力和全部心血,爱惜辛苦劳作后的果实,这不正说明她们缺乏觉醒意识,愚昧、保守而无知吗? 姜敬爱把这些作为女性的基本素养和传统美德赋予笔下的女主人公,虽然有揭露并批判剥削阶级寄生和腐化的创作意图,但是也传递出其保守而矛盾的性别意识。也就是说,她一方面赞美善妃的勤劳善良、务实肯干,另一方面也从性别角度否定了善妃不被认同为女性气质的身体“缺陷”,这就是对善妃的手的描写,并穿插他人的观感和评价。首先是映入信哲眼里的善妃的手:

　　　　到了德浩家的墙外,发现一只手从墙后伸了出来。他站住了,视线随着那只手移动,一个掩映在绿叶丛中的南瓜进入他的

①〔朝〕姜敬爱:《人间问题》,江森译,北京:人民文学出版社,1982年,第79页。

眼帘。那只手把沾满露水的南瓜摘下来,又慢慢地缩回墙里去。信哲下意识地跨前一步,想看清楚一些,可是手已经不见了。那是一只很粗糙的手。他从墙头向里望去,找寻那手的主人,只看见裙角在柴堆那儿一晃,闪进厨房去了。是谁? 一定是老太婆的手。善妃的手会那样难看吗? 不论干什么粗活,她毕竟还年轻……不会,不会的! 他连连摇着头。①

在信哲的印象里,善妃是那样美丽、年轻,她的手指一定尖尖细细的,绝不会是今天所看到的这只粗糙而笨重的手,这是一只令人感觉难看而憎恶的手,很难与白皙的善妃联系在一起。而事实证明,这正是善妃的手。它从正面验证了善妃长期从事繁重杂务的事实。

如果说信哲的感想带有资产阶级知识分子的思维偏见,那么工厂女工们对善妃手的否定性评价,说明它是被排斥在女性气质之外的。因为善妃长得漂亮,宿舍姐妹们给她起了个"俏姐儿"的绰号。小说借助女工们的对话这样来评价善妃的手:

> "……说真的,她是够俏的,我要是个男人,也会给迷住。你看她的眼睛和鼻子!"
>
> "有什么漂亮的! 瞧那双手,我看着都害怕!"一个有点耳背的女工说。
>
> "你这个聋子! 听见什么啦? 嘻嘻……手,手,嘻嘻……"爱笑的女工指着耳背的女工说,一面笑个不住。②

---

① 〔朝〕姜敬爱:《人间问题》,江森译,北京:人民文学出版社,1982 年,第82—83 页。
② 〔朝〕姜敬爱:《人间问题》,江森译,北京:人民文学出版社,1982 年,第210 页。

可见,善妃的手在长期被剥削的劳动生活中已经被损毁、变形了,这本是令人同情和深刻反思的,可是与善妃处于同等阶级和地位的工厂姐妹们非但不理解,还对之抱着揶揄和嘲笑。这种描写,在某种程度上反映了作家矛盾的心理。

同样,R 在向叙述人"我"讲述他对同志之妻继淳产生的恋情时,极力地称赞她的纯洁善良、温文尔雅,并详细介绍继淳在言谈举止、行为规范、做饭、洗衣服等家务劳动方面的出色表现。

"……她举止得体,吃饭总是符合饮食规范,连穿衣服也按照礼数,像她的牙一样有节有序,真是一位雅静的女子。

她第一次洗衣服就洗得很白,恐怕大嫂要问谁洗衣服不能洗干净呢,可是继淳洗的衣服像葫芦花一样白,而且柔软。肥皂味和石灰水味一点也没有,而是散发着清澈的泉水味。"

…… ……

"饮食上虽然很难说有特色,可我在她家一年期间,饭里一粒沙子也吃不到,一根头发也挑不出来。饭粒撒冷放亮,咬在嘴里很筋道。至今我仍在回味……菜也不是特别珍贵,可那味道真香。像普通旅馆这种地方,一般通过放味精或放糖来调味做菜,而她做的菜比旅馆做的菜更有肉味。这样一来,我的性格越来越好,也很注重穿着和饮食了。唉,那个人可真好!"①

引语中 R 的话里流溢着对继淳的赞美之辞。继淳并不漂亮,甚至比较丑,拳头大的小脸,额头太宽,眼睛与鼻子的距离太近,紧紧抿着的嘴唇。要说长相上打动人之处,就是她的洁白的牙齿,"像珍珠一样闪亮"。作家采用先抑后扬的手法,描写继淳平庸的外貌,实为

---

① 〔朝〕姜敬爱:《烦恼》。转引同上,第585—586 页。

突出她美丽而优秀的内质,同时也意在言外地告诉听者和读者,R 不是被继淳的外貌吸引的。继淳打动 R 的首先是其循规蹈矩、合乎礼数的行为规范;其次是她做饭、洗衣服等家务活儿做得好;第三是孝顺,她诚心实意地侍奉瞎眼的婆婆,事事听从婆婆的吩咐;第四是她对婚姻的忠诚与执守,她与丈夫结婚不过 3 天,丈夫便去参加革命并被捕入狱,而她苦苦等待丈夫近 10 年,仍无怨无悔,丝毫不为 R 的热烈情爱所动摇。

众所周知,朝鲜自古就受到中国传统思想文化的影响,儒家礼教典籍为女性提出"三纲五常"、"三从四德"等道德训诫。譬如,东汉班昭(49—约 120)专门撰写了一部《女诫》,从伦理道德的角度界定了封建社会女性言行的规范标准,她提出:"女有四行:一曰妇德,二曰妇言,三曰妇容,四曰妇功。"所谓妇德,是指"清闲贞静,守节整齐,行己有耻,动静有法"。"不必才明绝异也。"所谓妇言,是指"择辞而说,不道恶语,时然后言,不厌于人","不必辩口利辞也"。妇容是指"盥洗尘秽,服饰鲜洁,沐浴以时,身不垢辱","不必颜色美丽也"。妇功则是指"专心纺绩,不好戏笑,洁齐酒食,以奉宾客"。此后,这就成为中国封建社会女性的道德规范和行为指南。显然,继淳非常符合上述"三从四德"的礼仪标准,她盥洗尘秽、洁齐酒食、不道恶语、贞静守节,是一位典型的贤妻。难道她内心就没有自己的委屈吗?尽管作家没有揭示,但是从她对 R 的爱情表白和追求的哭泣反应来看,她的心理是复杂而矛盾的。可见,"三纲五常"、"三从四德"的说教,是以牺牲女性的人格独立和自由追求为代价的,它要求女性的一言一行都必须恪守封建伦理道德规范,不得逾越,不得违拗。不仅如此,它还毒害了一大批女性,使她们丧失了摆脱封建枷锁的愿望,"自觉"地认同并维护这种制度,心甘情愿地把自己的价值定位于既定的家庭角色中,成为奴化的自然。这样,姜敬爱因为看不到家务劳动所具有的性别压迫的性质,就限制了其女性意识的进一步拓展与深化,从而陷入"费勒斯中心"秩序中。从这个意义上说,姜敬爱小说中所表现的性别意识是分裂的、矛盾的、复杂的。

　　之所以如此,除上述揭示的几点因素外,还与作家的生活经历有关。也就是说,作家在刻画底层女性形象时倾注了自己大量的亲历体验和感受。姜敬爱的母亲就是一位典型的贤妻良母型女性,饱受生活磨难,却任劳任怨。有这样一位母亲呵护,姜敬爱只想着读书,而不谙针线活和洗衣服等家务劳动。乃至结婚后,与丈夫在中国东北龙井地区生活初期,她也会做针线活时将手扎出血,顶水时多次将水罐打碎,买柴火也时常被骗,为此与丈夫间冲突不断。为了提高自己的家务技能,她开始学习其她朝鲜族女性,"主动承担起家务之事,学会用水罐顶水、购买柴米油盐和浆洗衣服等",甚至觉得"做家务活可以使人变得更充实"。随笔《漂母之心》中有一段对漂母的高度礼赞:

　　　　离去的妇女,刚来的妇女,我的眼睛迎着日光的照射,注视着走过去的妇人的衣服筐。我的眼睛顿时一亮,洗得多白的衣服啊!简直令人炫目。霎那间,我感觉那些白衣服猛烈地撞击着我的心。那是在阳光下更显得熠熠发光的衣服啊!它似乎凝聚了那位洗衣服的妇人真挚而纯洁的心。想到挚爱着的丈夫和可爱的孩子们,洗得那么漂亮的衣服,不正代表了母亲和妻子的心吗?否则又是什么呢?春光仿佛透露出了她们多情而温暖的心。①

　　由此,婚前有着强烈的性别意识,追求个性解放和恋爱自由的姜

①〔朝〕姜敬爱:《漂母之心》,转引同上,第750—751页。

敬爱,婚后却因种种因素的制约而有意识地回归朝鲜传统女性的圭臬,并将其作为女性的理想和规范投射到笔下女性形象的塑造中,充分表现出作家保守而矛盾的性别观。

# 第四章　姜敬爱中国东北时期
# 小说创作的形象塑造

　　姜敬爱生活的时代不乏优秀的女作家,譬如金明淳(1896—1951)、罗蕙锡(1896—1949)、金一叶(1896—1971)、朴花城(1904—1988)、崔贞熙(1906—1990)等,可是她们的大部分创作都离不开"闺阁抒情",即描写出身于资产阶级家庭、受过一定知识教育的淑女的情感世界与曲折命运。唯独姜敬爱怀抱着忧国忧民的爱国情怀,以强烈的爱憎情感抒发笔下受苦受难民众的心声,尤其是对受侮辱受损害却依然保持着坚强意志和顽强生命力的底层女性,倾注了全部的同情,表现出高度的人道主义精神。具体来说,在人物形象的塑造上,姜敬爱中国东北时期小说创作主要塑造了三类典型形象:一是正面形象,以出身低微而贫寒的"草根"群像为主,包括遭受欺压、逐渐觉醒的贫民形象和坚忍顽强、抗争命运的女性形象,如阿大、石头、亨三、奉艳妈、承浩妈等,这也是作家倾力打造的重点形象;二是中间形象,即虚荣心较重、意志动摇、转向变节的知识分子形象,如玛利亚、K老师、信哲、崔校长等。作家往往把这些形象塑造成底层民众的衬托性形象,突出其自省或反思意识;三是反面形象,包括地主、资本家和监工等。譬如郑德浩、朴初时、吉尾、全重等,他们是一些符号性形象,是作家极力批判和否定的人物。

# 第一节 底层民众形象

姜敬爱小说中的底层形象有农民、雇工、渔民、山民和家庭主妇、妓女等,尽管地位低下,经济贫穷,受人欺辱,但他们都是具有心理性质和独立自足的实体,有着各自的性格特征和自身发展的逻辑,是独特的"这一个"。比如,阿大、石头、亨三、壮士、老金、七星、山男、英实、山月、奉艳妈、承浩妈、保得妈等。他们中的大部分人都是无知无识、老实本分、还未觉醒的底层劳动者,少数者虽然有了自省的意识,却苦于无人指导而找不到正确斗争的方向,只能是盲目地横冲直撞,结果不是以失败告终,就是惨遭悲剧命运。壮士因为出海打鱼船遇风暴被损坏,被渔场主没收了船只。失去了生活来源,他无比愤怒,独自提着斧子冲进全重家算账,非但没有杀死对方报仇雪恨,反而被敌人反咬一口,惨死狱中。

山男(《山男》)其实是S村最有势力的富豪金真仕的私生子,出生后不久就与母亲一起被金真仕赶出家门。被遗弃的无处安身的母子俩在大山深处的窝棚里落了户,那是个荒无人烟、偏僻且交通不便的低洼之地。从悬崖上望下去,从屋前延展出来的一条小路掩映在绿山之中,时而消失,时而又出现。"用高粱秸编的篱笆就像是竖立起来的火柴棍,屋顶很低看不见里面,只有巴掌大点的院子像石英石一样放光。大山变成了篱笆,紧紧环绕着那座小屋。"他们在此开垦荒地,种上了谷子和高粱,勉强为生。而金真仕一次也没去看过他们,他们被这个世界彻底遗忘了。在此,作家惜墨如金,没有交代娘俩的凄凉生活,但是从后来山男请求司机带上母亲去县城看病的细节来看,不难想象他们相依为命、苦苦度日的日日夜夜。然而,善良而诚实的山男却被司机和副手给愚弄和欺骗了,当他费劲九牛二虎之力、遍体鳞伤地将车从悬崖边拽出时,对方竟违背约定,拒绝了他的请求。眼看着自己舍命帮助的这些路人狠心地离开,山男不知如何是好,一屁股坐到了地上,他打算为母亲看病的希望最终落了空。接着,愤怒的山男、腰里还系着绳子的山男蓦地起身,捡起了石块,朝着飞驰而去的汽车用力掷去,这一动作也永远定格在了正将头探到车外准备再看他一眼的叙述者"我"的记忆里。从上述分析中可以看出,山男是个孝子,一心要为母亲治病,为此不惜舍弃生命,他的孝心、诚实与食言而冷漠的司机、副手等众乘客形成了鲜明的对照。同时,他也是个思想还未觉醒的社会底层者,他把自己的怨恨、愤怒都发泄给了司机和乘客们,认为他们不讲信用,欺骗他,却没有想过是谁造成了今天这种惨况的呢? 即使母亲被送到医院,身无分文的他又能给母亲治上病吗? 他与母亲生活的深山是封闭的,与社会相隔绝,却不是世外桃源,而是躲避金真仕的生存之所,因此,他用山里人的淳朴思维去理解有着复杂而势力心态的世上人,碰壁是不可避免的。

同样,被少东家、新任面长解雇的老金也是未达到自觉精神的人。他用一记响亮的耳光,把全部悲伤和郁愤都倾泻给了偶然遇到的面书记,殊不知,这对面长来说是无关痛痒的,反而给了对方撵走自己更加确凿的理由。那么,老金今后怎么生活呢? 这不免令读者忧虑,因为他孤苦无依,无儿无女,况且年老体衰,骨瘦如柴,咳嗽连天、走路踉跄,谁还会雇佣他干活呢? 在那个充满阶级压迫的世道里,其结果,就像鲁迅笔下被世人抛弃、流落街头乞讨的祥林嫂一样,最终摆脱不了挨饿受冻、惨死街头的悲剧命运,这也是冷酷的社会安排给他的唯一可能的结局。

七星被富人家的狼狗咬伤后,在碾坊遇到一位拄着木拐的中年男子,他也是个残疾人。通过他的讲述,七星得知他原来是工厂工人,而且还是模范工人,可是腿被机器轧断成为残疾后,非但没得到一分钱赔偿和补贴,反而被赶出了工厂。结果因为失去生活来源,家里断了顿,老婆跑了,孩子们饿得哇哇直叫,父母忧虑成疾,过早地去世了。七星对自己的遭遇本来很委屈,也很郁愤,但是男子的话更让他震惊。特别是男子仰天大笑的声音,使七星浑身起了一层鸡皮疙瘩,因为他从男子眼里读到了愤怒之火,看到了他的愤怒表情。小说写道:

> "……像我们这些活不下去的人,老天能知道吗? 大地能知道吗?"
>
> ……
>
> "不能,绝不会知道的,即使我们变成了这个样子,它也会不管不问的……弄断我腿的那个家伙,让朋友你残废的那个家伙,都是谁呢? 听明白了吗? 小伙子。"
>
> 男子的这一番话说得七星骨头尖簌簌发麻,冤屈得直想诅咒天和地。他那黑暗的心好像被一颗火花所照亮。他很想弄明白,可是想得头皮发疼也弄不明白。七星想问问男子是什么,就猛地抬起头。他看到男子的嘴唇紧紧地闭着,若有所思地望着天空。①

然而七星的心并没有被点燃,不过是增加了冤屈之感和对这位男子不幸命运的同情。尽管他想要弄明白其中的原因,可是却被作家用笔岔开,他看到的是"男子的嘴唇紧紧地闭着,若有所思地望着天空"。在此,男子紧紧闭着的嘴和望着天空的表情阻隔了七星的询问,使他的思绪重新回到现实中,他想起了自己所在的村庄,想到了大丫。表面上看,七星受难途中偶遇中年男子的情节具有戏剧性,是一种巧合,事实上,这是作家有意安排的。那么,作家为什么要安排

---

① 〔朝〕姜敬爱:《地下村》,转引同上,第628—629 页。

这一情节呢？首先，在艺术氛围上，以此来冲淡地下村贫穷、凄惨和毫无生气的气氛。在阅读小说的过程中，读者的心情始终被贫瘠干旱的土地、面黄肌瘦的妇人、身患残疾的孩子、穷困饥饿的景象所填满和压抑着，男子在狂风暴雨中的出现仿佛是冲破这片黑暗的曙光。其次，在思想表达上，男子的这些话对七星而言是一种启迪，尽管此时的他还不懂话中的含义，但是这将在其心中播下希望的种子，一旦遇到催生的要素，它就会萌芽、生长、壮大。从这个意义上来说，这不仅是小说的希望，也是其思想的升华。

阿大是姜敬爱小说中塑造得最为成功的有血有肉的底层民众形象，是一位阶级意识充分觉醒了的、勇于斗争并思想日渐成熟的工人阶级的典型形象，其性格和精神的发展经历了一个变化的过程。打从记事起，他就没见过父亲，而是靠母亲在家"接客"和老李头讨饭供养长大。他的家庭仿佛是四季开放的夜店，不仅他和妈妈在这里生活，老李头也居住于此，此外还有形形色色的男人不断地光顾、夜宿，可见这是一个关系复杂而被扭曲的家庭。他的母亲就靠着卖淫来赚取数量不多的生活费维持家计，还要忍受嫖客们的侮辱与毒打。有时，嫖客们相互间争风吃醋、舞刀动枪，大打出手，母亲则不免牵连受累，担惊受怕。老李头是个孤儿，从小生活在别人的房檐下，受尽侮辱、欺凌，连一条腿也被主人打断了。他同情阿大母子俩的遭遇，不避村人的闲言碎语，自觉自愿地与阿大妈一起生活。白天，他挂着一根木拐杖挨村乞讨，贴补家用，晚上则对里屋发生的"事儿"视而不见，忍气吞声。而身处这种屈辱、受人耻笑环境里的阿大，却非常不满母亲的行为，也恨透了那些欺辱母亲的男人，可是又无力改变这种现实，于是酗酒、打架，成了村里有名的坏小子、坏家伙。龙渊村村民都不把阿大母子当人看待，认为他们伤风败俗，玷污了村里的名声，尤恐避之不及。

可是，阿大绝非横行乡里的恶棍、混混，而是外粗内细、善恶分明、敢爱敢恨、敢做敢当的正直青年。他内心暗恋着美丽的善妃,幻想着"把地种好,把卖余粮的钱积攒起来,盖房子,买地,把善妃娶过来,生儿育女,过上快乐的日子"。因此,一听说善妃母亲病重,他便焦急万分,又无钱买药,就连夜去山上挖苦楝根送过来,结果他辛苦挖来的苦楝根被单纯的善妃看作是不怀好意扔到了房角里。阿大耿直、嫉恶如仇的性格在反抗地主郑德浩变相掠夺农民劳动果实的过程中表现出来。秋天,稻谷成熟季节,在狗屎蛋家打完场的农民们围拢着一个个白光光的稻谷堆,像喝醉了酒一样兴奋。就在这时,德浩带人以还债为借口,将农民们辛苦打下的粮食全部抢走。义愤填膺的阿大大喊一声,带领同伴们把装到牛车上的稻子又卸了下来,为此他们被巡查以触犯法律的名义抓进驻在所,遭到严刑拷打,连仅有的租地也被地主抽走了。陷入饥饿境地的阿大想不明白,自己并没做错什么,可是巡查部长为什么说自己触犯了法律呢? 他开始直面"法"的问题,思考"法"是什么。

> "法律……也许还有杀头的法律吧?"长期以来他模模糊糊地知道法律是神圣不可侵犯的,现在也这样认为,可是仔细想想昨天的事儿,就犯起糊涂来,脑子像团乱麻,说不出那法律究竟是个什么东西。①

阿大对"法"的苦闷是其精神成长的必然阶段,尽管此时的阿大还不具备阶级意识,但是能够从朴素的农民立场出发质疑殖民地法律的公正性。

> 哼,说我砸了牛车,犯了法……法,法……想到这里,阿大一

---

① 〔朝〕姜敬爱:《人间问题》,江森译,北京:人民文学出版社,1982年,第102页。

下子明白过来：德浩当了面长，自己这样的人是没有活路的！从今天起他没有田种了，还造肥干什么？那法律……他痛苦地发现，尽管自己不想去碰那个神圣不可侵犯的法律，但法律却来找他，把他紧紧地攫住不放。①

至此，他明白了所谓"法"是为了郑德浩之流的买办特权阶层而存在的，是用来压制民众的殖民地近代的法律。阿大对殖民地法律的质疑与否定，为其后来投身于仁川码头劳动现场，并成为具有阶级意识的成熟工人提供了很好的铺垫，是自然的叙事。

在仁川码头的劳动和斗争是阿大精神成长的第二阶段，也是其阶级意识由自发阶段走向有组织斗争的关键阶段。被迫逃离故乡龙渊的阿大本打算在仁川挣点钱，然后把老李头和母亲接出来，可是事情并不像他想的那样顺心，不但挣不到钱，连自己也没个安身之所，四处流浪。他感到前路迷茫，心情抑郁，于是常常在码头上因为货物与人争抢，打架。但是，结识知识分子信哲以后，经过信哲的启发诱导，他终于解开了一直闷在心里的谜团。特别是与铁洙、难儿等进步劳动者的密切接触，他的阶级意识迅速萌芽并成长起来，觉得自己的前途充满了希望。他不再酗酒，也不再寻衅滋事，而是向信哲学习识字，接受革命的道理。他非常认同信哲的话：人应当清楚自己所属的阶级，只有为推动人类社会的发展而斗争的人，才是真正的人。他就要做这样的人，以至于信哲从他的表情中看出来，"一种不可动摇的信念，已经在阿大的身上扎根了"。此后，他便全身心投入到有组织的斗争中，按照上级指示，冒着生命危险给大同纺织厂的难儿传送文件和传单，又成为组织仁川码头工人罢工斗争的核心人物之一。小说描写，一艘艘吐着浓烟的

---

① 〔朝〕姜敬爱：《人间问题》，江森译，北京：人民文学出版社，1982年，第105页。

汽船陆续驶进港口，可是码头上的数千名工人纹丝不动。银丝眼镜有意把红带子挂在胳臂上，在人们面前晃来晃去，可是大家连眼睛也不眨一眨，像没有看见一样。银丝眼镜大为奇怪，同时感到一种说不出来的恐惧。因为往常这时候，人们早就蜂拥着跑来跑去地卸货了，今天却冷冷清清，连一向耀武扬威的银丝眼镜，也像一只折断翅膀的乌鸦，耷拉着脑袋躲在一个角落里。这场罢工虽然遭到巡警的镇压，可是工人的力量却得到了历练。

在斗争的实践锻炼中，阿大的思想愈加成熟，意志更加坚定，他期盼着一次又一次的行动。可是，为防止码头工人再次罢工，敌人加强了警戒和搜捕，为保存革命实力，阿大接受组织命令，暂时隐蔽起来。这时，他意外地听到了信哲被捕的消息，并最终从铁洙那里证实了信哲已经叛变投敌，而且一出狱就在 M 局就职了，还娶了个有钱的女人。想到曾经启迪自己的觉悟、自己无比信赖的信哲竟然背叛真理，阿大极为震惊。他清醒地认识到，信哲与自己不是一路人，他有后路可走，有多条道路可以选择，而自己除了斗争之外，没有别的出路，这正是自己和他之间的区别。阿大的思索和判断表明，经历复杂斗争的磨练，其意志更加坚强，思想更为进步。当听到大同纺织厂的一名女工、也是秘密从事革命工作的同志因病被工厂开除的消息，他与铁洙急忙前往探望，不料看到的不是别人，正是自己日思夜想的善妃。可是，眼前的善妃已经变成一具冰冷的尸体，永远不会醒过来了。面对善妃冰冷的尸体，想起这个自己深爱着的、曾经想娶她做妻子，生儿育女，共同创造美好生活的女人，阿大浑身颤抖，眼睛里要冒出火来。他终于认清了现实，这就是人间之所以发生如此惨祸的人间问题！小说结尾写道：

　　人间问题，已经到了非解决不可的时候了！人类为了解决它，已经奋斗了几千年，至今不是还没有解决么？那么，将来谁是解决人类面临的这个大问题的人呢?①

可见,受作家思想的局限,阿大作为无产阶级革命者的活动虽未在小说文本层面展现出来,然而其前进的方向和道路非常明确,其斗争的决心与意志无比坚定,因此,从这个意义上来说,《人间问题》不失为成长小说的类型。所谓成长小说,又称教育小说,是以描写主人公思想和性格的发展为主题的小说。它通过细致描写主人公青少年时代的生活历程,展示其内心生活和精神危机,叙述其成长的方式和原因,以普通人物的成长过程表现具有普遍意义的人生之路②。德国作家歌德的"威廉·迈斯特"系列小说、俄国作家陀思妥耶夫斯基的《少年》和美国作家塞林格的《麦田里的守望者》都属于成长小说。

与阿大一样,善妃也是精神成长型的形象,不过小说对善妃精神成长的描写明显逊色于对阿大形象的塑造,特别是她从龙渊村到仁川大同纺织厂两个活动空间的位移显得被动而突兀,直接影响了其性格的塑造和形象的饱满性,这也是今天的评论者诟病之处。客观地说,作家对善妃在龙渊村生活和活动的描写是比较真实的,这也是其最为熟悉的底层女性不幸生活与命运的题材领域③。善妃从小就生得模样清秀,父亲被德浩害死后,她与母亲相依为命。为了达到霸占善妃的目的,郑德浩假意为善妃妈治病,硬塞给善妃5元钱。母女俩不知道德浩就是杀死她们亲人的仇人,反倒被德浩的虚情假意所蒙蔽,而误解了真诚为她们着想的阿大。当善妃妈死去,德浩帮助善妃处理完母亲的后事后,就顺理成章地将善妃诱骗到家中,成为其不

①〔朝〕姜敬爱:《人间问题》,江森译,北京:人民文学出版社,1982年,第254页。
②曾思艺:《独具特色的成长小说——试论陀思妥耶夫斯基的〈少年〉》,《俄罗斯文艺》2011,(3),第37页。
③〔韩〕金敏婷:《日帝时代女性文学中旧女性主体性的关联研究》,《女性文学研究》14号,韩国女性文学学会,2005年。

花分文蓄养在家里的妾和被使唤来使唤去的美丽女奴。善妃非常单纯幼稚,任劳任怨,而且不善言谈,容易轻信。这既是其性格的弱点,也说明阶级压迫之深,已经使底层民众等弱势群体变得愚昧、麻木而失语。面对德浩的粗暴蹂躏,她无力反抗,只能暗自流泪,默默忍受。而因为打破一个瓦盆就遭受玉簪母女俩的辱骂和毒打时,她依然逆来顺受,仿佛一头柔弱而不谙世事的小绵羊,幻想着德浩能理解她,为她主持公道。乃至看到"连她曾经相信的德浩也红口白舌地当面说谎,显然是存心抛弃她,想把她赶走"。善妃这才彻底绝望,匆忙逃离了德浩的家。

　　来到仁川的善妃找到了难儿,与难儿一起进入大同纺织厂做了女工。在 20 世纪 20 年代后半期的朝鲜,来自底层的女性劳动者主要就业的工种一般集中在纺织业、橡胶业和碾米业 3 种行业,而纺织工业的女工人数最多,约占女性劳动者的一半以上,大多为未婚的年轻女性,大同纺织厂的上千名女工就是典型例证。而中小规模的橡胶和碾米工业职场多雇佣已婚女性,小说借一名码头工人之口谈到碾米厂的女工拉响汽笛,举行罢工斗争的情景,充分表现了底层女性劳动者团结斗争的力量。善妃身处这样的时代氛围里,通过难儿的启发诱导、做女工的切身体验与感受,逐渐产生了阶级意识,认识到阶级压迫的无处不在。难儿告诉她,"世界上还有许许多多德浩这样的坏人,要反抗他们,就必须团结起来"[1]。这时,她才恍然大悟,明白了父亲一定是被德浩害死的,也后悔自己的软弱和愚昧,她决定再也不做从前(龙渊村时)那个美丽而温顺的女性了。此时的善妃虽然还是见人就腼腆脸红、话语不多、默默做事,可是外柔内刚,意志坚定。在帮助难儿离开工厂后,她自觉地肩负起向女工秘密散发传单

---

[1]〔韩〕金敏婷:《日帝时代女性文学中旧女性正体性的关联研究》,《女性文学研究》14 号,韩国女性文学学会,2005 年,第 221 页。

的任务,巧妙地与监工周旋,坚持斗争,这充分表明善妃的阶级觉醒和精神成长。可是正当她对前途充满信心、继续与监工斗争的时候,却被肺病夺去了年轻的生命,死在了生产线上。作家对女主人公善妃这一悲剧结局的处理,不免令人遗憾,客观上也阻断了其精神的进一步成长,造成小说情节的突兀。笔者认为,作为身处殖民地语境中的知识分子作家,姜敬爱始终关注并着力书写底层阶级女性的苦难生活与不幸命运,至于阶级意识觉醒了的女性的前途向何处去,作家当时的认识也是有限的,因为时代并未提供可资借鉴的蓝本。因此,她必须将女主人公善妃的精神成长叙事归并于男主人公阿大的精神成长叙事里,并力图通过未完结的复合主体的成长叙事,揭示小说的主题,即解决阶级冲突所导致的人间问题。这样,善妃的死亡结局就在情理之中了,既达到揭露统治阶级对殖民地劳动人民残酷剥削与压榨的目的,同时也巧妙地避免了女性叙事的尴尬。

　　山月(《同情》)不仅是命运多舛、令人同情的底层女性,更是饱受男性蹂躏、遭人冷眼和唾弃的低贱妓女。在姜敬爱小说中,虽然也塑造过珊瑚珠和美丽等妓女形象,可是像山月这样从小被父母遗弃、被强迫卖淫、孤苦无依、无处安身的苦命女子只有她一个。12 岁时,家里因为欠债揭不开锅,父母决定卖掉她来抵债,就哄骗她说只要跟着那个人(养父)走,就有大米饭吃,有漂亮的衣服穿。敏感的山月死活不依,别处再好,她也不愿离开家,离开父母,离开自己家篱笆后面的枣树。可是,无论她如何哭闹,还是被狠心的父亲打着赶出了家门。她被养父带到信川,第二天就被送到戏园子里学习唱戏,显然养父母把她当作未来的摇钱树来培养。不仅如此,急不可耐的养母竟然半夜里将手伸进她的被窝,以试探其乳房发育得如何,遭其反抗后就狠命地打她。山月更加思念家乡,思念父母,打听到回家的路后,她向着家乡跑去。不料,养父追上来,抓住她后用棍子狠命抽打。就在棍棒的毒打声中,山月慢慢地长大了,不仅学会了演唱《阿里郎达令》等曲目,也学会了在男人们面前强颜欢笑。她不但被养父送到料理店"招待"客人,还被有钱人带到外地包月或者包年服务,现在又被转卖到异国他乡,白天像女佣一般为主人洗衣服、做饭,夜晚则是廉价的娼妓,做不好就挨骂受打,脸等身体部位时常伤痕累累。

　　也许是经受太多的非人间的折磨与苦难,山月的脸上始终流露着些许的忧伤与哀愁。可是人生的苦难并没有泯灭其心底深处对真诚爱情的追求,她渴望着被人爱。18岁时,她爱上了一个年轻人,两人海誓山盟,相约厮守一生。于是,她把出卖肉体辛苦赚来的钱一分一分地积攒起来,每次爱人到来,就偷偷地塞进他的衣袋里,供他随意花费。可以说,她把全部的爱和诚意都献给了那个男人,憧憬着他们美好的将来。可是,她太善良了,也过于单纯了,她的努力付出换来的是对方对其爱情的粗暴践踏。同《母与女》中珊瑚珠所遇到的岗寿一样,那个男人也轻易地撕毁了他们的"约定",与一位女学生结了婚。受到沉重精神打击的山月至此认识到自己在男人心中的低贱地位,也从此不再相信男人。她说:

　　　　哼! 恋人,像我这样的身世哪里寻爱人。男人们都是虚情假意,就像狗崽子一样,我的眼睛根本看不到,他们只知道干那事儿,男人,男人,哼!①

　　山月之所以对"我"吐露真情,是因为从"我"的话语里感到了对她的真挚同情,觉得"我"是可以依靠的,因而充分地信任"我"。然而,她没有想到的是,当她好不容易从主人那里逃脱,跑到"我"家寻求帮助时,得到的却是"我"的冷漠拒绝。因而,山月对"友情"所抱的最后一点希望也破灭了,她不再留恋人世,于是投井自尽,结束了

---

①〔朝〕姜敬爱:《同情》。转引同上,第545页。

自己苦难的一生。山月的悲剧是殖民地与半殖民地社会被侮辱被损害底层女性不幸命运的真实写照。

姜敬爱不仅以亲历体验书写了笔下底层女性的苦难与悲剧，还细腻地展示了她们面对生活中的苦难与命运的打击时所迸发出的坚强意志和勇敢抗争的精神。奉艳妈移民异域他乡的生活充满了血泪仇恨，丈夫被打死，儿子离家出走，自己被中国房东地主玷污，奉艳和奉姬惨死。面对亲人相继离去的现实打击，被折磨得面容枯槁、不忍目睹的奉艳妈也无数次地想到死，心想只要自己一死，就摆脱了一切痛苦。可是，当她走投无路，想到是喝毒药死还是投水死的方法时，她不禁被自己想要寻死的念头吓了一跳。感到自己对生命太草率了，"能活到什么时候就活到什么时候吧，到那时见到奉植，看看这帮家伙，共产党能得逞还是不能得逞"①。在奉艳妈的意识中，自己遭受如此悲惨的命运都是源于丈夫的死，房东也是因为她没有丈夫才敢这样对她，而杀死丈夫的是共产党，因此所有这一切都是共产党的错。她心里充满了对共产党的刻骨仇恨，决心好好活着，看看这帮家伙们的下场。可见，此时的奉艳妈已被苦难与不幸抑制了正常的思维，加之受到社会错误舆论导向的影响，因而对共产党怀有偏见。

而现实情况是，奉艳妈所生活的中国东北空间正是各种政治势力相互角逐、较量并不断冲突的战争腹地之一，形势相当复杂，不仅有日帝的讨伐军、地主的自卫团、马匪，还有共产党领导的东北抗日游击队。在激烈的刀光剑影、火烧炮轰中，谁也保障不了身处其中的朝鲜移民的人身安全，奉艳爸当时也是为求稻种与房东地主一起议事时，被据说是共产党打来的子弹射中而死的。另外，小说描写奉植因为看不惯父亲对地主房东和自卫团低三下四、胆小怕事的样子，多

---

① 〔朝〕姜敬爱:《盐》。转引同上，第 526 页。

次与父亲发生激烈的争吵。而父亲总是固执己见，可见其在思想倾向上是与房东和自卫团保持同一立场的，尽管如此，父亲还是难逃一死的悲剧命运。或许是对父亲生前思想与行为的反叛，奉植在安葬完父亲后便离家出走，毅然决然地加入了共产党的队伍，这一点通过房东的传达得以证实。而"奉艳妈不是理念小说中主人公那样的用阶级意识武装起来的革命人物，她没有决断历史和革新现实的能力，也不是现实中具有明确斗争方向和力量的实践性人物"①，她仅仅是一位被边缘化了的普通的家庭妇女，是一位因为丈夫的死而对共产党怀有疑惧之心，又脱离不了日常生活范围的坚强生活下去的底层女性。从小说人物设置上分析，在与丈夫和儿子的关系上，奉艳妈是介于两者之间的人物。在小说前半部分，她顺从丈夫的意志和倾向，对房东地主和保卫团抱有好感，而对共产党存在偏见。此时的奉艳妈还是愚昧单纯和阶级意识尚未觉醒的形象，喜欢凭感官与表象对事物进行判断，而不进行深入细致的思考。

　　在小说的后半部分，在经历过诸多不幸和生活的打击后，奉艳妈开始思考自己的生活与命运，思想发生了转化，精神上开始觉醒，而觉醒的契机就是贩盐途中偶遇共产党。为了活下去，也为了能见到儿子（她不相信房东所说的儿子被处死的消息，始终认为儿子奉植还活着），奉艳妈接受了容爱妈的劝告，铤而走险，跟男人们去走私食盐。贩盐利润极为可观，一斗盐在朝鲜的价格为0.3元，可是在中国东北延边地区则达到2.3元，每斗盐可净赚2元，因此尽管贩盐是违法的，奉艳妈还是义无反顾地决定去做。因为她一想到在中国人家仓房里生奉姬时嚼葱根儿的情景，就禁不住浑身打寒噤，她不想再遭受饥饿和无盐的痛苦滋味，"要活着就不能待

---

① 〔韩〕金中浩：《姜敬爱间岛背景小说研究》，《教育研究论丛》第9集，2004年，第82页。

着,应当吃饭……"然而,贩盐路途何等凶险,不仅要夜间行动不得讲话,生命还随时被威胁,同行的一人走着走着便中枪倒下。贩盐的一行6人中,只有她一个女人。别人穿着棉袄,她却穿着单薄的夹袄和露出脚趾头的胶鞋;别人背10斗盐,她只能带4斗盐;别人用肩背背盐,她则用头顶盐。沉重的盐袋子压得她的头火辣辣地痛,仿佛被铁球击穿,又像是顶着火球在走。有时实在撑不下去了,她真想扔掉盐袋子一死了之,可是看到前面汉子们渐渐远去的身影,想到一路贩盐的辛苦,她觉得不能半途而废,于是咬紧牙关,用两只酸痛的手使劲托举着盐袋子。由于过于紧张和用力,她额头和腰背上的汗流成了水,掉在地上,被汗打湿的胶鞋滑不唧溜的,极不跟脚。可是对此,她都坚强地挺住了,小说描写奉艳妈顶着盐袋过图们江的情景可谓触目惊心。

　　她冷得一抖索,一股恐惧感油然而生,俯视着水流,阴郁的心里轰响着水的波涛声。她觉得心堵得慌,推拒着水波,身体不住地颤抖。每到这时,她就感到脑门大,像是在发烧,眼前发黑,不禁吞下一口气。

　　水越深,铺在脚下的石头就越粗大,走起来也很费劲。这是因为水草黏缠在这些石头上的缘故,所以得用脚尖踢着这些绊脚绳,精神不禁茫然起来。奉艳妈好几次脚都滑脱了,又费力地踩着石头。水已漫过了胸部,这时她的脚尖踩塌了一块石头,身子一滑,险些跌到水里去。此时此刻,全身火辣辣的,她顶住盐袋子站着,校正了里倒歪斜的身子,可是却并不拢叉开的腿。她想喊住前面的汉子们来救援,然而不知怎的,呼吸被堵住了,无论她怎么急,就是发不出声音来,勉强发出的一点嗓音也被水涛和风声淹没了。她死命地把气力换到左脚上站住。这时她觉得死没什么可怕的,只不过想到盐袋子被水打湿的话就融化掉了,这种想法从滑落下去的脚尖一直扩展到头发尖。①

　　幸亏向导及时发现并将她从水里拉出来,才挽救了奉艳妈的生命。正当他们登上一个山顶之时,迎面遇到一群荷枪实弹的队伍,这正是共产党领导的抗日游击队。在此,作家真实而细致地揭示了奉艳妈等人的心理和观感。黑暗中,奉艳妈开始怀疑,这些人是共产党还是马匪呢?恐怕是来抢盐的吧?看到对方搜完身熄掉灯后,她便浑身起了鸡皮疙瘩,感到他们要来杀自己了。就在这时,黑暗里响起了钢铁般雄壮的声音:"老乡们!你们为什么半夜不睡觉,而背着这些盐走呢?"这充满温暖的话语仿佛一股暖流涌进了奉艳妈的心里,她认定他们就是共产党,不会抢他们的盐的。可是她还没放下戒备心理,不安地环顾着四周,心想要是警备队躲藏在山下,看到他们在听共产党的演讲,会怎么办呢?随之又联想到,奉植没在这些人里边吧?她马上否定了自己的担忧,断定奉植是个聪明的孩子,不会在这里边的。尽管那人结束演讲时还说了"一路走好!"之类的客气话,奉艳妈还是未能打消疑虑,总在想,他们会在背后抢自己的盐袋子,或者开枪打死自己,因此脚步很是慌乱。待到安全离开后,她不禁讥笑自己的不争气,共产党是杀死丈夫逼走儿子的死对头,可是站在他们面前的自己却无动于衷,无所作为。可见,直到这时,奉艳妈仍未消除对共产党的怀疑和憎恨,认为他们不抢盐,只抢米和钱。

　　真正促使奉艳妈思想转化、精神完全觉醒的事件是自己冒着九死一生的危险贩来的盐被巡警粗暴地掠走。好不容易回到家的奉艳妈打开盐袋子,看着辛苦带回的盐不禁浮想联翩,想起了死去的亲人们,不料被闯进门来的两个巡警发现,把她抓走,历尽千辛万苦贩运回来的食盐也被巡警没收。直到这时,奉艳妈才终于醒悟到自己轻

───────────────

①〔朝〕姜敬爱:《盐》。转引同上,第532—533页。

信了日本巡警、自卫团和房东地主等人的蛊惑,认为共产党是坏人的想法是错误的。

> 如此说来,说共产党不好的家伙们的宣传是假宣传,说奉植爸被共产党杀死的话也是彻头彻尾的假话,她真正明白了。并且想,房东说奉植被警备队抓住被判死刑的话也是不可信的鬼伎俩。由此看来,没错,奉植是加入了共产党,跟山上的那些人一样打仗,这是因为奉植是聪明而勇敢的年轻人!奉艳妈的悲痛和恐惧早就消失了,她站在巡警们的前面,昂着头,阔步走去。①

对小说结尾所描写的奉艳妈对共产党认识的转变,有些论者认为过于突兀,显然是作家主观思想意识的体现,把人物变成了作家思想的传声筒②。这种观点也不无道理,因为姜敬爱在多部小说中对无知无识之底层女性的阶级觉醒和认识转变的解释,都导源于一次偶发的事件。譬如,玉(《母与女》)陷于离婚纠结时,巧遇为了工人阶级的利益而被捕的英实哥的壮举,受其启迪,阶级意识觉醒,于是毅然决定离婚。对此,韩国学者河定一教授在《姜敬爱文学的后殖民性与普罗文学》一文中指出,奉艳妈经历了种种阶级压迫和民族压迫,力图摆脱生活的桎梏,是能够形成这种认识的。这种认识正是基于民众观而看民族内部一致性的结果,并且"满洲"独特的空间体验和对民众的关注使作家采取了独特的理念和立场,洞察到民族矛盾和阶级矛盾不可分离,是一致的。韩国姜敬爱研究专家李相琼教授

---

① 〔朝〕姜敬爱:《盐》。转引同上,第538页注释。
② 〔韩〕金中浩:《姜敬爱间岛背景小说研究》,《教育研究论丛》第9集,2004年,第83页。

也指出:"《盐》是对我们民族文学贡献最大的作品。《盐》中所表现出的社会主义的鲜明倾向,正是姜敬爱以国内舞台为背景的长篇小说《人间问题》在全新的环境中表现转型人物的成果。"①可见,正是英实哥(《黑暗》)、奉植(《盐》)和承浩爸(《母子》)等为进步理想而甘愿舍弃生命的爱国志士的壮举鼓舞并激励着后继者的精神。

同样,《母子》既描写了承浩妈面对苦难的现实困境和恶劣的自然环境所表现出的坚强毅力,也传达出底层女性对社会主义理念的希望与信心。孤苦无依的承浩妈背着患病的儿子承浩前往大伯时亨家寻求帮助被拒绝后,情不自禁地埋怨起丈夫来,可是想到丈夫在山里与敌人周旋时忍饥挨饿、风餐露宿的情景不禁后悔,觉得自己死心眼,不开化。小说细腻地揭示了承浩妈身处冰天雪地时的心理活动。她想起丈夫临走前对她说的话:"我们不管多么想好好活着,却不能好好活着。"当时的她还不能理解丈夫这话的含义,而今经历世人的白眼与冷遇,身陷痛苦境地和绝路后,她才明白世上人心的虚伪与刻薄,意识到丈夫的话是对的,这个世道是没有穷人的活路的。尽管她不知道丈夫去战斗的山是哪座山,但是丈夫去了山里肯定是不会错的。她望着被白雪覆盖、宛如梦一般遥远的那座山,觉得自己母子俩除了跟在丈夫后面去那座山外,是没有地方可去的,因此她决定循着丈夫的足迹去山里找丈夫。兴奋之余,她忽然意识到丈夫被××抓住已死去,可是仍怀着希望去山里,哪怕看一眼丈夫的尸骸,或者听到丈夫的遗嘱也好,想到这儿,她忽然力量倍增。在此,我们怎样理解承浩妈的这种明知丈夫不在仍欲前往山里的心理呢? 笔者认为,此时的承浩妈阶级意识已开始觉醒,认识到要生存就必须斗争,而丈夫所去的那座山不单纯是丈夫的存在之所,更象征着生活的希望,是穷

---

① 〔韩〕李相琼:《姜敬爱文学中的性与阶级》,汉城:建国大学出版部,1997 年,第 81—86 页。

苦人民生存的唯一出路。即使丈夫不在,曾与丈夫并肩作战相濡以共的战友和同志还在,找到他们就是给儿子找到活下去的希望。这些由小说文本的表层语句而引申出来的深刻含义,正是作家在日帝加紧扫荡抗日革命力量的低潮时期、在当时书报检查机关强化检查的森严背景下想说而无法说出的内容,读者若仔细研读文本,是能够分析出这些潜台词的。

然而,从承浩妈所在之处到那座山,看上去几尺之隔,却难以跋涉,因为满眼都是被白雪覆盖的茫茫原野,分不清东南西北。况且狂风卷裹着大块的雪团,直往人的脖子里灌。小说描写:

> 她咬紧牙关走着,可是不知为什么,前面黑乎乎的,她总是跌倒。她的胶鞋也不知什么时候丢到哪里了,脚上只穿着布袜。雪像年糕似地粘在她的布袜上,重如千斤,使劲抖落也抖落不下来,只能越粘越多,真不知该怎么办。头和眼睫毛被雪染得雪白,嘴唇上也是这样。她用力跳着,只想用力跳着,可还是站在原来的位置上。
>
> 承浩妈突然浑身无力,慢慢地跌倒了。眼睛、鼻子和嘴正好被捂在雪里,呼吸一下子被塞住了。当她意识到自己掉到一个深坑里,也许是一个沟渠里的时候,猛然产生一种想法:"我死了吧！真的死了吧！"她拔出两只手,想要抓住什么东西,但是抓着的只是一团团松软松软的雪块。①

就在承浩妈失去希望的瞬间,她想起了儿子,也想起了丈夫的话,觉得自己不能这么轻易地死去,"就是死也要从这雪坑里爬出去",并且想"人应当有理想才能活着,才不至于死去啊！"当她想到

---

① 〔朝〕姜敬爱:《母子》。转引同上,第557页。

丈夫的死,不免惭愧,深感自己母子俩的死比起丈夫的牺牲是多么的渺小啊！想到这儿,承浩妈抑制不住内心的激动,眼里闪动着希冀之光,"激动地呼唤着儿子,下决心决不让儿子生活在像自己这样的人间,父亲未竟的事业将由儿子来完成"。从小说结局上看,承浩妈已树立了活下去的坚定信念,并且不能像过去那样被动地活着,而是按照丈夫的嘱托教育好儿子,以继承父亲的遗志,完成社会的变革。至此,一位思想发生转变和精神开始觉醒的坚强女性屹立在读者的面前。

　　姜敬爱在中国东北时期的小说创作不仅塑造了遭遇苦难却坚强不屈的底层女性形象,而且歌颂了其博大而无私的母爱。石头妈在第一位丈夫去世后,发誓不嫁,立志为其守节。30多岁还未娶妻的石头爸听说她是个漂亮的寡妇,就到村里强行把她带走做老婆。她恨透了这个破坏自己贞节的男人,只要有机会就想方设法逃走,都被石头爸抓住,为此不知挨了多少次打。可是生下石头后,母爱使她改变了逃走的念头,也不再寻短见,而是一心一意地跟石头爸过日子。承浩妈陷进雪坑的一刹那,首先想到的是背上的儿子。为了不让大雪埋住承浩,她拼命摇晃着头,随即又担心晃下来的雪甩到儿子的脖子里,于是宁肯让雪灌满自己的脖子,也不再晃头。保得妈被丈夫骗出去卖掉时,始终惦记着睡着的儿子保得,她把周围的情况、事物与声响都与孩子联系起来思考。看到一闪一闪的星星,觉得像是保得的眼睛;听到虫子的叫声,感觉是保得的呼吸声;风吹动高粱叶子的呜呜声,仿佛是孩子的哭声;乃至下陡坡时,她还像背上背着保得似地跳下来。即使被老秦头打翻在地不能动弹时,她还惦念着给孩子喂奶。小说写道:

　　　　她把手巾放到一边,转身躺下,掏出肿胀的奶子,像一块大肉一样铺开来的奶子,紧紧抓住奶子的手指簌簌地抖起来。接着,瘦瘦的浑身散发着奶味的保得出现在眼前,她的脸火辣辣的,仿佛看见保得叫着妈妈,在屋里走来走去,忽而跌倒,小脚上、膝盖上都被刺儿扎伤,血汩汩地流出来。①

　　保得妈在逃跑过程中和临死前始终呼唤着"宝宝,宝宝!"这就有力地控诉了制造母子生离死别的统治阶级和罪恶的社会制度。同时也可以看出,母性的本能使母亲们在面临危险和弥留之际,首先想到的不是自己,而是爱子的冷暖与安危,这不是可歌可泣的伟大母爱吗?

　　姜敬爱不仅讴歌了底层女性对自己孩子的深挚母爱,更生动地描绘了没有血缘关系的宽广无私的母爱。珊瑚珠对玉的抚养和教育就是生动的实例,此外,身为奶妈的奉艳妈对明珠的关爱与思念,则从侧面展示了生活坎坷却不失母性的底层女性的善良与博爱。小说采用对比手法,细致地描写了奉艳妈对女儿们的心理以及对明珠的心理。因为奉姬是自己与房东地主的孽子,因此怀上奉姬的时候,她曾想流掉这个孩子,就用拳头使劲地打肚子,或者故意跌倒,或者拿肚子咣咣地往墙上撞,甚至喝炉灰水。可是,当在困苦的环境下生下奉姬时,端详着婴儿的脸盘儿,她不自觉地生出浓浓的爱意,眼睛一刻也离不了孩子。为了养活两个女儿,在容爱妈的介绍下,她做了明珠的奶妈。做奶妈就不能回家看护自己的孩子,而奉艳妈心里挂念着年幼的女儿,于是趁明珠睡熟之际偷偷地跑回家给奉艳做点饭,喂奉姬奶,收拾一下屋子。好景不长,明珠妈发现了她的举动,于是夜里密切监视着她,这样她就不能回去照顾女儿们了。仅过了一年多,缺乏母亲照料的奉艳和奉姬先后患病死去。回想起奉艳死前的一个漆黑飘雨的夜里,她偷偷回家看望她们时,奉艳拉着自己的手不让离

---

① 〔朝〕姜敬爱:《鸦片》。转引同上,第686页。

开、依依不舍的情景,奉艳妈不禁深深自责,觉得自己很蠢,养活了别人家的孩子,自己的孩子却死了,因此迁怒于明珠。然而,当明珠的小脸庞和吃奶的可爱样子浮现于脑际时,这种愤恨即刻被浓烈的母爱所取代。小说细腻地描述了奉艳妈的这种复杂心情,明知因为自己违背命令而被明珠妈解雇,再也不能见明珠了,可是她偏偏萌生出想再看看明珠的强烈愿望。此时此刻,萦绕在其脑际而挥之不去的不是失去奉艳和奉姬的痛苦,而是对明珠的万分思念。

　　　月光像雪花一样从对过人家的房檐影子和这家房檐影子中间倾泻过来。现在明珠还没睡,在叫着自己,躺在那儿像是一个柔软的白色蒲团,然而这好像是毫不留情地抽打自己腮帮子的月光。她用两只手抓着腮帮子,踩踏着这月光,叫了一声"明珠呀!"呼吸急促,觉得堵得慌,她强忍着仰视着那轮满月。眼里的泪水不知不觉扑簌簌地流下来,她想"这种感情是可耻的!"①

　　以致容爱妈也难以理解,都被人家赶出来了,还想人家的孩子干什么,有用吗? 我们看,促使奉艳妈做出如此行为的动力就是深深的母爱,这母爱不计较利益得失,也不计较是否存在血缘关系,是一种超越世俗观念的博大的母爱。

　　姜敬爱小说所赞美的母爱的现实载体就是母亲。她的父亲在作家年幼时去世,母女俩相依为命,艰难度日。为了养活女儿,母亲带着她改嫁给黄海道长渊郡的崔都监做续弦。母亲非常勤俭,善于忍耐,任劳任怨地操持着家务。继父及其子女经常训斥、打骂姜敬爱,这使得作家更加依恋母亲,甚至母亲去河边洗衣服她都形影不离。这种依恋伴随了作家一生,直到弥留之际,作家还呼唤着先她一月逝

───────────────

①〔朝〕姜敬爱:《盐》。转引同上,第526页。

去的母亲,这可视作幼年的伤痛遗留下的恋母情结。如同许许多多的朝鲜母亲一样,姜敬爱的母亲不但诚实善良、少言寡语、勤劳能干,而且通情达理、重视教育。家里再穷,她也坚持供女儿上学读书,而不让她插手家务,因此姜敬爱直到结婚还不会洗衣做饭,常常为家务事与丈夫拌嘴争吵。作家在《初雪如花朵》《故乡的夜空》《自叙小传》《我爱松树》等随笔中,以缠绵的深情描绘了母女间血浓于水的亲情。即使远在异国他乡,她也时常仰望星空,思念着远在家乡的母亲。她曾多次回故里探望年迈的母亲,与母亲共同回忆童年时代相依为命的日子以及编草苫子、上山打松枞子的美好时光。可见,母女俩的感情深厚而融洽,彼此成为精神的慰藉与依靠。也正因为此,姜敬爱的心里始终萦绕着浓郁的母爱的光辉,并将这种伟大的母爱移植到笔下女性形象的塑造中。

# 第二节　知识分子形象

所谓知识分子,是指受过专门训练并掌握某一领域知识、有着强烈社会责任感的脑力劳动者群体。在当今欧美一些发达国家,它是指以中产阶级为主体的阶层,而在19世纪末期至20世纪初期,"知识分子"与"知识阶层"是两个相区别的概念。马克思指出,阶级是由人们在经济活动和生产劳动中的地位决定的,划分阶级的标准是人们对生产资料的占有关系以及由此决定的在社会结构亦即生产关系总和中的地位。根据这一标准,知识分子不直接占有生产资料和生活资料,因此不是经济上独立的阶级。但是科学是生产力,知识是推动历史前进的决定力量,所以知识分子在社会历史进程中起过不可替代的历史性作用。诚如列宁所言,无产阶级政党是由马克思主义知识分子和先进工人建立起来的,社会主义思想是不能在工人阶级中自发产生的,它只能在知识分子中产生。也就是说,没有进步的知识分子参加革命,就不会产生无产阶级的科学理论,也就不能组成先进的政党,更不能把马克思主义理论深入到工农群众中去,也就不能调动工人阶级的积极性,提高工人阶级的思想觉悟①。

众所周知,列宁对知识分子在俄国革命进程中的历史地位及作用的表述是基于俄罗斯知识分子的特点及与人民的关系而言的,而20世纪俄罗斯著名的宗教哲学思想家尼古拉·别尔嘉耶夫(Nicolas Berdyaev,1874—1948)在总结19世纪俄国民粹主义运动悲剧时发表过这样的论断:"'知识分子与人民'这一命题纯然是俄罗斯的命题。"②的确,历史上的俄国知识分子既有他国进步知识精英所具有的强烈的社会使命感与正义感,同时又满怀宗教意义上的弥赛亚意识,即救苦救难的救赎意识。而俄国人民(主要是农民)长期受东正教思想的影响和束缚,从骨子里认同既定的沙皇统治秩序,对社会主义鲜少感兴趣。知识分子虽然努力"到民间去",可是其具有的无神意识却受到农民宗教意识的抵触,加之知识分子在与农民打交道过程中不自觉地表现出的老爷派头,最终导致轰轰烈烈的民粹主义运动的失败。从这个意义上说,知识分子与人民是乖离的关系,既亲近、合作,又貌合神离。

20世纪初,俄国社会主义思想迅速传播到中国、日本和朝鲜等亚洲各国,为被压迫被奴役国家的人民推翻殖民统治、反对阶级压迫和争取民族解放带来了曙光。在此过程中,进步的知识分子率先接受无产阶级革命等社会主义思想,并在群众中广泛进行传播。他们

---

① 王东:《列宁关于知识分子理论的基本问题》,《绥化学院学报》,2010年第3期,第55页。
② 〔俄〕尼古拉·别尔嘉耶夫:《俄罗斯思想》,雷永生、邱守娟译,北京:三联书店,2004年,第28页。

身体力行,深入到人民群众中,体验底层民众的生活,教授他们识字读书,宣传革命真理,组织罢工斗争。但是,由于知识分子队伍成分比较复杂,其中既有剥削阶级出身的知识分子,也有小资产阶级出身的知识分子,还有无产阶级出身的知识分子,因此决定了知识分子阶层不是统一的社会阶层,特别是中小资产阶级知识分子还处在动摇的过渡状态,有可能游离于革命民众,倒向统治阶级一边。姜敬爱中国东北时期创作的小说揭示了这一现实。

在姜敬爱笔下,知识分子形象占据其小说形象系列中比较重要的位置,然而却不是其小说叙事的中心,被侮辱被损害的底层民众特别是底层女性才是作家青睐并重点描写与表现的对象,而知识分子形象不是自我反省的形象,就是作家着力批判的典型,总是处在与底层民众形象相对照的地位。《二百元稿费》和《山月》中的"我"就是自我反省的知识分子形象。前者认为,二百元稿费是自己辛苦创作所得,有理由根据自我所愿支配它,然而她却忽视了处于饥寒交迫中的革命同志的痛苦与所需,经过与丈夫的激烈冲突,特别是冷静下来思考之后,她最终反省,认识到自己的自私和冷漠,主动向丈夫承认了错误。后者虽然同情沦落到社会底层的山月,鼓励她逃离魔窟,并表示愿意倾囊相助,可是一旦山月逃出来,请求资助自己路费时,"我"却退缩了。不仅以"捐款救灾"等借口拒绝了她,还故意推卸责任,埋怨山月没有提前与自己商量,弄得自己措手不及,从而达到不给山月路费的目的。在此,作家犀利地揭露并批判了知识分子"我"的做作与卑鄙,因为小说中的"我"曾经 2 次表述过"我不管什么候都是同情她的",可是关键时刻竟然违背诺言,出尔反尔,由此知识分子的虚伪、空谈和不作为暴露无遗。直到翌日清晨听到山月投井自杀的消息,"我"才幡然醒悟,认识到自己对山月的死负有责任,正是自己的冷酷、自私才将山月逼上了绝路。

我放声大哭起来。导致山月这么快地死去，不是因为我空口说白话表示同情才死的吗？不这样的话，她能死吗？

在此，妓女山月与知识分子"我"形成鲜明的对比。山月虽为妓女，但是诚实、善良、信任人，而"我"虽是受过教育的知识分子，却虚伪、做作，尚空谈，作家真挚的同情显然是在山月这位底层不幸女性一边。

《那个女子》是姜敬爱移居中国东北延边地区后创作的第一部小说，塑造了女知识分子玛丽娅的典型形象。在刻画这一形象时，作家的思想比较单纯而激进，主观情感和问题意识也过于流露，因此小说处处以嘲讽、批判的口吻揭露女主人公玛丽娅的虚伪与无知、清高与傲慢以及与底层民众的格格不入。

在小说开头就出场的玛丽娅是一位非常注重自我形象并且比较自恋的新女性。听到门外麻雀的叽叽喳喳声，她感觉鸟儿在高唱赞美自己年轻的歌，顿时全身产生一股波浪起伏的快感；透过镜子看到自己高耸的乳房、浑圆的肩膀、乌黑的秀发，她便想象着被无数男人所羡慕所追捧的场景。可她的内心却蔑视那些庸俗的男人们，只关注自我，在意自己美丽的容貌和聪慧的头脑。最让她自尊心获得极大满足的是自己一度成为某个杂志的登载人物，这意味着自己的文才被文学界所认可，于是感到自己已经登上了文学的高峰。小说以揶揄的口吻讽刺了玛丽娅成为女文人的过程：

她生性感觉敏锐，也像某些人一样产生过那样的情感，即一时冲动，就写一句诗，或者读一本小说什么的。可是一旦这种热情过去，也就不了了之了。

因此这样一来，她不管是看报纸，还是读杂志，一定先从文艺栏开始看。并且根据所看的内容随便写过几次什么东西，还曾与某位熟悉的男人通过信。这样,她就一跃成为女文士。①

　　然而,玛丽娅没有自知之明,也从不反省自己,而是由自尊心的满足滋生出强烈的虚荣与傲慢的心理,表现在,她觉得像自己这样才华横溢的女作家真是凤毛麟角,因此自己的名字应该家喻户晓,妇孺皆知,即使走在大街上,也会时时赢得众人的眼球,受到社会的瞩目。每每想到这些,玛丽娅就觉得心里充实,对未来充满了希望。

　　作家从玛丽娅的视角表现她对朝鲜本土民众和移民的态度和观感。玛丽娅觉得,朝鲜农民就是饮食男女,除了吃饭、生孩子和劳动之外,什么都不知道,也不去关心。他们目光短浅,精神需求仅仅局限于古谭里的刘忠列和赵雄而已,至于国家和民族的命运则一概不晓。并且,农民们安于宿命,不思反抗,对自己家产荡尽、背井离乡的命运,他们从不思考原因,只是埋怨命运不好,或者一个劲儿地哭泣。可见,在玛丽娅的视域中,朝鲜农民愚昧无知、精神低下。这次被校长派往二头沟耶稣教堂向朝鲜移民宣讲圣经,她关注的重点不是向朝鲜农民讲什么,而是想凭借自己的美貌和才智,一定能吸引农民的眼球而获得成功的。显然,她的主观思想导向是错误的,而她却自信满满。

　　在前去演讲的路上和在教堂演讲的过程中,作家进一步强化了玛丽娅的这种良好的自我感觉和自视清高的认知态度。她坐在马车上,闻到胡同里飘过来的炒菜的油味,禁不住皱起了鼻子,感到难受。偶然瞥见马车夫发黄的牙齿,她恶心得快要呕吐出来了。当站在教堂里高高的讲台上,目视台下黑压压站立的朝鲜教徒时,她觉得自己就像是一只凤凰落进了鸡圈里,又仿佛夹在了黑人堆里,因为阳光下的农民们穿的衣服是黑色的,脸孔也是黝黑的,看上去实在吓人。最

①〔朝〕姜敬爱:《那个女子》。转引同上,第432页。

可怕的是,农民们看自己宛若在看别的人种似的,从他们的面部表情上读不出热情,也没有热血沸腾,自己仿佛一个漂亮的机器人僵在台上,只有嘴在一张一合地上下翕动。玛丽娅原以为很了解朝鲜民众,此刻却感到了自己与民众间隔着距离,因而感到不自在,不自觉地脱口而出"劳动者农民",这一称呼更把朝鲜民众推到了另一面,以致群众在想,读书的新女性都是这个样子吧。但是,尽管后悔这样称呼农民,玛丽娅还是信口讲下去。

> 各位! 死也要死在我们的土地上,活更要在我们的土地上活! 应当在我们的土地上生活,而我们为什么要来到这里啊! 是啊,不是这样吗? 那是埋葬我的残骨的土地,我不过是其中一个实践者而已! 同胞们! 你们明白了吗? 还不明白吗? 我们山清水秀的土地啊!
> ……
> 所以我们要是有自己的土地,就不会受到刺痛和侮辱。我们来到这个地方,却接受别人的施舍,做的是什么事情呢? 啊? 什么都比不了我们的同胞。我们孤独的时候,高兴得哭泣的时候,被贫穷折磨的时候,一起痛哭、一起担忧的是谁啊? 不是我们的同胞吗? 因此就是被砍掉脖子,就是粉身碎骨,我们也要生活在自己的土地上,不是吗?①

玛丽娅被自己义愤填膺的演讲激动了,泪水盈满了眼眶,情不自禁地用她那白皙的手捶着桌子,声嘶力竭地呐喊着。台下的群众露出嗤笑和不耐烦的表情,觉得玛丽娅的话可笑,同时玛丽娅的话也打破了他们内心的平静,他们回想起自己辛辛苦苦开垦和侍弄的土地

---

① 〔朝〕姜敬爱:《那个女子》。转引同上,第438—439页。

被地主轻易夺走的情景,眼前不禁浮现出驱赶他们离开土地的地主那双恶毒的眼睛和狰狞的面孔,于是农民们的心里升腾起一股愤怒的情绪,由对害得他们家破人亡、流离失所的地主的愤怒,转向对台上这位高高在上、夸夸其谈的新女性的憎恨。紧接着,从窗户那边响起一声雷鸣般的质问:"什么民族? 什么我的土地?"玛丽娅的心不觉一阵悸动,想到只有"间岛农民"才能说出这种老实而可怕的话。那么,朝鲜移民为什么被玛丽娅的演讲激怒了呢?

首先,在演讲内容上,玛丽娅指斥朝鲜农民受到一点痛苦就随意离开故乡,离开自己的土地,批评他们不爱国,认为即使生活再难,也要留在生我养我的故乡土地上。作家表现玛丽娅演讲内容的恶劣与粗暴,意在暴露玛丽娅之流对朝鲜移民背景和残酷现实的无知,进而展示参与农民思想启蒙的女知识分子的水平。

其次,在演讲态度上,玛丽娅的表情中始终流露出一种轻蔑讥嘲的态度。她认为自己毕业于朝鲜最高学府,又是朝鲜少有的女作家,更重要的是自己年轻漂亮,无疑是有知有识、容貌姣好的佼佼者。而台下所面对的却是无知无识的朝鲜移民,是一群需要自己启蒙与教化的愚昧听众,因此讥讽与蔑视的表情和语气不自觉地流露出来。

现实情况是,过于自傲使玛丽娅低估了朝鲜民众的理解力和智慧,群众并非麻木无知的愚笨受众。他们不仅憎恨地主、资本家,更憎恨有钱有势的女人,眼前这位高高在上的女文人不就是这样的女人吗? 就连她那轻轻晃动的白裙摆似乎也在有意无意地嘲弄着群众的无知。在此,作家透过朝鲜移民群众的视角来评判玛丽娅,并且将玛丽娅与朝鲜民众的妻子、姐妹和女儿加以对比,更凸显了新女性知识分子与底层女性在物质生活、教育和精神上的巨大差异。

　　　　自己的姐妹和妻子比眼前这个女人漂亮,可是为了让她吃,让她穿,让她能够学习,将这个女人养得白皙娇嫩、皮肤透光,而她们自己却穿不上、吃不上，不能学习，以致流尽拇指上的血，染上可怕的疾病。她们不是被这个女人吞噬掉血和肉的吗？①

　　想到这儿，群众把多年积攒起来的怨恨与暴怒尽情发泄到玛丽娅和坐在前面的牧师和长老身上，意欲打死这帮吸血鬼。小说结尾描写，教堂的柱子被蜂拥而上的群众挤塌了，传来一片惨叫声。玛丽娅拼命逃跑，却跌倒在地，衣服也被高粱秸刮破，可是此时此刻的玛丽娅担心的不是自己的性命，而是害怕刮破脸，于是她用颤抖的两只手紧紧地护住脸颊。

　　通过分析作品可知，作家把女文人玛丽娅描写成庸俗、浅薄、清高、无知的被嘲弄的人物，表达出对这类人物的否定与批判态度，恰恰落入作家创作的一贯套式，或者说应和了其塑造人物形象的主观情感意向，即同情遭受苦难与承受悲剧的底层民众，特别是底层女性，将她们作为中心形象倾力打造，而把朝鲜近代化过程中正在走向中心舞台的新女性作为陪衬、对比的对象，笼统地谓之"摩登女郎"，并加以贬低和丑化。摩登女郎②这个称谓在作者眼中带有贬义色彩，她们看起来摩登，实际上是受到近代文明教育与思想洗礼的先觉者。她们最早接受西方个性解放思想，主张男女平等和女性的社会自由，并认识到自己所肩负的时代责任，积极投身到启迪民众思想觉悟的运动中，教授其读书习字，宣传女性解放和婚姻自由的道理，对时代的进步与发展是起到一定作用的。但是也不可否认新女性成分的良莠不齐，她们中既有出身地主、资本家的千金小姐，也有市民和

①〔朝〕姜敬爱：《那个女子》。转引同上，第440页。
②姜敬爱的自传体小说《二百元稿费》中的"丈夫"对摩登女郎也持贬斥和批判的态度，将其与"放荡娘们"相提并论，其形象被定格为烫卷发、抹白粉、戴金表和钻石项链、穿毛大氅的时髦女人。

少数贫民家庭出身而接受了新式教育的女子,比如作家姜敬爱就属于后者。同时,新女性也存在着弱点和不足,她们虽然接受新文化观念,受过新思想的洗礼,但是对日帝殖民统治下的朝鲜近代化社会的实质认识不清,被社会表面的繁华所魅惑,单纯地以享受现代物质文明为荣,从而丧失了判断是非正义的能力。玛丽娅就是这样的新女性,她缺乏身处日帝殖民地境遇中自感亡国奴的进步知识分子的苦闷与问题意识,其视域中的朝鲜和"间岛"(中国东北地区)还是作为前近代落后而陌生的农村加以呈现的。她的认识违背了一条基本的现实逻辑,即农民的根永远扎在土地上,但凡有条活路,谁愿意抛家舍业,背井离乡,沦落为失去故土的移民呢!

前文谈过,这部小说是姜敬爱移民中国东北地区生活后创作的第一部作品,此前作家有过在此生活的亲历体验,此次移民也是基于躲避社会舆论的纷扰、保卫婚姻的目的而为。因为丈夫原有妻子,是一位旧女性,姜敬爱是作为新女性涉足其婚姻,与丈夫恋爱并成婚的。这就使读者不免生发这样的疑问,既然作家是新女性,为何在创作中讽刺并批判之,这不是悖谬与反常的吗?要理解这一点,就需要了解姜敬爱思想的转变。青年姜敬爱虽然参加了进步组织"槿友会",并积极开展活动,但是思想比较单纯,也走过一段弯路。而认识并接触丈夫张河一后,受其影响,她形成了社会主义的创作理念,把中国东北视作着力表现民族命运的特殊场域。她通过实地观感,切身体会到身为亡国奴的朝鲜移民的民族现实困境,借助玛丽娅的形象批判日帝强占时期朝鲜知识分子的虚伪性、软弱性和无问题意识。

这一点在其稍早一月创作的随笔《离别间岛》中也可获得旁证。当作家坐在离别中国东北龙井而驶往朝鲜京城的火车上,看到修筑吉会铁路工程的民工们脚蹬石缝、奋力凿石的场景时,不禁联想到所谓的知识分子阶层吃得好,穿得暖,生活奢华,实际上却是无情吸吮农民血与汗的官老爷,农民只是他们任意榨取其劳动力的工具,于是作家在内心进行了深刻的自我反省和批判。

　　我宁肯折断这笔管,以往写的都是什么呀? 我到这时所学的竟是这种东西,一切都是糟糠,不,我却一点也不肯抛弃,不过是白写一场。

　　学生们啊! 你们那柔软的手,那细嫩的白皮肤,怎么能感受到太阳的灼热和石头的坚硬呢? 我们不能不先从这儿学起,因为强壮的劳动力才会成为健全的斗士啊!

　　左一下右一下凿着石头的那双手就是一幅画,那双脚也是一幅画,被阳光晒得黝黑如钢铁般硬实的脸颊更是一幅画啊! 这是一双多么值得信赖的手啊![1]

　　俞信哲是姜敬爱笔下塑造得比较成功的知识分子形象,也是《人间问题》中不可或缺的人物之一,对男女主人公阿大和善妃形象起到引领、影响、衬托和对照的作用。从阶级成分来看,信哲出身于小资产阶级知识分子家庭,父亲是日帝统治下某所学校的教员,青年时代也曾有过激进思想,怀抱着推翻日帝统治的进步理想,后被捕入狱,出狱后便放弃了这种"不着边际的空想",娶妻生子,治理家庭,安心做一名维护现存统治秩序的忠民。从小在这种衣食无忧、稳定安逸的家庭环境里生活并成长起来的信哲,仿佛温室里长大的花草,经受不起风雨的侵袭和吹打。他相貌英俊,皮肤白嫩,身材高挑,充满才气。父亲视他为家庭唯一的继承人、省吃俭用地给他提供良好而系统的学校教育,希望他今年春天毕业后,通过高等文官考试,找个可做靠山的有钱人家的女儿做老婆,成为支撑门户的人,进而功成名就,实现未来的美好蓝图。然而,受到社会主义思想影响的信哲却不

──────────

①〔朝〕姜敬爱:《离别间岛,再见吧,间岛!》。转引同上,第722—723页。

这么想,他讨厌父亲那充满世俗气的明哲保身的说教,力图摆脱家庭的束缚,自食其力,做有益于社会的人。同时,他也鄙视日甫、基浩等小资产阶级知识分子身上的酸腐气和所谓的英雄欲。他们都是坐过牢的人,而且乡下有老婆孩子,可是不愿意回乡帮老婆持家务农,而是躲在城市里,整天蜷缩在寒冷刺骨的、窄小的、仿佛土洞般的房子里,懒散怠惰,无所事事,靠当衣服和物品勉强维持生活。他们最擅长对别人品头论足、挖苦讥笑,更热衷于谈论女人,搜索趣事逸闻,高谈阔论,唯独对自己的性格弱点和身上的坏毛病视而不见。特别是日甫,每天重要的行为动作是掏鼻孔、抠脚、抽烟以及向对面房子里的美女频频地传送秋波。小说写道:

> 日甫是个心广体胖的人,即使挨了饿,也从不露出焦急不安的样子。他每天早晨醒来,不是坐在门旁抽烟,就是掏鼻孔,抠脚趾头,眼睛瞟着对面的房子。①

信哲尽管无路可去,与他们同吃同住,为他们张罗柴米油盐,共穿一套出门的衣服,可是心里认为他们是堕落的知识分子的典型,因为他们宁肯挨饿受冻,也不愿意像普通劳动者那样出苦力,当背伕。从他们身上,信哲反观自己,虽说自己也是一个知识分子,而且是思想境界远高于日甫和基浩之类知识分子中的佼佼者,但是此时"知识分子"这个称号却令他厌恶。日甫等人的所作所为,就像他抠脚一样,散发着臭气,充分说明知识分子日趋低劣、堕落了。作家通过信哲的视野和心理活动批判了当时小资产阶级知识分子的懒惰、涣散和脱离人民的性格弱点,含蓄地为后文信哲思想的转变埋下了伏笔。

---

① 〔朝〕姜敬爱:《人间问题》,江森译,北京:人民文学出版社,1982 年,第 166—167 页。

　　信哲不想像日甫等知识分子那样自甘沉沦和堕落，萌生出到农村去工作的想法，可以在那儿种田、向农民学习，总之干什么都不在乎。可是转念一想，在汉城就不能干这类出苦力的事情吗？马上，这种想法被他否定掉了，因为汉城的"熟人多、父母也在，还认识不少女人"，他们会嘲讽自己的，因此绝对不能"像他们那样背着背架毫不在乎地在大街上走来走去"。小说真实地描写了信哲理想与现实的矛盾，揭示了知识分子碍于情面、瞻前顾后和意志不坚的品性，这也是其思想日后得以转变的阶级和思想基础。信哲这种犹疑、羞涩的矛盾心理在小说多处地方表现出来。譬如，同父亲大吵一场冲出家门，一种赴死的悲壮的决心油然而生，使他精神振奋，决定不再跨进家门一步，可是潜意识里，他老想着继母会从后面追来。听到后面的脚步声，他也觉得是继母。这种对家的留恋，直到他走到安国洞十字路口才完全断了念头。离开家后的信哲，彻底失去了生活来源，衣衫褴褛不堪，皮鞋头因缺少鞋油而发白，还沾满了泥和灰尘。虽然节令已入夏，可他还带着呢帽。来到繁华、时尚的三越商店门前，看着进进出出的衣着华丽的绅士淑女，他犹豫着不愿进去，因为很怕在这儿遇见来买东西的熟人。果不其然，当他拖着疲乏的身体走入商店，迎面走来一位熟识的女人。为了避开她，信哲连忙躲到食堂旁，装作参观陈列台上的商品。结果，玻璃柜里摆放着的什拉、鸡蛋、面条等食品勾起了他难以抑制的食欲。那位女人也发现了他，热情地与他交谈起来。为了不让她看出破绽，信哲一面慢慢地朝后退着身子，一面打断她的话，说了声"失陪了"，便抽身逃出了三越商店。

　　在对异性感情的处理上，他也表现出这种犹豫不决、朝三暮四的两面态度。一方面，被玉簪的热情、大方和浓浓的爱意所吸引，接受其邀请来到她家里，一住就是两个月。另一方面，又对善妃的美丽、勤劳和默默的忍受所痴迷，渴望与之相熟和交谈，得到她的芳心。他的感情游移于玉簪和善妃之间，左右摇摆，举棋不定。面对主动示

爱、伸手就可相拥的玉簪,他的内心是推拒、烦厌的。可是,面对近在
咫尺,相距却宛若千里的善妃,他的内心却充满了渴求、相思。这种
心理矛盾真实地反映出当时受到社会主义思想启蒙教育的青年知识
分子的思想状态:既想摆脱小资产阶级的寄生性和庸俗气,又不能像
劳动人民那样自食其力,独立自主。小说描写,他是因为神经衰弱才
向学校请假去梦金浦休养的,不料途中遇见了德浩的女儿玉簪。他
深知,玉簪不是自己长期相守的女人,只是一时排解心中烦闷的游
伴,因此对玉簪的多次大胆表白,他故意装糊涂,不理会。

> ……他做梦也没想过要和玉簪结婚。这个女人太傲气,尤
> 其是她的眼神,叫人很不喜欢,流露着从美国电影明星的眼睛里
> 通常可以看见的那种低级庸俗的酸劲儿。她独特的表情,能一
> 下子迷住那些过路的俗男人,可是却只能使他感到厌恶。
>
> 他从小生长在都市,看到、听到的尽是些荒唐的现象,可是
> 他讨厌这些,讨厌玉簪这样的女人。朋友们有时嘲笑他,说他是
> 变态心理。自从来到这个村子,不期然而然地遇见了善妃以后,
> 他的冷冰冰的性格完全变了,连自己也暗暗感到奇怪。①

由此可知,玉簪充满无限爱恋的眼神和种种亲昵的举动丝毫融
化不了信哲冰冷的心,而善妃那总是低垂的、仿佛缭绕着一层薄雾的
眼神却令他怦然心动,心醉神迷。特别是善妃完美的家务活(洗得洁
白的衣服、做的香喷喷的饭菜)使他对劳动有了新的认识,这就是"真
和美,看来只有在劳作的地方才能发现!"正是从对贪图享受、好逸恶
劳的玉簪和勤劳朴实、忍辱受气的善妃的比较中,信哲发现了劳动的
真和美。然而,偶然目睹到的善妃那骨节粗大的粗糙的手又令他深

---

① 〔朝〕姜敬爱:《人间问题》,江森译,北京:人民文学出版社,1982 年,第 82 页。

感失望,他厌恶劳动的手,不能把这双丑陋的手与美丽温柔的善妃划上等号。在即将离开龙渊村之际,他极力寻找与善妃正面接触的机会,想对她表白内心的情意,可是面对端着水碗立在眼前的善妃,想好的那些话又都不翼而飞。他气恼而苦闷,一方面,善妃的麻木、冷漠,使他的自尊心受挫,隐隐产生一种被冷落的受辱感。另一方面,自己的愚蠢而粗鲁的行为激起把这一切看在眼里的玉簪的妒忌。面对玉簪的哭泣,他又情不自禁地将其揽入怀里,加以抚慰。由此可见信哲的矛盾、犹豫、摇摆和意志不坚的性格。

对自己身上的这种小资产阶级令人厌恶的劣根性,信哲是非常了解的,他也清楚地知道,日甫和基浩等人怀抱着的、希望有一天攀上一位资本家,办报纸或杂志,著书立说,成为民众的指导者的愿望是不切合实际的空想,在现实中是永远不可能实现的。因此,他决心克服知识分子的这些弱点,努力向人民靠拢,在实践中培养自己吃苦耐劳的精神。他接受具有社会主义思想倾向的朋友栗苞的指示,离开了日甫、基浩等人,到仁川码头参加劳动实践,借此在工人群众中进行秘密宣传,发动工人与日帝进行斗争。然而,劳动并非他所想象的那么简单,从小到大过着衣食无愁、养尊处优生活的信哲根本不会劳动。别的工人扛着装满水泥的黄纸袋飞快地跑向搅拌场,他却呼吸急促,胸口感到揪心扯肺般的难受,肩膀像被压碎了似的,还没走出几十步,连人带水泥袋便"嘭"地栽倒在地上。别的工人用铁条制成的背架一次背二十六到三十块砖,他只能用手搬,一次搬十块砖,没搬几次,手就像针戳一样疼,十指充血,疼痛难忍。一天下来,他觉得筋骨都要断了,流了鼻血,身子沉重,动弹不得。同样在仁川码头劳动了一天的社会主义者铁洙看他这个样子,直截了当地告诉他:"朋友,你干不了体力活。"信哲听了这话,很不高兴,认为是对自己的侮辱。可是,身体的疼痛却让他明白了这一残酷的事实,他想起了往事,也想起了玉簪的那双手和眼睛。他自己也很奇怪,此时此刻,他应该更加思念善妃,可是现在却只对她充满着朦朦胧胧的疑问,过去对她的那种好奇心也不知什么时候消失了,他所想到的竟是玉簪的那对明亮、灵活的眼睛和嫩白的双手。

> 玉簪,她结婚了吗?她是那样忘不了我……我对她实在太绝情了!想到这里,他的眼睛里莫名其妙地汪满了泪水。那次,玉簪剥了一颗巧克力,眼睛望着他,要他张开嘴来接糖。他仿佛又看到了当时她那张羞红的脸蛋,而且是那么可爱。她如果现在也在这儿……①

这其实是信哲潜意识心理的自然流露,可是自尊心却使他暗骂自己卑鄙,思想发生着激烈的斗争。他极力摒弃这种软弱的心理,继续坚持与工人们一起干活,然而事与愿违,他的体力不支和笨手笨脚阻碍了其他人干活,手里的铁钩还不留神碰到了一个背货人的脸上,遭致对方的一顿辱骂。他既委屈又失望,觉得工人们粗鲁的语言和行动与无情地刺伤自己手的铁管和木箱上的钉子没什么两样。自己是因为想做工人的朋友,才来码头参加劳动的。尽管拼命地干活,可是工人们对自己没有一点同情,反而加以嘲笑,他不由得感到凄凉和寂寞,不禁又想起一年前与玉簪在海滨观赏落照时的情景,想起了父亲和温暖的家,一度想离开这个地方。他的这种矛盾心理和二重性格为其被捕后的转向埋下了伏笔。

结识阿大后,他被其粗壮有力的大手和朴实憨厚的性格所感染,认识到了自己与工人之间的距离,同时也明白了自己的价值不是在码头亲自参加劳动,而是向阿大这样的苦大仇深的工人群众进行思想启蒙。于是,他主动放弃了卖苦力,自觉地向阿大等人传

①〔韩〕姜敬爱:《人间问题》,江森译,北京:人民文学出版社,1982年,第182页。

授阶级的思想和革命的道理以及团结起来与日帝及其走狗进行斗争的重要性。在他的逐步引导和教育下，阿大的思想觉醒起来，抛弃了莽撞、好打架的恶习，学会秘密传送文件和传单，思想日趋成熟。可见，作为民族危难时期有良心的社会分子，信哲有知识、有理想，同情人民群众的疾苦，追求真理，积极参加革命活动，并亲自深入到工人中间，发动阿大等贫苦工人与厂主进行斗争，充分显示了知识分子在革命进程中的指导和教育作用，这是其思想进步性的一面。然而，若考察朝鲜知识分子的特点，就不能脱离殖民地的现实。在日帝侵略与统治下接受教育的知识分子大多具有两重性，一方面，他们想通过反抗与斗争的方式传播知识，实现自己的理想和抱负；另一方面，又贪图享受与安逸的生活，因而吃不了苦，经受不住严刑拷打的考验。其主观意念与实际行动在关乎生与死的抉择面前常常发生激烈的冲突，促使他们放弃所追求的理想和目标，这是由其性格的两面性和在政治斗争中的摇摆性决定的。这是在中国、朝鲜、日本和苏联同一时期描写知识分子题材的作品中都能看到的特点。

如果以1934年为界来透视姜敬爱的小说创作，那么可以看到，1934年以前的早期创作中，作家能够以革命观点表现知识分子的斗争意志，对这一新生力量充满信心，满怀希望，譬如《破琴》中的亨哲等。可是在1934年以后的后期创作中，作家则以一种批判的态度，着力表现知识分子革命性的衰退与消失，揭示其思想转向与变节，对信哲形象的塑造也是如此。被捕入狱后，信哲经受不住敌人的严刑拷打，特别是来探监的父亲那憔悴的面容和哀求的目光，即将沦落为挨饿并沿街乞讨的家境和平时自己最蔑视的同学朴炳植的飞黄腾达，这些都深深刺痛了他那脆弱的神经。他在信念上发生了动摇，选择了退缩，并最终向当局妥协，思想转向了，随后被免予起诉并出狱。小说最后，铁洙告诉阿大说："他一出狱就在M局就职了，还娶了个有钱的女人……"可想而知,他娶的是玉簪,过起了舒适安逸的资产阶级生活。这令在其思想启发下逐渐走上斗争道路的阿大认识到:"是呀!信哲有那样的后路,所以他转向了!自己呢?是一点后路也没有的人,过去没有,现在也没有!"①从信哲对待爱情和革命事业的态度上,知识分子的矛盾性和妥协性暴露无遗。从这个意义上说,信哲是具有社会主义倾向最后思想却发生转变的小资产阶级知识分子的典型形象,也是作家着力批判的对象。

# 第三节　反面形象

与作家着力刻画的底层民众形象和知识分子形象相比,姜敬爱小说中的反面形象更像是一些符号化的人物,但又是不可或缺的扁平人物。"扁平人物"的概念出自 20 世纪英国著名小说评论家爱德华·摩根·福斯特(Edward Morgan Forster, 1879—1970)的《小说面面观》,指的是作家围绕某一单一概念或品质塑造出来的人物,也称"象征(type)人物"或"两度人物",譬如 17 世纪法国喜剧家莫里哀笔下的伪君子达尔杜弗之类的形象。尽管扁平人物是作家按照某种单纯的思想或特征塑造出来的人物形象,具有单一性、类型化、固定化和夸张化等性格特点,但是在小说中绝不是可有可无的次要存在,而是起着衬托主要人物形象的叙事作用。也就是说,没有他们的狠毒、残暴、剥削与压迫,也就没有底层民众的贫穷、苦难、屈辱与反抗。从这个意义上来说,扁平人物是一种功能性人物,在小说文本中起到为情节与主题叙事服务的作用,能够推动小说情节的进展,深化主题,因此是不可缺少的人物形象。在姜敬爱笔下,被塑造成反面形象的典型有郑德浩、朴初时、吉尾、全重等地主、资本家和监工形象。其

---

① 〔朝〕姜敬爱:《人间问题》,江森译,北京:人民文学出版社,1982 年,第 253 页。

中,郑德浩是被作家精雕细刻刻画出来的地主阶级的生动典型,是作家极力批判和否定的人物。

郑德浩可谓是集狠毒、狡猾、贪婪和吝啬等种种丑恶为一身的地主形象。他特别善于伪装,笑里藏刀,绵里藏针,是不容易防范的笑面虎,这突出表现在他对善妃父女两代人的无条件掠夺与欺压,对龙渊村民们的经济剥削与压迫和对信川女人、难儿以及善妃等女性弱势群体的凌辱与性虐待等方面。他几十年使唤着老实得像头绵羊的善妃爸金民洙,吩咐他做最脏最累最苦的差事,却从不多给他一文钱。善妃爸有时负责替郑德浩去收债,但也绝没有权利任意支配一文钱。善妃爸为人老实善良,任劳任怨,对郑德浩吩咐做的事情,"水里火里,全都不顾,拼着性命给他去办"。尽管如此,当他未能如期从穷人那里为郑德浩要回债时,后者便全然不顾他过去的种种付出和辛劳,火冒三丈,瞪圆了双眼,抄起算盘砸向善妃爸的脸,还拳打脚踢地辱骂道:"疯子! 这么个大善人,干嘛还来别人家混饭吃啊? 你给我滚! 要行善,回你自己家里行善去吧!"咬牙切齿的郑德浩,就像一只凶恶的老虎,恨不得把善妃爸一口吞下去吃掉。遭受如此欺辱的善妃爸,连累带气,一病不起。临终前,他大哭一声就断了气,至死也未闭上眼睛。显然,这是他对地主阶级残暴和虐待的无声谴责。害死了善妃爸,郑德浩又将魔爪伸向了未成年的善妃,让她代替父亲每天到自己家里做杂务,继续剥削她的劳动。愚昧无知的善妃妈不懂这其中的经济剥削和阶级压迫,还误认为是老爷对她家的特殊关照和帮助,对郑德浩假惺惺地前来探视病重的她的举动感激不已,丝毫不怀疑他送给自己5元钱的罪恶的心理动机。正是由于她的一时糊涂和贪图小利,才把善妃送入了魔窟,造成善妃被郑德浩凌辱的悲剧。然而,事实上,孤苦无助而又懦弱的善妃母女俩又怎能抵挡得了如狼似虎、财大势大的郑德浩呢?

郑德浩明明是在变本加厉、巧取豪夺地到处搜刮和掠夺龙渊村乡民的劳动果实,却还打着自己"吃亏"是为了"可怜和帮助"乡民的冠冕堂皇的幌子。农民们清楚地知道,每当收成不好的年头,他总是埋怨农民没有种好田,或是怀疑有人先割去吃掉了。而今年稻谷获得了大丰收,他又不惜践踏农民一年来辛勤的劳动和丰收的喜悦,当场折算去年的债务,扣缴肥料钱和高利粮。可怜的农民们辛苦一年,眼看着到手的金灿灿的稻子被郑德浩全部掠走,不禁义愤填膺,在阿大的号召和带领下,他们抢下了被装上地主家牛车上的稻子。郑德浩看到自己控制不了现场的愤怒的农民们,便叫来了日本巡警,并以"法"的名义将"闹事"的阿大等人实施拘捕,严刑拷打。从这个角度来看,郑德浩又是非常狡猾和擅长投机的买办地主的典型,懂得借助强大势力之手推进自己的计策,达到罪恶的目的,这就是他肯花大钱买通郡守、排挤其他的地主,不择手段地将面长职务捞到手的原因。对自己所做的罪恶勾当,他又用花言巧语将其伪装起来,借此麻痹农民们的认识和意志。狗屎蛋的妈为了被关押的儿子到德浩家去求情,请他放过狗屎蛋等人。郑德浩本想多关押他们些时日,以便彻底打压住穷小子们的反抗意志,但是考虑到天气逐渐转冷,必须在下雪之前打完场。另外,他还担心今年秋天实行米谷统制,谷价看涨,得尽早让农民们以低价还清债务。于是,他就顺势推舟,假卖人情地说:

　　　论起他们干的那种事,没法叫人原谅,就该让他们吃吃苦头。不过,我是一面之长,又可怜你上了年纪,怎么能下得了手呢?
　　　……
　　　不管怎么说,那些混账小子这几年都是靠我养活的。什么叫忘恩负义?这就叫忘恩负义!我是个没儿没孙的人,总是像对待亲生儿子一样对待他们。就说昨天吧,我不是还想到给你们一袋稻子吗?可那小子忘恩负义,不知道好歹!我对你们的好处,也不光是今年,去年、前年,哪一年不都是一样!①

这一顿卖好的堂皇之词很快就发挥了巨大的效力,不仅让狗屎蛋妈感激涕零,"真想放声大哭一场",而且使狗屎蛋、矮菩萨、酸模杆子等众农民对阿大一顿抢白和埋怨,认为自己挨打、被关押都是阿大造成的,由此映衬出郑德浩的巧舌如簧和险恶用心。

郑德浩的狠毒和自私还表现在对女性弱势群体的肆意凌辱和打骂上。他把女性当作生育和性欲的工具,粗暴地践踏女性的人格和尊严,以达到传宗接代和满足性欲的自私目的。如前所述,他对善妃的诱惑、欺骗、凌辱和抛弃的过程正面而真实地揭示了他的狡猾、自私和残暴。此外,小说通过一些次要人物之口间接地描述了郑德浩对其他女性的虐待和压迫。他的妻子玉簪妈尽管是家庭主妇,但是因为没有生出儿子而招致其嫌弃,也只能忍气吞声地看着他把信川女人作为姜婆进家门。开始,每当她出于嫉妒虐待信川女人时,都会招来郑德浩的一顿毒打,可是时间一长,郑德浩看到小老婆信川女人生不出儿子,便生起气来,不再袒护她,和大老婆一起毒打信川女人。作家借童年时代的善妃之口倾诉道:"从前不都是大妈挨打吗? 这回打了信川阿姨,打得真狠,怪可怜的!"事实上,信川女人也是个苦命的农家女,她的父亲因为欠了郑德浩的债才把她卖给后者的。然而,被郑德浩当宝贝捧在手上的好日子不久就成过眼云烟,郑德浩见她丝毫没有生子的希望,就伺机撵走她,并把魔爪伸向了同样是苦出身的难儿。信川女人实在无法忍受在郑德浩家整日挨打受骂的生活,被迫拖着被糟蹋虐待得疲惫瘦弱的身躯,带着残破失落的心灵回了娘家。难儿的遭遇与信川女人、善妃如出一辙,也是被郑德浩玩弄够

---

① 〔朝〕姜敬爱:《人间问题》,江森译,北京:人民文学出版社,1982 年,第 97—98 页。

后无情抛弃。

全重(《父子》)是善于蛊惑、出尔反尔、冷酷无情而又极端仇视农会的农场监工的典型形象。只因石头爸出海打鱼遇到飓风,风暴毁坏了他的渔网和木船,他就无情地解雇了石头爸。他心疼的是被损坏的渔船,而不是即将断顿沦落到生死线上的石头一家的生计。以致被逼上绝路、忍无可忍的石头爸铤而走险,决计杀死全重及其全家进行报复,结果全重安然无恙,石头爸却为此送了命。由此可以看出,在那个黑白颠倒的罪恶社会里,穷人是无路可走的,只有全重这样的仰仗日帝撑腰的地主才可以为非作歹、耀武扬威。不仅如此,全重还采用欺骗的手段掠夺农民的土地。六年前,为了诱骗农民开垦M码头后面的荒地,他把农民们召集到一起,以开垦荒地,三年不交地租,还可建造房屋为条件,欺骗无地耕种的老实农民无偿开垦这片荆棘遍布、刀斧难开的石头瓦块地。天不亮,他就逼迫农民们下地干活。当农民们累得汗流浃背、无法承受沉重的负荷时,他就在一旁使坏、袖手旁观。当荒地变成良田后,他就翻脸一变,违背诺言,只字不提曾经的许诺,而是采取种种手段变相侵吞农民们的土地。看到洪铁组织农会、创办夜校,他既恐惧又仇视,千方百计地加以破坏,不仅逮捕了洪铁,还威胁石头等农场农民,如果继续去夜校,就解雇他们。从这个意义来说,全重是日本统治者残酷掠夺朝鲜土地资源的忠实帮凶和走狗。

监工(《人间问题》)是日帝资本家对女工实施经济压迫并榨取其剩余价值的忠实奴才,是作家否定和批判的对象。他们被作家塑造成面貌丑陋、品性败坏,对女工图谋不轨的形象。譬如,难儿和善妃刚进入仁川大同纺织厂做工时,负责看管她们的李监工留着大背头,络腮胡子,眼圈发青,戴着一副玳瑁眼镜,仰胸挺肚,神气活现地在台上宣讲厂主的种种好处。他说,场主如何考虑女工们的利益,为她们建设宿舍、夜校和配套设施,低价购买日常生活用品,建立储金制度,并保证 3 年后,就能让女工们建立安乐窝,成家立业,生儿育女。可是,现实情况却是,给女工们吃安南米,允诺每天发给女工 2 毛钱的奖金纯粹是谎言。女工非但得不到奖金,反而因为断线、动作迟缓等被罚款,扣工钱,甚至一月下来,所挣不抵所扣的。不仅如此,李监工还对女工进行性别压迫,千方百计地引诱像善妃一样长相漂亮的女工。只有屈从于他的淫威,答应夜里与他私会的女工(如龙女),他才会给她发奖金。字条的出现,令李监工恐慌、紧张,又无计可施,便时刻监视着女工们的一举一动,经常以查字条为名半夜闯进宿舍对女工动手动脚。他故意把难儿和善妃分开,把善妃调到自己值班室旁边的宿舍,伺机对善妃下手。一天夜里,听到善妃所在的宿舍里有动静,他便抬腿闯进去,掀开善妃的被子,胡乱摸她的脸,敲她的头,警告她发现字条就要交出来。如果在以前,遇到李监工这样的色狼,善妃肯定被吓得不敢动弹,任由他摆布,但是受到进步女工难儿的影响和思想启发后,善妃虽然紧张,可是知道同寝的女工还未睡着,就不再害怕。她决定不能像过去那样懦弱可欺,如果李监工对她图谋不轨,就大胆地揭露他的丑恶行为,绝不让他得逞。也许感到了善妃内在的刚强,李监工犹豫了一会儿,终于离开了。待他走后,善妃感到"身上被监工触摸过的地方,好像有条虫子爬过一样,一种厌恶情绪久久不能消失"。

经过监视、跟踪和调查,李监工怀疑难儿是字条事件的始作俑者。为了从善妃处打开缺口,套出有价值的信息,李监工将善妃叫到了办公室。他这样做可以一箭双雕,一方面,利用与之单独相处的机会,逼迫善妃屈从于自己的淫欲;另一方面,假装关心善妃,用小恩小惠买通她,让她说出字条的来源,从而利用她。小说采用对话具体而生动地描写了两人之间的心理较量和语言交锋:

　　善妃越发紧张,感到大祸就要临头,不能不想法赶快离开了。她呼吸很急,连房间里的空气也像绳索一样捆住了她,越捆越紧。她吃过德浩的亏,能想到监工下一步会有什么样的行动。

"我该走了,我放下手里的活儿来的……"

"嗯,做什么活?"监工斜着眼睛瞟了一下善妃通红的脸,装出很喜欢她的样子,笑嘻嘻地问。

"一件上衣……"

"上衣……你挣了不少钱……嘿嘿……不过,我要告诉你,千万不能被字条上的话迷住了,打错了主意。本厂是为你们谋利益的,怎么能听信那上面的话,忘恩负义呢? 以后再见到这种字条,立刻给我送来……嗯,怎么样?"

"嗯。"善妃很庆幸他转了话题,连忙答应了一声。

"传这种字条的人,都是些无法无天的家伙,见别人赚了钱就眼红,想方设法捣乱,你可不要上当。只要你听话,我让干什么就干什么,可以天天发给你奖金,还可以让你当监工,全宿舍的女工都得听你使唤。这么说吧,你就是我的代理! 懂吗?"

监工满意地笑了。善妃低着头,眼睛望着脚尖。

"我看你很老实,只要听我的话,我能给你很大的权力。"

善妃只盼着他快点把话说完,可是他却没完没了地胡扯。他根本没有什么正经事情要谈,只是为了拖住善妃,说来说去还那几句话。善妃忽然抬起头来说:

"我得去做活了。"

"哦,不过,还有……"

善妃转身走了出来。监工还在啰嗦什么,善妃只当没有听见。①

---

① 〔朝〕姜敬爱:《人间问题》,江森译,北京:人民文学出版社,1982 年,第 226—227 页。

从这场对话与动作描写中可以看出，李监工的话语是试探性、诱惑性的，啰嗦、卖关子却显得咄咄逼人、心怀不轨，而善妃的语言则简短、明白、不容置疑，表现出她随机应变、见机行事而绝不给对方留有希望并想尽快脱身的心理。

李监工之所以不敢对善妃强硬和贸然下手，是因为其他监工也觊觎着善妃的美貌，彼此猜疑，明争暗斗，互相牵制，都想讨好善妃，把她弄到手，而担心自己过激的举动会引起其他监工的嫉妒，从而被上峰知道砸了饭碗。譬如个头矮小、表面和气、外号叫"浪荡子"的高监工，在难儿成功逃走之后，利用李监工不在的空档，乘机把善妃喊到办公室，软磨硬泡，明着是询问善妃难儿逃走之事，其实是"借故坐在一起谈谈话，摸摸底，看她对自己有没有一点意思"。直到楼梯上响起有人上楼的脚步声，他才放走了善妃。其实，何止是李监工、高监工，大同纺织厂里的30多名监工以及码头上看管工人干活的"银丝眼镜"等监工，都是日帝资本家剥削和压迫工人阶级的忠实帮凶和走狗，是受日帝雇佣的朝鲜汉奸的形象。

日本人形象也是姜敬爱小说所塑造的反面典型之一，但是有头有脸、个性比较鲜明的日本人形象并不多，除了《人间问题》中那位向阿大等龙渊村农民大肆宣讲"大日本"对朝鲜农民的"好处"、污蔑朝鲜农民自尊，以显示自己威风的穿西服的胖子郡守外，吉尾（《长山串》）是比较突出的一位。吉尾是日本财阀在朝鲜的代理，渔业组合的头目，也是忠实执行日本军国主义政策的日本人形象。表面上，吉尾显得通情达理，很近人情，其实心地歹毒，冷酷无情，根本不考虑穷苦渔民的死活。亨三因为出海打鱼遇到风暴，弄破了一点网，就被他赶出渔业组合，不再雇佣。亨三一家无米下锅，无柴可烧，孩子饿得去捡食吉尾家扔在泔水桶里的馊饭、坏牛肉和烂鱼头，吉尾一家却坐在温暖的火炉旁，吃着散发着扑鼻肉香的全骨。不仅如此，吉尾还特别忌恨和仇视亨三与日本渔民志村的兄弟般友谊，对亨三妻子采贝时不幸遇难幸灾乐祸,对同是日本人的志村公开顶撞自己怀恨在心,认为志村本性那么烂,净和朝鲜人鬼混,日本国就不应该招募志村加入军队。亨三因为偷挖长山烂树根,被抓进日本驻在所,恰巧被吉尾看见,结果他唆使日本宪兵狠命毒打亨三,以示报复,可见吉尾的面善心狠和圆滑世故。其实,个体、孤立的日本人形象并不是作家重点塑造的反面典型,整个日本帝国主义侵略者的群体形象以及在朝鲜的忠实走狗和帮凶才是作家着力否定与批判的对象,正是日帝的侵略与掠夺、剥削与压迫才导致朝鲜完全沦为日帝的殖民地,也使中国东北成为日帝野蛮践踏、肆意涂炭的屠宰场。

# 第五章　姜敬爱中国东北题材
# 小说创作的中国形象

如前所述,姜敬爱在 1926 年初至 1928 年冬、1931 年 6 月至 1940 年初,其间除几次因身体疾病或探望母亲而短暂(几个月)回国外,大部分时间都生活在中国东北龙井地区的一个偏僻的小山村,累计长达十余年。移居生活的体验和感受深刻影响了作家的创作,使其以中国东北为题材的小说创作达到 12 部,占其独立创作的 21 部小说总量的 57%。尽管受到身体欠佳、语言不通等因素的制约,作家移居生活期间很少与中国文坛、媒体乃至东北文人相交集、相接触,但是中国东北的山川草木、民土风情不能不映入她的眼帘,也不能不感染这位生性敏感而深入体恤民情的女作家,从而,她用自己的生花妙笔将这些图景和心理感受精心地编织进笔墨连缀成的字谜里。如果我们仔细地猜解掩映于其上的谜面,就能够顺利地找出作家对中国形象的透视。基于此,笔者就以姜敬爱有关中国东北题材的 12 部小说(《那个女子》、《菜田》、《足球赛》、《有无》、《盐》、《同情》、《母子》、《二百元稿费》、《烦恼》、《黑暗》、《鸦片》、《黑蛋》)为分析文本,从文学形象学的视角来探讨姜敬爱中国东北题材文学创作的中国形象。

## 第一节　文学文本塑造的中国形象

文学形象学主要研究一国文学中所塑造或描述的"异国"形象,

进而"探索民族和民族是怎样互相观察的:赞赏和指责,接受或抵制,模仿和歪曲,理解或不理解,口陈肝胆或虚与委蛇。"①从而,考察隐藏在这种塑造或描述背后的民族文化心理因素,即"社会集体想象物"②。那么,姜敬爱在其作品中是如何描述和塑造特定时代特定地域中国形象的呢?客观地说,姜敬爱中国东北题材小说创作中有关中国形象描绘的篇幅并不多,而且呈现出感官式的、印象式的特点。因此,除小说文本外,笔者也借用其随笔等其他文学文本中的生动实例作为下述分析的基础,这样更有利于全面透视作家笔下的中国形象,避免偏颇。总的来看,姜敬爱常常借助笔下人物或叙述者的口与眼来诉说和观察自己对中国和中国人的观感,其文学文本呈现出的中国形象大致可分成以下几类。

首先,寒冷、孤寂的中国自然形象。

从环境心理学角度看,个体的个人生活领域是知觉的空间层面,决定其基于环境场所而形成的意识。文学作品通过描写人物所处环境的位置、声音、色彩、场面、味道等感觉来表现知觉到的空间,并形成某种定势的认知。姜敬爱在中国东北长期生活和活动的环境场域就是龙井、局子街及其附近地区,因而其创作自然涉及到对该场域自然状况的真实摹写。而在姜敬爱以中国东北为背景创作的小说中,读者很少阅读到美丽的夏夜、温暖的冬日,映入读者眼帘的大多是"风雪交加的天气",或者"鹅毛般的大雪",抑或是"被雪覆盖的白茫茫的原野"等恶劣的天气。譬如:

---

① 〔德〕胡戈·狄泽林克,方维规译:《论比较文学形象学的发展》,《中国比较文学》,1993 年第 1 期。转引自高旭东主编:《比较文学实用教程》,北京大学出版社,2011 年,第 82 页。

② 〔法〕巴柔:《从文化形象到集体想象物》,孟华主编:《比较文学形象学》,北京大学出版社,2001 年,第 155 页。

北国之秋甚是凄凉。一天,风声如雷,狂风席卷着大地。①

风好像停了,雪渐渐地又下起来,覆盖在地上的雪已没过了她的膝盖。……她的胶鞋也不知什么时候丢在哪里了,脚上只穿着布袜。雪像年糕似地粘在她的布袜上,重如千斤,使劲抖落也抖落不下来,只能越粘越多,真不知该怎么办。头和眼睫毛被雪染得雪白,嘴唇上也是这样。②

这是在北国,北国的月夜很冷。月光仿佛浸入我的脸颊,冰凉冰凉的。风袭来,电线被刮到树枝上,发出呜呜的凄惨的叫声。③

北国的风异常凛冽,真是无法形容。我来到这儿虽然已经迎接了四个星霜,可是像那天晚上凛冽刺骨的寒风还没碰到过。整个世界好像被冻成冰块了。仔细一看,太阳也透过雪雾清冷地挂在当空,清晰可见的是雪花被凛冽的寒风吹得漫天飞舞。寒风好像一把锋利的刀尖儿似地刺破我的皮肤,割着我的身体,雪片纷纷落下。我抄着手,呆呆地站在雪地上。④

上述引文揭示出,姜敬爱在中国东北题材小说中很少描写春天和夏天,而更多地书写寒冬,"北国"、"大雪"、"狂风"等自然意象常出现于其小说的字里行间,给人以寒冷、凄凉和孤苦之感。这一方面

---

① 〔朝〕姜敬爱:《盐》。转引同上,第530页。
② 〔朝〕姜敬爱:《母子》。转引同上,第557页。
③ 〔朝〕姜敬爱:《异域月夜》。转引同上,第743页。
④ 〔朝〕姜敬爱:《二百元稿费》。转引同上,第564页。

说明当时中国东北的气候的确寒冷而恶劣,冬日漫长,暴雪肆虐,天寒地冻,与地处半岛属于温带海洋性气候的朝鲜形成强烈的反差;另一方面,也是更重要的是作为小说中女主人公们身处异国他乡、被侮辱被虐待而孤独无助之凄苦境遇的有力衬托。比如,奉艳妈在亲人相继离世走投无路之下被迫去贩盐;承浩母子被从大伯家赶出来后陷入齐腰深的大雪中,生死未卜;山月(《同情》)被辗转贩卖,饱受欺凌后投井自尽;"我"(《二百元稿费》)被丈夫打骂赶出家门后无路可走。这些都充分传达出作家对朝鲜同胞在异国他乡悲苦命运的深切同情。无独有偶,这种对 20 世纪二三十年代中国东北严寒气候的"钟爱"与描绘,也鲜明地体现在这一时期移居中国东北的崔曙海、安寿吉等朝鲜作家的创作中。比如,崔曙海小说就很少描写明媚的阳光、和煦的春风,多写夕阳、晚秋、寒冬和风雨霜雪等,充满萧瑟、清冷、暗淡的色调。并且这些自然景象总是相互缠结,肆意暴虐,摧残着衣不蔽体、食不果腹的贫苦人们,使其更加雪上加霜,难以生存下去。举例来说:

　　　　西风吹卷,开始霜降,严寒威胁着衣衫褴褛的我们。[1]

　　　　冬天来到了贫穷的"白河"——这个坐落在长白山西北边西间岛一个角落里的贫穷山村。冬天一到,前临小河,背倚大山的"白河",便被掩埋在凄冷的雪里,徒劳地望着寒冷暗淡的天空。
　　　　今天依然风雪交加,凛冽的寒风像是从北极冰雪世界刮过来的。寒风呼呼作响,山峰和嶙峋的枝头上的积雪,纷纷地飘落

---

①朝鲜作家同盟出版社编辑部编:《崔曙海选集》(朝文版),延吉:延边教育出版社,1956 年,第 75 页。

下来,把这个狭窄的山谷包裹在白皑皑的大雪里。①

　　寒风、冰霜、雪雾等自然景观传达出灰蒙蒙、冷瑟瑟、萧瑟、凄冷的感觉,透着沉闷、灰暗和苦涩的意味,很难引起人们的审美愉悦。读之不免让人感到心情沉重和压抑、苦不堪言,可是,这在很大程度上却很符合朝鲜移民苦难现实的低沉灰暗的气氛。因为小说的时代背景是处于半殖民地半封建社会的旧中国,苦难的现实需要凛冽的寒冬和肆虐的冰雪做烘托和渲染。由此,崔曙海、姜敬爱等同时期的朝鲜作家都不约而同地、自然而然地在其小说中为读者描摹出冰天雪地的恶劣图景和生活在其间的苦难同胞的凄惨生活。
　　白杨也是姜敬爱观中国时独特的自然意象,在其笔下频繁出现。譬如:

　　　　他仰头看那高高的白杨树叶。②

　　　　春天的阳光已使间岛山上的白杨树叶发绿,江水的声音变得喧闹起来,江水上面的木筏慢慢地漂流着。③

　　令人诧异的是,柳树才是延边地区最普遍的树种。流经龙井、延吉(局子街)的布尔哈通河(流经龙井地段称"海兰江")在满语里的意思是"柳树沟",说明这里柳树繁多,而白杨、松树虽然存在,却不普遍。可是作家偏偏关注白杨树,并且还时时将白杨树与松树加以对

①朝鲜作家同盟出版社编辑部编:《崔曙海选集》(朝文版),延吉:延边教育出版社,1956年,第227页。
②〔朝〕姜敬爱:《足球赛》。转引同上,第473页。
③〔朝〕姜敬爱:《间岛之春》。转引同上,第730页。

比,抒发情怀。

> 我不管何时,只要看到那棵白杨树,就马上联想到热情澎湃
> 的青年们,同时从那棵白杨树中,不知为什么会生出无法抑制的
> 不满。不知为什么,白杨树的根部看起来不太结实。而一想起
> 我们家乡后山上的松树,就发现有着这棵白杨树无法比拟的高
> 尚和深沉。隐隐散发着松油脂香的那棵松树啊! 经受住凛冽的
> 山风表皮变成深红色的那棵松树啊……①

可见,作家真正热爱的是松树,身在异国他乡时刻不能忘怀的也
是松树,松树可谓是姜敬爱以故乡为题材文学创作的主题意象。作
家喜爱松树,源于儿时的情结。她家的前后山上遍布着松林,她时常
与母亲在松树下打松楸子,躲避继父子女的追打时,等待去洗衣或打
柴的母亲归来时,她都会爬到松枝上。散发着松脂香的松树带给作
家无尽的美好回忆,象征着母爱、故乡和“精神家园”。那么,作家热
爱故乡的松树,认为它高尚、深沉,经得起风吹雨打,却忽略异国土地
上的松树,而刻意描写白杨树,又作何解释? 笔者认为,松树是作
家童年的回忆,是母爱、故乡和最终的归宿,因而是唯一的、不可替代
的。身为移民作家,姜敬爱看到了异域动荡的现实和朝鲜移民的苦
难,因此有意回避松树,而将目光投射到与松树有着相同精神品格的
白杨。在她的笔下,白杨树被赋予了人格,仿佛英勇抗日的热情澎湃
的青年高高挺立,而“白杨树的根部看起来不太结实”则委婉地表达
出作家对中国东北地区的抗日斗争步入低谷时摇摆不定的革命者的
不满和忧虑。另一方面,故乡的松树多以松林这一集群形象出现,而
白杨多是独立的个体形象,这就象征性地折射出朝鲜移民根基不稳

① 〔朝〕姜敬爱:《同情》。转引同上,第541—542页。

的异域存在。

其次,动荡、冷酷的中国社会形象。

20世纪30年代初,日帝蓄意制造"满洲事变",并以此为契机,扶持起傀儡政权伪满洲国,从而实现了其蓄谋已久的控制中国东北于股掌之中的战略构想。这样,日本宪兵、便衣警察、特务和汉奸走狗像蜘蛛网一样遍布东北各地,抢劫杀戮,搜查抓捕,白色恐怖笼罩着整个东北地区。对此,中国共产党领导下的东北抗日联军与日帝展开了殊死的斗争,歼灭大量日军,极大地影响和带动了东北人民的抗日热情和斗争。日帝打着"剿匪"名义,多次发动围剿和讨伐,此外,自卫队、保卫团、马匪等一些地方武装也蠢蠢欲动,插手其中,趁机敛财扩张,渔翁夺利。各种政治势力较量的结果,导致当时东北地区局势动荡,硝烟四起,鱼龙混杂,民不聊生。这种动乱的现实在姜敬爱中国东北题材的创作中得到形象化的展现。

《盐》中的奉艳妈全家背井离乡来到中国东北,靠租种中国人的土地勉强为生,可是不堪"中国军队号称保卫团"的侵扰。他们逼迫朝鲜农民缴纳月供,不给就抢,还杀人。为了躲避保卫团,只要村里的狗一叫,他们就躲起来。早晨一起来,他们便祷告上苍保佑平安无事。不仅奉艳妈所在的农村闹兵痞,整个"间岛"都动乱不堪。作家描写道:

> 间岛也是动不动就闹土匪,现在更是枪声刀声响成一片。劳苦大众都吓得瑟瑟发抖,生活在恐怖里。农民们也不去地里种地了,又不许砍伐山里的木头,真是性命难保啊! 他们都涌入相对比较安全的地方龙井和局子街等都市,将来他们吃什么活呢,这里人的生命比狗命还贱啊![1]

----

[1] 〔朝〕姜敬爱:《二百元稿费》。转引同上,第567页。

那么,龙井和局子街等城市的状况就平安吗? 非也。《足球赛》和《黑蛋》描写龙井学校里动辄发生缉捕事件,许多进步师生因为从事抗日宣传活动而被日本巡警抓捕,被关进龙井日本宪兵司令部,从而导致学校停课,学生不能安心学习。在《异域月夜》、《间岛之春》和《离别间岛,再见吧! 间岛》等随笔中,作家多次描写载着军警的火车、空中盘旋着的飞机和男负女载逃难的民众,一派动乱和民不聊生的景象。

> 成群结队的军人从前面挂着的货车里拥出来,后来得知那是出征珲春的军队。……那被太阳映得闪闪发光的刺刀上似乎散发出一股血腥味,……无数的难民们失魂落魄地静静地望着军队的步伐,恐惧万分。①

如前所述,作家很少写春天,但是有限的描写春天的文字也能传达出当时紧张恐怖的气氛,令人惶恐不安,胆战心惊。《间岛之春》描写作家在一个明媚的春日去海兰江边洗衣服,正当作家尽情享受这难得的自然美景时,两三架飞机螺旋桨的噪音和投掷的炮弹声破坏了怡然自得的春日美景,原来是日本军队正动用飞机在追捕"匪贼"。

> 市街上,拉着军警的货车朝中环疾驶而去,从车里传出嘹亮的军歌声。市街上到处是迎风招展的膏药旗。维持龙井治安的满洲国警官老爷们看上去全都失魂落魄的,好像是没了弹丸的枪。②

---

① 〔朝〕姜敬爱:《离别间岛,再见吧! 间岛》。转引同上,第723—724页。
② 〔朝〕姜敬爱:《间岛之春》。转引同上,第731页。

　　这是一幅不安、恐怖的画面:紧张集结的日军、迎风招展的膏药旗、失魂落魄的伪满警察,真实地昭示出一场血腥的杀戮场面即将开演,有多少抗日之士将被捕牺牲,又有多少无辜百姓将遭受洗劫涂炭,这就是20世纪30年代中国东北龙井地区的动乱现实。

　　在日本帝国主义野蛮和血腥的白色恐怖笼罩下,中国东北的反帝斗争转入低潮,一些革命者相继变节或转向,民心也随之变化,这种冷酷的现实环境直接影响着作家及笔下人物对移居地的观感与判断。小说描写,承浩妈背着患百日咳的儿子去开药铺的大伯时亨家求药,不但没得到药,反而遭致时亨夫妇的嫌弃和辱骂。面对着人情冷漠、世风日下的现实,无比气愤离开时亨家的承浩妈禁不住咒骂道:

　　　　这人心刻薄的龙井,啊,只供认钱的家伙们活着的龙井! 赶走她们母子俩的龙井! 只要离开这个龙井,像自己母子俩一样落到如此惨境的人才不会刻薄地对待自己母子俩啊!①

　　在这短短的几句话里,"龙井"一共出现了4次,被承浩妈定义为"刻薄"、"势利"、"冷酷"的形象。其实,作为现实的存在,龙井并无过错,而是生活于其间的人观感的投射物。

　　再次,肮脏、丑陋、凶残的中国人形象。

　　除上述引文中昙花一现的中国兵痞、马匪和伪满洲国警察外,姜敬爱中国东北题材小说创作中集中刻画的中国人形象是地主、商人和农民的形象。其中,前两类中国人形象被作家塑造成狡诈、凶狠、肮脏的剥削者和掠夺者,以反面形象出现。他们住在摆设奢华、优雅舒适的大房子里,穿着绫罗绸缎,吃着山珍海味,却对吃不上饭的穷

①〔朝〕姜敬爱:《母子》。转引同上,第555页。

苦百姓,特别是寄居此地的无依无靠的朝鲜移民的贫穷与苦难漠然视之、不管不顾。在《盐》中,奉艳家辛苦一年收获的稻子被中国地主全部抢走,奉艳爸无奈只得去向中国地主借稻种,预备来年耕种,不料在枪战中被乱枪打死。奉艳妈在丈夫惨死、儿子出走而走投无路之下投奔龙井房东地主家。第一次踏入中国地主家的奉艳妈母女俩被地主家里的豪华摆设深深地吸引了,仿佛来到了仙境一般,神智昏沉沉的:

> 　　闻到淡淡的茶香,母女俩悄悄地环视着房里。房里凉爽而宽敞,两边是炕,屋地用发光的石头铺就。那边窗户跟前儿放着用大理石做成的餐桌,餐桌上面以一对黑色质地五彩发亮的花瓶为中心,放着一块大表。玻璃罐子里悠然游动着金鲫鱼等。其它一些叫不出名字的器具压得桌子沉甸甸的。窗户上面的墙上以房东的照片为首挂满了家人的照片,一些褪了色的假花胡乱地插着。一个画着站立着的粗大佛陀的画轴好像快要从桌子上掉到这边的墙上,对面宛如门板似的穿衣镜占据了整面墙。位于窗户外边的花坛绿得眼睛为之一新。①

对比之下,奉艳妈不禁感叹起自己的生活际遇来。她被房东的花言巧语所打动,同时也是无处可去,就留在了他的家里,成为其免费的家庭女佣。房东地主表面慈善和蔼,可是内心却肮脏冷酷。他不仅剥削奉艳妈的劳动,还用嘘寒问暖和小恩小惠诱奸了奉艳妈,并在她分娩前将母女俩赶出了家门。奉艳妈的形象代表了朝鲜底层移民女性移居中国后所遭受的不幸命运。《菜田》里的中国地主不仅残酷剥削雇工,还将不满其做法而向雇工通风报信的亲生女儿秀芳害

---

①〔朝〕姜敬爱:《盐》。转引同上,2002年版,第502页。

死,阴险毒辣可谓是登峰造极。《鸦片》里的保得妈被吸毒成瘾的丈夫卖给布店老板中国人老秦。当浑然不知此事的她被丈夫带到布店时,映入她视野里的是一个丑陋、狡猾、凶狠的中国人。

> 丈夫一走进商店里,一位主人模样的中国人高兴地迎上来。……他一边这样说着、笑着,一边用那双鼓鼓的金鱼眼打量着外面。这是一双很快让人引起联想的眼睛,额头上的伤疤奇特地泛着光,戴着一顶压得低低的褪了色的帽子。好像要倒了似地站着的丈夫,比起那位气色好的中国人真是太苍白了,不得不承认他是一个行将就木的人……①

陷入谜团的她本能地将中国商人与丈夫进行着比较:吸毒的丈夫营养不良,邋里邋遢,浑身有股酸臭味儿,而且站都站不稳,仿佛行将就木的人一样。而这个中国人虽然有一双鼓鼓的金鱼眼,额头上还有明显的伤疤,看起来挺吓人的,可是营养丰富,气色好,身上还散发着“一股令人神清气爽的香气”。然而,当她被丈夫作为毒资卖掉而遭受中国商人老秦的蹂躏时,后者形象就变得可怖、肮脏、淫秽、凶残了。小说写道:

> 老秦渐渐眼露毒光,……用中国话嘟囔着什么,用黑抹布紧紧塞住她的嘴,……扯出腰带,疯了似地捆住她挣开的手和脚后,擦着额头上的汗,奸笑起来。布满血管的狗眼里充满了兽性,透过气喘吁吁的呼吸可以闻到一股狗腥味。他的蓝裤子滑落下去,露出肚子上的肉,黄色的粘唾沫流了一溜儿。她不愿看

---

① 〔朝〕姜敬爱:《鸦片》。转引同上,第683—684页。

他这个样子，就闭上眼，眼前掠过丈夫那高耸的鼻梁。①

　　被侮辱的保得妈气愤而无助，咬断了牙，发起高烧。第二天，老秦忙前忙后地为她削苹果，买食物和药，"拿手巾给她敷在呼呼发烧的额头上"，可是中国人所做的所有讨好的行为只能激起她更大的厌恶，她极其憎恶老秦的眼白、黄牙和黄手。此时的保得妈非常憎恨中国人，盼望着丈夫来救她，殊不知将她推入火坑、陷入如此屈辱境地的正是自己的丈夫、保得的爸爸，可见，她的精神还未觉醒！

　　姜敬爱对中国农民形象的刻画有个变化过程。《那个女子》是作家移居中国东北后创作的第一部短篇小说，描写朝鲜女文人玛丽娅受邀去二头沟基督教堂讲演。小说通过细节描写展现玛丽娅对赶车的中国马车夫的观感。听到牧师夫人赞叹新上市的新鲜白菜的话，马车夫立刻回头来看，微笑中露出一排发黄的牙齿。玛丽娅看到他的黄牙，吃了一惊，觉得快要呕出来了。无独有偶，上述保得妈看到老秦的黄牙时也是玛丽娅的这种感觉。之后，她与牧师夫人就中国马车夫这类人展开了议论。牧师夫人认为，中国农民和城市贫民恐怕一生都不刷牙，因此中国农民的牙齿都是黄的。对此，玛丽娅很难理解，觉得不刷牙的人不能算做人。表面上，这是所谓的文明人对不文明人的批评和蔑视，实际上却忽略了民族压迫和阶级压迫的社会现实。事实上，作家在小说中着重批判的正是以玛丽娅为代表的朝鲜小资产阶级知识分子的自视清高、故作风雅和脱离人民的思想倾向，因而丑化中国农民形象也是符合玛丽娅这一人物性格特征的。小说《黑蛋》对被 K 老师雇来修建校门的中国农民和随笔《间岛》里卖"违心"柴的中国樵夫虽然着墨不多，但也被作家写成狡猾不实之人。相反，在《菜田》中，作家对老孟、老秋等中国农民形象的刻画则

①〔朝〕姜敬爱：《鸦片》。转引同上，第685页。

发生转变,着重突出其勤劳、朴实、能干、富有同情心而又稳重、有智谋的性格特征和精神品质。正是从这些诚恳朴实的劳动者身上,备受继母虐待的秀芳才感受到阶级的温暖和生活下去的希望。这也反映出姜敬爱阶级理念的变化,即她不仅同情异国土地上的本族同胞,也同情受剥削受压迫的中国底层民众,她的同情始终放在各民族受苦受难的底层民众上。

# 第二节　中国形象形成的原因

通过姜敬爱有关中国东北题材创作中中国形象的叙述,可以看出,这些中国形象以孤寂、冷酷、肮脏、丑陋、凶恶、残暴的负面形象为主调,较少充满人情关怀与人性良知的正面描绘。换句话说,中国在作家的视域里呈现出既亲切而又陌生、既熟悉而又疏远的矛盾而复杂的认知图式。这既是作家个人生活与思想在小说创作中的艺术性投射,也象征着20世纪30年代朝鲜移民对中国形象的普遍观感与认知。

首先,亲切而陌生的异域现实。

1894年中日甲午战争以中国失败而告终,此后,朝鲜被日本一步步地蚕食为殖民地,丧失了国家主权和自由。日帝以种种名目疯狂掠夺朝鲜的自然资源和人力资源,残酷压榨殖民地人民。20世纪20年代开始,日帝又以开发朝鲜农业为名,实施"产业增值计划",结果农民辛苦耕种,非但没有增产,反而因为地主的残酷剥削,无力承担日益加重的赋税而相继破产,失去了赖以生存的土地。据不完全统计,从1919年到1930年,朝鲜农业人口结构发生了重大的变化,自耕农数量急剧减少,由19.7%缩减为17.6%;佃农和日本地主的数量猛增,佃农由37.6%增为46.5%,地主由3.4%增为3.6%①。朝

①〔韩〕张光燧:《崔曙海研究》,《先清语文》,1977,(8),第166页。

鲜的底层民众实在不堪忍受日帝的疯狂掠夺和残酷压迫,相继移民到中国东北。

朝鲜人之所以选择中国东北作为移居的目的地还有历史上的情结。自古以来,中国东北就是一块幅员辽阔、土地肥沃的富庶之地,以其神秘感刺激着人们的想象。1877年(光绪三年),朝鲜咸镜北道的流民私自越江垦地,称之为"垦岛",音译为"间岛"。因此,所谓"间岛"就是指"假江",即图们江北岸中国所辖光霁峪(位于今吉林省延边地区和龙市境内)前的一块面积不大的江中滩地①。1904年,中朝两国边吏会订《中朝边境善后章程》,明文规定"间岛"即假江之地,本属中国领土,只是准许"韩民租种"。然而,日俄战争后,出于"大陆政策"的需要,日本声称中朝国界未清,间岛归属未定,不仅将朝鲜纳入自己的保护范围内,而且借题发挥,强行将间岛范围从纵十里、宽一里左右扩展到海兰河以南、图们江以北,长约五六百里、宽约二三百里的包括延吉、汪清、和龙和珲春等四县在内的六七万平方公里的广大地域,制造所谓"间岛问题"事件,以达到其军事侵略中国领土之目的。"间岛"称谓对一些朝鲜右翼民族主义者的领土认知也产生了影响,他们借此扩大"间岛"范围,因而才有了"东间岛"、"西间岛"、"北间岛"等说法。这对生活在同一社会历史语境中的姜敬爱而言,不能不受其影响。主要表现在,她不仅创作了一系列以"间岛"为标题的随笔,如《离别间岛,再见吧！间岛》、《间岛》、《间岛之春》等,还在随笔《图们江礼赞》中这样写道:

　　……谈起图们江,我更多的不是称赞,而是埋怨。反正它既

---

①吴禄贞:《延吉边务报告》,长春:吉林文史出版社,1986年。转引自赵兴元:《"间岛"问题的由来与演变》,《北华大学学报》,2000,(3),第65页。

值得礼赞,也该怨恨。我边想边移动着笔。①

　　引文中的"埋怨"、"怨恨"意指很暧昧,所蕴含的感情比较复杂。笔者不能妄加推测,但是不能排除作家既视图们江为中朝两国界河,又视其为民族之母亲河的潜在心理。在同一篇随笔里,姜敬爱继续写道:

> 　　现在提起间岛,是说汪清、延吉、和龙、珲春这四县。在这块广袤的土地上有 40 万朝鲜人。这 40 万人中,无论是谁,都与图们江有着深厚的渊源。②

　　从这个意义上来说,图们江是"间岛"的母亲河,是 40 万朝鲜人赖以生存下去的生命之河。不管是谁,想要了解"间岛",想要了解朝鲜人在"间岛"的生活,那么就得先了解图们江。

　　这样,在当时特殊的历史和时空背景下,在朝鲜人的想象里,中国东北俨然是一个辽阔、富庶、自由的人间天堂,更是能够给他们带来无限生活希望的亲切而理想的空间。正如同时期移民作家崔曙海在《出走记》中所描述的:

> 　　听说间岛是天府之国,到处是肥田沃土,处处是可耕之地。五谷丰登,自然不愁没有饭吃;山林茂密,当然也就不愁没有柴烧。③

---

① 〔朝〕姜敬爱:《图们江礼赞》。转引同上,第 753 页。
② 〔朝〕姜敬爱:《图们江礼赞》。转引同上,第 755 页。
③ 〔朝〕崔曙海:《出走记》,《朝鲜现代短篇小说集》,北京:人民文学出版社,1960年,第 93 页。

满怀着在异域土地上建立新生活希望的朝鲜移民真正踏入这片朝思暮想的土地,实地接触并生活过后,才感到这里并非传说和想象的那样美好,相反更糟。他们首先难以适应的是寒冷的气候,冬日一到,冰天雪地,万物凋零,整个世界仿佛被冻住了,停止了运转。

> 这个地方是间岛,是一块西北与西伯利亚接壤、东南与朝鲜相邻的土地,也是一块最冷时达到零下40度左右的土地。①

其次,这里也是民族纷争之地。虽然此地是中国的领土,但是实际占领和拥有管控权的却是日本侵略者,他们企图像对待朝鲜那样,把中国东北实际纳入其版图,进而消灭新生的社会主义革命,于是不断制造民族纷争。他们自视大和民族是高等民族,蔑视中国人为"支那人",贬斥朝鲜人为亡国奴,不仅耀武扬威,横行霸道,还不断地挑拨朝鲜人和中国人等其他民族间的矛盾,制造民族冲突。在这种复杂的现实环境下,一些中国人和朝鲜人中的败类、官吏甘愿充当日帝的忠实走狗,仗着日本主子的权势和撑腰,欺行霸市,男盗女娼,巧取豪夺,为所欲为。最令人痛恨和不齿的是,他们竟然勾结日本人,打着他们的幌子,开办妓院,贩卖麻药和白面等毒品,坑害百姓,赚取不义之财。这在同时期中国现代作家的笔下得到大量而真实的体现,譬如:

> 说起这座古城,自从外方特殊势力侵入之后,于是就滚滚而来搬进无数的"外籍人"。他们不经商不作工,又全是些无有知识的粗货,他们唯一的职业就是贩卖毒品!而他们无赖逞凶的举动,常常给当地维持治安的军警和居民添出无数的麻烦。他

---

① 〔朝〕姜敬爱:《异域月夜》。转引同上,第744页。

们硬霸占别人的房舍,他们也有时抢劫别人的金钱,这一类横暴无理的事情多极了。①

在此,所谓的"外方特殊势力侵入"即指日帝占领中国东北,"外籍人"指的就是中国人眼里的朝鲜人,在当时被中国人称为"高丽人"。这些"高丽人"之所以令中国人生畏,就是因为他们有着强大的日帝做靠山,才如此猖獗、蛮横。如果说,这是混入城市里的狐假虎威、好吃懒做的朝鲜败类的行为,那么在农村,这种无耻之徒也无处不在,无缝不钻。

在关外的时候,有一年他们的田地租给高×人种水田,田地四周掘了一些水沟,一遇暴雨,四处地方就淹得无边无岸,把地脉给掘坏了;这还不算,到秋天,他们硬不交租,自己把收得的粮食一车一车拉到城里去卖,卖的钱项自己花用;退他们的租契,他们硬不搬。到官府里打官司,官府不敢管,气得人火气燎心,却无可奈何。后来花了好多钱,说了许多好话,央请来一个日×人来,他仅只说了十几句话,那高×人就搬走了。这事情,也是促进他们进关的一个主因。一家人全在想,关里的古城,总不会像关外似的任高×人横行霸道。但是当真来到这座古城之后,看一看当地的情形也正自一天天坏了下去,高×人缠不清的案子天天有,还加上一些别的情景,简直可以说跟关外没有多大的差别。
　　说到高×人的麻烦,方老太太该不会忘记最近眼见的一件实事,胡同里二号门牌杨家把房子租给高×人,那些人天天卖白面,

①李辉英:《另一种交易》,《文学界》第 1 卷第 4 号,1936 年 9 月 10 日。引自金柄珉、李存光主编:《中国现代文学与韩国》资料丛书①创作编·小说卷Ⅰ,延吉:延边大学出版社,2014 年,第 311 页。

招来一群群的瘾士,全是些穷苦的家伙,放在院里的东西时常就被偷走了,天天要在防盗上分些心神。高×人不交房钱,把房子装修改造弄得不像样,房主人实在无法就退了租,可是高×人不搬,反而聚了一群人捣毁了房东住屋的窗门,后来杨家情愿拿出几个钱,给高×人做搬场费,经人几番说情高×人才算搬走了,他们拿了钱去好像应该应份似的,一点不领情。①

"高×人"指的就是高丽人,即朝鲜人,无论是在关里,还是在关外,仗势欺人的朝鲜败类都是对中国人强租强抢,耍泼使赖,一旦与之发生交集,便像狗屎一般抖落不掉。他们对老实巴交的中国人如此,对日本人却卑躬屈膝,奴颜婢膝。引文中描写,对他们的这种无赖和强盗之举,中国官府也奈何不得,想管却不敢管,可是所"请"来的日本人只说了十几句话,他们就乖乖地搬走了。如果不想请日本人"帮忙",那就只得花钱息事宁人了,这就是关里关外的朝鲜败类的可耻行为。他们对雇佣来的朝鲜农民同胞也采取欺诈、蛮横、威吓和打骂的态度,与中国官府的听差对于乡间老百姓如出一辙。值得说明的是,这样的朝鲜败类毕竟是少数,广大的朝鲜底层民众都是老实本分、规矩守法的。可是,越是勤勤恳恳地做事,规规矩矩地守法,朝鲜底层的民众越是摆脱不了贫穷的现实。他们陷入被雇佣受剥削受歧视的生活空间,既受日帝的鄙视、压迫,又受中国地主、房东的剥削,同时还要遭受同族败类的欺辱和排挤。中国现代作家李辉英在《万宝山》中这样写道:

---

① 李辉英:《古城里的平常事件》,《文学》第 7 卷第 3 号,1936 年 9 月 1 日。转引自金柄珉、李存光主编:《中国现代文学与韩国资料丛书》Ⅱ,延边大学出版社,2014 年,第 287 页。

　　苦力们天天出卖气力,得不到充分的休息,吃不到好的有营养品的食物,他们的身子更比初来时瘦了,背上晒的更黑,甚至连呼喊"哎呦"的声音,也不像以前那样起劲了。……

　　有的人,带着病,不管身体软弱,不管头脑昏沉,依旧到荒地上拼命,哪敢叫苦,呻吟,生怕给监工老虎看到,退了工。但有时,在不知不觉中人是倒下了,抛了手里的铁器,辨不出头脑腿脚地躺了下去,眼睛一黑,耳朵里一响,完了,脱离了非人的世界。……监工人们已经觉察出来,而且也看到过这种情势,是不再向人们的身上踢着打着了,可是这并不是他们的慈心如此,是因为"需要"的关系,而且正可以借故扣点工钱,这不是与己有利的一桩事么。①

　　为了开垦中国农民也都不愿意沾手的、一直被荒废的"官荒地",这些被朝鲜监工雇佣来的在本国生存不下去的朝鲜苦力们,在不间断巡视的监工的威吓和辱骂声中,被挤榨着身上的最后一点气力和血汗,直到生命的气息被耗尽。可是,尽管他们拼死拼活地干活,不得歇闲,仍然摆脱不了贫困、窘迫、挨饿的困扰和折磨,有时连自己的妻子和儿女也保护不了,不是被抢,就是被卖。这样,他们实地接触并感受的自然与现实环境就大大背离了原初的设想,美好的蓝图与想象都化为了泡沫,求生之路变得同以前一样艰难难测。从认知心理学角度看,一旦现实与认知相悖,人物之间或者人物与时空之间就不再和谐融洽,而是疏离与排斥,被陌生化。而从作家创作心理上分析,凛冽的寒冬、肆虐的风雪等自然景观很契合朝鲜移民凄惨、苦难的现实生活,有助于突出阶级与民族压迫的主题,因此被作家重点关

---

①李辉英:《万宝山》。转引自金柄珉、李存光主编:《中国现代文学与韩国资料丛书》Ⅱ,延边大学出版社,2014年,第58—59页。

注并予以合理的放大。

其次,熟悉而疏远的生活场域。

姜敬爱在中国东北生活了十几年,应该说非常熟悉这里的山川草木、民土风情。我们在其中国东北题材小说和随笔等创作中能够捕捉到相关的具体描绘,譬如:

> 这时,马车拐进一条胡同。一股豆油味儿扑鼻而来,"噼"、"啪",进油的声音接连响起。她连忙一看,厨房灶坑里的劈柴烧得红通通的。
>
> ……房顶上面可用于宿舍栅栏的白杨树枝枝繁叶茂,伸展在半空中……
>
> 沐浴在清晨炊烟中的龙井小街市充斥着豆油和猪油味。背水的支架声、卖肉卖菜的声音、操着不熟练的朝鲜话叫卖的中国人的洪亮声音此起彼伏,回荡在胡同里。
>
> 小铺子旁边生有一棵高大的树,那上面横刻着一块招牌,招牌上的"天兴号"、"元兴泰"字样清晰可见。叠成圆花岗石一样的五彩纸挂在门前两边儿。门前放着漆黑的木板,那上面放着刚煮出来的饺子,还冒着热气。①

> 母女俩无力地走过市街向海兰江边走去。江水挡在前面,……她们举目四望,太阳慢慢地落到西山。远处清晰可见的村前的柳树也很像她们生活过的三道沟,前面路边的树丛,好像丈夫和奉植还在那个地方似的,可是揉着眼睛再看时,奉艳妈扑地坐到了地上,看着喧嚣奔流的江水想一死了之。……②

---

①〔朝〕姜敬爱:《那个女子》。转引同上,第435—436页。
②〔朝〕姜敬爱:《盐》。转引同上,第511页。

前段引文透过女主人公玛丽娅的眼睛再现了龙井市街某一胡同清晨喧嚣、热闹的集市生活场景。在作家的笔下,弥漫着豆油和猪油味的街市、刚出锅冒着热气的饺子、操着不熟练的朝鲜语叫卖的中国人洪亮的吆喝声等细节可谓观察细致,描写精确,栩栩如生,令人的思绪不自觉地追溯到20世纪30年代中国东北龙井地区中朝两国人民的日常生活图景。

后段引文描写的是海兰江。海兰江是图们江的支流,也是生活在龙井地区的人们繁衍生息的母亲河。它无偿地给人们提供着饮水、做饭、洗衣等用水资源,可是对奉艳妈母女俩来说,这却成为她们难以逾越、生活下去的"障碍",是她们希望破灭之地,她们欲在此结束自己苦难和无所依托的生命。除了龙井市街、海兰江以外,姜敬爱笔下经常出现的中国东北自然与生活场域还有图们江、马蹄山、局子街、二道沟等。这些自然与风俗描写都形象地还原了20世纪30年代中国东北特别是龙井地区中国人的生活场景和风土人情,是作家对当时异域现实潜心观察的忠实记录。可想而知,如果没有深厚的实地生活积累,就很难描写得如此真切和精致。然而,从表现的数量和篇幅的角度来看,这种描绘是屈指可数、浮光掠影的,断片式地掩映于文本的有限段落中;从表现的深度来分析,这种描写又是浅尝辄止、粗陋片面的,不仔细阅读和思索,读者便很难发现其中隐含的深刻寓意。

作为多年生活在中国东北龙井地区的移民作家,姜敬爱似乎从未把目光投向那些辗转于森林山野,忍饥挨饿,却坚定执着地英勇抗击日本侵略者的中国抗日志士,甚至很少关注来到中国东北,毅然投入抗日前线,与中国革命军并肩作战的朝鲜义勇军官兵。读者在她的小说中未能看到被塑造成正面的、栩栩如生的中国人的典型形象,其创作也鲜少见到有关朝鲜人与中国人正面交集或者荣辱与共、互帮互助的大量而集中的描写。这么说,并不是有意难为作家,因为姜敬爱毕竟是一位思想进步和有着社会主义思想理念的"同伴者"作家,况且她的丈夫张河一先生还是一位坚定的社会主义者,因此她有条件和能力正确书写发生在中国东北大地上的如火如荼的抗日斗争,也有机会思考和描绘中国人的典型形象。这就不免令人生出诸多疑问:难道姜敬爱思想发生转变了吗? 阻碍作家关于中国形象正面塑造的真正原因是什么呢? 身为朝鲜移民的姜敬爱对中国人有什么成见吗? 要解决这些问题,就需要深入探究姜敬爱在中国东北时期的生活、理念和创作情况。

众所周知,青年时代的姜敬爱是一位思想激进分子,学生时代曾因参加"同盟休学事件"被学校开除。而她跟随丈夫移民到中国东北龙井生活期间,抗日斗争的高潮已然消退,特别是 1935 年开始,在日帝的疯狂反扑和加紧围剿下,龙井地区的革命活动受到重挫,被迫转入地下秘密活动。此时的姜敬爱不再像学生时代或参加"槿友会"时期那样思想激进,活动频繁,而是一位热心家务活计的家庭主妇,过着简单、低调、拮据的生活。

她支持丈夫张河一的工作,主动承担起家务劳动,很少对外交往,闲暇时间则静心创作。对此,同时期朝鲜进步评论家白铁介绍说:

> 姜君家很困难,似乎是窘困的境地。离姜君家 500 步的地方流淌着海兰江,姜君顶着水罐亲自去那儿打做饭用的水,差不多每天带着衣服几次往返于江边……①

由此可知,姜敬爱在龙井时期的生活条件艰苦而拮据,她得亲自动手去海兰江顶水、洗衣、做饭,维持着贫困单调的生活。

---

① 〔韩〕白铁:《女作家姜敬爱论》,《女性》,1938 年 5 月。转引自崔鹤松:《在中朝鲜人文学研究》(韩文版),首尔:昭明出版社,2013 年,第 39 页。

图7　由琵岩山俯瞰今日龙井小城,穿城而过的即是姜敬爱时常去汲水、洗衣的海兰江

另外,与姜敬爱同一时期生活在龙井的韩国作家安寿吉也证明,作家在龙井过着深居简出的家庭主妇兼作家的生活:

> 她不胖不瘦,和其她妇人们没有什么不同,顶着水罐去井边汲水、生活等,连邻居们也不知道她是有名的作家。①

可见,姜敬爱的龙井移居生活简朴而低调,俨然一位勤俭持家、务实能干的家庭主妇,但是这位家庭主妇同周围的邻家妇人并没有什么过多交往,谁也不知道她的真实身份,这样,她的知名作家的身份就被刻意地遮蔽起来,不为人熟知。这段时期单调乏味的生活在韩国姜敬爱研究专家李相琼教授介绍作家移民生活的文字中得到了证实。这充分表明,尽管姜敬爱在中国东北龙井时期生活的详细资

---

①〔韩〕安寿吉:《龙井·新京时代》,1983年,第233页。转引自〔韩〕吴香淑:《对姜敬爱作品创作的资料考察》,《时代与文学:姜敬爱诞辰100周年纪念南·北共同论文集》,首尔:兰登书屋,2006年,第223页。

料未被挖掘出来,可是研究者还是能够从同时期移民作家的回忆、追溯和简要记录以及作家的小说与随笔中大致捕捉到其移居生活的粗略轨迹。

在履行好妻子所必须承担的家务职责的同时,姜敬爱没有忘记自己作家的身份,她把闲余下来的时间和精力都投入到自己心爱的创作中。她虽然与邻居很少来往,但是并不意味着她与朝鲜文人不接触。1934 年 7 月,在丈夫张河一的引荐下,姜敬爱参加了龙井新建朝鲜作家团体"北乡会",并成为名誉顾问。遗憾的是,除了参加最初的几次活动,并在会刊《北乡》第 1 期 1、2 号上发表诗歌《这片土地的春天》和《断想》外,她基本疏离了"北乡会",不再参加活动。尽管安寿吉等"北乡会"同仁数次约稿,可是姜敬爱从未将其创作的任何一篇小说或随笔、评论发表在《北乡》上。这就出现一个有趣的现象,即姜敬爱虽然在龙井生活和创作,却将作品寄回韩国发表,《北乡》或《满鲜日报》等在中国的刊物并不是其有意向的作品发表地。究其原因,并非作家看不起寄居地这些新创建的刊物,而是因为她对韩国文坛比较熟悉,也有人脉资源("火曜派"评论家金璟载等)可作推介,更利于作品的发表和传播。但是从另一个角度来看,这种异域创作本国发表的做法,也限制了作家在移民国家的生活与活动范围,导致其狭窄的生活与交际圈子,创作视野也变得单一偏狭,这无异于把自己排除在龙井乃至中国东北地区文坛之外。加之日帝书报检查机关森严苛刻的审查制度,无形中屏蔽了作家对中国人的集中关注、思考和正面评价与塑造,当然,中朝抗日志士在中国东北土地上并肩携手与日寇正面作战的惊心动魄的场面也被作家排除于想象和写作之外。那么,又是什么因素导致姜敬爱在龙井狭窄的生活圈子和有限的对外交往活动呢? 这就是身体因素。

姜敬爱从小因为家境贫寒、忍饥挨饿而体弱、多病,加之成年后四处奔波,居无定所,又辛苦创作,更加重了身体和精神的负荷,因此时时犯病,一生病便心思全无,影响创作。她移居中国东北龙井后,先后几次回故乡,其原因除了看望生病的母亲外,也是为了给自己治病。对此,白铁这样说过:

> 一想到窘迫的家庭情况和这种不健康的体质时,姜君对文学不知为什么就会感到一种不安。加之,姜君又后天患上耳病,听觉不灵敏,因此,她的文学生涯更令人同情和凄惨。文学对于她不是更过于沉重的吗?①

这表明,窘迫的家庭生活和孱弱多病的身体已经严重影响到作家一生钟爱的创作事业,而她的中耳炎是年轻时被其姐夫扇耳光后落下的后遗症,到了生命后期更是时不时地折磨着作家,导致其一耳失聪。在创作后期,姜敬爱是拖着病弱的身躯坚持文学创作的,可想而知她的精神苦楚和艰难。对此,同时代作家玄卿骏也描述道:

> 姜敬爱君住在龙井。她始终表现出健康的思想,过着诚实的生活,可是身体总不好。她因为没有小孩而叹息,可因为不健康,就不能安心地创作。②

姜敬爱是对生活和创作有着积极健康思想的作家,可是一生没有过孩子,这对于一个渴望孩子的女人来说是极其残酷的,作家也在

---

① 〔韩〕白铁:《女作家姜敬爱论》,《女性》,1938 年 5 月。转引自崔鹤松:《在中朝鲜人文学研究》(韩文版),首尔:昭明出版社,2013 年,第 39—40 页。
② 刘艳萍:《姜敬爱与萧红小说创作之比较研究》,延吉:延边大学出版社,2010 年,第 56 页。

与友人的谈话中表现出这种遗憾和无奈。于是,她想把全部的精力都投入到创作上,然而事与愿违,病魔无情地、不断地侵蚀她的肉体,一犯病,她便心思全无,无法安心创作,同时疾病也影响了她的对外交往活动和交友范围。

　　文学是生活的反映。受生活面窄、身体孱弱和语言障碍等因素的制约,姜敬爱创作的视域仅仅局限于龙井地区有限的朝鲜移民圈子内,与中国人和中国主流文坛或媒体基本不接触,这势必影响其对中国形象的正面评价与塑造。也就是说,姜敬爱中国东北题材小说创作中的中国形象是不完整的,并没有真正描绘出正面中国人的形象和汉、朝等民族进步人士在共同反抗日本帝国主义的斗争中血浓于水的兄弟情谊。关于这一点,我们可以提出间接的佐证,即与之生活和创作在同一时期的郭沫若、巴金、蒋光慈、台静农、王西彦、卜甯等众多中国现代作家,特别是活跃于中国东北文坛的“东北作家群”作家,例如萧军、萧红、李辉英、罗烽、端木蕻良、舒群等,不仅描写了依仗日本势力强取豪夺、肆意侮辱中国百姓和朝鲜同胞的“高丽”走狗,还注意到了抗日土地上潜伏活动的朝鲜革命者和毅然参加中国东北抗日武装、与中国官兵并肩作战的朝鲜将士,并在自己的作品中形象而真实地刻画了朝鲜爱国志士的形象。也就是说,无论是正面的,还是负面的朝鲜人形象都得到了中国许多作家的密切关注,并不吝笔墨进行真实而形象的描写与刻画,从而给中国现代文学的人物画廊增添了各种各样的朝鲜人的典型形象,为后世读者了解那一时代中国东北特定的现实提供了历史和文学文本。譬如,苏灵在短篇小说《朝鲜男女》①中塑造了为朝鲜民族的独立而被日本巡警追捕、勇于牺牲的朝鲜男女的光辉形象。男主人公青年琴师因为参加朝鲜独立运动遭致日本巡警抓捕,逃到哈

---

① 苏灵:《朝鲜男女》。转引自金柄珉、李存光主编:《中国现代文学与韩国资料丛书》Ⅰ,延边大学出版社,2014年,第72—82页。

尔滨后继续从事地下革命活动,而他的女友、京城女学教员却因为带领学生起事被日本宪兵逮捕枪杀。为了朝鲜民族的独立和自由,他们毅然放弃恋爱,坚决投身到反抗日本侵略者的民族独立运动中,表现出了朝鲜革命者所秉持的个人感情服从国家使命的忠贞信念,谱写了"爱情诚可贵,独立价更高"的英雄赞歌。

朝鲜青年爱国志士尹奉吉(潘子农《尹奉吉》)①在祖国沦亡后,忍受饥饿与耻辱,怀抱着打倒日本帝国主义者、复兴祖国的理想与重任,在农村创办夜校,义务教育贫苦乡民及其子女,向他们宣讲民族独立和反帝斗争的爱国思想,激发他们反抗日帝侵略的斗争意识,从而受到日本警察厅当局的通缉,被迫流亡到中国青岛和上海等地。虽然四处漂流,但是他始终珍藏着2个物件:一个是一面画着太极图形状的韩国旗,他将其视若生命一般,圣洁地加以爱护保存;一个是一张1909年在哈尔滨刺杀日本首相伊藤博文的朝鲜民族英雄安重根的相片,他尊崇这位殉国的先烈,将其作为自己行动的榜样。后来,他接受"韩人爱国团"领袖金九先生的秘密指示,借日军为庆祝昭和天皇诞辰而于2日后在上海虹口公园举行的天长节阅兵大会之机,暗杀白川、藤田和野村等日本残暴的刽子手。手榴弹把白川、野村等恶魔炸死炸伤,尹奉吉也不幸被捕,受到非人的拷打。后来,他被秘密押解东京,不知所踪。尹奉吉用自己勇敢的行动实践了为光复祖国甘愿牺牲的伟大誓言,同时也用热血燃烧了全世界被压迫的弱小民族的斗争希望。在中国现代作家的笔下,像尹奉吉这样被刻画得栩栩如生的勇于行动追求斗争的朝鲜爱国志士还有很多。

萧军在成名作《八月的乡村》里塑造了一位机智、勇敢、有勇有谋的高丽姑娘安娜的形象。她的父亲是朝鲜革命党领袖,在上海从事

---

①潘子农:《尹奉吉》。转引自金柄珉、李存光主编:《中国现代文学与韩国资料丛书》Ⅰ,延边大学出版社,2014年,第133—143页。

反抗日帝复兴祖国的秘密活动。安娜在中国读过书,有良好的学识和教养,14岁就按照父亲的吩咐投身于中国人民革命军,担任满洲革命军司令官陈柱的秘书和参谋。作家透过他人的眼睛描写她:

> "为什么呢?"司令对面那个高丽姑娘说话了。这在刘大个子比听司令的命令还紧要。那是一个很漂亮的小东西,眼睛像两块黑宝石;同时在前额表现着充分的顽强——突出的,生着很浓黑的头发一个饱满的前额。①

安娜虽然长相稚嫩,却有较高的学识,而且经验丰富,什么都懂。

> ——那小家伙!真是什么全懂!替司令管文件……常常还给我们讲:而什么非革命,中国的农民和世界上的被压迫阶级,就不能再生活下去;为什么当前非得把日本帝国主义者打跑不可……要不然日本人一定要比处置朝鲜还要加利〔厉〕害,来处理满洲的民众……那小家伙,也教给我们识字,她说一个革命队员必得要随时随地求知识。这样才能对于革命更热烈……她的枪也是打得很"靠"哪!
>
> 当唐老疙瘩每次掉着文说着安娜的时候,他的眼总是热烈地闪着光,拳头打着自己的膝盖。唾沫星飞溅着,……②

可见,这位有胆识有毅力的朝鲜姑娘以其迷人的外貌和卓越的

①萧军:《八月的乡村》。转引自金柄珉、李存光主编:《中国现代文学与韩国资料丛书》Ⅰ,延边大学出版社,2014年,第97—216页。
②萧军:《八月的乡村》。转引自金柄珉、李存光主编:《中国现代文学与韩国资料丛书》Ⅰ,延边大学出版社,2014年,第158页。

才智成为中国战士抗击日军的偶像和动力，是一面旗帜，因此，当安娜爱上革命军萧明队长的时候，这面旗帜霎那间"倾倒"，革命军战士们无论如何都无法接受安娜恋爱的现实，加以冷嘲热讽。这也说明在当时那种你死我活的特殊环境下，恋爱与革命是水火不相容的，它给军队带来的消极影响是抗战信念的动摇、斗争意志的衰退以及整个军心的涣散。在这种情况下，革命军司令陈柱思虑再三，决定以大局为重，暂时将安娜与萧明分开。他带着安娜和大部队先行开拔，留下萧明等 20 位队员坚守龙爪岗，待几个伤员伤势好转或伤愈后，去东安会合。虽然与恋人分开是痛苦的，可是安娜明白陈柱司令的良苦用心，战争年代没有恋爱，恋爱是会损害革命的，于是她毅然决然地"枪毙"了自己的恋爱。在萧军的笔下，朝鲜姑娘安娜的形象被刻画得有血有肉，熠熠生辉。

此外，杨昌溪在《山鹰的咆哮》、周仁庆在《鸭绿江畔》分别塑造了黄陵县游击队司令官黎蕴声、传令兵李宜廷和朝鲜独立军第三游击队长安宣仇等众多朝鲜义勇军将士的群像。通过引用上述事例可以看出，与姜敬爱同一时期活跃在中国文坛上的中国作家对朝鲜独立运动及其爱国志士的关注绝不是个案，而是一大批作家都表现出了对这一题材领域的青睐和重视，并且不惜笔墨，或从正面，或从侧面加以勾勒，或者精雕细刻，这已成为中国现代文学史上的独特现象，也是一道亮丽的风景线。中国进步的作家们已经把从朝鲜土地延伸至中国东北大地乃至北京、青岛、杭州、上海等地的"朝鲜独立运动"看成是中国现代历史上反抗日帝侵略的重要组成部分，也是世界被压迫民族反抗帝国侵略和强权统治的伟大斗争。可是，姜敬爱却偏偏"遗漏"了这一领域。

这么说并不是苛求作家的创作，因为姜敬爱虽然没有加入朝鲜无产阶级革命文学团体"卡普"，却受到社会主义者丈夫张河一思想的重要影响，因此具有强烈的社会主义理念。从总体上来看，姜敬爱的思想与创作倾向与"卡普"是保持一致的,由此她被誉为"卡普"的同伴者作家,代表作《人间问题》也一直被读者和学界视作"卡普"文学的代表作之一。从姜敬爱的小说和随笔中不难看出,她始终把中国东北当作反抗日帝侵略和民族独立的独特战场,密切关注朝鲜爱国志士的反抗斗争和思想情绪,这才有了"间岛啊! 坚强地活着吧! 要坚强地斗争啊!"①的呐喊。可是,受种种因素的制约,她关注的重心并不是在这一战场上与日帝浴血奋战的中国的爱国志士们,也不是融入中国革命洪流中与中国官兵肩并肩英勇作战的朝鲜爱国将士,而是在日帝疯狂反扑和围剿的革命低潮时期陷入思想苦闷和窘迫生活处境的朝鲜知识分子和底层民众。

　　另外,因为姜敬爱始终把朝鲜底层民众特别是朝鲜女性形象作为创作的中心,因此她在创作中突出采用阶级分析的方法,着重表现贫富悬殊的阶级对立和民族矛盾。也就是说,在她的想象中,中国人(以伪满警察、土匪、地主、奸商等为代表)与朝鲜移民之间应该是剥削与被剥削、压迫与被压迫的二元对立结构关系。这样,若要表现朝鲜移民在异国他乡所遭受的痛苦和凄惨的生活,就必须强化其对立面的凶残与暴虐,突出其殖民或压迫的现实。在这一理念指导下,就连小说中出现的某些场域也变成了阶级与民族压迫的象征性符号,譬如"局子街"指代的是杀人场,奉植等人在此被日警砍了头;"龙井"则象征着阶级对立的冷酷的现实空间,它无情地逼走了承浩母子俩。这种描写固然反映出朝鲜移民在特定的历史时期和特定场域的悲剧性命运,可是在某种程度上也阻碍了作家对中国形象完整而准确的认知与塑造。事实上,姜敬爱在小说《那个女子》中曾透过玛丽娅的眼睛敏锐地捕捉到中国孩子和朝鲜移民孩子手牵着手奔跑玩耍的生动画面,在随笔《间岛之春》中描绘出了中国人和朝鲜人紧紧相

①〔朝〕姜敬爱:《离别间岛,再见吧! 间岛!》。转引同上,第725页。

邻的茅草屋。遗憾的是,作家只是蜻蜓点水,一笔带过,并未就此题材深入挖掘。从这个意义上说,作家对与朝鲜移民一起生活在中国东北土地上的、同样遭受日帝欺凌和地主剥削的中国民众是疏离的、忽略的。

　　综上所述,姜敬爱在中国东北题材小说创作中描绘的中国形象包括中国自然形象(狂风、暴雪、白杨)、中国社会形象(龙井的枪声、局子街的杀人、乡下的抢劫和空中盘旋着的飞机)和中国人形象(地主、商人、兵痞、土匪、伪满警察等)。这些中国形象以寒冷、孤寂、冷酷、肮脏、丑陋、凶恶、残暴的负面形象为主调,表现为直观性、断片式,未能揭示出完整而典型的中国形象,也没有反映出中朝民族爱国志士在共同反抗日帝侵略和压迫的斗争过程中所结下的深厚友谊。之所以如此,主要在于体弱多病的身体限制了姜敬爱在中国东北地区活动的范围,影响了其文学对中国形象的发掘和正面塑造。从这个意义上说,姜敬爱及其小说对中国形象的认知与塑造模式呈现出既亲切而又陌生、既熟悉而又疏远的矛盾而复杂的特点。尽管如此,作为 20 世纪 30 年代少数几位有着亲历体验的朝鲜移民作家,姜敬爱努力克服贫困、身体和语言等诸多不利因素的影响,以冷静的观察和犀利的笔触描绘出了自我视域里的中国形象,给中朝文学交流留下了宝贵的文本遗存和精神财富,因此姜敬爱中国东北题材小说创作的意义是深远的、永恒的。

# 第六章 姜敬爱中国东北时期
# 小说创作的叙述模式

　　法国当代著名的文艺理论家和符号学家、结构主义美学家罗兰·巴特（Roland Barthes, 1915—1980）在其叙述学的奠基作《叙事作品结构分析导论》中，将索绪尔的传统语言学理论与俄国形式主义学派、普罗普民间故事研究以及结构主义思潮相结合，提出，世界上存在着不可胜数的叙事作品，而任何叙事作品都有一个共同的可资分析的结构模式，叙事分析的任务就在于找出这个共同的结构模式。为此，他将叙事作品分为"功能"层、"行动"层和"叙述"层等3个描述层①。功能层是叙事作品中最小的有意义的叙述单位；行动层是研究叙事作品中的人物的行动及其分类问题；而叙述层也称"话语层"主要研究作者、叙述者、读者、作品中人物等主体关系问题。根据这一理论，我们来考察姜敬爱在中国东北时期的小说创作，可以看到，姜敬爱小说基本上采用传统而严格的写实手法，或向读者描述出种种不同然而却真实可信的故事内容，或是完整而真实地还原事件的本来面目（如《黑暗》），无论怎样，姜敬爱小说的叙事风格都具有严肃性、现实性和悲剧性之特征，对突出并深化小说的主题起着非常重要的作用。

　　如果从叙述主人公生活与命运的角度以及小说着重揭示的主题

---

①引自陈厚诚、王宁主编：《西方当代文学批评在中国》，天津：百花文艺出版社，
　2000年，第251—262页。

倾向来划分,可以将姜敬爱在中国东北时期创作的 19 部小说分成 5
种叙述模式,即"贫穷"的叙述模式,包括《月谢金》、《地下村》、《长山
串》;"苦难"的叙述模式,包括《盐》、《母子》、《解雇》、《鸦片》;"斗
争"的叙述模式,包括《父子》、《菜田》、《足球赛》、《人间问题》;"苦
闷"的叙述模式,包括《有无》、《烦恼》、《黑暗》、《黑蛋》;"批判"的叙
述模式,包括《那个女子》、《同情》、《二百元稿费》、《山男》。严格地
说,这种分类也只是大致的区分,其中必然有些交叉或重合的方面,
因为叙述笔下主人公的悲惨生活与遭遇,表达作者对现实和人物的
道德评判,这是姜敬爱小说一以贯之的主题,很难划分得泾渭分明。
譬如,《同情》主要描写女主人公山月所经历的种种苦难,理应划分到
"苦难"的叙述模式中,然而正如标题"同情"所揭示的那样,作者叙
述山月历尽苦难的目的是为了批判叙述者兼作品中人物"我"的自私
与虚伪,因此笔者将其划分到"批判"的叙述模式里。同样,《人间问
题》的前三分之二部分描写男女主人公阿大和善妃苦难的人生,也应
划入"苦难"的叙述模式中,但是作者创作小说的最终动意并非仅仅
局限于此,而是为了突出人物的精神觉醒并起来斗争的一面,因此划
分到"斗争"的叙述模式中比较合理。

　　若从人称与视角的选择上看,姜敬爱小说基本上采用了 3 种叙
述方式:一是第三人称全知视角,这部分小说所占比重最大;二是第
一人称限知视角;三是第一与第三人称、全知与限知视角的相互转
换。其中,采用后两种叙述方式的小说所占比重较小,无法与第一种
叙述方式即第三人称全知视角叙述相抗衡。下面,我们就通过具体
的文本分析来深入探讨。

# 第一节　"贫穷"的叙述模式

　　所谓"贫穷"的叙述模式,是指作者将贫穷作为情节的基本构件

赋予行动中的主人公,叙述其受贫穷所困朝不保夕、无法生存的生活与命运,进而向读者传达作者对主人公的同情与对贫富不均现实的痛恨等道德诉求和价值判断,这类小说有《月谢金》、《地下村》、《长山串》三部。

在《月谢金》中,姜敬爱将时空固定在冬季的某天清晨和 C 县城 C 学校。作者在小说中充当了叙述者,并采用第三人称全知视角讲述发生在这一时空里的故事,即穷孩子三子无钱读书的困境与尴尬。三子因为交不起学费被老师多次催促和责骂,面临着被撵出学堂而失学的危险。在此,作者兼叙述者的言辞比较客观,语调也并不激愤,而是平静的、舒缓的,可是其所营造的气氛却吸引了读者的注意,读者自然产生出情感的偏向与好恶。譬如,一方面叙述炉火烧得正旺的温暖的教室,下着鹅毛般大雪的银色世界,正在操场上堆雪人的孩子们蹦跳、拍掌的欢笑声;另一方面又描述躲在黑暗教室里窗帘下面的三子的可怜相,他那不想看外面,却忍不住地张开遮住双眼的小拇指偷看傻笑的憨态。叙述者的这种对比反差性的描述强烈地刺激着读者的神经,引动其想要探知究竟的好奇心,同时也烘托出了贫富悬殊的现实,使读者自然地将同情之心倾注给弱小无力的三子。又如:

> "看这钱!这是爸爸给我储蓄用的,还说要给我买大衣,我爸穿着上班去的那种……"
>
> 他一边炫耀,一边看着银钱,使钱发出声响,又抓起它放进书桌里,随后炸雷般地跑了出去。胳臂腿是那样有力,动作迅速。三子为了不让他看见自己流泪了,就呆呆地看着,下意识地将手指尖放在嘴里咬着。①

---

① 〔朝〕姜敬爱:《月谢金》。转引同上,第 442 页。

说话者是家境富裕的同学奉浩,他明知三子交不起学费挨过老师的责骂,却故意在后者面前摆弄爸爸给他的零花钱。作者兼叙述者用"储蓄"、"买大衣"、"那种"、"炫耀"等词语和"发出"、"抓起"、"有力"、"迅速"等动作描写揭示其高高在上的优越心理和暖衣足食的健壮体魄,这些词语和动作描写暗含着作者对奉浩的讽刺和否定。而用"呆呆地看着"、"下意识地将手指尖放在嘴里咬着"来表现三子的羡慕、克制与自尊,这无疑触动了读者的同情心,倾向的天平自然倒向孤苦无助又渴望读书学习的主人公三子。

在《地下村》中,作者依然将解说权下放给叙述者,以叙述者的眼光及其真实、平静的语调向读者述说着地下村里发生的故事,读者则潜心而认真地倾听着叙述者的讲述,不询问,也不质疑。因为叙述者的讲述是客观公正、真切感人的,令读者信服和同情。可见,作者通过叙述者的讲述,与读者建立起了相互信任的同盟关系。由此,读者也认识到了七星等地下村里的人们所遭遇的种种不幸:七星被邻村粗野孩子们用牛粪捉弄、欺辱;七星家一贫如洗的破败景象;抵挡不了风雨侵袭的窗门;饿得哇哇哭叫的弟妹们皮包骨头的模样;母亲带病下地劳作时的痛苦;地下村里孩子们的普遍残疾;七星讨饭被恶狗咬伤……这种种不幸无不牵动着读者善良而脆弱的神经,令之唏嘘、哀叹,乃至哽咽、落泪。

同时,为了进一步增加叙述的可信度和读者的同情心,作者又引入了主人公七星的限知视角,如七星对地下村人为什么多为残疾的疑问,对盲女大丫的暗恋和不知如何表白的苦恼以及无力摆脱生活窘况和不幸痛苦等,随着主人公心理活动的展开,这些都逐步得到破解。这样,通过与叙述者全知视角的相互置换与补充,作者就把读者的视野由对七星悲惨遭遇的认知和接受提升到对社会贫富不均现实的批判与思考。并且,作者这时也一反常态,抑制不住地站出来评判道:

　　七星不只这次挨狗咬,还饱受人世间的欺辱和虐待,可是今天的事不知怎地就是忍受不了,并且渐渐化成一股愤怒之情。①

　　叙述者的这一抑制不住的同情之语突破了人物的限知视角,切近了小说的主题,他告诉读者这样一个真理:只有推翻人吃人、人压迫人的黑暗世界,穷人才有好日子过。可是,对于无知无识的主人公七星来说,如果没有外界因素的刺激与影响,其现有认识是达不到这一思想高度的,只能限于愤懑不平,于是作者适时地安排了残疾男的出场。当被狼狗咬伤腿的七星一瘸一拐地走到一间被废弃的磨房时,偶遇了残疾男,他向七星讲述了自己在工厂所遭遇的不幸和痛苦。小说中残疾男对不平世界的愤懑与宣泄虽然略微显得突兀,却对揭示小说主题至关重要。他使读者认识到,阶级剥削与压迫普遍存在于这个世道中,不推翻这个世道,穷人是没有活路的,这正是作者要告知读者的东西,也是小说的基本主题。

　　《长山串》由作者的现实描写和人物对过去的片段回忆组成。在现实描写中,叙述者采用第三人称"他"(亨三)的全知视角,向读者介绍如下情节:亨三前往渔业组合祈求日本人吉尾分给自己一份工作,两个女儿因饥饿难忍误食吉尾家扔弃的坏牛肉和馊饭病倒,亨三偷挖烂树根被抓遭受毒打,帮助陷入困境的志村妈等。在这一过程中,叙述者严格地、成功地传达了作者的创作意图。随着叙述的展开,读者也了解了整个故事的来龙去脉,明确了作者的情感偏向和善恶评判。而在片段回忆里,叙述者仍然采用全知全能的第三人称视角展示人物亨三的心理活动,向读者揭示亨三失去工作、妻子惨死的起因和他与日本劳工志村间的患难情谊。这样,作者、叙述者、读者和人物间就结成了自然而牢固的同盟关系,共同诠释着小说的主题。

———————

① 〔朝〕姜敬爱:《地下村》。转引同上,第 625 页。

　　通过上述分析可以看出，"贫穷"的叙述模式一般多采用第三人称全知视角进行叙述，作者既是写作者，同时也是叙述者，有时还借助作品中人物来叙述，肩负着双重或多重身份。无论怎样，作者总是君临于小说之上，以全知全能的姿态，站在俯视的视角，把持着运筹帷幄的万能钥匙，引导读者步入其精心编织的艺术世界。她启开了一扇扇艺术之门，向读者展现这个世界里的人物的现状、处境、命运和悲剧。叙述者的态度是真诚的，语气是不容置疑的，叙述的内容更是可靠、值得读者信赖的，因而具有鲜明的客观性和强烈的现实性。在作者兼叙述者的引导下，读者毫不怀疑地接受了其所讲述故事的正确性，对正面主人公的悲惨命运表示唏嘘、同情、悲愤，对负面主人公的残暴自私报以愤怒、鄙视、谴责，于不知不觉中消化吸收了作者所要传达的伦理价值观，做出了符合作者所期望的道德评判。可见，在作者、叙述者、读者和作品中人物的关系中，作者兼叙述者起着主导的、决定性的作用，读者则起着接受并消化的被动与辅助作用。并且，作者、叙述者和读者共同组成了坚实可靠的联盟，与作品中的人物同呼吸、共命运。

# 第二节　"苦难"的叙述模式

　　"苦难"的叙述模式是指叙述者站在第三人称全知视角，以饱含同情的口吻客观地再现主人公所经历的种种磨难与痛苦。作者虽然不参与情节构建，但是其情感好恶和道德批判隐含于主人公的行动和字面的深层意义中，读者只要细心阅读，便可领会作者创作的意图。这主要包括《盐》、《母子》、《解雇》、《鸦片》4部小说。

　　小说《盐》以第三人称"她"、"她们"、"奉艳妈"等全知视角展开情节叙述，而且叙述者与人物的视角常常重合在一起。譬如，在小说开头，叙述者先是采用第三人称叙述，接着就借用奉艳妈的视角观察、思索、回忆。中国房东的到来、丈夫去见房东、一家人背井离乡来到中国东北以及在此地所过的窘困生活等,都是通过奉艳妈的心理活动,并在她的视域里展开的。同时,读者遵循奉艳妈的活动轨迹,视点按照"农家"、"流浪"、"分娩"、"奶妈"、"走私"等,有条不紊地向前推进。此时,作者、叙述者与读者处在一个同盟的关系结构里,读者依照作者兼叙述者的引领,自然而毫不费力地走进小说的情境中,身临其境地体验人物(奉艳妈)的痛苦和遭遇,为她流泪,为她不平,为她将要面临的不幸命运担忧。在此,读者早已突破了人物的限知视角,而拥有了作者和叙述者的全知视角,能够把握作品中人物的活动轨迹和心理感受,于是就形成了作者、叙述者和读者间的同盟关系。

有时,作者也不露痕迹地悄悄站出来插一两句话,如"这个地方的农家大多是厨房和屋子相通,把锅安在房间的一个角落里,旁边搭上隔板"①。这仿佛无意中的提醒,或是注脚,告知读者这个地方司空见惯的家居式样,丝毫不会打断叙述者的描述,更不会转移读者的视线。读者可以做任意选择,或者视而不见,或者一扫而过,但是读之,更能体会文意,深化记忆。严格说来,在姜敬爱小说中,作者在叙述过程中的这种简短而自然的插叙并不多,基本上以第三人称全知视角或者借用人物限知视角进行叙述。

《母子》着重叙述抗日烈士家眷的悲惨遭遇。作者将时间设定在大雪纷飞的寒冬,空间位置为龙井。作者仍一如既往地采用第三人称全知视角,通过叙述者的眼和口观察并讲述着"她"(承浩妈)在这一特定时空里所经历的人和事,时而通过人物的对话或心理描写进行视角的互换,即第三人称全知视角(叙述者视角)和第三人称限知视角(人物视角)间的相互转换。譬如:

①〔朝〕姜敬爱:《盐》。转引同上,第 494 页。

承浩妈突然浑身无力，慢慢地跌倒了。眼睛、鼻子和嘴正好被捂在雪里，呼吸一下子被塞住了。当她意识到自己掉到一个深坑里，也许是一个沟渠里的时候，猛然产生一种想法："我死了吧！真的死了吧！"她拔出两只手，想要抓住什么东西，但是抓着的只是一团团松软松软的雪块。①

叙述者以同情的口吻叙述被赶出大伯家的背着患病儿子无处可去的承浩妈的窘况，她在漫天大雪的恶劣天气里因为辨别不清方向而跌落到一个深坑里。作者随之转换成第三人称"她"的限知视角，即承浩妈的感知与判断。她不能明确地判断自己掉入的是深坑，还是沟渠，反正是很深的、难以一下子爬上来的地方，因此怀疑自己是否还活着："我死了吧！真的死了吧！"接着，叙述者又转换成第三人称全知视角，描写生存本能促使她想要抓住什么东西，结果抓着的只是一团松软的雪块。在此，叙述者向读者传达出的信息是被雪埋住，正罹经危难的承浩妈母子的苦难，读者的同情之泪顷刻奔涌，其生死之忧萦绕于心，由此更加痛恨大伯时亨对母子俩的薄情寡义，进而批判龙井社会的人情冷漠和世态炎凉。而这正是作者所要传达给读者的正面道德诉求和理性价值判断。可见，叙述者充当了作者的代言人，其叙述属于客观的、可靠的叙述，叙述者与读者仍然属于同盟关系。

《解雇》同样采用第三人称全知视角和人物对话、心理活动的第三人称限知视角互换的方式写成。一方面，叙述者通过"他"（老金）与其他人物间的对话铺叙情节的进展，另一方面以全知视角讲述老金被老地主朴初时利用和欺骗的起因和过程。此时，凭借叙述者忠实可靠的叙述，读者已然预知老金必然摆脱不了被解雇的悲惨命运。

① 〔朝〕姜敬爱：《母子》。转引同上，第557页。

然而,尽管读者心知肚明,作为当事人的老金却浑然不知,还对主人家抱着乐观安然的态度,认为自己为对方奋斗了一辈子,完全有资格在此度过余生。这一幻想的被打破是在老主人去世,新任面长的小主人通知"他"准备卖掉前头那块地开始的。"他"隐约意识到了自己风烛残年被赶走的命运,可是还对老主人抱有好感,觉得是小主人违背了老主人的遗训:"就是我死了,也不要把老金撵出去,如果把他撵出去,我们家就糟了。"①读到此,读者不禁为老金的精神麻木感到郁闷、紧张。作者则不慌不忙地借叙述人之口展开老金的心理活动,此时全知视角转为主人公的限知视角,通过回顾、对比、反省等心路历程的痛苦思索,老金终于清醒地认识到了自己的愚昧、麻木以及眼前的残酷现实:

> 然而现在回想起来,主人的话像是一种假话。主人说的话不是一个也没有付诸实施吗? 想到这儿,老金好像又想起了什么,精神猛地一震。他被老主人的话麻痹了近50年,好像白活了一场。
> ……
> "这家伙,你话是怎么说的,怎么说的,是不是死的时候连一斗落地也不给我? 唉,该死的家伙,你比你儿子更不是个东西。"
> 他全身簌簌地颤抖着,大声喊道。②

至此,作者和叙述者完成了预期的创作与叙述的目的,读者从作品中人物老金的悲惨遭遇中看到了阶级压迫与剥削的现实,更加痛恨这个人剥削人的丑恶的社会。这也正是作者所要传达给读者的主

①〔朝〕姜敬爱:《解雇》。转引同上,第571页。
②〔朝〕姜敬爱:《解雇》。转引同上,第575—576页。

题思想。

《鸦片》也采用第三人称全知视角,以倒叙的方式写成。作者担任着叙述者的角色,在开篇即引入人物(保得爸和巡警)间的对话,叙述保得爸被巡警逮捕,撇下儿子保得独自在哭泣的故事结局。这自然牵动了读者的好奇心,引发其内心的疑问:巡警为什么抓保得爸?保得爸为什么告诉巡警自己已经登记了?保得妈又在哪里,为什么不照顾年幼的孩子?这种谜团使读者产生了强烈的阅读兴趣,迫切要知道答案。在此,作者兼叙述者将这些谜团作为未知数抛给读者,叙述的过程也就是谜底揭开的过程,这样做的目的就是引起读者的兴趣,增加小说情节的生动性,为下文女主人公的正式出场做铺垫。接着,叙述者便将镜头切换到事件发生前的过去,向读者细细地讲述女主人公保得妈被吸毒的丈夫作为毒资卖掉的整个过程,从而揭开了令读者触目惊心的凄惨事实。保得爸趁儿子保得熟睡之机,以出去借米为借口,将妻子保得妈诱骗离开家,翻山越岭地走了很长时间,来到市街一家布店前。在这一过程中,叙述者以第三人称限知视角,完全站在女主人公的立场上,通过她的眼睛观察周围的一切,以她的回忆作为判断眼前处境的根据。黑暗而密实的树林让保得妈心生怀疑和恐惧:丈夫为什么带她至此?是不是要在这荒僻之地杀了她?忽然,她想到了儿子,很担心醒了哭着找妈妈的保得,可是带她出来的是丈夫啊!"只要丈夫说的话,自己都非常相信",可见,她是信任丈夫的。随后,保得妈的脑海中不断地闪现出有关丈夫的一幕幕画面:吊在后院杏树上耷拉着脑袋的丈夫;犯毒瘾大喊大叫哭泣的丈夫;偷东西被人吊起来毒打的丈夫。女主人公上下泛动的忐忑心理和所生发出来的种种联想,一方面是由于叙述者的模糊叙述引发的,另一方面也源于人物之间感情的不对等。与妻子对丈夫的完全信任相反,丈夫的价值观和对妻子、孩子的感情早已因吸毒而扭曲、丧失殆尽。在他的眼里,妻子、儿子都是他可以换得毒资的商品,这次卖妻子,下次就会卖孩子。保得妈虽然很想知道丈夫为什么带自己来这里,却不敢向性格暴躁的丈夫询问,只能被动地忍耐、等待和接受,读者由此感受到保得妈极不稳定的情绪和紧张而懵懂的精神状态。

当叙述者叙述中国商人老秦出场,用他那双鼓鼓的金鱼眼上下打量着保得妈时,读者在叙述者先知先觉的引导下,预先知道了等待保得妈的命运将是什么,可是保得妈仍然懵懵懂懂,认识不到自己将要面临的危险,还以为丈夫是为了吸食鸦片才带她到这里来的。叙述者这样描述保得妈的心理和动作:

> "到底是为了抽鸦片而来呀。"直觉到这一点的她说不出话来,直到听不见走进屋里并消失在黑暗里的丈夫的脚步声了,她才猛地抓住门想打开。商店门吱扭扭一阵响,可还是关得死死的。"他说马上就来的啊",想到这儿,她将身子靠在门上。忽然,眼前出现爬上家门槛的保得的脸。有一天,保得迈门槛时骨碌碌跌倒了。想到这儿,她的心咯噔一下,"怎么办? 怎么办?"她团团地转着。①

乃至遭受老秦的强暴,保得妈还把获救的希望寄托在早已带着卖妻钱回家的丈夫身上。她惦记着无人照管的儿子保得,一心想回到家中与丈夫团聚,最终在逃跑的过程中惨死在铁丝网上。阅读至此,读者对几位人物的态度发生了细微的变化,比起欺辱保得妈的令人痛恨的负面形象老秦,更能引起千夫指和读者不齿的是保得爸。同时,读者虽然同情保得妈的不幸遭遇,却叹息她的麻木、无知和冥顽不化。而这一切的罪魁祸首又是谁呢? 在作者的逐步引导下,读

---

① 〔朝〕姜敬爱:《鸦片》。转引同上,第 684 页。

者把目光投向丑恶的社会和罪恶的鸦片制度,小说主题自然地凸现出来。

可见,同"贫穷"的叙述模式相似,在姜敬爱小说"苦难"的叙述模式里,作者仍然采用第三人称全知视角,君临于小说之上,全知全能,无所不知。叙述者是作者创作指令的忠实执行者,与作者处于可靠的同盟关系,常常合而为一。读者忠实而坚定地接受作者、叙述者传达的信息,带着心生的善恶情感和作者所期望的价值判断注视着作品中人物的动作和心理,感叹着他们悲惨的命运,于不知不觉中心灵得到了净化。

## 第三节　"斗争"的叙述模式

"斗争"的叙述模式指的是作者叙述的重点不是人物的贫穷与苦难,而是后来的反抗与斗争,因此作者对人物贫穷与苦难的设置在小说情节发展中只起到铺垫、序曲的作用,尽管有时这方面叙述的篇幅较长,仍然改变不了作为次要情节的事实,否则作品将失去主题价值和意义。这类小说主要包括《父子》、《菜田》、《足球赛》、《人间问题》4 部。

《父子》的时间设置为现在和过去,空间均设定在负面人物全重所在的农场。开头和结尾部分是现实故事,它对读者起到揭示小说主题的作用。中间部分是主人公石头的连续两段回忆:一是叙述 6 年前自己等穷苦农民开垦 M 码头后地的情景;二是叙述父亲的身世和悲剧命运,主要起到向读者交代事件起因、铺叙情节的作用。作家以第三人称全知视角向读者展示了父子两代人的共同遭遇,批判的矛头直指欺辱、迫害父子两的农场监工全重。尽管在叙述的过程中,叙述者偶尔转换成金壮士、石头妈、全重或者老金等人物的限知视角来叙述,但是这也是为了突出并深化人物的心理和性格,作者兼叙述者的情感天平和道德评价始终没有改变，因此也不担心读者受其影响，做出相反的理解，或者改变自己的批判立场。例如，石头妈看到波涛翻滚的大海，想到出海未归的丈夫，不禁心急如焚，翘首期盼。实在等之不及，在哄儿子石头睡熟后，她便顶着狂风去农场监工全重家里打听丈夫的下落。下面是石头妈与全重的对话：

> 门哐啷一声被打开了。
>
> "谁呀？"
>
> "是我，俺石头爸在这儿吗？"
>
> 男人没想到这是位女人家，声音变得高兴起来，并且紧紧地靠过来说："是，嘿，是嫂子吗？他还没回来，恐怕因逆风睡在岛上了吧。天这么黑，你怎么来这儿……"
>
> 这个男人很自然地询问着。从他那细软的话里，石头妈也多少得到一丝安慰。
>
> "岛上应该能睡吧。"
>
> "是，那就别说了，嘿嘿，担心了，怕他不太会驾驶那船哪，你就别担心喽！"
>
> 听到这话，她的不安与恐怖仿佛春天的田地自然冰释了，于是转过身去。
>
> "那么，晚安！对不起打扰了！"①

从这段引文中不难看出，与石头妈对丈夫的揪心、紧张和焦躁的心理相反，全重的表情则是轻松自如的，话语是和蔼亲切的。石头妈被全重的表面关心和热情伪装所迷惑，获得了安慰，一颗悬着的心落了地，同时也忽略了眼前的危险，放松了对全重的警惕。可是阅读到

---

① 〔朝〕姜敬爱：《父子》。转引同上，第451—452页。

此的读者却非常警醒,担心着石头妈的安危,因为已经感觉到了全重不怀好意的心理,即欲对石头妈图谋不轨。读者的这种潜在担忧正是叙述者在叙述全重的态度(见到石头妈到来难以抑制内心的高兴)和动作(紧紧地靠过来)时传递出来的。石头妈之所以很快地安全脱身,并不在于她意识到了全重的险恶用心,而是因为想到可能睡醒的儿子正在哭叫,母爱牵动着她急速离开了全重家。

　　有时,为了使叙述更为客观、真实,姜敬爱严格地忠实于小说中人物的身份和逻辑说话,不允许作者或叙述者对事件和人物进行公开的评论,也不做任何的抒情表白。然而,随着叙述或对话的深入,作者又担心这会模糊读者的视野,影响其正确的判断,于是赶紧进行只言片语的插话,揭破对方的真正目的和险恶用心。譬如,石头爸金壮士身体稍一好转便去了全重家,以便再向他申请一条船出海捕鱼,解决断顿之苦。见到石头爸进来,全重先是嘘寒问暖("这阵子身体结实了"、"还得进一步治疗啊!"),继而推过一把椅子让壮士坐下。性格耿直的壮士被对方的厚道话和虚情假意所感染,不知怎么感谢才好。可是,当谈到雇船的时候,全重则面露难色,显出拒绝的表情。

　　　　霎时,壮士感到一阵茫然。一想起小石头布满泪水和悲伤的面孔,他觉得比什么都让他揪心。

　　　　全重看着壮士的眼神说:"这有什么,我们准备好新船时,会叫唤你的。你应先把身体养得结实点再说。"

　　　　全重决意要借这次机会赶走壮士,因为不管怎样,两只木船也不能用了,没有什么比这些损失更让他惋惜的了。壮士一听,也觉得全重的话对,于是说道:

　　　　"是,那样的话,就赶快准备吧。"壮士这样说着,就跑出去了。①

————————

① 〔朝〕姜敬爱:《父子》。转引同上,第454页。

显然,与石头妈一样,石头爸也被全重的假情假意所糊弄和欺骗,苦苦等待着对方的好消息,殊不知,这是永远实现不了的幻想。作者尽管让叙述者客观地表现人物的语言和动作,可是又怕读者被迷惑,于是采用全重的视角表达实际的心理态度,即因为船受损失而迁怒于壮士,并借机赶走他。可见,作者姜敬爱是忠实于读者的,不允许自己对读者做任何的隐瞒和欺骗。

金壮士夫妻的悲惨遭遇是通过叙述者之口和子辈石头的回忆展示给读者的,前车之鉴,后事之师,子辈石头如今也遭遇到了与父亲同样的命运,被全重没收了土地,赶出了农场。从人物的角度来说,尽管石头一想起与全重的两代仇恨,便也像父亲那样无数次地产生豁出去复仇,与对手同归于尽的鲁莽念头,譬如:

> 石头呼天天不应,叫地地不灵。这块土地!这片泥土到底是谁的?这样一想,便觉得自己全身的热血突然往上冲,直冲到头上,于是他用愤怒的眼神望着全重家的方向。被月光照亮的白铁仓库门极其醒目,他的心剧烈地跳动起来。
>
> 一会儿,石头被嘎吱嘎吱的声音吓了一跳,低头看去。他的手拧着仓库的锁头,还是打不开。瞬间,他似乎感觉到有谁在被狠狠地毒打着,于是猛地睁大双眼,洪铁的那张脸清楚地显露出来。
>
> 他迅速地放下手,为了不让人察觉,便不安地悄悄察看。①

但是清醒的作者绝不会轻易安排父辈悲剧的重演,否则势必陷入命运轮回的套式里,作品的意义也会被严重削弱,从而达不到作者预期的创作目的。因此,她赋予主人公受到先进思想的洗礼

---

① 〔朝〕姜敬爱:《父子》。转引同上,第448页。

和教育,施教者便是作品中一直未出场的革命者洪铁。这部分内容是通过叙述者之口介绍给读者的,并且令读者感到欣慰和振奋的是,石头终于清醒地认识到,自己不再是孤立的个人,而是××会员之一;个人的仇恨是小仇,阶级的仇恨才是大仇;像父亲那样单枪匹马地横冲直撞,必然逃不过失败的厄运,只有团结起来进行有组织的斗争才能取得胜利。这就是作者所要揭示的主题,读者对此是认同的、接受的。

《菜田》也采用第三人称全知视角客观地叙述女主人公秀芳的悲剧命运。作者以全知全能的姿态居于小说之上,并且化身于叙述者,以平静、客观的语调向读者讲述秀芳在家庭中所遭受的不公平待遇,借此唤起读者对笔下人物的同情与关注,同时将读者的憎恨引向虐待秀芳的父母。作者深知,人类反抗强权和暴虐、保护弱小和无辜的心理是共通的,因此有意在秀芳的受难上加强蓄势。表面上看,作者赋予秀芳柔弱而顺从的性格,叙述者也多次讲述在强势的继母面前,秀芳总是低着头,默默地做事。即使被父母训斥,她也不敢说一句话,然而在秀芳的内心深处,因长期受虐和屈辱已逐渐生出对父母的敌视和反抗的心理,这就是心理上对他们的推拒与背叛,是弱者的一种无声的反抗。为了落实秀芳的这种背叛和反抗,作者引入了穷苦阶级的代表老孟等雇工作为具体的实践者,因为秀芳的力量和性格无论如何胜任不了这一斗争的。并且,作者兼叙述者设置秀芳听到父母毒计的情节,从而使秀芳获得了斗争的有利条件。读者也希望秀芳能够站在老孟等穷苦的、乐于帮助她的农民一边,将父母的阴谋告诉他们。可是在要不要告诉老孟这个消息的问题上,秀芳是矛盾而痛苦的。秀芳的犹豫符合人物自身的逻辑,毕竟她是家庭的一分子,不能胳臂肘往外拐,况且也不是特别了解老孟等人。

　　　　老孟扑哧一笑就向外走。秀芳呆呆地望着匆匆走入黑暗里的他的背影,不禁想到,谁了解老孟的身世呢?①

　　最终推动秀芳说出秘密的是其思想的转变和老孟的体贴与爱。可见,作者的描述没有背离人物的身份,秀芳的最终决定和行为既符合读者的期待,也达到了作者欲借助小说所要揭示的主题,即阶级压迫和剥削不仅存在于社会中,也渗透到家庭里。被压迫阶级只有紧密团结,才能取得经济的独立和社会的解放。然而,叙述者在小说结尾突然宣布秀芳的离奇死亡,这一结局安排却大大出乎读者的预料,是读者始料不及的。

　　《足球赛》斗争的氛围更是浓厚,几乎贯穿于小说的始终。其叙述人称和视角仍是第三人称全知视角,作者君临于小说之上,通过叙述者之口叙述承浩和姬淑等青年学生面对白色恐怖不甘屈服机智斗争的大无畏精神。日寇的大肆镇压与缉捕表面上使革命志士的反抗斗争消失沉寂,实际上并未扑灭其心中的斗争之火,反而使学生们改变了斗争策略,即借参加足球赛之机向敌人展示自己的力量,向人们传递革命的不灭的火种。然而,作者叙述的重点不是运动员们紧张训练的场面,而是主人公承浩与姬淑如何分别带着男女学生们去筹措参赛资金的过程。叙述者在叙述比赛时,也未正面叙述运动员们如何在赛场上与对手奋勇拼杀,比赛的激烈场面与结果是通过身在板棚里的姬淑等人的第三人称限知视角,借来买赛马券的客人和妇人等他者转述的。譬如:

　　　　竞技场上,说话声、人们的欢呼声雷鸣般地响起来。她们觉得这声音好像是足球场那边传来的同志们有力的助威声,好像力气猛地使出来,汗便从腰背上流下来。

――――――――――――

① 〔朝〕姜敬爱:《菜田》。转引同上,第465页。

"哎呀,怎么办呢!"

一位同志带着哭腔嘟囔道。她们一时视线相对又分开,眼睛里闪动着泪光。

2号! 2号! 随着喊声,脚步声雷霆般响起。20元! 20元! 有人扯着嗓子叫喊,并且抓着板棚摇晃着。那边分配区面值十元的纸币旗(印有纸币的旗子,类似于观众赌球的纸票——笔者注)呼呼地飞着。她们呆呆地看着这个情景,仇恨的火焰腾地燃起。

她们明白,今天这个足球场上演的是一场殊死搏斗。同志们表现出英勇气概,尽心尽力地踢着球。那个球被轻轻地、高高地踢上 Y 市的上空。路过这个足球场的人! 无意中瞧见球的人! 啊,他们真的和自己是同类人呢,或者不是呢![①]

姬淑等女学生们虽然不能亲临现场,呐喊助威,但是她们的心、眼睛和耳朵都飞向了赛场,时刻关注着比赛的进展情况和周围的细小变化。读者尽管迫切想亲眼看到比赛,叙述者却故意移开视线,通过她们的感受向读者传达着赛场的实况。读者从姬淑等人带着哭腔的声音中和闪动着泪光的眼睛里,读到了她们的担忧和比赛的不利,心也不觉跟着紧张起来。而从她们对兜售赌球票之人和飞来飞去的花花绿绿的纸票的仇恨的目光里,读者预感到了承浩一方可能会输球,因为观众会将宝压在有实力的一方。作者清楚地知道这一点,故意避开实力悬殊的比赛,而将读者的视线转移到身在场外的姬淑们的感受,这是其一。另一方面,作者的创作目的不是为了写比赛,而是表现这些进步的青年学生们不甘沉默的斗争精神。从上述引文中可以看到,姬淑们已经感受到了比赛仿佛一场生死搏斗,承浩们的奋

---

① 〔朝〕姜敬爱:《足球赛》。转引同上,第478—479页。

勇搏杀势必极大地鼓舞起人们的斗志,这正是作者所希望的。从这一角度说,作者达到了创作的目的。

《人间问题》的时间安排是按照男女主人公阿大和善妃成长的自然顺序展开的,空间架构则包括龙渊故事和仁川故事两个部分。从篇幅上看,龙渊故事较长,作者铺叙得细致、生动,给读者留下了深刻的印象。而仁川故事相对短小,作者描写得比较简略、粗糙,特别是女主人公善妃的结局安排显得突兀。这被后世许多研究者诟病,认为两部分故事的比例不对称,结构不合理。可是若从主题上分析,作者的创作重点显然倾向于仁川故事,因为它标志着小说主题的升华,从这个意义上说,龙渊故事是仁川故事的重要铺垫和蓄势。

从叙述人称和视角来看,小说仍然采用第三人称全知视角叙事,中间则穿插人物的第三人称限知视角。例如,作者在小说开篇用了1152个字(其中,包括标点符号,即从"登上山梁,龙渊村便清晰地呈现在眼前。"到"一只水蛭不知从哪儿钻了出来,哧溜一下跳进水里,快活地划着圆圈打转儿。")①向读者详细地介绍龙渊村的地理位置和怨沼传说,这种强烈的俯视视角和宏观控制在姜敬爱中国东北时期小说创作中是不多的。综观姜敬爱小说,作者尽管主要采用第三人称全知或限知视角来叙述,但是一般很少跳出来直接发表议论和抒情,总是简要介绍一下时空背景,便直接进入到对人物生活与命运的客观叙述中。换言之,姜敬爱更多关注的是笔下主人公的故事与命运的展开与描述,因此非常吝啬作者本人的出场。即使出场,作者也只是三言两语,平静、客观地介绍环境背景,交代事件的起因、进展与结局等情况,起到过渡或衔接上下文的作用。作者往往与叙述者合而为一,引导读者深入到人物的心里,借用人物第三人称限知视角

①〔朝〕姜敬爱:《人间问题》,江森译,北京:人民文学出版社,1982年,第1—3页。

进行叙述和描写。

我们说作者很少跳出来直接发表议论和抒情是姜敬爱小说创作的主要叙述模式，并不意味着其小说没有作者的议论和抒情，在《人间问题》的后半部分和结尾，笔者找到 2 处作者的议论和抒情，分别是：

> 他们，这些默默无闻、无权无势的人，似乎顷刻之间竟有了能够支配整个宇宙的力量！一向横行霸道的银丝眼镜和那些船员，甚至汽船上的起重机，在他们的面前都失去了活动能力，动弹不得。①

> 为什么会发生这样的惨剧呢？这不正是人间问题吗？
> 人间问题，已经到了非解决不可的时候了！人类为了解决它，已经奋斗了几千年，至今不是还没有解决么？那么，将来谁是解决人类面临的这个大问题的人呢？②

在前段引文中，作者以极其激动的心情向读者展示了工人罢工斗争的胜利场景，揭示出只有充分教育并启迪广大的工人群众的思想觉悟，调动并发挥他们的力量，才能取得罢工斗争的胜利。并且，团结斗争的力量才是无穷的、巨大的，它足以使一切剥削者和压迫者望而生畏，胆战心惊，手足无措。读者读之，精神倍感振奋，充满对胜利前景的展望。而在后段引文中，作者接连使用了 3 个反问和 1 个设问，向读者阐明自己的伦理道德诉求，强化小说的主题。可见，作者或叙述者的议论和抒情对小说主题的升华起到至关重要的作用。

① 〔朝〕姜敬爱：《人间问题》，江森译，北京：人民文学出版社，1982 年，第 229 页。
② 〔朝〕姜敬爱：《人间问题》，江森译，北京：人民文学出版社，1982 年，第 254 页。

综上所述,姜敬爱小说表现"斗争"的叙述模式仍然主要采用第三人称全知视角或人物的限知视角来叙述,作者既是观察者、调控者,也是叙述者。人物的受难常常成为人物斗争的前奏曲或者铺垫,作者注重的是斗争的准备和过程,而非结局,如此也是为了突出主题的需要。至于斗争的结局或乐观,或失败,或充满希望,或难以预测,这些并非作者所能把握和控制的,因为革命的形势并未给作者提供一个现实的摹本。

## 第四节　"苦闷"的叙述模式

"苦闷"的叙述模式,是指作者将笔下主人公因无从选择而导致的精神苦闷作为叙述的中心,叙述者可以是作者"我",也可以由作品中的人物来担任,抑或是在作者"我"或作品中的人物之间反复切换。人称与视角可以采用第一人称限知视角,也可以采用第三人称全知视角。这类小说主要包括《有无》、《烦恼》、《黑暗》和《黑蛋》。

《有无》采用"故事套故事"的结构写成,人称上使用了第一和第三双重人称。在现实故事里,采用第一人称"我"的叙述模式,"我"是主要的叙述者,失踪多时的福纯爸的意外出现,他那衣衫褴褛的落魄模样,福纯一家的生活困境和福纯娘俩的不告而别等,这些情节都是通过"我"叙述出来的,是"我"从旁观者角度观察的结果。同时,因为叙述者"我"虽然处于现实故事的世界中,成为小说中的一个人物,但是"我"主要起到旁观和叙述的作用,并不实际参与主要情节的构建,因此视角受到很大的限制。福纯一家对"我"始终是个解不开的谜,由此引起"我"极大的好奇心和想要探知究竟的意愿。可是,福纯爸表情的冷峻、沉默、忌讳与警惕,令"我"很不自在,"有一种不快的感觉"。然而,这并未打消"我"对他们的同情和帮助,"我"仍一如既往地时常端些冷饭剩菜送给他们。他们的不告而别既让"我"吃惊,也令"我"感到不满,更加刺激了"我"强烈的好奇心。直到一年后福纯爸的突然归来,他的讲述才终于解开了谜团,消解了"我"的不安,满足了"我"的好奇心。原来福纯爸所做的一切都是瞒着妻子的,因此才对时常登门的"我"保持着警惕之心,同时也印证了福纯妈对"我"说的话:"我们福纯爸每天夜里不管从哪儿回来都是这个样子。汗水浸湿了衣服……看谁都不说一句话。"福纯妈的担忧、恐惧和不解最终导致其带着孩子离家出走,这是福纯爸没有预料到的。他之所以向"我"诉说,一方面借此倾吐内心的痛苦,另一方面希望得到"我"的正面书写。

> 他看了我一会儿,不知怎么的,我面对他的时候显得很拘谨,觉得被他的话镇住了。"直到这时还玩弄着笔墨的我真的会成为他人生的某一部分吗? 对此应怎么看呢?"这些疑问不时地出现,所以在感到自己笔触的虚伪和做作的同时,我的心好像被他的直率刺中了。①

在前面的叙述中,作者与叙述者"我"是合一的,彼此间没有距离,作者通过叙述者"我"在讲述,读者从"我"的叙述中靠近了福纯一家。然而,当"我"与福纯爸面对面时,作者便与"我"拉开了一定的距离,以全知全能的姿态审视着叙述者"我"对人物的反应,评判着"我"的创作,令"我"对笔触的虚伪和做作感到自责和脸红。接下来,人物福纯爸对叙述者"我"的倾诉转入了故事中的故事,即苦闷的回忆,这是作者着重表现的中心情节。作者隐藏在小说之外,不露声色,人物福纯爸担任了叙述者,整个故事的叙述由第三人称"他"和第一人称"我"、"我们"的限知视角交替着进行。他向"我"和读者讲述

---

① 〔朝〕姜敬爱:《有无》。转引同上,第486页。

了夜夜折磨着他不得安眠的噩梦:

> "我每到夜里都会被噩梦攫住,我不想被这梦抓住,担心得
> 不得了,可是没有任何效果,反倒渐渐地更加剧了。但是现在虽
> 然来了,这是梦,还是现实呢,我到了完全分不清梦和现实的地
> 步了。所以夜里的话,我就熬着,如果说这是梦的话,那么便是。
> 我不管什么时候,只要一闭上眼,衍生怪恶的世界早已出现在我
> 的面前,那里的人们拽住我的手走向一个黑暗的天地里。那些
> 人类分明就是人,但不像是和我一样的人。那些人拽着我,把我
> 放入这个世界上的洞窟里,黑极了。"①

这个噩梦是导致福纯爸夜不成寐和精神苦闷的真正根源,因为
他分不清这到底是梦境,还是现实,同时令听者("我"、读者)感到震
惊、压迫和颤栗。随着故事的深入,梦境的真实性逐渐显露出来,
"我"与读者改变了先前对福纯爸的怀疑和判断,认为他的讲述是真
实的、可靠的。这样,听者(第一叙述者"我")、读者与人物(第二叙
述者福纯爸)开始达成共识:主人公福纯爸的精神痛苦来自于日本宪
兵对革命者的严刑拷打和疯狂迫害而导致的后遗症,这就把批判的
矛头指向了真正的刽子手日寇,而这正契合了作者所要揭示的主题。

《烦恼》也采用"故事套故事"的框架结构写成,分别由第一人称
"我"和人物 R 以第一人称"我"来叙述故事和故事中的故事。在小
说开始的故事里,作者就是叙述者"我",两者拥有共同的声音和心
理,彼此间没有距离。故事在"我"的叙述中徐徐展开:丈夫已经喝得
很醉,可还是抓住 R 不放,并逼迫"我"出去买酒。看到买酒回来的
"我",R 感动起来,并触动他的情怀,情不自禁地讲起自己的爱情苦

---

① 〔朝〕姜敬爱:《有无》。转引同上,第 486 页。

闷。在此,"我"虽然是故事中的人物,但是主要起到叙述功能的作用,处于被动、机械的地位,基本不参与情节的构建。而作为叙述性的人物,"我"的存在诱发了 R 的回忆,引出故事中的故事。

R 以第一人称"我"的限知视角所讲述的故事构成这部小说的中心情节。通过他的叙述,"我"和读者了解了他的身世:为革命四处奔走;入狱;出狱;寄居在朋友家里;对朋友妻继淳的单相思以及由此带来的精神苦闷和痛苦抉择。此时,作者不是叙述者"我","我"处于故事世界中,行动和视野受到一定的限制,不同于全知全能的作者,叙述者与作者之间存在着一定的距离。也就是说,"我"不再是叙述功能式的人物,而是一个具有人物功能的人物。"我"进入到小说的艺术世界里,并且参与人物的表演。"我"沉浸于对朋友之妻继淳的爱恋中,无法自拔,因而产生精神苦闷和痛苦。由此,叙述者"我"的讲述就必然带有个人的主观因素和色彩,对听者"我"而言显得有些不可靠,因此听者"我"不时插话:"先生,你真是无所不知啊,为什么能够这样呢……"[1]"是这样吗? 真的!"[2]这透露出了听者"我"和读者对叙述者"我"(R)的不信任感。可是,随着叙述者 R 情真意切的讲述,听者"我"和读者完全被他的故事吸引了,相信他对继淳的感情绝不是一时的冲动,而是在几年共同的生活中培育起来的真情实感,是发自内心的。在小说结尾,听者"我"和读者虽然在理性上认为 R 的选择(离开继淳)是对的,仍然心有不甘,迫切地想知道后来的情况。遗憾的是,故事到此戛然而止。因为在一篇不长的小说里,作者采用了多重视角和人称的变换,因而《有无》的情节显得集中紧凑,引人入胜,是姜敬爱小说中颇受读者喜爱的小说之一。

《黑暗》采用第三人称全知视角叙述女主人公英实收到参加革命

---

[1]〔朝〕姜敬爱:《有无》。转引同上,第 585 页。
[2]〔朝〕姜敬爱:《有无》。转引同上,第 585 页。

的哥哥的死刑通告后无处诉说的内心苦闷与纠结。叙述者对人物英实的遭遇充满同情,从各个角度渲染这一痛苦的无处不在以及对她的精神迫压:把来换药的患者误认作哥哥(她"一见病人,脸色顿时苍白起来,刚想喊一声'哥!'再一看不是哥哥,于是眼睛勉强向下睁着,装作没看见。"①);瓮声响起的警笛和"叮铃铃"的医院铃声仿佛是宣告哥哥被判死刑的呐喊("你哥被判死刑了,呜呜。"②);希望报纸上登载的是错误的消息("要是看错的话多好啊,或许也未可知。她又把手伸进衣袋里,汗渗出来,手臂微微颤抖,她抓起报纸,又放下,犹豫不决,轻轻地拉出来,好像刀刃掠过眼睛一阵害怕,就是不敢看。她在登载死刑犯们的照片中,猛地将视线跳到被砍了脖子的哥哥上。她又一想,同样的人也是有的,于是顺着名字移动着眼睛,蓦地抓起报纸扔掉。霎时,她感到自己被铁丝紧紧缠住喘不过气来,被缠在这种不管怎样都无法挣脱的铁丝网里……"③);打算服毒自杀,但是因顾念七句老母的存在而放弃("要不是有妈在,她刚才就吃药了,想忘掉这一痛苦。"④);对报上报道的哥哥的死心存侥幸,想申请休假一探究竟("哥被判死刑……肯定是谎话,要是这样,他还在监狱里吗?她感到呼吸憋闷,回答不上来。到明天若是什么消息也没有的话,我就申请休假,专门去看看,这样不管怎样也会知道哥哥是怎么回事了。报纸上发表的东西是什么呀!一想到这儿,她的心又揪起来,忽忽悠悠的。"⑤);担心妈妈知道这个消息,放下工作跑回家("她来到家,大门插着。她赶紧从门缝里打量着屋内,灯光朦胧。妈在家啊……她的心稍微放下了,便轻轻抓住大门,呼地吁了口气。妈好像

---

① 〔朝〕姜敬爱:《黑暗》。转引同上,第 664 页。
② 〔朝〕姜敬爱:《黑暗》。转引同上,第 665 页。
③ 〔朝〕姜敬爱:《黑暗》。转引同上,第 667—668 页。
④ 〔朝〕姜敬爱:《黑暗》。转引同上,第 668 页。
⑤ 〔朝〕姜敬爱:《黑暗》。转引同上,第 671 页。

还不知道,若是明天打谁那听到这件事问起的话,我怎么回答呢?"①);手术室里,听到盲肠病人割骨剜肉般的嚎叫,仿佛是哥哥在悲鸣("她由患者腾地想到哥哥! 霎时,这种悲鸣像是哥哥的声音,她全身猛地一热。接着,她产生了错觉,心跳着,簌簌发抖。"②)。正是在叙述者的反复渲染和可靠陈述的带动下,读者认同了作者对作品中人物的道德评判,同情英实的不幸遭遇,肯定她的真情实感,认为英实是由于过度紧张和悲伤,心力交瘁,精神错乱,才痛极成疯的。同时,否定并批判医生的品行,认为他是导致英实发疯的内在根源,而这也是作者揭示的小说主题。

《黑蛋》同样采用第三人称全知视角叙述 K 老师在转向问题上的艰难抉择与精神苦闷。作者也是叙述者,她高屋建瓴,运用人物对比手法向读者叙述 K 老师与崔校长的不同命运。K 老师积极工作,业务精湛,深得学生爱戴,却命运多舛,穷困潦倒,面临失业。而崔校长投机革命,溜须拍马,工于心计,却官运亨通,生活奢华。通过作者兼叙述者的可靠陈述,读者明白了导致两者生活和命运显著差异的根本原因就是信仰转向问题,也理解了 K 老师的犹豫不决和思想苦闷。同时,作者不仅为读者提供了理解当时严峻现实的密钥,而且拓展了其对人物未来命运的思考的空间。

总之,在"苦闷"的叙述模式里,姜敬爱虽然继续采用她所熟悉的第三人称全知视角进行叙述,但是出于表达主题的需要,努力变换叙述风格,加入第一人称限知视角,这就使小说情节更加生动,富于变化,更有效地攫住读者的注意力。但是,从审美距离的角度看,无论是使用第一人称限知视角,还是运用第三人称全知视角,作者、叙述者是没有距离的,常常合而为一,甚至也把读者和人物拉进来,组成

①〔朝〕姜敬爱:《黑暗》。转引同上,第 673 页。
②〔朝〕姜敬爱:《黑暗》。转引同上,第 679 页。

可靠的联盟,共同叙事。

## 第五节　"批判"的叙述模式

　　"批判"的叙述模式,指的是作者虽然以第三人称全知视角或者以第一人称限知视角叙述故事,可是与叙述者或人物保持一定的距离,或者说站在全局的高度冷静地审视人物的命运,并且把对人物命运的思考与作者自我批判结合起来,借此表达人类普遍的审美诉求和价值规范。属于这类叙述模式的小说主要有4部,分别是《那个女子》、《同情》、《二百元稿费》、《山男》。

　　《那个女子》是姜敬爱小说中唯一一篇典型的批判色彩非常浓厚的作品,从标题含义、人物塑造到整部小说的叙述风格都洋溢着作者嘲弄、挪揄和讽刺的态度。先看标题"那个女子","那个"一词首先拉开了作者与笔下人物的感情距离,隐含着作者对所描写对象的排斥和否定。叙述者采用"她"、"玛丽娅"等第三人称全知视角叙述这个被作者推拒、嘲弄和否定的人物,在作者的支持和鼓励下,叙述者将一些负面语词糅合、抛洒到人物身上。于是,读者从字里行间读到的玛丽娅就是自恃清高、极度自负、矫揉造作、自作多情、充满小资作风,同时又蔑视人民、脱离群众、不了解民众疾苦,几乎所有负面的词语都可以用来形容她。显然,出现在读者眼前的玛丽娅是一位一无是处的负面女性形象。不仅如此,整部小说的叙述语气和风格也在时时传达着作者的这一态度。例如:

　　　　她却从不反省自己为什么如此容易就成为女作家,只是想像自己这样的才士是少见的,除此之外什么也不想。所以不管对谁,她首先认为即使不说出自己的名字,对方也应知道她,这是情理之中的事情。

要是走在街上,她就觉得所有人的目光都好像集中在自己一个人的身上,想象自己就是一个有人气的新闻人物。作为从事创作的女人,真是少之又少,而只有自己才是最有可能被承认的。

她现在也怀着这样的想法,心里感到很充实。①

这段引文活画出女主人公玛丽娅的自大、自傲、自负、自满和自得。可见,作者在构思小说时就决定把她塑造成负面形象,因此才赋予叙述者丑化这一人物的权利。在此,作者与叙述者已经达成了稳固的同盟关系,并且力图将读者拉进这一圈子,引导其对女主人公玛丽娅的道德与价值评判。其实,从公正角度而言,玛丽娅也并非一无是处,比如,她皮肤白皙,面容姣好,情感充沛,感觉敏锐,喜欢文艺,而且颇富文采。尽管她对农民有偏见,认为农民愚昧无知,粗鲁邋遢,但还是克服了自己的偏见,答应校长亲自到群众中去进行宣讲,这些应该被看成是人物的美质和优点。然而,人物身上的这些闪光点都被作者的先入之见和叙述者的负面描述所遮蔽了,读者看到更多的是对玛丽娅的负面刻画,因此不自觉地同作者和叙述者一道,对玛丽娅采取了否定和批判的态度。那么,作者和叙述者如此叙述和描写的动机是什么呢? 这就是通过对玛丽娅形象的负面塑造表达作者的道德评判和审美追求,即在当时阶级矛盾敏感而激化的主流语境里,知识分子应如何剔除思想中的小资产阶级习气,充分发挥自己积极向上的主观能动作用。也就是说,在作者的视域中,艰苦朴素,勤苦耐劳,同情人民疾苦,了解群众所需,与其打成一片的知识分子才是好的、美的,否则就是坏的、丑的。

瑞士心理学家、美学家爱德华·布洛(Edwatd Bullough,1880—

---

① 〔朝〕姜敬爱:《那个女子》。转引同上,第433页。

1934)在《心理距离》一书中提出"心理距离说",认为欣赏者创造和欣赏美的内在条件与基本原则在于心理距离,而非审美的直接功利性。由此,自然衍生出"审美距离说"。所谓审美距离,是指审美活动中一种主客体关系的心理描述,具体说就是"作者、叙述者、人物、读者这四者中的每一类人对其他三者都可构成距离不等的关系"①。这是将小说创作的全过程看成是有机统一、密不可分的四维结构,无论是作者,还是叙述者、人物,抑或是读者,每一方既是创作主体,同时对另一方来说又构成了创作客体、"他者",创作就在主客体的相互作用中完成。作为研究者,应仔细分析这四者间的关系和距离,以此来考察小说整个创作与审美活动的展开过程。借用这一理论,我们来审视姜敬爱的小说《同情》。

在《同情》中,作者虽然居于全知全能的高位掌控着小说的艺术世界,但是不再与叙述者"我"合而为一,而是与叙述者和人物等都保持着一定的距离。在情节结构上,小说由现实故事和人物回忆两部分镶嵌而成,其中,又以现实故事为主,以人物回忆为辅。在现实故事里,叙述者由第一人称"我"来担任。"我"因为体质羸弱,遂听从医生的建议,每天清晨都去海兰江边喝一杯泉水,由此经常遇到一位与众不同的女人。

> 每当我顶着水罐经过结得滴里嘟噜的茄子地时,或者走到被露水打湿的高粱地旁边的时候,总会遇见一位女人。不管何时,我们都好像熟悉的人似的,齐刷刷地走着,一直走到水井。……不知怎地,每次遇见她的时候,我就想"又见面了!又

---

① 〔美〕韦恩·布斯:《小说修辞学》,华明、胡晓苏、周宪译,北京大学出版社,1987年,第175页。

装作不认识！"①

　　"我"与山月本不相识，可是当相遇变成每日的生活常态时，山月就成为"我"有限视域中主观臆造的"熟人"，这样就把女主人公山月自然而然地引入小说的情节中。同时，作者也展开了叙述者"我"与山月间人物关系与心理距离的揭示。"我"通过与山月的主动搭讪、攀谈，得知了她的非同寻常的身份——妓女。"我"在满足对山月身份好奇心的同时，也迫切地想知道她缘何沦落到如此惨境，因此心理已做好打算，准备做一位忠实的听者。在此，"我"主要起到叙述功能的作用，作者与叙述者"我"之间保持着几乎察觉不到的关系，彼此间的距离非常小。而读者对作者和叙述者而言，似乎是不容置疑的必然存在，被其自然地拉近同盟圈中，变成了可靠的倾听者和接受者。

　　在人物回忆的故事结构里，叙述者不再是单纯的"我"，而置换成山月和"我"交替着来叙事，又以山月的叙事为主。山月以第一人称"我"的限知视角，讲述自己被卖被嫖客蹂躏被主人毒打的凄惨遭遇。前面现实故事里的叙述者"我"变成了故事里的人物，和读者一道成为山月故事的听者，但不是机械而被动的听者，而是间或表达自我观感和态度的真挚听众。也就是说，山月的悲惨故事和哀愁忧伤的神情深深触动了"我"的情思，激发了"我"对她的满腔同情，情不自禁地两次向读者表态："我不管什么时候都是同情她的。"读者也深受"我"的精神感染，支持"我"的这种正义之心，并期待着"我"履行诺言，做出救助山月逃离苦海的真正行动。显然，作者也出于对山月苦难的同情，认同并鼓励"我"的想法与行动，精神上与"我"和读者站在同一立场上。

---

① 〔朝〕姜敬爱：《同情》。转引同上，2002 年版，第 539 页。

　　然而，故事并非如人所愿地向前发展，而是发生了突转。当接受"我"的同情与鼓动而积极行动起来的山月深夜找到"我"家，寻求"我"的帮助时，"我"非但没有立即行动，反而态度急剧转变，显得犹豫不决，瞻前顾后，托词搪塞。"我"不仅食言，拒绝了山月寻求路费资助的请求，而且对她产生一种嫌厌心理。"我"的冷漠与无情的拒绝，最终导致了山月的惨死。在此，"我"的叙述功能已经丧失了客观性和信服力，与作者和读者的同盟关系被打破，彼此间产生了较大的距离。作者不再信任叙述者"我"，读者也怀疑"我"这样做的动机。若从人物性格发展的逻辑上看，"我"的这种态度转变是出乎读者意料之外的，显得不合人情，未免突兀。那么，作者又为何如此表现呢？这就是出于人物对照和主题批判的创作目的，即作者真正同情的是像山月那样的身世坎坷、历经苦难的底层民众，批判的是叙述者"我"之类的虚伪做作、华而不实的知识分子，可见，人物阶级间的二元对立结构永远是姜敬爱小说创作的中心结构。这样，当叙述者"我"的人物功能大于叙事功能时，"我"实际上变成了一位"戏剧化"的叙述者，此时作者与叙述者之间存在着较大的距离。

　　《二百元稿费》仍然采用第一人称"我"的限知视角来叙事，不过"我"不仅仅起到叙事功能的作用，还是小说中"戏剧化"的主人公，具有自我反省和自我批评的意识。小说通过叙述者"我"给弟弟K写信这样一个表层结构的设置，实际上引入了一位听者，即弟弟K。这位K不说话，也不参与小说情节的构建，是一位虚幻的人物，只起到类似于读者的作用。作者之所以引入K，目的是使叙述者"我"的自我反省与自我批评有的放矢，因此K就是叙述者"我"的倾诉对象和受众。


　　　K啊，你已知道，我因为在D报上连载长篇小说而获得二百余元稿费，这是我生平第一次得到这么多的钱啊。我的头突然颠三倒四的,陷入各种各样的浪漫幻想中。①

　　对于叙述者"我"而言,稿酬不仅意味着自己的创作能力和价值得到公众的认可,还在很大程度上能够改善"我"一直以来的窘迫生活,实现童年时代的梦想,因而"我"的喜悦之情以及应如何消费这笔巨款的浪漫想象就是无可厚非的,应该得到 K 和读者的理解与赞同。然而,引文中"我的头突然颠三倒四的,陷入各种各样的浪漫幻想中"之语却使读者隐约感到,故事的进展并不随"我"所愿,而且此语似是女主人公思想反省之后的解嘲之语,带有自我批判的色彩。此后,"我"与丈夫的争吵与冲突都一一印证了"我"的想法是幼稚的、自私的,严重脱离了当时民族矛盾与阶级矛盾正处于严峻较量中和广大民众还生活在水深火热中的主流时代语境,是不切合实际的幻想。可见,作者在小说情节展开的伊始阶段,并不与叙述者"我"站在同一立场上,也不赞同"我"的思想与信仰,而是与"我"保持着清醒的距离。换句话说,"我"虽是小说中的人物,却是作者谴责、讽刺和批判的对象。作者故意置"我"于男主人公(丈夫)下位、次位的不相等地位,以"我"的自私和狭隘来衬托男主人公的无私与奉献,进而达到其道德批判的目的。

　　在小说结尾,叙述者"我"经过与丈夫的激烈冲突及其自我反省,深刻认识到了自己的错误思想,及时纠正偏差,向丈夫悔悟,与之达成共识。小说男女主人公矛盾的解决意味着作者态度和立场的转变,"我"的主张和建议得到了作者的赞同和拥护。这样,作者与叙述者"我"开始合而为一,原先被拉开的距离缩而至无,两者站在同一立场上,共同向 K(读者)阐释脱离现实的空想和悲观之念有害于青年学生身心健康的道理。小说结局的这种安排尽管实现了作者道德

---

① 〔朝〕姜敬爱:《二百元稿费》。转引同上,第559—560页。

训诫的教育目的,却也摆脱不了理念小说的嫌疑。

　　同样,《山男》也属于"批判"的叙述模式。小说采用第一人称"我"的视角来叙述故事,不过,与姜敬爱其它小说中的第一人称叙述者不同,"我"具有多功能作用。首先,"我"是非戏剧化的叙述者,承担着作者所要求的陈述事件始末的指令,成为作者的代言人。通过"我"的讲述,读者了解到小说的时空背景:两年前的 7 月 20 日下午,"我"坐火车回故乡探望生病的母亲,路遇洪水,火车瘫在了 S 站。第二天(即 21 日),"我"不得已换乘一辆公共汽车继续赶路,不巧又因路途泥泞,汽车陷入悬崖边上的泥坑中。在事件展开的过程中,作者和读者跟随着叙述者的陈述,静观事态的发展。同时,这一事件也将主人公山男引入中心场域中。尽管"我"对山男的一切充满了好奇和疑问,却秉承作者的旨意,全知全能地告知读者山男的身世,即他是被镇里富豪金真仕遗弃的私生子,与母亲相依为命,在悬崖下的窝棚里长大。在此,作者借叙述者"我"来讲述故事,"我"虽然陈述故事,却不介入其中,只是充当作者的代言人,明确承担叙述的功能。

　　其次,"我"是一位观察者,冷静地注视着周围人的言谈举止和对他人的行为态度,处于欲有所为却无为的尴尬地位。在山男、司机、助手(副驾驶)和众乘客为解决陷在泥坑里的汽车而绞尽脑汁,积极采取行动的时候,叙述者"我"却冷静地观察着他们,对他们做静态的描述。在"我"的视野里,读者看到,比起急切的司机、焦躁的助手以及吵嚷惊叫的乘客们,山男则显得沉着而镇定,没有一言一语,只是拼力拖拽着汽车,完全顾不上泥溅在脸上,膝盖被血染红和胸膛被绳子勒得沁出了鲜血。这样,通过叙述者"我"的细致观察与如实描述,诚实善良、不吝力气帮助他人的山男形象成功地跃入读者的眼中,赢得了"我"和读者的充分信任与好感。可是,作者在山男化解危机的瞬间,故意"泄露"他助人的真正动机,即以此作为司机拉母亲去医院看病的交换条件,未免使得山男形象黯然失色。不过,在"我"看来,无论出于何种动机,救母都是孝子的舐亲之情、正义之举,是无可厚非的。因此"我"心里非常希望司机能够拉上山男生病的母亲,可是处于乘客的地位,"我"却无法左右司机和助手的决定。

再次,"我"还是小说中的人物,承担着人物自我反省和作者道德批判的双重功能。当叙述者"我"得知司机与助手不带山男母亲的真正原因时,"我"尽管同情他,但是并没有主动站出来为他说一句公道话。特别是汽车开动后,目睹山男朝疾驶而去的汽车投掷石块的"暴力"行为,"我"原有的想说一句抱歉话的想法也因为害怕化为了乌有。在此,因为懦弱与恐惧,"我"放弃了真理,从而失去了作者的支持,丧失了作者代言人的地位。显而易见,作者与司机、助手、乘客和"我"都保持着一定的距离,既不认同叙述者"我"的想法和行动,也谴责乘客们的麻木不仁与冷漠自私,更批判司机和助手的忘恩负义、过河拆桥。正因为此,这件事虽然早已逝去,可是深刻的自省意识却始终萦绕在我的记忆深处:

那个腰系绳子的男人还会扔石块吗?

每当想起身在故乡的我的妈妈的时候,抑或是阅读妈妈寄来的信件时,我都不由得这样想,这已经成为我的一种习惯了。我的眼前又浮现出他那被绳子勒红流出血来的样子,我摇晃着头,想甩开这种记忆,可是需要费很大的劲儿。不知怎地,两年过去了,直到今天,那种血色只是越来越鲜明。①

这是作为知识分子代表的叙述者"我"的自责,是对自己当时放弃正义原则的内心反省,这种深刻的自省意识正是作者道德批判的结果。

①〔朝〕姜敬爱:《山男》。转引同上,第635页。

通过对上述姜敬爱小说 5 种叙述模式的文本分析,可以看出,姜敬爱惯常采用第三人称全知视角进行叙事,作者全知全能,掌控一切,并且与叙述者建立起同盟关系,共同向读者传达道德诉求和价值评判。《同情》、《二百元稿费》、《山男》等少数几部小说虽然采用第一人称限知视角来叙事,作者与叙述者也保持一定的距离,读者可以进行选择,但是它们毕竟属于传统的叙事小说,作者的道德评判始终或隐或显地存在于客观性的描写或者叙述者、小说中人物的叙述中。这不同于西方现代主义小说,作者的道德诉求和价值评判常被其巧妙地伪装起来,令读者惘然困惑。正如美国芝加哥大学教授、著名文学评论家韦恩·克雷森·布斯(Wayne Clayson Booth,1921—2005)所言:"作者的判断,对于那些知道如何去找的人来说,总是存在的,总是明显的……虽然作者可以在一定程度上选择他的伪装,但他永远不能选择消失不见。"①这表明,只要读者或者研究者仔细甄别,还是能够从文本中找出作者的道德诉求和价值评判的。对于姜敬爱来说,其小说的叙事方式属于典型的传统叙事,即其艺术画面是现实性的,叙述方式是忠实而具客观性的。她喜欢在客观的、公正的叙述过程中,将自己的道德价值诉求正面传达给读者,以期引起读者的同情和共鸣。她仿佛一位严肃、正直的教师,向学生讲述社会的真善美和假恶丑,引导着学生的接受和判断。这样,作者、叙述者、读者、作品中的正面主人公就形成一种稳固的联盟,共同鞭挞社会的丑恶,达到突出主题的目的。正是由于姜敬爱喜欢追求比较完整的有头有尾的叙述方式,过分依赖第三人称全知视角进行叙述,因此其小说显得情节单纯,平铺直叙,线索单一,鲜少变化。这也是姜敬爱小说与西方现代小说的最显著差异。对读者而言,这种叙述方式虽然不需费尽

--------

① 〔美〕韦恩·布斯:《小说修辞学》,华明、胡晓苏、周宪译,北京大学出版社,1987 年,第 23 页。

心机地揣摩、思索和判断，而是简洁易懂，直截了当，可是读者常常处于被动地位，机械地接受作者的暗示或传达，因此很难产生百转千回、荡气回肠的阅读兴趣，当然更难起到不忍释卷、寝食俱废的艺术效果。

# 第七章　姜敬爱中国东北时期小说创作的隐喻结构

作为万物的灵长，人区别于其他动物的显著特征之一就是具备高度发达的理性思维、复杂性思维。当代法国著名的哲学家和社会学家皮埃尔·布尔迪厄（Pierre Bourdieu,1930—2002）在谈到人的复杂性思维时说过："思想、行为和世界，既共识地向内外双向转化，又以同样方式把过去、现在和未来，从传统时间概念中的单向单线结构，变成为多向多维度的转变可能性。"①隐喻即是作家动用其复杂性思维委婉而含蓄地表达思想意图、行为评判和世界把握的行之有效的方式，每当历史遭遇重大变革、社会被残暴恐怖势力扼压之际，具有强烈使命感、欲言又不能明言的作家便采用隐喻的艺术技巧表达自己对社会的观感和对现实的批判，由此，隐喻成为作家惯常采用的传统而又历久弥新的创作手法。

一般地说，现代隐喻绝不是孤立的、单纯的存在，往往是某一民族神话的现代版本，都可以从古代神话和传说中找到原典或出处。譬如，因势利导、大公无私的精神得益于大禹治水神话的启示；"弑父"则隐喻着古希腊的俄狄浦斯神话等。就"隐喻"这一本事而言，可以最早追溯到古希腊神话中的克里特传说。克里特岛

---

① 引自乐黛云：《复杂性思维与世界文学》，《外国文学研究》（人大复印报刊资料），2012，(11)，第3页。

上的米诺斯国王是宙斯和人间女子欧罗巴之子,富有智慧,曾得到海神波塞冬的帮助,从养父阿斯特瑞厄斯国王的儿子手中夺得王位,却违背波塞冬要求献祭的旨意,公然私吞了白公牛,结果遭致海神的报复。海神使他的妻子爱上了这头白公牛,并生下牛首人身的怪物米诺陶洛斯。米诺陶洛斯除人肉外什么东西也不吃,米诺斯便命令前来寻他庇护的雅典著名建筑师代达罗斯设计建造了一座迷宫,把米诺陶洛斯关押在迷宫的最深处。后来,米诺斯的另一个儿子被雅典人杀害,米诺斯恳求父亲宙斯降灾给雅典,于是宙斯在雅典降下瘟疫,雅典必须每年选送 7 对童男童女去供奉怪物米诺陶洛斯,才能阻止瘟疫的蔓延。为了救民于水火,雅典王子忒修斯自告奋勇充当第三次献祭,入宫伺机杀死怪物。不料,米诺斯公主艾丽阿德涅与之一见钟情,就送他一团线球和一柄魔剑,让他将线头系于迷宫的入口处,放线进入错综复杂的迷宫。在艾丽阿德涅的帮助下,忒修斯终于杀死了怪物米诺陶洛斯,带着艾丽阿德涅公主返回雅典。此后,在西方文化中,就用"艾丽阿德涅线"比喻引路的线索,即帮助人们摆脱困境或脱离迷途的方法。可见,隐喻之术语虽然产生于现代,但是其本事源头却可追溯到古希腊神话故事、圣经故事或东方其他古老民族的叙事神话中。从这个意义上说,现代隐喻必然是自然、历史和社会的融合物,透过它,不仅能够指导读者的阅读和理解,了解人物形象的塑造和心态结构,同时还能准确地把握作品的艺术性架构。

　　朝鲜现代作家姜敬爱在中国东北时期的小说创作中也有意识地使用了隐喻的创作技巧,具体表现在"怨沼"传说、母子/母女的家庭建构模式,此外,还通过"地下村"、"黑暗"、"B"、"白杨"、"松林"等一些虚拟人物或动植物的形象载体形式表现出来。

# 第一节　"怨沼"传说的隐喻

在《人间问题》开头,姜敬爱先是以鸟瞰的视角简略地勾勒龙渊村的地理概貌、贫富分化的建筑式样和布局,字数不足百字,随后另起一段,以千余字的较大篇幅向读者详细地介绍"怨沼"传说:

往下去,有一个叫作怨沼的绿水池塘,可以说是这个村子的生命线。据说有了这个池塘,才有了村庄,才开垦出村前的农田。连村子里的狗,喝的都是这个池塘里的水。

池塘是什么时候和怎样出现的,没有人知道,不过村子里的农民却有个传说,而且把这个传说当作他们的骄傲,对之深信不疑。

人们是这样说的:在很早以前,在怨沼还没出现的时候,这里住着一个长者金知,他有数不尽的奴仆、田地和肥壮的牲畜。他非常吝啬,宁肯让吃不完的粮食烂在仓库里,也不肯接济一下邻近的穷人;来了讨饭的,就关紧大门,一口饭也不舍施。后来发生了灾荒,人们都快饿死了,一天几次地跑去求他,他不但不接济,还恶言恶语地骂人,不许走进他的家门。穷人们走投无路,暗中拉帮结伙,半夜里袭击了他的家,抢走了粮食和成群的牲畜。事情发生几天以后,长者金知向衙门里递了一张状纸,把这一带的农民全抓了去,有的遭到严刑拷打,有的被杀了头,其余的都被流放到远方去了。

失去父母的孩子,死了儿女的老人,都齐聚到金知家的院子里,哭爹叫娘,呼儿唤女,嗓子哭破了也不肯离开。

他们哭了又哭眼泪越聚越多,一夜之间淹没了金知家的高房大屋,把这个地方变成了一个大水池,就是眼前这个叫作怨沼的绿水池塘。它的宽度,谁一眼都能看出来,但是至今却没有一个人知道它有多深。有这样一个传闻:从前曾经有人想弄清它的深度,朝下放了好几个丝线团子,一直也没有到底。

凡有新搬来的人家,村里人会自动找上门去,先给他们讲怨沼的故事;这里生下来的孩子,从刚开始学话的时候起,大人给他们讲的也是这个传说。从孩子到大人,人人都把它牢牢地记在心里,而且对它抱有一种渺渺茫茫的期待。他们受了冤屈,看一眼怨沼,就能得到安慰;有什么痛苦,看一看它好像也就会消除了。

每逢四大节日,他们便做打糕和白米饭,抛进怨沼,甚至还抛衣服和鞋子,表示他们的虔诚。有人说,如果谁得了不治之症,只要到怨沼来祷告祷告,病就会好的,那是再灵验也没有的了。

尽管他们有这样一个怨沼,但不知为什么,日子过得一年比一年更穷,一年比一年更痛苦。今年以来,人们只能靠麦糊糊和橡实度日,向怨沼里抛打糕和米饭的事也就少了。但是,他们依然认为只有怨沼能解除他们的痛苦,常常望着它寻求一些安慰。

不论是过去还是现在,怨沼的水总是湛蓝湛蓝的,蓝得仿佛一照见白衣服立刻就能把它也染蓝了似的。①

怨沼并非作家的虚构,而是真实的存在,这由作家的一篇随笔《渔村素描》可证。随笔描写,作家在回故乡游历梦金浦的途中,又一

①〔朝〕姜敬爱:《人间问题》,江森译,北京:人民文学出版社,1982年,第1—3页。

次看见了龙渊和怨沼。

> 汽车终于驶过了龙渊,我想起了拙作《人间问题》的主人公阿大。这是龙渊啊!我掉头看去,与几年前相比,龙渊似乎变化很大,但是始终未变的仍是那片怨沼的绿水。
>
> "是啊,直到现在那怨沼的水还是湛蓝湛蓝的,蓝得仿佛一照见白衣服立刻就能把它也染蓝了似的。"
>
> 龙渊将阿大驱逐出来,只留下他那做卖笑妇的母亲与残废的李瑞芳还受着蔑视,等着阿大回去。是啊!这是非常清楚的。我心里正这样念叨着,车向石桥飞驰而去。①

其真实性毋庸置疑。而从作家描写龙渊村概貌和"怨沼"传说轻重不同的态度中,读者揣摩到"怨沼"传说绝不是孤立的存在,也不是闲来之笔,而是有着深刻的寓意。那么,它为什么出现在小说篇首?它对整部小说的结构和主题起到什么样的作用?其隐喻的含义又是什么呢?下面,笔者采用列表方式对上述引文的内容进行分解和归纳,便于接下来的分析。

| | | |
|---|---|---|
| 怨沼 | 空间位置 | 龙渊村下面的绿水池塘 |
| | 水质颜色 | 清澈湛蓝,仿佛可以染蓝白衣服 |
| | 实际深度 | 深不可测,几个丝线团子也探测不到底部 |
| | 存在意义 | 龙渊村的生命线,周围一切(村庄、农田)产生的源泉;人、狗等牲畜的饮用水;村民的骄傲 |

---

① 〔朝〕姜敬爱:《渔村素描》。转引同上,第768—769页。

续表

| 怨沼 | 形成原因 | 无人知晓"怨沼"真正形成的时间和形成的过程,只知道"怨沼"传说:长者金知富得流油,却吝啬无比,宁肯烂掉粮食也不肯施舍穷人。灾荒年代,被饥饿逼得走投无路的穷人们"抢劫"了他家的粮食和牲畜,被金知私通官府抓走、杀头、流放。老弱病残的家人们齐集至金知家,日夜哭泣,哭泣的泪水变成了大水池——怨沼 |
|---|---|---|
| | 传播程度 | 鲜活教材,家喻户晓,无论对新搬人家,还是对咿呀学语的幼童,村民都主动告知,广泛传播,牢记于心 |
| | 精神价值 | 村民消灾解闷除病的心灵慰藉和顶礼膜拜的期盼对象 |
| | 现实效果 | 改变不了贫穷状况,反而越过越穷,抛不起打糕和米饭 |

从上述引文和列表中不难看出,怨沼传说的设置具有结构学和主题学两种意义,而每一类又包含表层和深层两种含义。从结构学角度看,怨沼传说被作家设置于小说的开头,实际上成为小说情节结构的引子或者破解小说故事秘密的一把钥匙、敲门砖,这种结构法在中外小说史上并不少见。比如,《红楼梦》又名《石头记》,作者开卷便言明自己曾经历一番梦幻,故将真事隐去,借"通灵"之说写就这篇《石头记》,因此标题立为"甄士隐梦幻识通灵"。为使自己的创作更真实生动,曹雪芹提笔写了一个引子:女娲炼石补天剩下的一块石头被遗弃在大荒山无稽崖青埂峰下,自感惭愧无用的石头请求途经此地的僧人用佛法将它变成一块通灵宝玉,携带着它到人世间享受荣华富贵的生活。这个引子成为读者理解小说人物贾宝玉浮华空幻人生的注脚,也是破解小说情节的一把钥匙。又如,德国18世纪文学名家歌德(Johann Wolfgang von Goethe,1749—1832)在创作经典诗剧《浮士德》时,起首便安排了《天上序幕》作为序曲。《天上序幕》主要

讲述上帝和魔鬼就"人的本质"的争论和赌赛,由它又引出魔鬼与浮士德的赌赛。表面上,这种构思凝练了民间传说的元素,实际上却预示着作品主人公思想与行动的动机,因此,《天上序幕》与诗剧终场首尾呼应,是诗剧的有机组成部分,也是开启读者理解整部诗剧的钥匙。从这个意义上说,《人间问题》开头引入的"怨沼"传说起到的正是这种结构功能的作用,这是其表层含义。

从深层含义看,姜敬爱用较长的篇幅叙述"怨沼"传说,实是为后来以男女主人公为代表的底层群众的觉醒与反抗做铺垫和蓄势,因此怨沼传说是赋予作品中人物思考与行动的动力和决定性力量。除作为引子出现在小说开篇外,"怨沼"还先后4次出现在读者的视线内。其中,1次出现在男女主人公的幼年时代;1次出现在男主人公阿大走投无路之际;2次出现在小说另一位主人公信哲思想矛盾与困惑之时。"怨沼"的几次出现看似是不经意间偶然发生的,可是仔细分析不难看出,它都是在男女主人公思想波动、陷入谜团、犹豫不决而又无法行动的关键节点映入读者视野里的。

第一次,怨沼是作为阿大与善妃童年偶遇和不和谐交谈的自然背景出现的。

春天,冰雪融化,万物复苏,怨沼的水"便从高高的白茅草底下渗出来,不断地流到小河沟里去"。受到池水的滋润,怨沼四周的老柳树开始抽出嫩芽,一只水蛭快活地在水面上划着圆圈打转儿。这种静谧和谐的自然美景,被突然从山梁上急促跑下的小女孩的脚步声和喘息声所打破,她是善妃,正躲避追着她索要她亲手采摘的酸模的阿大。童年时代的善妃不喜欢阿大,像躲避瘟神似地对待他,称他是"坏东西"、"坏家伙"。一是他家的坏名声在村里出了名,受乡邻传统思维定式的影响,小善妃讨厌与他接触;二是阿大邋遢、流鼻涕,抢夺自己的酸模,欺负她。因此,善妃以害怕和敌对的心理和态度看待阿大。可是,在阿大眼里,善妃漂亮、勤劳、贤惠,他从内心深处喜欢她,想和她一起玩耍、做事,可是又不知怎么表达这种感情。当看到善妃一个人在山上采摘酸模时,砍柴的阿大便忘记了一切,追起她来。因为对方的推拒和躲避,他只能采取粗暴的方式(堵住去路,抢酸模等)接近她,与她说话。在这场"交际"中,阿大的强势占了上风。要不是善妃摔倒,阿大恐怕不能与她面对面谈话,可想而知,这场交谈不会和谐、顺畅和长久。很快,趁阿大吃酸模的空档,善妃飞快地绕过怨沼,消失在柳树林里。男女主人公幼年时代的这种交际尴尬和阻碍,似乎隐喻着日后即成长起来的阿大和善妃的爱情悲剧。

阿大看到远去的善妃那晃动的身影,不免感到失望。然而,尽管得不到善妃的理解和友爱,内心充满了失落的情绪,可是看到怨沼,他的烦闷和怅惘立刻烟消云散了。在此,"怨沼"消愁解闷的精神价值在男主人公阿大的精神世界里第一次显现出来。小说描写:

> 过了一会,他无意中向下看了一眼,怨沼的水面上清晰地映现出他的一副狼狈相,自己也不由得笑了。他俯视着水面,活动了一下四肢,晃了晃脑袋,善妃眼眉上那颗黑痣又浮现在他的眼前。
>
> "那是什么呀?"他自言自语地说,回头看看,什么也没有。"死丫头!真……"他又嘟哝着,朝小女孩消失的柳树林那边望望。忽然,他想喝水了,猛地站起身子,脱下汗湿的衬衣朝草地上一丢,跑下高坡,趴在怨沼边上,伸长脖子咕嘟咕嘟地喝起来。水通过喉管流到肚子里,真是爽口的甜啊!他喝足了,站起来,轻轻地舒了一口气。[1]

仿佛沙漠里艰难行走的旅人渴望绿洲一般,喝饱了水的阿大顿

---

[1]〔朝〕姜敬爱:《人间问题》,江森译,北京:人民文学出版社,1982年,第5页。

感气力倍增,精神气爽,可见,怨沼成为男主人公消愁解闷、排解失望与不满情绪的有效调节剂和释放阀。

第二次,怨沼是作为信哲情感方向和对象选择上的矛盾和焦虑的背景出现的。

小资产阶级知识分子信哲受地主之女玉簪盛邀来到龙渊村,住玉簪家没几天,就被善妃的美貌所吸引,对她一见钟情,但也由此陷入两难的情爱选择中。一方面,玉簪的热情、体贴和充满爱意的眼神令他满足、享受;另一方面,作为接受新思想启蒙教育的知识人,他又看不惯充斥于玉簪身上的鄙俗气,厌恶她对自己的形影不离和纠缠。善妃的出现,让他有一种别样的感觉,这是完全不同于玉簪的质朴善良之美,是他积极响应时代召唤、贴近底层民众心之愿望的美的化身。因此,他千方百计地寻找与善妃独处的机会,可是善妃的冷漠寡言令他望而却步,于是看到善妃顶着一盆衣服从厨房里出来,听到"脚步声出了中门",便推测善妃"一定是洗衣服去了……一种奇异的希望,像一道闪光在他的眼前一亮"。他不愿失去这个千载难逢的好机会,小说真实地揭示了他的这种心理:

> ……她美丽的姿影,眼眉上的黑痣,都在他的脑子里留下难忘的印象!能有机会和她谈谈……今天不就是一个好机会吗?只要能到怨沼去一趟,目的就达到了,问题是怎么找个借口把玉簪甩开。①

经过缜密的思索,他将计就计,利用玉簪请他陪自己和母亲去甜瓜棚吃瓜的机会,假意去请玉簪爸而借机溜出来。此刻的信哲,暂时摆脱了玉簪,"舒了一口长气。他现在自由了,放心大胆地急步向怨

---

① 〔朝〕姜敬爱:《人间问题》,江森译,北京:人民文学出版社,1982年,第64页。

沼走去"。可是,越走近怨沼,他的呼吸就越急促,心跳得也厉害,他陷入急切(期盼快点见到善妃)、担心(既怕玉簪会偷偷地跟上来,也怕被人看见)的心理矛盾中。在此,作家采用动作和心理描写展现信哲思想的瞻前顾后和犹豫不决。他循着从怨沼传过来的棒槌声走入怨沼旁的柳林里,即将面对朝思暮想的善妃,可又止住了脚步:

> 　　一时停下来的棒槌声又响起来,寂静的树林里越发显得寂静。他朝着棒槌声望去,视线被柳枝遮住,什么也看不清,但棒槌声分明告诉他善妃就在那里!他悄悄地走去,善妃圆圆的面影似乎就闪动在眼前。
>
> 　　他忽然又站住脚,回头看看,心里想着见了善妃要说的话。原来觉得有很多话要对她说,可是细细一想,又似乎没有什么话好说了。他犹豫着,心怦怦地跳,脚下也变得沉重起来。……
>
> 　　棒槌声突然停了,响起哗啦哗啦的水声,大概是在水里涤衣服了。他把身子靠在柳树上,心想,这算什么行为?见她干什么呢?回去吧!他转过身去,却又迈不开步子。他闭起眼睛,玉簪的面影在他的脑子闪了一下,很快就由模糊而消失了,接着又浮现出善妃秀丽的面庞。

　　从信哲的心理和动作中不难看出,他期盼与善妃面对面地说出自己的爱慕之情,因此寻找各种借口创造这样的机会,然而一旦愿望快要实现时,他却犹豫不决起来。这里,存在两条阻碍,一是遮住他视线的柳枝;二是怨沼。柳枝能够完全遮住人的视线,得需多么密实才能做到啊!实际上,真实存在的柳枝正是信哲无法面对善妃的心理的潜在隐喻,隐含着无法结合和分别之意。在中国古代文化中,自《诗经》唱出"昔我往矣,杨柳依依"的诗句后,就开启了咏柳寄情、借柳伤别的先河,杨柳意象代表着别离,已是不争的事实。无数杨柳送别的诗句,都令行客的肝肠欲断,如南朝乐府民歌"上马不促鞭,反折杨柳枝,碟坐吹长笛,愁煞行客儿"。唐人诗句"杨柳含烟灞岸春,年年攀折为行人"。柳枝成为信哲无法与善妃结合的第一道阻碍。即使柳枝遮住他的视线,他也可以直接走向怨沼,走到善妃身边啊,可是近在咫尺,只能远远地望见善妃模糊的身影,听着怨沼的水被她涤衣服涤得哗啦哗啦的响,他却感觉隔着一重山,脚步沉重,无法上前。思来想去,他不禁反思起自己的行为来,最终无功而返。在此,怨沼无形中起到消解信哲行动勇气的作用,是信哲无法面对善妃的第二道阻碍。同时,这也正是作家出于创作的需要故意设计的阻碍,隐喻信哲和善妃本来就是两个世界的人,是不可能走到一起的。

第三次,怨沼是作为信哲临行前期盼见上善妃一面之努力的破灭的背景出现的。

在玉簪家里,信哲无法见到善妃,就把希望寄托在怨沼,期盼在这儿能遇见善妃,倾吐一下心曲。之所以选择怨沼,因为他知道善妃时常去怨沼洗衣服,这是实现自己内心隐秘愿望的唯一途径,因此"他每天早晨都到怨沼去洗脸,做体操,吹口哨,希望侥幸遇见善妃"。然而这种希望和努力最终也破灭了,善妃仿佛故意躲避他似的从此消失不见。凝神望着一对伸着长脖子在水里嬉戏游动的雪白的大鹅及其水下的倒影,看到它们情意浓浓地依偎在一起,他不禁失意惆怅起来。他的这种情绪似乎也感染了怨沼,"碧绿的水波仿佛在默默地欢迎他,潺潺的水声,像在絮语,诉说惜别之情"。信哲希望的破灭和追求的失败是必然的,因为他对善妃的爱慕更多是感官性的、肉体上的情爱心理,他并不理解善妃,也无法与之达到精神上的契合。这一点,正如他所想:"其实,近看这姑娘,也并没有什么特别的地方。"显然,他是把善妃当作猎奇的对象看待了,因此永远不会读懂每天如牛似马劳作的善妃的心理的。如前所述,怨沼是孤苦无告的穷人的泪水化成的,它的同情、立场始终面向受苦受难的穷苦百姓,对善妃等受压迫的民众，它慷慨奉献，心甘情愿地供人们汲取饮用，而对信哲这样的衣食无忧阶级，它是不会为之提供任何有利的条件的。

第四次，怨沼是作为阿大失去土地时的心灵慰藉的背景出现的。

阿大虽然穷，但心里始终怀着一个美好的愿望，就是勤奋种地，攒钱盖房子，把善妃娶过来，生儿育女，过上快乐的日子。然而现实无情地打破了他的幻想，他赖以生存的土地被地主郑德浩强行收回去了，这意味着自己的生存权被无情地剥夺。他在精神迷惘、困惑之际，漫无目的地走着，不知不觉间来到了怨沼。

> 他靠在柳树上，俯视着怨沼，想起有关它的传说：当时的人，可能也是犯了什么法，才没了命，遭了殃吧！说不清是几千年还是几百年前的那些农民，也一定像自己现在这样，到了山穷水尽的地步！他这样想着，又望了望怨沼的一汪绿水。①

阿大由怨沼联想到关于它的传说，由自身的遭遇联想到古时候人民的不幸命运，心里不由得更加痛苦起来。他为自己不懂"法"而自卑，更为几千年几百年前那些农民不知"法"而忧伤。他一边这样想着，一边望了望怨沼的一汪绿水，似乎在心里默默地与它对话，向它求索着答案和出路。在上述有关怨沼的 4 次描写中，这一描写是最契合"怨沼"传说，也是最切中小说主题思想的，即"怨沼"在龙渊村村民的心目中具有崇高的精神价值，是他们消灾、解闷、除病的心灵慰藉和顶礼膜拜的期盼对象，可是怨沼的现实效果却没有显现出来，人们仍然改变不了贫穷的命运，反而越过越穷。此时失去土地无以为生的阿大的命运充分证明了这一点，同时，这也是让阿大感到困

---

① 〔朝〕姜敬爱：《人间问题》，江森译，北京：人民文学出版社，1982 年，第 107—108 页。

惑不可解的难题,由此,作家就自然地将人间问题——阶级问题呈现在读者的眼前,迫使读者也随着男主人公的思索而思索。

正当阿大凝神思索时,背后响起了脚步声,阿大于是离开柳林,跨上对面的大路。然而,令他想不到的是,善妃意外出现了,她仍然头上顶着很重的洗衣盆,与另外一个同样头上顶着洗衣盆的女人一起在飞舞的雪花中朝怨沼走去。看到善妃,"刹那间他全身的血液都沸腾起来,呼吸急促,心跳得厉害",双脚不由得站住了。小说描写:

> 她们放下洗衣盆,把衣服放在石头上梆梆地捶起来。棒槌声响在空无一物的田野上,强烈地震撼着阿大的一颗哀伤的心。好一阵工夫,他不知该如何是好。这时,善妃放下棒槌,在水里涤衣服,同时朝他这边瞟了一眼。他顿时感到一阵昏眩,眼睛发花,急忙背转过身子。他把木棍拄在地上,自言自语地说:"我落到这个地步,还想善妃干什么呢?"于是慢慢地移动起脚步。①

值得注意的是,这幅场景与"怨沼"第二次出现时信哲目视善妃洗衣时的场景如出一辙,同样是柳林、怨沼、石头、棒槌声、涤衣服声……地点同一,被注视者(善妃)同一,并都引起注视者强烈的心理波动:呼吸急促,心跳得厉害。尽管如此,注视者最终都没有勇气走上前,与被注视者诉说衷曲,表达爱慕之情,而是止步于咫尺之外。不同的是,注视者并非一人,一个是信哲,一个是阿大。这是巧合呢?还是作家的有意安排呢?通过对两处引文内容的细致比较,可以看出,信哲和阿大爱慕的对象虽然都是善妃,但是善妃在两人心目中的位置是截然不同的。在信哲看来,善妃的美丽和勤劳固然深深打动了他,可是不苟言笑的善妃始终是个谜,这引起他的强烈兴趣,可见

---

① 〔朝〕姜敬爱:《人间问题》,江森译,北京:人民文学出版社,1982 年,第 108 页。

他欣赏的是善妃的外表,并想通过与之接触交谈解开这个谜。也就是说,他本质上并没有把善妃平等相待,而是将其看成一个会说话的"物",一个猎奇的对象。因此,当要真正面对善妃时,他便感到与之无话可说,于是丧失了面见善妃的勇气,自觉地退缩下来。而阿大与善妃之间并没有阶级的、贫富的距离,两人是平等的。阿大不仅爱慕善妃的美丽,更中意她的善良贤惠和勤俭持家,把她看成未来生活的忠实伴侣。因此,善妃在他心理产生的震动远比对信哲强烈得多,不仅全身的血液都沸腾起来,而且善妃无意间的一瞥导致他瞬间一阵昏眩,眼睛发花。从爱情心理学角度看,这正是强烈的爱情心理所产生的心灵躁动。他之所以转身离开,实属无奈之举,因为他本想给善妃一个踏实、安稳的家,可是现在沦落为一无所有的穷汉子,所有的幻想都化为泡影,更别提带给善妃幸福了。因此,尽管内心深处期盼与善妃见面,可是也只能采取避开的行动。另外,姜敬爱在描写善妃对注视者阿大和信哲的反应也是不同的,对信哲的注视,善妃无动于衷,没有任何行动;而对阿大的注视,作家有一个细微的不易被察觉的动作特写,就是"这时,善妃放下棒槌,在水里涤衣服,同时朝他这边瞟了一眼"。看似无意识的动作,实则是阿大与善妃的心灵感应,作家有意捕捉这一细节,目的就是突出善妃与阿大"爱情"的纯真,进而揭示信哲与阿大对善妃心理动机的不同。

从主题学角度来分析,"怨沼"传说的表层含义是指其社会学意义,即它是地主与农民之间深刻阶级矛盾的象征性图式,是小说基本情节的隐喻,它对作家表达底层民众反抗阶级压迫的主题起到牵引和诠释的作用。鉴于笔者在前面对此内容已经进行了深入而细致的阐释,这里不再赘述。"怨沼"传说的深层含义是指不断积聚的苦难和眼泪难以化解而导致的"恨(hàn)"母题。"恨"作为朝鲜民族典型的审美文化特征,是该民族几千年繁衍生息、苦难深重从而积淀成的文化心理和情感的特有模式,充分体现在诗歌、小说、戏剧以及民俗、音乐和舞蹈等文学和艺术载体中,也潜移默化为该民族文化成员日常生活中的言语与行为表达方式。从"恨"的文字结构看,左"心"右"艮",这象征着聚集在心头难以排解的感情①。那么,这是一种什么样的感情呢?通过多位韩国学者对"恨"的深入研究,可以看出,它的感情指向极为复杂,包括悲伤、悲哀、悲痛、孤独、遗憾、怨恨、绝望等多种情感层面。这是萦绕于心、无休无止却又无法消除的痛苦,已然化作整个民族的"集体情感体验",成为"民族之恨"。作为弱者的个体,自我无从抗拒,也无法消解这种"恨",只能自伤、自怨、自嘲、自虐,行动上采取隐忍、顺应甚至忘却的方式进行规避。

　　"恨"的产生源自朝鲜民族命运多舛和多灾多难的历史。作为受苦受难的弱小民族,历史上的朝鲜始终受制于他国,饱受战乱祸乱或流离失所的苦痛,丧失民族主体性。特别是 20 世纪上半叶,日本殖民者的野蛮占领和高压统治,导致朝鲜民不聊生,哀鸿遍野。姜敬爱把《人间问题》的时代背景设置于 20 世纪二三十年代,而且在小说开篇便描写怨沼,绝非偶然。从这个意义上说,充满苦难的怨沼不单纯是绵绵流淌的民众泪水的象征,而是隐喻着整个民族的"亡国之恨",是充满爱国情怀的作家内心苦痛的隐晦表达。她关注着阿大、善妃、难儿和善妃爸、阿大妈、老李头等弱者的苦难,"痴迷"于对他们悲惨遭遇和不幸命运的细腻书写,似乎在"品味"民众的痛苦和哀伤,因此被某些批评家指责为"自然主义倾向"。她看到了现实生活中截然对立的阶级矛盾,也接受了社会主义思想的精神指引,却偏偏在善妃精神成长之际安排其死亡的结局,止步于阿大的进一步革命行动。以往,笔者将作家的这一创作意图归结于其政治思想的局限,现在看来其深层因素应是"恨"民族文化心理的制约。姜敬爱是有着深厚爱国

①王晓玲:《韩国"恨"文化的传承与变化——一项针对韩国高中文学教科书的分析研究》,《文化研究》,中国人大复印报刊资料,2011 年第 6 期,第 77 页。

情感的作家,又有着笔下弱者般的不幸生活和命运,由自身的痛苦联想到国家的痛苦,民族文化心理母题"恨"不能不对其创作产生影响。

尽管"恨"难以化解,难以消除,可是经过长期不断的积聚,被压抑在底层民众内心深处的痛苦和欲望,在特定的历史条件下势必转化为强烈的力量,成为变革现实的动力。《人间问题》中,民众哭了又哭不断积聚的泪水化作溺死残暴统治者的洪流,"一夜之间淹没了金知家的高房大屋"。"怨沼"传说鲜明地阐述了这一点,从这个意义上说,"恨"也隐喻着希望。无论多少悲伤都扼杀不了民众顽强的生命力,无论如何压迫也摧毁不了民众的反抗意志,在小说结尾,阿大面对善妃冰冷的尸体,更加坚定了斗争下去的决心。

# 第二节　"母亲+儿/女"家庭建构模式的隐喻

阅读姜敬爱的小说,笔者发现一个奇特的现象,就是其笔下男女主人公所在的家庭普遍是不完整的,有缺陷的,而且多呈现出"母亲+儿/女"的单亲家庭建构模式。其中,父亲或丈夫或者死去,或者被捕,或者失踪,总是空位或者缺席。譬如,美丽与玉、珊瑚珠与奉俊、二子妈与二子(《母与女》);母亲与石头、洪哲妻与儿子(《父子》);福纯妈与福纯(《有无》);奉艳妈与奉艳(《盐》);承浩妈与承浩(《母子》);婆母与继淳(《烦恼》);七星妈与七星、七云、小妹(《地下村》);山男妈与山男(《山男》);志村妈与志村(《长山串》);英实妈与英实(《黑暗》)等。统计来看,这类小说多达 10 篇,占姜敬爱 19 部独立小说创作的 52.6%。而就其家庭数目看,这类家庭多达 13 个(还不包括《长山串》中亨三和女儿组成的"父亲+儿/女"的家庭),可见这绝非偶然的现象。那么,作家在小说中为什么如此大量构建这类家庭结构模式呢? 或者说,母子或者母女的家庭建构模式隐喻着什么呢？对此，笔者拟从心理学与精神分析学、社会学和神话原型批评等三个角度进行解读，探究这一显性家庭建构模式内部所隐含的真实动因。

首先，它是作家单亲家庭成长印记的心理隐喻。

心理学研究表明，记忆与个体的缺失状态有关，童年时代"正常感情"的缺失，如父爱或母爱的缺失，会深刻地烙印于人的记忆深处，并影响其目标的选择和精神的成长。姜敬爱的童年时代是不幸的，幼年时就失去了父亲，与母亲相依为命，过着朝不保夕、饥馁困顿的艰难生活，因此她对父亲的印象与其说是模糊，不如说是不存在。虽然不久母亲为了活路被迫改嫁，她有了继父，可是在继父家里，她过着挨打受骂、谨言慎行的日子。根据奥地利精神分析学家弗洛伊德（Sigmund Freud，1856—1939）的分析，童年记忆一般以视像记忆为主，特别是早期视觉经验，仿佛戏剧演出时的剧照，更能深刻地保留在人的潜意识里。对姜敬爱而言，慈父的音容笑貌没有给她留下任何印象和记忆，相反，继父狠毒的目光与暴虐的性格却刻骨铭心地烙印在作家的记忆中。令她痛苦一生而挥之不去的视像之一就是，继父总是"拿那双可怕的眼睛乜斜着我，我稍一有点错，他便打我。就是现在已步入中年的我，还时常回忆起他那对乜斜着的眼睛"①。另一个让作家难忘的视像是遭受继父子女的欺辱。他们的冷眼、蔑视、奚落和肉体折磨、毒打，加剧了作家对继父家庭的反感与叛逆心理，也使她潜意识里更加排斥继父所在的家庭，固守着与母亲独处的二人世界，贪恋着母爱，将母爱视作保护自己痛苦、孤寂心灵的最大慰藉。

这一童年时代的不幸境遇和生活印记，不仅养成了她敏感、细腻的气质和独立、外柔内刚的个性，也刺激其精神发展的独特需求，即

---

① 〔朝〕姜敬爱：《我的童年时光》。转引同上，第 734 页。

文学想象力的被发掘。可见，人如果无法消除现实生活带来的烦恼和痛苦时，常常借助于幻想或想象来加以摆脱，这在心理学上被称为"延迟满足"，而"缺失"则是人的幻想或想象等重要能力得以最终形成的必要条件之一。正如弗洛伊德所认为的，一个幸福的人从来不会幻想，幻想只发生在愿望得不到满足的人身上。幻想的动力是未被满足的愿望，每一个幻想都是一个愿望的满足，都是一次对令人不能满足的现实的校正。这就不难理解生活在"单亲"家庭里的姜敬爱何以被乡邻们亲切地称作"橡子小说家"。她以超乎其年龄的丰富理解力和想象力，还在童稚未退时期便览阅了《三国志》、《玉楼梦》等接触到的大书，并向乡邻栩栩如生地描述小说的故事内容和精彩片段，从而给乡邻寂寥穷苦的生活带去了无限的欢乐，也在很大程度上稀释了他们劳作的艰辛和生活的重压。

　　童年时期"正常感情"的缺失刺激姜敬爱的文学想象，使她立志要成为优秀的小说家，借助文学创作倾诉长久积聚在内心的伤痛，表达与她有着共同苦痛经历的民众的心声。然而，在向读者倾诉这一苦痛时，她创作的矛盾心态表露无遗。一方面，她有意放大了母性的光辉和母爱的伟大，几乎在每部小说里都安排一至两个"母子/母女家庭"，描写父亲缺失或者不在的家庭里，母亲如何艰难地挺起腰杆，忍辱负重，谋求生路，养育儿女，从而成为家庭具有顽强生命力和保护力的坚实存在。另一方面，她在小说中又刻意遮蔽了继父的存在。结合 19 世纪末至 20 世纪上半期朝鲜的现实状况，可以看到，一个家庭没有男性，单靠女性的支撑是很难存活下去的，姜敬爱的母亲也是为生活所迫不得已改嫁给长渊郡崔都监的。姜敬爱在继父家的生活尽管失意和屈辱，但毕竟衣食得到保障，还有机会上学读书，可是作家刻意遮蔽其小说中继父的存在，又是什么心理使然呢？这涉及到精神分析学有关童年回忆与遮蔽性记忆的关系，对此，弗洛伊德说道：

　　事实上,童年的琐碎记忆之所以存在,应归功于"转移作用"。精神分析法指出,某些着实重要的印象,由于遭受"阻抗作用"的干扰,不能现身,故只好以替身的形态出现。我们所以记得这些替身,并不是因为它本身的内容有什么重要性,而是因为其内容与另一种受压迫的思想间有着连带的关系,为了形容这种现象我特地创造了"遮蔽性记忆"(concealing memories)这个名词。①

　　换种说法就是,一个人常把一些可能使自己觉得痛苦的想法或者勾起痛苦回忆的记忆,从意识之境界不知不觉地转移到潜意识之境界,以避免因意识到而感到心里不舒服或精神痛苦。这种压抑的过程,是在潜意识状态下进行的,可以称之为"潜抑作用"。这种被潜抑的精神材料处于"下意识"状态,受着一种阻力使之不易被精神主体所意识到,即"阻抗作用",以此来保护自我。而为了保护好自我,就需要另一个与之相关的替身出现,不断被强化的替身充当了精神主体不愿提起或回忆的"遮蔽物"。从这个意义上说,遮蔽性记忆的形成有赖于别种重要印象的遗忘。对姜敬爱创作而言,其小说中不断出现的"母子/母女"的单亲家庭建构模式,以及作家对伟大母爱的歌咏与赞颂,实是对于不愿引发痛苦童年回忆的继父的遮蔽与隐喻。在此,"母子/母女家庭"和母爱成为被遗忘继父的"替身",而被遗忘的继父就成为作家的"遮蔽性记忆",这就充分揭示出姜敬爱小说家庭生活描写的矛盾心理。

　　那么,姜敬爱为什么在小说里遮蔽继父的形象,而在随笔创作中又描写继父形象呢? 据统计,作家在《我的童年时光》和《自叙小传》

① 〔奥〕西格蒙·弗洛伊德:《日常生活的心理分析》,林克明译,上海文学杂志社编(内刊)。

两篇随笔中提到过继父。如前所述,前篇生动而形象地刻画了继父刁钻、刻薄和毒辣的形象,后篇只以简约的文字书写了继父的子女,而对继父则是一笔带过,没有展开描写。

> 我很早就失去了父亲,五岁时就得孝敬继父。继父有自己生育的儿女,他们不知怎么那么强壮,成天打我、骂我,或掐瘦小的我。他们摁住我的头,揪住我的衣服,我根本不敢呆在家里。所以只要母亲去洗衣服或者有事出去不在家的话,我总是哭着被赶出家门。①

这种描写的差异,究其原因,一是体裁特点决定的,即小说可以虚构,形象选择的空间较大,而随笔讲究真人真事,真实性是创作的基本原则;二是作家的潜意识心理因素,使她避不开被唤起的痛苦回忆。因为作家尽管使用"替身(母爱)"将"遮蔽性记忆(继父)"压抑在"下意识"里,但是有时这种被潜抑下来的记忆,由于力量很强,不受超我之批判和监督,或者因自我之处置力松懈,就会突破阻抗力量,再度浮现到意识层面上来,导致作家不得不面对它,表现它。因此,作家可以在小说中予以完全忽略的继父记忆,在随笔创作里就不可避免地被重新提起。尽管如此,从作家吝啬的笔墨里,读者仍然读出了些许牵强与无奈。

其次,它是国家灭亡和民族苦难的时代隐喻。

任何作家的创作都离不开其所生活时代环境的深刻影响,姜敬爱也不例外。除了作家单亲家庭成长印记的心理隐喻外,姜敬爱小说"母亲+儿/女"的家庭建构模式还直接隐喻国家灭亡和民族苦难的时代悲剧。朝鲜/韩国20世纪上半叶的历史是国家的衰亡史和民

---

① 〔朝〕姜敬爱:《自叙小传》。转引同上,2002年版,第788页。

族的屈辱史,而灾难的制造者就是侵略者日本帝国主义。为了有计划地推行所谓的"大陆政策",实现"大东亚共荣圈"的妄想,1905年,日本通过日韩保护条约宣布将朝鲜纳入其"保护"之下,实际上剥夺了朝鲜的主权和外交权。1910 年 8 月,日本宣布"韩日合并",正式吞并朝鲜。其合并条约第一条规定:"把有关朝鲜的全部统治权完全且永久的转让"给日本,从此以后,"朝鲜民众成为帝国臣民,将长久享受天皇的深厚仁德"①。事实果真如此吗? 正相反,日帝嘴里冠冕堂皇地喊着"保护"朝鲜国家和人民的利益,实际干着强盗和野兽的罪恶行径。他们不仅采用野蛮手段疯狂地掠夺朝鲜的自然物产和经济资源,逐步把朝鲜打造成侵略东亚乃至整个亚洲的"粮食加工厂"、"物质供应站"和武器弹药的"军械库",还残酷剥夺了朝鲜民众的言论、出版自由。所谓的"深厚仁德"就是利用宪警制度和拷刑制度,对那些"扰乱治安"的"不逞鲜人"实行逮捕、囚禁、鞭打、屠戮等残酷镇压。然而,日帝的高压统治和野蛮屠戮无法阻止和扼杀朝鲜爱国义士的革命行动,他们秘密集会,组成义兵团,开展独立运动,在一定程度上打击了日帝的嚣张气焰。日帝加紧监视、巡逻,不断镇压,无数爱国志士被捕入狱,遭受严刑拷打,有的壮烈牺牲,也有的流亡到中国和苏联。笔者虽未获得有关朝鲜被日寇及其买办地主,资本家残酷剥削与压迫凄惨死去者,为反抗日帝统治而遭受关押、英勇牺牲或被迫流亡者的确切数字,但是结合当时严酷而恶劣的社会环境不难推测,男性家长(父亲/丈夫)缺失或不在的家庭占据极大比重,这就是 20 世纪二三十年代朝鲜社会的真实状况和苦难民众的悲惨现实。

　　姜敬爱独立完成的 21 部小说中,虽然 19 部小说作于中国东北

①〔韩〕金正明:《韩国合并始末书》,《日韩外交资料集》第 6 卷下,汉城:严南出版社,1965 年,第 148 页。

延边地区,2部小说(《破琴》、《母与女》)作于移居中国前的朝鲜国内,但是除《菜田》外,小说情节均围绕朝鲜民众的生活与悲剧而展开。也就是说,姜敬爱笔下的朝鲜单亲家庭基本涵盖了上述提及的男性家长缺失的种种状况,譬如,被折磨致死者:善妃的父亲金民洙、二子的父亲;兵乱罹难者:奉艳的父亲、英实的父亲;反抗被害者:美丽的父亲金仓文、石头的父亲金壮士;被捕入狱者:洪哲、继淳的丈夫;壮烈牺牲者:承浩的父亲、英实的哥哥等。这充分表明,在日本帝国主义的殖民统治下,贫民家庭的顶梁柱——父亲常常成为民族矛盾与阶级斗争的牺牲品,或者为反抗日帝的残暴统治、争取民族独立献出了宝贵的生命,由此,因男性家长的缺失所造成的"母子/母女家庭"已然成为朝鲜贫苦民众家庭结构的基本样态,可谓特定时代的产物。

对此,笔者童年时代的亲历与记忆也能提供有效的证据,这就是20世纪70年代初,笔者居住在龙井(即姜敬爱移居之地)火车站南不到2公里之处,那里有两片密集居民区,靠西的那一片为朝鲜族居住区域,约二十几户人家,笔者家住在靠东的大片汉族居住区域,约三十多户人家。其实,整个龙井居民地域分布就是朝汉民族的分片杂居,以宽十二三米的街道或者窄至三四米的小胡同间隔开。无论朝鲜族家庭还是汉族家庭,都是土坯茅草房和板障子围墙。当时,朝汉民族因为语言障碍沟通不多,民族间的矛盾与冲突时有发生。笔者与邻家小伙伴们在玩游戏时,偶然发现有些朝鲜族家的大门门楣上钉着一小块长方形的红色铁皮,上面印着黑字"烈军属",有的因时间长,颜色脱落,字迹模糊。因为不止一家有,这引起了我们的好奇,于是挨家逐户地数了起来,结果发现标有"烈军属"的人家竟有七八家之多,而且多为朝鲜族家族。幼稚的我们虽然不完全懂得"烈军属"的确切含义,但是朦胧中感到有"烈军属"铁皮标志的家肯定有牺牲的英雄,于是一股肃然起敬之情油然而生。同时,这也回答了长久萦绕于我们内心的一个疑惑:这些祖孙三代家庭中的老者怎么只有身穿民族传统服装的老太太? 童年时代的往事大多忘记,唯独这一记忆与那些刻骨铭心的记忆一起始终挥之不去,至今存留在笔者的意识深处。这也从一个侧面印证了被誉为"山山金达莱,村村烈士碑"的延边作为中朝两国民族抗日武装斗争圣地的红色历史。

不仅如此,民族危难与斗争时代所造成的"母子/母女家庭"这一现象,在同时期许多作家的笔下也得到真实的反映。譬如,廉想涉的代表作《三代》中洪敬爱家;众所周知的歌剧《卖花姑娘》中花妮家等,都是父亲缺失的家庭。从这个意义上来说,父亲象征着国家、祖国,父亲缺失或不在,隐喻朝鲜国家的灭亡和祖国遭受日寇涂炭,而母亲与子女组成的家庭则隐喻丧国失权处在水深火热之中的朝鲜民众。正如花妮哭唱的歌词:"没有祖国没有权/生活之路遇终端","朵朵红花卖不完/滴滴眼泪流不完"。失去了父亲等男性家长支撑、呵护与保护的母女或母子,宛若丧失国家主权的朝鲜苦难民众,忍饥挨饿,苦苦挣扎,受人白眼、蔑视与欺凌,以致为了生存,他们被迫乞讨、卖身、卖淫、移民。这种亡国之痛、民族之恨深深烙印在姜敬爱笔下力图保全残破家庭的母亲心里,她们用瘦弱的肩膀苦苦支撑着垮塌衰败的家庭,照顾幼小羸弱的孩子,耗尽毕生的泪水和血汗,展示出女性于逆境坎坷中特有的坚韧不拔和顽强的搏击力与生命力。这种伟大的母爱,正是朝鲜国家亡而不灭、民族摧而不垮的真正动力和源泉。

再次,它是朝鲜民族母性崇拜意识衰退的神话隐喻。

如果运用加拿大著名文学批评家诺斯洛普·弗莱(Northrop Frye, 1912—1991)的神话—原型批评理论来解读,姜敬爱创作中频繁出现的"母子/母女家庭"结构可视作朝鲜民族母性崇拜意识衰退的神话隐喻。弗莱认为,从文学发生学角度看,文学源自神话、宗教、仪式和巫术等原始文化,文学表现的模式和规则都能从原始文化中找到原型（祖型），它们就是滋生文学结构模式的温床。因此，"探求原型就成了一种文学人类学：我们从文学发生之前的宗教仪式、神话和民间传说等去理解文学本身"①。换句话来说，神话与现实主义是有机联系的两种文学样式，分别代表着文学表现的两极。从叙述的层面看，神话是人类以感性思维把握世界的主要方式，是对以愿望为限度的行动的模仿，着重采用隐喻的方式进行，即神的神力和超人性并不是人与自然界的真实存在，而是人类借此表现自身欲望或愿望的隐喻。而现实主义是人类产生理性思维后能动而科学地解释现实的手段，它要求所表现的东西与现实之间的相似或映现关系，即它是一种明喻艺术。也就是说，姜敬爱笔下所构建的"母子/母女家庭"模式还可以从朝鲜民族古老的神话中找到原型。

从世界各民族文学传承与发展的角度看，处于社会底层、被上层统治阶级贬称为"凡夫俗子"的广大民众，才是民间口传文学的主要传承者，否则汉乐府诗之类的民间文学就不会流传至今日，尽管其中离不开上层统治者的主导、采诗官和后世编纂者们的贡献。虽然因资料的欠缺，笔者未见到姜敬爱倾听村民讲故事过程的详细记述，但是可以推测，姜敬爱从小就喜欢阅读古书，与村里爷爷奶奶们交集甚多，不可能不受到民俗古谭等朝鲜民间文学的滋养与影响。正如高丽大诗人李奎报所言："虽愚夫骏妇，亦颇能说其事。"②这里的"其事"，指的就是朝鲜神话。从那些勤劳朴实、憨直爽快的村野乡民口中，姜敬爱聆听到了令之彻夜难眠、遐思飞动的美丽神话，这极大地刺激了她的想象。那么，朝鲜神话中的哪些情节和人物元素影响作家笔下的独特家庭建构呢？其影响因子又是如何转化的呢？

---

① 〔加拿大〕诺斯洛普·弗莱：《文学的原型》。转引自陈厚诚、王宁主编：《西方当代文学批评在中国》，天津：百花文艺出版社，2000年，第147页。
② 李岩：《中韩文学关系史论》，北京：社会科学文献出版社，2003年，第24页。

从神话遗存方式上看,朝鲜神话可分为文献神话、口承神话和巫俗神话等。《檀君神话》属于文献神话,是古朝鲜始祖神话,影响最为深远。它讲述天神庶子桓雄因"数意天下",于是降临人界,以"弘益人间"。他遇到同穴而居的一熊一虎,向他祈求变成人。桓雄给了它们"灵艾一炷,蒜二十枚,曰:'尔辈食之,不见日光百日,便得人形'"①。其中,熊谨遵神意,每日食艾草,吃大蒜,而且百日不见太阳,如此艰苦修行,最终变身为女人。之后,熊女与桓雄结合,生下朝鲜始祖檀君。仔细分析这个神话不难看出,身为丈夫和父亲的桓雄是一位天神,自天而降,且被赋予神异的能力,能使自己的意志无条件地付诸实施。而熊女则必须历经食艾蒜、避日光、变女人等种种苦修才能达成愿望。而且,熊母由桓雄感孕生子后,桓雄便消失不见,檀君由寡母熊女独自抚育。至于檀君如何长大,在成长的过程中经历了哪些人和事,神话都略而不提,只是简要概括地介绍他建都、移都、治国时间和最后归隐为山神的过程。

> 孕生子,号曰"坛君王俭"。以唐高即位五十年庚寅,都平壤城,始称朝鲜。又移都于白岳山阿斯达,又名弓忽山,又今弥达。御国一千五百年。周虎王即位己卯,封箕子于朝鲜。坛君乃移于藏唐京,后还隐于阿斯达,为山神,寿一千九百八岁。②

研究者指出,该神话是远古时期生活在朝鲜半岛、东北亚等地的氏族集团图腾文化的产物,包含熊图腾、虎图腾以及天神等神话因子,经过竞争、角逐、改造和融合,"从而创造出具有一定体系和内在

①李岩:《中韩文学关系史论》,北京:社会科学文献出版社,2003年,第29页。
②许辉勋:《朝鲜民俗文化研究——神话传承与民族文化原型》,延吉:延边大学出版社,1998年,第82页。

联系性的'部落联盟化'的神话故事"①。还有学者认为,《檀君神话》最早被记录于 13 世纪高丽僧人一然的《三国遗事》卷一中,一然是佛教弟子,不能不受到佛教思想与文化的影响。比如,他曾在该神话的注释中解释说,"桓因"即"帝释",也就是印度佛教神话中的众神之首、护法神"帝释天"(释提桓因)②。可见,《檀君神话》包含原始本源神话、图腾神话、佛教故事等多种神话因子,具有非常复杂的形态结构特征。这不无道理,但是从人类社会发展与演变的历史进程上看,《檀君神话》真实地反映了母权制社会被父权制社会所取代的"历史进步",预示着朝鲜社会母性崇拜意识的衰落。从这个意义说,天神桓雄其实只是一种权力符号,象征着皇权神授。熊女向他祈求、严格执行他的旨意、最后委身于他,成为他的忠实妻子,甚至在他"缺席"家庭后,仍然严守自己的贞操,悉心抚育幼子成长等,这些则隐喻着朝鲜女性由社会退回到家庭的"历史意义的失败"。

如果说《檀君神话》对父权制取代母权制过程的表述相对比较温和、隐蔽的话,那么,反映古代高句丽建国的始祖神话《朱蒙神话》则赤裸裸地表现了女性被"阉割"和女性社会地位的失落。它也属于文献神话,形成晚于《檀君神话》,不仅情节生动、完整,而且描写更具现实色彩。它描写天帝之子解慕漱施计强娶河伯长女柳花,因为无媒而婚,遭到河伯怪罪。为证实他天帝之子的真实身份,河伯要求与之比试神异。经过几次幻化较量,解慕漱通过了测试。河伯虽然同意了他们的婚事,还是犹疑不定,担心"王无将女之心"。于是,河伯"张乐置酒,劝王大醉,与女入于小革舆,载以龙车,欲令升天。其车未出水,王即酒醒,取女黄金钗,刺革舆,从孔独出升天"。河伯见状,大

---

①许辉勋:《朝鲜民俗文化研究——神话传承与民族文化原型》,延吉:延边大学
　　出版社,1998 年,第 83 页。
②李岩:《中韩文学关系史论》,北京:社会科学文献出版社,2003 年,第 25 页。

怒,将怨恨之情全部发泄到柳花身上,认为她不听父言,辱没门庭,便"令左右绞挽女口,其唇吻长三尺。唯与奴婢二人,贬于优渤水中"①。

从《朱蒙神话》中可以看到,柳花是作为传种的生育工具和权衡利益得失的"物"而存在的,是父亲和丈夫两个神族集团争斗较量的牺牲品。表现在,解慕漱并非钟情于柳花,而是看到河伯的三个女儿"往游熊心渊上",便想到"得而为妃,可有后胤"。即使被困住的不是柳花,而是萱花或者苇花,也是无所谓的,关键在于她们能够生育后代的女性身份。可见,以解慕漱为代表的天神集团力图通过欺骗诱惑、巧取豪夺的手段,获得一个可生育后嗣的工具和"物",因而一旦受到河伯束缚,便对柳花始乱终弃,独自升天。而河伯把女儿柳花视作个人的私有财产,一旦名誉受损或者利益得不到满足时,便采取极端野蛮和残酷的手段惩罚女儿,命人将柳花的嘴缠住,并拉长三尺,然后弃于优渤水中,丝毫体现不出父女之情,也不考虑女儿的身心痛苦。可见,以河伯为代表的河神集团企图借与天神联姻获得利益最大化,而女儿成为控制在其手中的筹码。

柳花后来被金蛙王救下,生下朱蒙。与《檀君神话》一样,柳花如何养育儿子的过程被省略掉。但是,在帮助朱蒙排忧解难方面,柳花可谓尽到了母亲的全部责任。神话描写,朱蒙神勇善射,才能兼备,遭致金蛙王及其儿子们的嫉妒和恐惧,于是命他牧马,意欲借机除掉他。危难之际,柳花帮助儿子择得骏马逸之,又借鸠捎麦(五谷种),保障其生活所需,解除了其后顾之忧,最终朱蒙建立了高句丽。柳花母子颠沛流离的经历同样隐喻着朝鲜母性崇拜观念的消失和女性社会地位的下落。

这一点在朝鲜民间巫俗神话《堂今姑娘》(又名《帝释本歌》)中

①许辉勋:《朝鲜民俗文化研究——神话传承与民族文化原型》,延吉:延边大学出版社,1998年,第85页。

再次得到印证。堂今姑娘既是朝鲜民族的生育之神,又是一位历尽苦难、独自抚育幼儿成长的母亲。神话描写,堂今姑娘是一位富家小姐,一次,父母出门在外时,一位天神化为男子降临她家,与之成婚,随后男子抛弃堂今,独自回到神界。父母回家后发现女儿未婚先孕,暴怒之下将其关进石函里。堂今在石函里生下三个儿子,每天艰难度日,不得已带着儿子们去神界找丈夫。经过种种测试和重重磨难,她终于得到天神的承认。天神将其封为生育之神,将其子封为山神。如果剥去这个神话美丽的外衣,用理性而科学的现代思维去分析,不难看出,堂今母子的遭遇应是毁灭性和悲剧性的。首先,"石函"是石头做成的大盒子,人被关进里面是很难出来的;其次,通往神界的路途遥远、艰险,又无现代发达的交通工具,孤儿寡母如何前往神界呢?可想而知,堂今母子的结局只能是凄惨的死亡,其存在只不过作为民间文学故事的一种美好的想象和虚拟的手段罢了。

　　从上述三个朝鲜具有代表性的神话中,我们可以得出这样的结论:三个神话中的"父亲"都不是真实的人物,而是虚拟的存在,是想象的产物。之所以将其设定为天神,而且是天降神,完全是神话创造者出于建国或创世的文学功利之目的以及正本清源的现实需要,向世人昭告王权神授、王道正统之思想。并且,通过光宗耀祖,进一步巩固和加强朝鲜民族的心理优势和文化定式。与之相反,神话中父亲缺席,单由母子构建的家庭却是现实真实的存在,充满喜怒哀乐和血肉淋漓的质感。并且,三个神话中有关熊女食艾蒜、柳花被缠嘴、抻嘴、割嘴,堂今姑娘被关石函,连同《朴赫居世神话》(古代新罗部族的建国始祖神话)里阏英被割嘴(喙)等情节,虽然可以用动物图腾崇拜的某种象征性仪式加以解释,但是值得质疑的是,被"阉割"的不是天神,也不是男性,却偏偏都是女性,不免让人感到这种解释多么苍白无力。

　　综观朝鲜古代神话,其共性特征是大多含有女性受难因子,神话中的女神不仅缺乏呼风唤雨的神性,也没有身怀某种绝技,倒像是现实生活中柔弱苦命、经历坎坷的女性。她们只有经受被弃、分离、阉割、孤独等种种磨难,才能摆脱困境,实现自我的解放与超越。与中国、埃及和古希腊等世界古老民族的神话相比,这是显著的差异。也就是说,尽管中国神话中的女神女娲、西王母、嫘祖、瑶姬等,埃及神话中的地母神伊希斯、死者的守护神奈芙蒂斯、月亮女神贝斯蒂和天空女神努特等以及古希腊神话中的众神之母赫拉、智慧女神雅典娜、爱神阿弗洛狄忒等,与朝鲜神话中的熊女、柳花、阏英等一样也生有神异的外貌,譬如,女娲人首蛇身,西王母人身、虎齿、豹尾、蓬头;伊希斯鸢首,贝斯蒂猫头,奈芙蒂斯隼首;赫拉牛眼,雅典娜闪眼等。但是不同的是,她们不仅没有被"阉割",反而同男神一样具有超凡脱俗的神性和独立的意志,司掌着某种神异的技能,成为自我及他人思想与行为的主宰者。究其原因,除了神话记录与成书年代的时间差异外,还与朝鲜先民"重生"的现世精神密切相关。也就是说,熊母、柳花、堂今姑娘与阏英的遭遇正是当时朝鲜现实生活的曲折反映,隐喻着母性崇拜意识的衰退和女性社会地位的丧失。这样,女性受难就作为一种"集体无意识",隐含于朝鲜民族的意识深处,成为潜在的心理定式。而在民族遭受危难与屠戮之际,这种"原型"意识则凸显为普遍性的存在,姜敬爱笔下的母子/母女家庭构建就是其典型的表现之一。

## 第三节　"地下村"、"黑暗"
## 等名称的隐喻

除上述"怨沼"传说和"母子/母女家庭"建构模式等情节结构上的隐喻外,姜敬爱小说还通过地名("局子街"、"龙井")、动植物名("黑蛋"、"白杨"、"松树")、人名("B"、"山男")以及小说名(《地下村》、《黑暗》）等各类名称表现隐喻的特征。鉴于"局子街"、"松林"、"B"等名称的喻指在前文简略阐述过,在此不再赘言,下面笔者着重分析一下"地下村"与"黑暗"的隐喻特征。在分析之前,有必要将顺有关隐喻的概念及其隐喻研究的发展演变过程,以便为本章和本节立论提供令人信服的理论依据。

对隐喻进行专门研究,最早可追溯到古希腊著名文艺理论家亚里士多德（Aristotle,公元前384—公元前322）。他在《诗学》和《修辞学》等论著中对隐喻进行了专门研究,提出隐喻"对比论",认为隐喻是一种修辞手段,"隐喻应当从有关系的事物中取来,可是关系又不能太显著;正如在哲学里一样,一个人要有敏锐的眼光才能从相差很远的事物中看出他们的相似点"①。这种把隐喻看成是两种事物相似性比较的观点奠定了传统隐喻理论,并在西方修辞学界影响了两千多年。此后,古罗马修辞学家昆提良（Marcus Fabius Quintilianus,约35—约95年）追随亚氏的隐喻观,提出隐喻是用一个词代替另一个词的修辞现象,这种观点仍把隐喻研究限定在语言的使用中。至现代,英国"新修辞学派"代表人物之一、著名语言学家I. A. 理查兹（1893—1979）开始将隐喻从语言现象中剥离出来,认为隐喻不只是修辞手段,也是一种思维方式,是通过另一种事物来感受思考某一事物②。在理查兹研究的基础上,麦克斯·布莱克（Max Black,1909—1988）进一步提出"焦点"与"框架"等概念,奠定了隐喻认知理论的基础。尽管理查兹和布莱克的隐喻研究取得了突破性的进展,但是仍逃不脱将隐喻视作语言修辞学现象的窠臼。

真正将隐喻研究从修辞学领域转向认知隐喻理论领域的集大成者是美国语言学家乔治·莱考夫（George Lakoff,1937—）和马克·约

①〔希腊〕亚里士多德:《修辞学》,三联书店出版社,1991年,第183页。
②束定芳:《隐喻学研究》,上海外语教育出版社,2000年,第28页。

翰逊(Mark Johnson,1949—),他们在合著的《我们赖以生存的隐喻》(*Metaphors We Live By*,1980)一书中首次提出了概念隐喻理论,指出隐喻不单纯是一种语言现象,更是一种人类的认知现象,"是人类将其某一领域的经验用来说明或理解另一类领域的经验的一种认知活动"①。概念隐喻理论的哲学基础是体验哲学观,其本质是概念性的。也就是说,隐喻是人类对抽象范畴进行概念化的基本方式,是跨概念域的系统映射,它隶属于思维范畴,而不是语言范畴,是作家独特创作思维的表现。这一颇具革命性的观点一经提出迅速传播,影响深远,不仅促进了认知语义学的整体发展,还被人们广泛应用于诗歌、小说等文学研究中,诚如某位学者指出的:"概念隐喻作为思维方式渗入到人类生活的各个方面,当然也包括诗歌等文学作品。诗人将日常的、简单的概念隐喻组合成复杂的、有趣的诗歌隐喻或其他复杂的隐喻,形成隐喻创新以及文学意象。"②

　　根据概念隐喻理论,人类(作家)某一领域的经验可视作源域,而被说明的另一类领域的经验则称之为目的域,一般情况下,源域和目的域中两个相对应的概念有着极大的相似性和互通性,源域的许多特征都能被系统地映射到目的域中。而判断其相似性或互通性的标准则是人们(作家)的日常生活体验和知识经验。譬如,月亮是人们日常生活中习以为常的自然事物,人们由月亮的阴晴圆缺联想到人间的悲欢离合,于是"圆月"、"残月"等就构成了源域,它们都有相对应的目的域。譬如,"圆月"(源域)隐喻"团聚"(目的域),"残月"隐喻"分离","破冰"隐喻"缓和双方局势"等。然而,有时源域与目的

---

① 束定芳:《隐喻学研究》,上海外语教育出版社,2000年,第28页。
② 高远、李福印编:《乔治·莱考夫认知语言学十讲》,北京:外语教学与研究出版社,2007年。转引自杜海玲:《概念隐喻理论视域中〈红楼梦〉诗词的英译研究》,黑龙江大学硕士学位论文,2011年,第21页。

域中的两个概念相差较大,似乎很难发生语义上的联想,但是如果创造出相关的情境,将其并置也能构成隐喻。因此说:

> 某些事物之间的相似性可能很大,某些事物之间的相似性可能很小,有些事物可能并不存在什么客观的相似性。以相似性为基础的隐喻,利用事物之间人们已感受到的相似性,而创造相似性的隐喻则将原来并不被以为其间存在着相似性的两个事物并置在一起,构成隐喻,从而使人们获得对其中某一事物新的观察角度或新的认识,可见,相似性是隐喻赖以成立的基本要素。[①]

结合上述隐喻理论来分析姜敬爱的小说《地下村》,可以看到,姜敬爱是通过乞讨、残疾、橡子面、被狗咬伤和漏雨的茅草屋等一系列事物和意象,揭示朝鲜底层民众生活的贫穷这一中心主题的,由此,"地下村"就成为苦难民众的现实场域。如下图所标示:

| 源域 | | 目标域 |
|---|---|---|
| 乞讨 | ⟶ | 丧失劳动能力 |
| 残疾 | ⟶ | 遭受社会歧视 |
| 橡子面 | ⟶ | 固化生活食粮 |
| 被狗咬伤 | ⟶ | 放大贫富差距 |
| 土方法治病 | ⟶ | 展现愚昧悲哀 |

①束定芳:《认知语义学》,上海外语教育出版社,2008年,第168页。

　　小说开篇便描写主人公七星头戴破了洞的草帽、肩上斜挎着讨饭袋子、顶着炎炎烈日沿村乞讨,这是他每天必做的"功课"。照例,他必得经过被其他孩子们侮辱和欺负这道难关,已经学会如何应对这种场面,这就是默默忍受,不做任何还击。待到那些孩子们远去,他觉得自己好像被抛弃在这世上,甚是孤独,同时也感到怨愤。七星之所以讨饭,是因为4岁时出麻疹引起抽风,因无钱治病被医生拒之门外,结果导致一侧的胳臂和腿落下残疾,丧失了劳动能力,不仅拿不了锄把,连蜘蛛网上的露珠也摘不下来。每当他"无意中看到自己的胳臂,从破烂衣袖里无力地垂下来的细长手腕子,没有'骨头',也没有'肉',只是泛着蜡黄青紫的光,甚至只有皮,他的心蓦地痛起来,抬起头,噗地叹了一口气"[1]。他对此愤愤不平:为什么自己是个废物,遭受那帮家伙们对待畜生般的耍弄呢?

　　其实,七星的残疾并非个例,整个地下村里的孩子们大都有残疾,大丫失明,小妹头上生疮,七星也患上了眼疾,甚至连七星后来偶遇的那个男子也是腿有残疾,可见,残疾是地下村的普遍现象,如影随形地追逐着衣不蔽体、食不果腹、疾病缠身的苦难民众们,"造就"着一个又一个残疾者。而其最主要的原因是无钱医治,因贫穷看不起病,抓不起药,反过来加剧残疾的形成,制造着社会歧视。不仅七星被邻村孩子们捉弄、恶作剧,失明的大丫只能给人当小妾,充当生育的工具,甚至碾坊里的中年男子也是由于残疾被赶出了工厂的大门。从这个意义上说,贫穷与残疾是一对"孪生姊妹",不可分割!

　　身有残疾的七星只能通过乞讨帮助家里解决饥饿问题,有时讨来饼干、米糕之类,这就是改善生活的珍馐美肴,但是在那个绝大多数人忍饥挨饿的苦难时代,这样的机会是少之又少的,大多数日子里,七星家只能嚼食橡子面。橡子面是用橡树果实磨成的粉,略带苦

---

①〔朝〕姜敬爱:《地下村》。转引同上,2002年版,第602页。

涩，难以下咽，更不易消化，长期食用，不是便秘，就是胀死。生活困苦的人们无以为食，只能从树上采摘橡实磨粉搀和在米饭或玉米面等粮食中食用。小说细致描写了七星吃橡子面的情景：

> 所说的饭不过是用橡子面做成的，饭粒偶尔才能吃到。嚼起饭粒来那才是极其柔软有嚼头，味道香甜，让人流哈喇子。但是那味道只是一会儿，又嚼到橡子面时，饭味变成了苦味。他实在咽不下这橡子面，就闭着眼翻来覆去地嚼，想囫囵吞枣一下子吞下它，结果更咽不下去了，只得喝水冲，可橡子面只是在舌尖上滚来滚去，不往下咽。①

连不到周岁、不会说话的小妹都讨厌吃这橡子面。七星挑出饭粒给她吃，她就吧唧吧唧地舔着饭粒吃着，而给她吃橡子面团的时候，她根本不感兴趣，"用手抓住橡子面团揉捏着，搓着，并不吃"。七星非常生气，哪有那么多的饭粒给她吃啊！于是将小妹踢翻在炕上，……忽然，他听见小妹嗓子被噎住的声音：

> 孩子不管什么时候一吃这橡子面就咔咔地吐，橡子面夹杂着唾液被吐出来，看起来一点也没嚼，而是原封不动地吐出来。而且呕吐物的颜色有些发红，可想而知是嗓子出血了。孩子的脸憋得通红，脖颈上的血管涨得青紫。刹那间，七星觉得嘴里嚼着的橡子面好像砂砾般难以下咽，苦涩的味道深深地呛在鼻眼里喘不过气来，真是无法忍受。他吭吭着鼻子，霍地举起小妹，将她放在门外，又冷不丁捏住她那瘦得皮包骨头的腮帮子。小

---

① 〔朝〕姜敬爱：《地下村》。转引同上，2002 年版，第 605 页。

妹脸色发黑,仍旧呕呕地吐着。①

这就是生活在地下村场域里的人们每天被固化的食粮——橡子面。对此,曾遭受过日帝殖民统治的中国东北人民深有感触。日帝占领中国东北后,大肆掠夺包括木材和粮食在内的东北自然资源运回本国,而对东北人民实施残酷的剥削和压迫。他们将大量的橡子面掺和在玉米面里发放给东北人民食用,导致许多苦难的民众因为吃得太多被橡子面胀死的惨剧发生。每每想起这些,有过类似苦痛经历的底层民众便更加痛恨日本军国主义者的野蛮侵略和统治。

七星在松花镇讨饭时遇上倾盆而下的暴雨,为避雨来到一户高门院落前,只见这户人家"白灰墙,黑瓦顶,木板门宽大敞亮,上面钉着有钱人家才用的那种宛若拳头的大铁钉"②。透过大门,七星看见了层层叠叠的院子、厅堂的地板和仓库里堆成小山状的麦草。他心里觉着运气好,不仅能讨到饭吃,还可能从这家里讨要到更多的米和钱,于是挪动脚步朝里走。然而,悲剧的一幕发生了:

> 刚走过去,一条狗嗖地从厨房里跑出来。
>
> 狗咆哮着扑上来,七星吓得不知所措,尖叫着向门外躲避,还直往厨房里瞅,希望有人出来呵斥住狗,那狗就会一动不动的。可是没有人出来,这下狗更疯狂了,翻腾着眼睛,抬起前爪一下子扑到七星身上。七星伛偻着身子使劲拽出狗嘴里的要饭袋子,踉踉跄跄地退将出来。狗仍旧跟着,看见七星走到大门口不动了,又汪汪叫着扑上来,一口咬住七星的裤腿撕扯着。七星"啊"地惨叫了一声跑出了大门。这时,那个汉子才从里面走

---

① 〔朝〕姜敬爱:《地下村》。转引同上,2002 年版,第 606 页。
② 〔朝〕姜敬爱:《地下村》。转引同上,2002 年版,第 622 页。

出来。

"回来,回来。"

狗装作没听见,仍旧露出尖利的牙齿狂吠不止。七星恨不得打死这条可恶的狗,他猛地转身怒视着,看见汉子做着手势唤着狗。狗这才慢慢地退后,可眼睛仍盯视着七星。

七星觉得恶心,脊背嗖地一抖,全身打起颤来。再找狗,狗也不见了。那两扇大门也变得那样令人讨厌,他心里还想再进去看看,可是一想到那条可恶的狗,便不寒而栗。①

俗话说,狗仗人势,一直生活在富人家里的狗也懂得看人下菜碟儿,见到破衣烂衫的七星进门,知道这不是与主人同类的人,因此狂吠着扑上来,对着七星又撕又咬。可是狗主人却视而不见,放任不管,狗便更加耀武扬威,恃宠逞凶。因此,七星被恶狗咬伤的情节起着放大贫富差距的作用,揭露出穷人还不如富人家狗的残酷现实。

贫穷苦难的生活不仅吞噬着地下村里人们本就不健康的肉体,而且冷酷地吸食着他们的精神,扭曲着他们的认识。面对生活造成的身体伤害,在无钱医治的条件下,他们本能地想出"奇方"、"妙药",希冀借这种"土"方法达到恢复健康的目的。譬如,七星不但企图用蜘蛛网上的露水治疗残疾,还主观地认为嚼食扫帚梅叶子也能治好自己的残手,因此尽管叶子的滋味苦涩,令人恶心,嗓子被撕裂般地疼痛,他还是强忍着一点点地吞咽下去;七星被狗咬伤后,随意抓起地上的一把土灰撒在伤处,而不管伤口是否会感染发炎;七云患了眼疾,看不清楚,疼痛难忍,盲从妈妈的"指示",用自己的尿水擦拭眼睛。妈妈叮嘱他:"好好擦!别只擦眼皮,眼睛里面也要擦擦……"

---

① 〔朝〕姜敬爱:《地下村》。转引同上,2002 年版,第 623—624 页。

小妹头上生癞疮,妈妈听狗子娘说耗子药能治癞疮,便抓了一只耗子,用耗子皮做成药贴敷在头皮上,结果小妹被吸血的蛆虫夺去了幼小的生命。地下村里的人们的麻木和愚昧由此可见一斑,让人读后不免生发悲哀的感觉。然而,这不是苦难和贫穷造成的吗?不是剥削与压迫凌辱弱小民众的残酷现实的真实写照吗?从这个意义上说,民众这种想象的愚昧和虚妄,在那个无以为食、无药治病的痛苦世界,也不失为一剂精神良药!

　　同样,小说《黑暗》的标题也具有隐喻性,它隐喻着20世纪30年代朝鲜的黑暗现实。而由小说情节所构成的喻示"黑暗"的源域和目标域的对应关系如下:

| 源域 | | 目标域 |
|---|---|---|
| 医生的背叛、变节 | ⟶ | 奸佞取代纯洁 |
| 哥哥的被捕、受处决 | ⟶ | 邪恶扼杀正义 |
| 英实的痛苦、精神错乱 | ⟶ | 黑暗遮蔽希望 |

　　10年只是人生漫长旅程中的一个短暂时段,却足以使一个怀抱济世助贫、救死扶伤之理想的热血青年蜕变为独善其身、冷漠麻木的伪君子。小说中的医生就是这样的人,刚走上医生岗位的他充满激情,视病人如亲人,经常免费为那些无钱治病的穷人诊治,深得民众的喜爱和欢迎。然而,随着日帝的高压统治和革命低潮的到来,这种热情和理想逐渐泯灭,他学会了趋炎附势,学会了见风使舵,不仅背叛了英实,还变节转向,走向人民的对立面。医生的背叛和变节,充分说明,在残酷黑暗的时代里,人的良知泯灭,奸佞取代纯洁的过程,这是"黑暗"的寓意之一。

　　参加革命的哥哥是英实的精神支柱,她相信哥哥还活着,会回来,然而报纸上的白纸黑字和照片却无情地打破了她的这一幻想,昭示着正义被邪恶扼杀的冷酷现实。小说细腻地展示了她这种无法正视现实的心理:

> 她关上通走廊的门,把手放进衣袋里,摸得报纸簌簌地响,她吓了一跳,身子一抖,伸出手贴在脸额上。要是看错的话多好啊,或许也未可知。她又把手伸进衣袋里,汗渗出来,手臂微微颤抖。她抓起报纸,又放下,犹豫不决,轻轻地拉出来,好像刀刃掠过眼睛一阵害怕,就是不敢看。她在登载死刑犯们照片的缝隙里,猛地将视线跳到被砍了脖子的哥哥的照片上。她又一想,同样的人也是有的,于是顺着名字移动着眼睛,蓦地抓起报纸扔掉。霎时,她感到自己被铁丝紧紧缠住般喘不过气来,一如被缠在这种不管怎样都无法挣脱的铁丝网里……①

尽管英实不愿面对,可是被捕后遭受日帝无数次鞭打和酷刑的哥哥最终被处死的消息是真的,又有谁能够真正理解此时此刻英实的内心感受呢? 如果说恋人医生的背叛带给英实的是第一重的精神重压,那么,哥哥的被处死则是黑暗世界带给英实心灵的第二重、也是最大的精神迫压与覆灭。作为弱小孤独的女子,她的心里承受了太多的痛苦和悲伤,怎能不被这死气沉沉的黑暗压垮呢! 从这个意义上说,英实的精神错乱乃至痛极成疯是符合人物性格和精神发展的辩证逻辑的。也就是说,在那个不断制造死刑和痛苦的、令人窒息的黑暗年代里,又有几个人不被逼得发疯呢!

对此,姜敬爱同时代著名评论家林纯得认为,姜敬爱过分谦逊地看待黑暗了,她不应该让女护士英实在与黑暗现实的决斗中轻易败

---

① 〔朝〕姜敬爱:《黑暗》。转引同上,2002 年版,第 667—668 页。

下阵来,让她发疯。面对黑暗,必须以暴制暴,以牙还牙,这是几千年来我们的祖先们传下来的宝贵哲理①。同时,林纯得独具慧眼地指出了这部小说的史学价值,即《黑暗》展现的是至今仍留存于我们脑海里的鲜活记忆的"事件"(18 名共产党员被暗杀事件),赞美了姜敬爱的勇气,这是当时的男作家都无法比拟的。

---

① 〔朝〕林纯得:《女作家再认识论——对〈女性文学选集〉的思考》。引自〔韩〕李相琼:《林纯得,面向有尊严的女性主体》,首尔:昭明出版社,2005 年,第412 页。

# 第八章  姜敬爱中国东北时期
## 小说创作的景物描写

　　自然景物往往是诗人寄情山水、排遣内心苦闷和忧愁的客体对象,但绝非其专利。从文学创作实践来看,不同时代不同流派的作家多多少少都会利用这一手段和技巧写景状物,抒情明志,比如英国等西方浪漫主义诗人和作家多采用大量的篇幅不厌其烦地铺写视域中的美丽景色,看似不着边际,信手拈来,实则突出地表现了浪漫主义流派尊崇自然的美学主张。可见,文学作品中充满诗情画意的景物描写绝不是单纯的存在,它反映的是作家取景、剪裁和词语运用的功夫,映衬出其独特的审美情趣和此时此地的心境。对此,刘勰指出:"春秋代序,阴阳惨舒,物色之动,心亦摇焉。盖阳气萌而玄驹步,阴律凝而丹鸟羞,微虫犹或入感,四时之动物深矣。……岁有其物,物有其容;情以物迁,辞以情发。一叶且或迎意,虫声有足引心;况清风与明月同夜,白日与春林共朝哉!"①这段话深刻阐明了自然景物的变化可以激发人的思想感情,刺激文学创作的发生。而"情以物迁,辞以情发"正说明人的感情是随着自然景物的变化而变化,而文辞又是由于感情的激动而产生的,因为"人禀七情,应物斯感。感物吟志,

―――――――――――

① 刘勰:《文心雕龙·物色篇》。转引自王运熙、顾易生主编:《中国文学批评史新编》(上册),上海:复旦大学出版社,2001 年,第 133 页。

莫非自然"①。陆机在《文赋》中也说："遵四时以叹逝,瞻万物而思纷;悲落叶于劲秋,喜柔条于芳春。"②这些表述都充分认识到自然景物与文学创作的密切关系。同时,作家对自然景物的关注和选取,选取多少数量移植入自己的创作中,这些都能反映出作家的情感好恶和审美趋向。那么,姜敬爱小说中经常出现的自然景物有哪些呢?

# 第一节　情有独钟的自然意象

严格地说,景物描写在姜敬爱东北时期的小说创作中所占的比重并不大,鲜有不关涉作家或主人公思想倾向或审美心理的大段大篇幅的景色描绘和铺张,这一方面表明作家非常吝惜笔墨,决不允许自己放任感情,为写景而写景的严谨的创作态度,另一方面也说明自然景物描写并非作家描绘的重点,只是起到陪衬人物思想和行动的功能。如果把姜敬爱小说景物描写中涉及到的自然意象细致地剥离、分类并加以排列,可以窥见到作家独特的心理感受和审美好恶,进而也能捕捉住其强烈的思想动意。姜敬爱笔下常常出现的自然意象可从天体类、天气类、季节类、植物(花草)类和动物类等角度进行透视。

天体类自然意象是作家描写得较多的自然景观之一,包括太阳、月亮、天空、星星等。其中太阳有夕阳、阴沉沉的太阳、金色阳光等;月亮有皎洁的月亮、月光等;天空有湛蓝的天空、蓝色的天空、灰蒙蒙的天空、昏暗的天空、令人晕眩的天空和黑漆漆的天空等;星星有群

---

① 刘勰:《文心雕龙·明诗篇》。转引自王运熙、顾易生主编:《中国文学批评史新编》(上册),上海:复旦大学出版社,2001年,第133—134页。
② 陆机:《文赋》。转引自王运熙、顾易生主编:《中国文学批评史新编》(上册),上海:复旦大学出版社,2001年,第134页。

星、蜘蛛网般的星光、忽闪忽闪的星光、朦胧的星光、惨白的星光、冷冰冰的星星和高悬着的星光等。

天气类自然意象可谓是作家着意关注和写得最为细致和充分的自然景观，包括风、雨、雷、雪、雾、云、霞、露等。其中，风有微风、寒风、阵风、狂风、凉爽的风、凉飕飕的风和凛冽刺骨的风等；雨有烟雨、细雨、暴雨、雨珠、雨柱、淅淅沥沥的雨、噼啪落下的雨点、雪水般的雨珠、倾盆而下的大雨等；雷有撕破耳膜的雷声、雷鸣、电闪雷鸣、雷声摇曳等；雪有暴雪、鹅毛大雪、雪花、雪片、纷纷扬扬的大雪等；雾有雪雾、雾霭、乳白色的雾霭、无尽的烟霭、雾气蒙蒙等；云有黑压压的乌云、火红色的云彩等；霞有霞光、晚霞等；露有露珠、露水等。

季节类自然意象在姜敬爱小说中出现最多的是秋季和冬季，春季和夏季较少被作家特别提出予以强调，而秋季和冬季中又重点描写冬季。也就是说，姜敬爱小说的自然背景多设置在凄凉冷寂的深秋或寒风刺骨的寒冬。而与此相关的时间类自然景物就是黄昏与黑夜，如朦胧的黄昏、漆黑的夜晚、阴雨绵绵的夜晚等。

比较典型的植物类自然意象包括松林、白杨树、柳树、槐树、杏树、枫树和高粱、谷子、玉米秸、倭瓜藤、葫芦藤等。其中，松林、白杨树是姜敬爱小说中最常出现的树木意象，鉴于前有论述，在此不再赘述。高粱、谷子、玉米、倭瓜和葫芦等具有象征意味，因为它们是底层民众的主要食粮和必需品，与民众们的日常生活密不可分，可是对豪门贵族而言则是不能登大雅之堂的劣等粮食和用品。由此看出作家的人民性，正因为姜敬爱非常熟悉和了解朝鲜底层民众的生活，因此才能将这些象征民众生活和身份的意象写入作品中。与此相关的花草类植物有芍药花、扫帚梅、薂草花、海棠花、野花和绿草、杂草、湿漉漉的草叶等，这些花草类植物不需施肥，也不用精心养在温室里呵护，而能够耐受住狂风暴雨的侵袭，有着顽强而旺盛的生命力，与高粱、玉米、谷子等粮食作物一样具有原始性、自然性和象征性，是姜敬爱小说突出的亲民性的植物意象。

　　此外,篱笆也是姜敬爱作品中被经常提及的意象。篱笆,俗称"杖子",或"障子",是自古代起就在中国特别是北方农村中常见的院落设施,一般用树枝、芦苇、秫秸、玉米秸或者木板编成,南方多采用竹子编制,环绕于房屋和院落,作为与外界的隔障,起到保护作用。因为篱笆是普通民居生活必备品,因此也时常被古代一些关心民间疾苦的诗人和墨客们写入作品中。譬如,宋代刘克庄在《岁晚书事》诗中写道:"荒苔野蔓上篱笆,客至多疑不在家。"篱笆长时间未做修整和打理,上面长满了苔藓和野藤,以致到访的客人误以为主人出远门不在家里,这里的篱笆俨然成为外客判断主人是否在家的物象,宛若酒肆外面悬挂的酒幌子。元代缪鉴的《咏鹤》诗也有"青山修竹矮篱笆,髣髴林泉隐者家。"更将篱笆与隐者联系在了一起,青竹、篱笆、山林、泉水相得益彰,突显了安逸静谧的气氛和与大自然合而为一的隐者的情趣。朝鲜古代深受汉文化影响,篱笆自然也会入于诗人的视野和创作中,这是姜敬爱接受篱笆意象的传统心理因素。另一方面,文学是社会生活的反映,朝鲜底层民众缺衣少食,生活困苦,只能充分利用自然的赐予,用枯树枝或秋后打场剩下的秫秸、玉米秸等夹杖子,这在当时是一种普遍现象,姜敬爱借助这一物象真实地再现了朝鲜民众生活的现实。

　　动物类自然意象有小鸟、乌鸦、麻雀、蜘蛛、蚂蚁、青蛙、屎壳郎、虫子和蚊子等。相比白鹤、黄鹂、杜鹃、蝉、蜜蜂等,这些都是不起眼的小动物,不仅在动物界属于弱势和边缘群体,而且历来被大多数文人骚客所唾弃和排斥,然而作家偏偏对它们情有独钟,选取它们作为对象加以细致观察和精心描摹,意在表达自己的动物观,即生命不分贵贱,都是平等的,都应得到公正的对待。譬如:

　　东方天空上高高升起的太阳被白雪反射成耀眼的光彩,刺得人的眼睛睁不开。在那边土岗子上觅食的一对乌鸦朝着前山飞去。①

路两旁盛开着叫不出名字来的红色和黄色的野花。绿草地里，蚂蚁在挖着地洞，屎壳郎奋力搬运着牛粪。原来动物世界也是如此，充满一片生机。②

广阔的田野上洒满了阳光，一群宛若贝母的小鸟穿过蓝蓝的天空展翅飞翔。③

另外，这种动物观也鲜明地反映了姜敬爱的庶民思想，即底层民众在精神上是高于那些剥削者和压迫者的。从这个意义上说，小鸟、乌鸦、蚂蚁等小动物正象征着在社会中失去话语权的朝鲜底层民众。

上述自然意象在小说中并非昙花一现，而是随处可拾，不能不引起读者的注意。特别是夕阳、晚霞、黄昏、黑夜、风、雨、雪、雾等一些带有鲜明负面意义的自然景象更是频繁、交叉地出现于小说中，如风裹着雨、雨夹着风、狂风暴雨、电闪雷鸣等，强烈地烘托着主人公所在的社会背景和环境，有力地增强了小说的艺术感染力。

# 第二节　景由情生

作为各自独立的主体，山、鸟、虫、鱼等自然界中的万物绝不单纯是客观的存在，而是与人特别是作家的思想和情感发生共鸣的主观

① 〔朝〕姜敬爱：《破琴》。转引同上，2002 年版，第 427 页。
② 〔朝〕姜敬爱：《那个女子》。转引同上，第 437 页。
③ 〔朝〕姜敬爱：《有无》。转引同上，第 493 页。

感情的自然投射,是作为主体的人意识活动的产物。犹如雄伟挺拔的泰山、高耸入云的华山,千万年来屹立于此,本是独立自由的客观实体,但是因为它实现了历代统治者登顶封禅的心愿,契合了文人墨客闲适洒脱的心理趋向,满足了攀登者览胜猎奇的感官享受,从而一跃成为庄严、肃穆、神秘而充满灵性的神山,被赋予种种神话和传说,不断受到后来者的顶礼膜拜。可见,景物无语,是作为审美主体的人将主观的感情有意投射的结果,这就是景由情生的道理。那么,是否存在不掺杂作家或主人公任何情感好恶和主观审美判断的景物描写呢? 回答是肯定的。然而,单纯的景物描写在作家作品中所占比重一般很小,除非像西方浪漫主义流派那样将尽情地书写和讴歌大自然作为自己鲜明的美学主张。姜敬爱小说也是如此,仅能选出几例比较客观的景物描写:

　　1.佛陀山迎来了秋天,一片苍翠。山峰的上空,一碧如洗。①

　　2.太阳留下通红的晚霞落到西山去了,盘绕在山上的朵朵云彩变成了粉红色,晚霞映红了海水,映红了日暮时分的岛屿。②

　　3.在挂满露水的白杨树林里能嗅到晚春浓郁的芳香。③

　　4.草下晃晃悠悠地结满了露珠,看起来好像是夜空中的星星。草尖上凝结的无数露珠驱散了黑暗,更发出它那明亮的光。④

　　5.天空仿佛大海一般豁然开阔起来,远处火红色的云彩悠悠地飘浮着。⑤

①〔朝〕姜敬爱:《人间问题》,江森译,北京:人民文学出版社,1982 年,第 102 页。
②〔朝〕姜敬爱:《破琴》。转引同上,2002 年版,第 420—421 页。
③〔朝〕姜敬爱:《那个女子》。转引同上,第 432 页。
④〔朝〕姜敬爱:《同情》。转引同上,第 541 页。
⑤〔朝〕姜敬爱:《地下村》。转引同上,第 597 页。

例 1 从作家的视角交代时空（秋天、佛陀山），勾勒此时此景的自然状貌，即苍翠的山峰和碧蓝的天空，是典型的秋景。例 2 也是从作家的视角描写日落西山，晚霞出现，海、天及其周围的岛屿都被晚霞映照得披上了红装，由此自然地引入男女主人公亨哲和惠京（《破琴》）的爱情故事，毫无突兀之感。例 3 的景物描写（《那个女子》）只有一个单句，独立成句，仿佛作家的偶然一瞥，信手拈来。例 4 描写故事叙述者"我"与女主人公山月（《同情》）并排走过山野草丛时，凝结在草丛上的露珠映入眼帘时的观察和感受，显得自然而贴切。例 5 是对《地下村》的主人公七星乞讨路上的景物描写。这些景物描写相对比较客观，基本不掺杂作家或主人公的感情好恶，也不服务于人物的心理需求，在小说中只起到上下段之间衔接和过渡的作用。

但是，从思想层面看，这种单纯的景物描写只具有结构功能，无法从中探视作品主题和人物性格的蛛丝马迹，影响式微。相反，作家多喜欢选取积极的、有利于烘托人物情感的景物细致描摹，因之而出现的景物描写就极大地渗透了作家或人物的主观情感和喜怒哀乐，更具有人情味和咀嚼回味的余地。好比哥特式教堂的建筑艺术，为什么设计成尖形拱门和高耸的塔尖呢？这就是借此形成飞天的气势，以激发欣赏者向往或皈依天国的宗教情感。

姜敬爱小说中景由情生的句子和段落很多，下面举例分析。

1. 竖立在水平线上而无定处的白帆红帆垂到绝壁上，被风鼓动得发出松树摇曳般的声音，看起来甚是孤独。波涛撞在岩石上，被击得粉碎，再撞，一次……又一次……好像是人为生存而斗争……①

2. 亨哲一家四口动身去满洲的前夜，飘落的鹅毛大雪把整

①〔朝〕姜敬爱：《破琴》。转引同上，第 417 页。

个世界装裹成银白色,挂在枝条上的雪团倏地掉落下来。①

　　例 1 是作家在小说《破琴》中通过主人公亨哲的视角眺望海上的情景。海上风浪很大,鼓动着船帆发出巨大的声响,红帆、白帆指的是正在海里打鱼的朝鲜渔民的船只,分散在各处,恰似孤立无援的生者,独自抵抗着风浪,显得孤独凄凉。而波涛撞在岩石上,被击得粉碎,仍不气馁,再次积聚力量冲击礁石,如此反复,就把为了生存不顾风浪辛苦捕鱼的朝鲜渔民的形象及其生活图景真实地再现于读者的眼中。例 2 中,亨哲全家虽然移民到中国东北,可是他们的前途和未来会怎样仍然是渺茫不可预测的,作家站在注视者的角度,用"飘落的鹅毛大雪"比喻男主人公将要遇到的障碍和困难,用"银白色的世界"寓示其前途的渺茫。

　　1. 亮晶的月亮,升起在黑魆魆的佛陀山上空,仿佛也故意不睡觉,来嘲弄他的木拐似的。②
　　2. 他一路想着,来到了怨沼。碧绿的水波仿佛在默默地欢迎他。潺潺的水声,像在絮语,诉说惜别之情。
　　他望望凝聚着一颗颗露珠的草丛,再一次领略到大自然的和谐的情趣。一对大鹅,伸着长脖子在水里游动,碧绿的水面上映着一双雪白的影子,多么情真、纯洁的一对情侣! 他不由得站起身来。③
　　3. 仁川的黎明。一切都呈现着暗灰色,凉爽而芬芳的空气,给大地带来了春天的消息。

①〔朝〕姜敬爱:《破琴》。转引同上,第 427 页。
②〔朝〕姜敬爱:《人间问题》,江森译,北京:人民文学出版社,1982 年,第 12 页。
③〔朝〕姜敬爱:《人间问题》,江森译,北京:人民文学出版社,1982 年,第 81 页。

　　码头上挤满了数千名工人。他们眺望着即将破晓的东方的天空，决心更坚定了。①

　　例1中，入夜，月升上空，这是老李头习以为常的自然轮回，是自然界的本真状态，可是今夜的月亮令他不安和烦闷。因为他身有残疾，腿瘸，不能自食其力，与阿大妈搭伙过日子。他对阿大妈夜晚出卖肉体赚取一点生活费的行为睁一只眼闭一只眼，本来这就够委屈和窝囊的了，而面对自己的女人被人辱骂、欺侮和毒打，却无能为力，想劝架却被对方一脚踢倒在地，连木拐也甩掉了。他气愤地来到外面，抬眼看到了亮晶的月亮，觉得分外刺眼，认为月亮也和那些欺负他们的人一样，故意不睡觉，等待着来嘲弄他的软弱和无能，给他已经受伤的心灵以最后的一击。这是审美主体人的恶劣情绪投射到自然物的结果，即他把人世间无处排解的委屈和怨恨发泄到了月亮身上，使得月亮这一自然存在物被处置到了对立面，成为负面形象。

　　例2是小资产阶级知识分子信哲的观感。他随恋慕他的地主之女玉簪来到家里，却爱上了其家使女善妃。善妃的麻木和冷漠令他激情消退，但仍心有不甘，想在离别之际能在怨沼（善妃常来此洗衣服）见上她一面，诉说思念和惜别之情。他的重重心思和苦闷情绪也深深感染了碧绿的水波，它也默默地迎接他，并向他告别，生怕搅扰了他的心境。凝望着草丛上的一颗颗露珠和倒影在水面上的一对大鹅雪白的影子，他不禁生发感慨："多么情真、纯洁的一对情侣！"由景生情，联想到自己若能和善妃结缘，该是多么和谐纯真的一对啊！可是残酷的现实打破了他的幻想，尽管如此，他不想破坏这静谧的自然和美好的想象，决定起身离开，就让善妃活在自己的心上吧！

　　例3是透过觉醒后的码头工人的视野描写仁川港的黎明景象。

---

① 〔朝〕姜敬爱：《人间问题》，江森译，北京：人民文学出版社，1982年，第228页。

在过去,思想落后、未被先进思想组织起来的工人们虽然每天都在迎接黎明,可是生存与竞争的压力使他们无暇顾及欣赏美景,周围的景象都被灰暗、纷乱、肮脏和劳累所取代。而今,有了先进思想的指导,他们对社会和阶级的认识深刻了,因而充满了斗争的欲望。在他们的眼里,此时的空气凉爽而芬芳,是大地的春天的使者,而即将破晓的东方的天空则预示着新生活的开始。

由景生情,能够引起人的各种感想,是古今中外许多作家惯常采用的写景方法,姜敬爱也不例外,但是如前所述,她并不单纯地写景,总是让景物为人物服务,即从人物的视角去注视和关照景物,自然景色成为审美主体个人主观情感的投射物,因此,景由情生是姜敬爱小说惯用的写景方式之一。再如:

1. 最后,凉飕飕的风丝丝地吹进亭子里,裹卷着树叶。他不知怎地,浑身起了鸡皮疙瘩,随即害怕起来。①

2. 她们举目四望,太阳慢慢地落到西山,远处清晰可见的村前的柳树也很像她们生活过的三道沟前面路边的树丛⋯⋯

朦胧的黄昏笼罩她们的时候,她们更愁了。②

3. 头上鸟们叽叽喳喳地叫着,脚下溪水欢快地唱着,⋯⋯溪水里的石英石白皙透明,柳枝倒映出绿色的影子,宛若藓苔一般铺在水里。水中的鱼儿们双双挤在一处,恐怕它们也会结队而游吧。③

4. 松林暗了下来,不久黑夜降临了,周围显得更可怕了。④

---

① 〔朝〕姜敬爱:《足球赛》。转引同上,2002 年版,第 474 页。
② 〔朝〕姜敬爱:《盐》。转引同上,第 511—512 页。
③ 〔朝〕姜敬爱:《烦恼》。转引同上,第 587—588 页。
④ 〔朝〕姜敬爱:《山男》。转引同上,第 645 页。

　　5. 街上漆黑，天上的星星冷冰冰的，只有路灯将它那惨白的
光投射到地上。①

　　6. 此时，月光泻在洋铁棚顶上，似乎发出嗒嗒的敲铁片儿的
声音，很是壮观。②


　　例1是《足球赛》的主人公承浩独自坐在凉亭里等姬淑时的心理
感受。吹进亭子来的凉丝丝的风，给他心理上的感觉是冰冷的、孤独
的，因为这使他想起了一年前发生在学校里的大缉捕事件，当时许多
同志被日本宪兵队抓走，而事发当天的天气也是这样的冷。另一方
面，他之所以"浑身起了鸡皮疙瘩，进而害怕起来"，是因为冷风穿过
皮肤刺激了他的联想，当时被捕入狱的同志们都穿着单薄的衣服，他
担忧同志们以单薄虚弱的身体能否承受住监狱的冰冷潮湿和日寇的
酷刑拷打。

　　例2描写《盐》中的奉艳妈母女俩被赶出地主家，无处投宿的惨
境。她们望着慢慢落到西山下的太阳，心里一片茫然，因为太阳落山
意味着夜晚的到来，而此时的她们却无处可去，无宿可投。当她们的
视线落到村前一排柳树的时候，不禁想起来乡下自己家门前路边上
的柳树林。同样景致唤起的亲切之感丝毫缓解不了内心的失落和忧
愁，而朦胧的黄昏更加剧了这种落魄和痛苦的感受。

　　例3是通过《烦恼》中的"R"的眼睛看周围的景色，是一幅人、
鸟、鱼、水等自然界中的万物安乐和谐的美丽图画，可见"R"的好心
情。此时的他正沉浸在暗恋战友之妻继淳的单相思中，因此映入眼
帘的一切都是美好的、欢乐的、幸福的。鸟儿的叽叽喳喳，是在赞美
他的爱情；溪水的欢快歌唱，是在传播他的福音；石英石的白皙透明，

————————

① 〔朝〕姜敬爱：《黑暗》。转引同上，第672页。
② 〔朝〕姜敬爱：《黑蛋》。转引同上，第701页。

是在辉映他的执着;柳枝的婆娑倒影,是在抚慰他的心灵;鱼儿的成双结对,是在暗示他的成功。总之,他那幸福而乐观的爱情之眼落到哪儿,哪儿就被涂了色,上了彩,变了形,这便是景由情生的妙处。

例4是《山男》中公共汽车被困在悬崖边上时,透过叙述人"我"观察到的景色。"松林暗了下来"表明车子困在这里已经很长时间了,很难自救。白日消逝,黑夜降临是自然界的正常更替和变化,不至于引起叙述者的害怕心理,况且一车人都在此。那么,"我"为什么会产生"周围显得更可怕了"的感觉呢? 这是由人物的心理因素而导致的情感外射。夜晚降临意味着延长了与母亲见面的时间,而"我"因为惦念患病的母亲,担心回去晚了会遗憾终生,这是由心理焦虑引起的恐惧之感。另一方面,这种景物描写也为主人公的出场和行动起到了铺垫和蓄势的作用。面对陷入绝境的汽车,二十多人束手无策,延误时间以致黑天,救车之难有力于突出主人公山男的英勇之举和奉献精神。

例5是《黑暗》中的英实得知哥哥被处死的消息后走在回家路上的心理感受。哥哥的惨死,泼灭了存留在心里的最后希望,她心灰意冷,对世界失去了信心和爱。以这样的心理看待眼前的现实,她不禁产生孤寂、黑暗之感。原来没有几步路的家现在是那样难以到达,天上的星星冷漠地注视着她,路灯也向她发出惨白的光,陪伴她的只有自己那在地上缓慢移动的孤影。此情此景,不正预示着现实的黑暗吗? 可见,这一景物描写切中了小说的主题。

例6传达出《黑蛋》中的K老师克服内心的焦虑并坚定理想后的感觉。受时局动荡和社会环境突变的影响,K老师在是否转向的问题上一直犹豫、徘徊。经过反复而激烈的思想斗争,他终于顶住了压力,保持本色不动摇。解决了这个问题后,他顿感轻松而畅快,仿佛呼应他的心声,无声的月光泻在洋铁棚顶上,犹如"嗒嗒"的敲击铁片的声音,富有气势和节奏感。

上述因情写景、景随情生的例文均是景映衬情,情诉诸景,两相呼应的范例,这类景物描写中还有一种是景反衬情,情背离景,两者悖谬的例子,譬如:

1. 月亮皎洁。被白雪映照的月光也更加明亮,可是那个月亮好像一具尸骸似的露出白白的牙齿在哭泣。①

2. 不知不觉间,夕阳洒满大地,角角落落布满了黑色的影子。远远挂在那边地平线上的太阳兀立不动,兀立不动,仿佛在嘲弄我。②

3. 走! 他利落地从篱笆前面退下来,眼睛正落在前面的大石英石上,不知怎的,石英石看起来很黄。

……

倭瓜藤和葫芦藤纵横交错地缠绕在篱笆上,篱笆边上长着一溜儿玉米秸,稍远一点有一棵杏树和一些高大的扫帚梅。扫帚梅肆无忌惮地望着天,叶子自由地舒展着,在微风中轻轻地晃动。不知什么原因,七星感到自己都不如那些草木自由,于是叹了一口气。③

4. ……走上到处盛开着海棠花的沙岗,围绕着白沙铺就的素带,青山与大海宛若结成美满姻缘的新郎新娘姿态妖娆,肩并肩地窃窃私语。④

例1是小说《有无》中福纯爸讲述梦中被"B"们拖曳出牢房的情

---

① 〔朝〕姜敬爱:《有无》。转引同上,第487页。
② 〔朝〕姜敬爱:《烦恼》。转引同上,第588页。
③ 〔朝〕姜敬爱:《地下村》。转引同上,第616页。
④ 〔朝〕姜敬爱:《长山串》。转引同上,第658页。

景。皎洁的月光带给人的本应是宁静祥和的气氛,可是在白雪的映照下,人间的惨剧(日帝打人、杀人)令它失魂落魄,不寒而栗。它虽然高坐于苍穹,目视着人间,却俨然变成一具僵尸,只能发出惨白的亮光。作家采用比喻和拟人的修辞手法,把明亮的月光比喻成"一具尸骸似的露出白白的牙齿在哭泣",从而传达出日寇的酷刑和野蛮是多么的令人发指,惨不忍睹。在此,客观的景物与人物的情感不是和谐共生的关系,而是背离和反衬的关系。

例2是《烦恼》中的一段景物描写。"我"因不知如何面对继淳而不敢回家,下班后仍踯躅于校园,陷入情感与理智的较量中。理智上,"我"明白不能对战友之妻产生非分之想,何况此时战友还身陷囹圄,每日遭受日寇非人的虐待和折磨,可是在情感上,"我"却无法控制自己对继淳的爱慕之情。夕阳西下,即将西落的太阳似乎看透了"我"的心思,停止了移动,嘲弄着"我"的自私和背叛。作家连用了两个"兀立不动",就将夕阳设置到"我"的对立面,成为评判"我"、审视"我"灵魂的审判官。

例3是透过七星的视野和心理观看周围的景致。石英石是自然物象,在作家小说中多次出现过,如"溪水里的石英石白皙透明",或者将其作为喻体增加其形象感,如"荻草花仿佛浸在水里的石英石,远远地发着明亮的光"。可见其光洁明亮的特点。可是,七星眼里的"石英石看起来很黄",这是受七星恶劣心情干扰的结果。因为七星暗恋着盲女大丫,一直想找机会向她表白,无意中却听母亲说她要出嫁了。一时着急起来,他想当面质问大丫,并一度起意若是大丫执意出嫁就杀死她,然后自杀,可是没见到大丫,这个念头也就放弃了。受败坏心绪的影响,原本晶莹剔透的石英石在他的眼中也变成了浑浊肮脏的黄色,仿佛将被玷污的大丫。

倭瓜藤、葫芦藤、篱笆、玉米秸、杏树等物象在农村民居的庭前屋后最为常见,尤其是扫帚梅不需呵护,自然天成,具有旺盛的生命力,很像吃苦耐劳的普通民众。平时,七星出来进去,视而不见,可是此刻因为心情不好,映入其眼帘的高大的扫帚梅就显得特别刺眼夺目。"扫帚梅肆无忌惮地望着天,叶子自由地舒展着,在微风中轻轻地晃动。"作家采用拟人手法,通过扫帚梅的健康生长、自由自在和高傲自持来反衬七星的身体残疾、身不由己和自卑心理,这里的景物描写充分起到了比照反衬的作用。

例4是《长山串》中描写男主人公亨三重回妻子跌落海里的地方狮子石所看到的景色。自从妻子在此遇难后,亨三出于忌讳从未到过这里,今天为饱果腹被迫来此捡些贝类充饥。当他走上盛开着海棠花的沙岗,映入眼帘的是一幅美丽的自然景观:闪闪发亮的细软白沙、远方葱绿的青山和一望无际的大海。被这幅美景所炫目,亨三产生了视听幻觉:在白沙铺就的素带上,青山和大海宛若结成美满姻缘的新郎和新娘,手拉着手,肩并着肩,姿态妖娆地缓步向他走来,边走边窃窃私语。这实际上是他过度思念亡妻产生的幻象,即眼前的美景与心中的思情发生强烈的碰撞和冲突,搅动了多日不敢正视只是隐藏在内心深处的思念亡妻之情。此处的景物描写也是为了反衬主人公内心的痛苦情思而存在的。

综上所述,姜敬爱小说尽管也有单纯的景物描写,但是只起到段落之间自然过渡和衔接的作用,不是作家创作的重点。作家写景重在景由情生,上述大量的具体实例充分说明了这一点。而景与情的内在关系包括两方面,一是景烘托情,景物描写起到渲染和烘托人物感情的作用,两者和谐与共,相得益彰;一是景反衬情,景物描写起到反衬和比照人物感情的作用,两者互为对立,含沙射影。

## 第三节　情景交融

自然界中的形象异彩纷呈,美不胜收,但是不能全部被诗人和作家所接受。诗人和作家对自然景物的选择是有意向性和目的性的，他（她）总是带着某种情绪看待景物，一旦某一物象引起强烈的心理共鸣或刺激，产生心灵感应，就会激发出想象，进而创造出优美动人、相得益彰的景物描写的篇章。然而，当时事变奏、政治高压的特定条件下，诗人和作家的思想和感情失去正常表达和倾诉的途径时，就会诉诸自然景物描写，借景抒情，托物言志，从而景生发情，情溢于景，达到情景交融的效果。姜敬爱小说情景交融的景物描写也很多，而且常常出现在小说中的人物产生心理冲突或命运发生变化之际，起到烘托人物心理，表达作家思想和感情的作用。试举几例：

1. 道路两旁密匝匝的高粱和谷子随风摆动，沙沙作响，仿佛是乘着水波飘来的钢琴声；听听，像是在身边，再一听，又像在梦中听到的声音一样飘渺不定。但是，那声音确确实实刺疼了她的心。她想象着玉簪弹琴的样子，用手捂住了耳朵。①

2. 太阳升起来了，满天红光。工人们抬头望着太阳，深深感到了团结起来的力量的伟大！今天，太阳也仿佛想看看他们团结的气势，喷喷薄薄，向高空升起。工人们顿时感到心胸开阔，仿佛能把阳光下的闪闪发亮的大海都拥抱在怀里。他们眼睛里看到的一切，好像都变得新鲜起来，都在纷纷向他们致意。②

3. 姬淑的脑海里迅速浮现出去年这时候大搜捕时，为了藏匿同志们深夜四处奔走的情景。那时也很讨厌的那个月亮又升起来了！她斜视着它，不知怎地，环顾四周也好像是那天夜里似的。③

---

① 〔朝〕姜敬爱：《人间问题》，江森译，北京：人民文学出版社，1982年，第165页。
② 〔朝〕姜敬爱：《人间问题》，江森译，北京：人民文学出版社，1982年，第229页。
③ 〔朝〕姜敬爱：《足球赛》。转引同上，2002年版，第475—476页。

4. 大海沐浴着阳光, 宛若羽缎般柔和闪烁。蓝色大海的无边无际的水平线蕴含着无限的哀愁, 谁说这是可怕的大海, 同时也是令人思念的大海啊。①

5. 他忽然停住了脚步, 前边一片黑暗, 只有天空下面高耸的佛陀山轮廓像云彩一样飘飘忽忽地现出。那上面的颗颗星星你争我抢地放射着光芒, 星光流过眼角, 眼泪骨碌碌地打转儿, 七星很想痛哭一场, 可是那山、那苍天对他好像并不在意。②

6. 窗外的枫叶、白杨树枝在风中颤动着, 远天偷偷地窥视着, 多么熟悉。③

例 1 是善妃逃离德浩家, 走上通向邑城大路时的心理感受。善良勤劳、逆来顺受的善妃在身心备受屈辱和折磨的境况下毅然逃出德浩家的魔窟。漆黑的夜晚, 伸手不见五指, 只能听到高粱和谷子被风吹动时所发出的沙沙声。作家将风吹庄稼的沙沙声比作"乘着水波飘来的钢琴声", 含蓄地说明这晚的风很大, 夜很静, 声很响, 喻示着善妃风起云涌的不平静心理, 因为她正处于"往何处去"的人生路口的艰难抉择中。在此, 忽强忽弱的风声及随之而起的庄稼的沙沙声, 都化作一股强大的势力压迫、威吓着善妃的神经, 唤起了她逝去的痛苦回忆。她想起了地主家小姐玉簪叮叮咚咚弹着钢琴的样子, 玉簪那不停弹动着的、被月光映射得异常白嫩的手指, 与自己不断劳作着的、关节粗大的粗糙之手形成了鲜明的对比; 玉簪嘴里吟唱着的歌声, 也像在炫耀自我的优越与高傲, 讥嘲她的无知与鄙陋。此时此刻, 由风声联想到的钢琴声, 像针一样刺痛了善妃的心, 仿佛都在讥

① 〔朝〕姜敬爱:《长山串》。转引同上, 第 657—658 页。
② 〔朝〕姜敬爱:《地下村》。转引同上, 第 615 页。
③ 〔朝〕姜敬爱:《黑蛋》。转引同上, 第 692 页。

笑她,嘲弄她,压迫着她,令她无所适从,无路可走,她不禁用手捂住了耳朵。

　　例2描写仁川码头上的工人团结的力量气吞山河,支配宇宙。"太阳升起来了,满天红光"绝不仅仅是单纯的自然景物描写,而是充满着弦外之音,因为太阳日日升起,是常景,不足为奇,可是今天的太阳不同于往日。它喻示着新的、希望的开始,工人们也不再是浑浑噩噩,不顾他人,只为自我生存而忙碌的虫豸。他们懂得了一个深刻的道理:团结就是力量,团结才能打倒和推翻压迫者、剥削者。他们以这样骄傲的心理仰望高空中升起的太阳,倍感它的红艳和光芒,射得满天红光,照亮了宇宙。这里,作家反复采用拟人手法,描写"今天,太阳也仿佛想看看他们团结的气势,喷喷薄薄,向高空升起"。太阳也被工人们团结的力量所震撼,响应着人们的心理和期待,升得很高,照得更亮。而红艳艳的太阳反馈到工人们的视野里,令他们感到心胸开阔,气壮山河,"仿佛能把阳光下的闪闪发亮的大海都拥抱在怀里"。并且,不仅是太阳,宇宙中的一切,仿佛都有了生命,都在纷纷向他们致意新生,真正达到了情景互渗、水乳交融的境界。

　　例3描写《足球赛》的女主人公姬淑由景物(月亮)引发联想的一系列心理变化。姬淑怀着紧张的心情来到S公园的凉亭,与承浩商议时局变化时如何备战足球赛的事宜。时值深秋,暗夜、凉风、树叶和冷月等周围景致渲染出一派冷落、孤寂和萧条的气氛,姬淑不禁联想起去年的此时此地,也是这样的夜晚,冷飕飕的风扫荡着一片片的残叶,日本警察展开了大规模的搜捕行动,抓走了学校里许多革命者。眼看着日寇野蛮霸道的行径,姬淑和承浩们却无能为力,不自觉地由人迁怒于物,怨恨当晚的月亮,如果没有它的照明,同志们或许能够躲避日警的追捕。而今,"讨厌的那个月亮又升起来了",睹物思人,姬淑感到又回到了那个令人恐怖的夜晚。众所周知,明月本是令人向往和思念的物象,在历代文人骚客的笔下通常被冠以正面的褒义色彩,譬如"离人无语月无声,明月有光人有情"(唐·李冶《明月夜留别》);"春江潮水连海平,海上明月共潮生"(唐·张若虚《春江花月夜》);"明月几时有?把酒问青天"(宋·苏轼《水调歌头》)。可是,由于心理的恐惧和排斥作用,姬淑不喜欢这个挂在夜空中的月亮,于是痛恨地斜视着它,这是将内在的情感移植到景物(即移情)当中进行透视的结果。

例4是作家在小说《长山串》中用景物烘托出亨三对大海既怕又想的复杂而矛盾的心理。作为生活在海边的渔民,大海是生养他、供给他食粮的自然母亲,他热爱大海,曾经多少次迎着旭日东升的太阳,划着涨满风帆的渔船,踏着波光粼粼的海浪去捕鱼。可是,这一切都成为过眼烟云,因为船在暴风雨中失事,他被日本渔场主吉尾剥夺了出海捕鱼的权利。这意味着断绝了他的供给和食粮,因断顿而饥肠辘辘的亨三无精打采地走到海边,打算捡食些可吃的东西。此时,沐浴着阳光的大海,纵然羽绒般柔和闪烁,他也感受不到温暖;纵然碧空般蔚蓝清新,他也感受不到甘甜。而映现于其视野里的海天相接的地平线,纵然神秘飘渺,也蕴含着无限的哀愁。景衬托情,情溢于景,主人公亨三对大海的感情是复杂而矛盾的,一方面,感到它是苦的、咸的,因为它掀起的风暴不仅使自己失去了工作,而且吞噬了与自己相依为命的爱妻;另一方面,认为它是甜的,因为只有它才能给自己带来对过去的美好回忆和对未来生活的希望。因此,作家这样表现笔下主人公的心理:"谁说这是可怕的大海,同时也是令人思念的大海啊!"

例5描写七星意外获悉心仪对象大丫将要出嫁时的心绪。苦难的生活并未泯灭七星本能的爱情追求,他暗恋着邻家盲女大丫,期望通过自己的努力乞讨积攒一份求婚的资本———一块布料,可是大丫出嫁的消息仿佛晴天霹雳彻底击碎了他夙久的梦想。他顿感内心的支柱倒塌,前途一片黑暗,失去了生活的动力。这里的"前边一片黑暗"具有双重含义:一是自然现象中的日月交替,星移斗转;一是暗喻人在遭受意外打击时表现出的精神状态:眼前漆黑,似罩上一层黑幕。高耸的佛陀山透过泪水反射到视网膜上是模糊不清的,"像云彩一样飘飘忽忽",似动非动,似静非静。本来,夜空明亮,星光耀眼,可是在因追求失败又无处诉说的七星的透视下,这些真实的自然景观也云遮雾绕、暗淡无光,显然这是人物视觉虚幻的结果。倍感失落和屈辱的七星强烈地希望高山、星空等身边的自然景致也能够呼应其受挫的心理,与他共伤心,同哭泣,以使失落和委屈的情感得以消释和宣泄。然而,高山和星空一如残酷的现实,对他的心理诉求无动于衷,冷若冰霜。"可是那山、那苍天对他好像并不在意",则进一步渲染了七星孤独无助的痛苦心理,这无疑使他的心灵再次受到创伤。通过人、情、景相互交融的细致描写,作家巧妙地表达了对笔下主人公不幸命运的深切同情。

例6描写K老师矛盾、焦虑的心理。在日帝的疯狂反扑和大规模围剿下,曾经激情澎湃、如火如荼的革命斗争形势转眼间步入低潮,一些革命者开始转向,这种风潮不能不影响到K老师的前途选择。崔校长也在逼他转向,出卖祖国,出卖良心,为日本人做事,否则就剥夺他授课的权利,将其逐出学校。在强大的压力下,他的内心有如被风吹动的树枝般纷乱焦虑,这里的"风"隐喻社会上的"转向之风",枫叶、白杨树叶则隐喻处在孤独境遇中的K老师。"在风中颤动",说明转向之风强大,能否抵御住这股转向之风的逆流,对K老师而言不能不说是严峻的考验。"偷偷窥视"的远天则是以崔校长为代表的日帝势力,多日来如影随形地跟踪、监视着K老师,逼他妥协、就范。在此,窗外的枫叶、白杨树枝、远天都是人们日常生活中的自然存在,可是经过K老师视觉的过滤和移情,就与人的归属特征有机地联系起来,从而达到情景交融的效果。

总之,姜敬爱小说中的景物描写自然而贴切,含有目的性。作家绝不单纯由景生情,为写景而写景,而是景生于情,景随情生,并且常常采用比喻、拟人等修辞手法来表现。这种借客观景物的反映烘托、反衬人物主观感情的写法,不仅简捷迅速地使读者了解和认识人物的心理,而且能够透视到作家的爱憎情感,有利于小说主题的深化。不足之处,过早也比较容易暴露作家的创作意图和人物的内在心理,功利性较强。

# 第九章　姜敬爱中国东北时期
# 小说创作的审美意蕴

　　"意蕴"顾名思义是指蕴含在文艺作品中的内在意义,审美意蕴则是指渗透于文艺作品内在的作家情感、时代精神和文化底蕴等。审美意蕴通常借助于语言文字、意象元素和象征结构等艺术手段,以某种模式或者一定的范式隐晦地体现出来,读者必须仔细解读,才能发现隐含在作品字里行间的内在意义。从这个意义上说,审美意蕴具有多义性和多层次性,需要读者深入其中,参与共同的创造,而且要超越被作者表现的客体层次中特别确定化了的东西,细读品味。而探究文学作品内在的审美意蕴,不仅可以深入洞悉作家的创作动机和情感偏向,而且更好地挖掘和实现作品的艺术价值,同时还能提高读者的审美感受和认识能力。

　　姜敬爱中国东北时期小说创作的审美意蕴可以概括为悲戚、哀愁和沉郁。这些概括性的词语所涵盖的"美学质素"①还可延伸为痛苦、凄凉、悲哀、愤懑、抑郁、惆怅等,举出每一个,都会立刻牵引出小说中相应的形象和情节。而弥漫于小说中的这种审美意蕴表现得并不复杂和隐晦,读者容易辨识、读解和认知,主要以眼泪和凄风苦雨等为意象载体而予以呈现,其产生源自于作家独特的审美观。

―――――――――

① 〔波兰〕罗曼·茵格尔顿:《文学的艺术作品》。转引自胡经之主编:《西方文艺理论名著教程》(下),北京:北京大学出版社,1989年,第275页。

# 第一节　悲凄之泪

从人物命运和结局的设置与安排上看,姜敬爱小说呈现出悲剧之美。为此,作家调动多种艺术手段营造和渲染孤独哀愁、悲凄痛苦的气氛,眼泪就是其中最为突出的意象之一。根据粗略统计,姜敬爱笔下的男女主人公几乎没有不流泪的,而流泪的原因也各异。

因物资匮乏、饥寒交迫而流泪。古者云:"王者以民为天,而民以食为天。"在社会动荡不安、物资极度匮乏的时代环境下,处于社会底层的民众如果失去了赖以为生的土地或者钱粮等物资,就意味着生命受到了威胁,难以存息,更别提其他的精神需求了。姜敬爱在小说中用大量的篇幅描绘了这一可怕的现实,阅读小说,主人公的泪水扑面而来。

金三子(《月谢金》)因为交不起学费,不敢迎视老师犀利的目光,更害怕老师叫他,就深深地低下头。同时,委屈的泪水盈满了眼眶,他问着自己,"妈妈为什么没有钱?"可是怎么想也想不明白妈妈为什么没有钱交学费。由于过于思虑和紧张,他感觉眼皮跳着疼,泪水也扑簌簌地流下来。于是,他用手掌左一把右一把地抹着眼泪,心里更加惶恐不安。显然,家庭为什么陷入困境,妈妈为什么没有钱的道理,对于不到十岁的孩子来说是难以理解的。

同样,中学时,"我"(《二百元稿费》)不仅因为无钱交学费而"放声痛哭",还因为羡慕同学的围脖而天天流泪。这种心结并未随着"我"的成长、结婚而消逝,反而愈发强烈,因此获得二百元稿费后,"我"便萌生购买心仪已久物品的欲念。意外的是,这一想法遭到丈夫的阻拦而落空,"我"伤心地孩子般地嘤嘤哭起来。想到被丈夫赶出家门,孤独而绝望的"我的泪水又扑簌簌地掉下来"。乃至后来醒悟到自己的错误和自私后,"我"不是腼腆而笑,而是"一下子哭起来"。当然,"这哭声与刚才那哭声有着巨大的差异",这是与丈夫和解后的懊悔、感激和喜悦的泪水。

七星(《地下村》)一家更是每天与泪水为伴。小妹为吃不饱哭泣,七云为无药治疗眼病哭泣,七星为自己的残疾和不幸命运哭泣,妈妈则为贫穷的生活和饥饿的孩子哭泣。小说描写,每次看着英爱含着乳头吃不饱的样子,"妈妈的泪水就扑簌簌地流下来。要是这泪水能化作奶水流淌进英爱的嗓子里就好了。想到这儿,妈妈不由得一阵钻心地痛"①。这是没有奶水的母亲的无奈之想,渴望泪水化作奶水,蕴含着抽干自己奉献孩子的伟大的母爱情愫。

此外,饿得直哭的亨三(《长山串》)女儿们的泪脸,坚强的硬汉子壮士(《父子》)脸上那控制不住的泪水,福纯妈(《有无》)脸颊上的两道泪痕和奉艳妈动辄就有泪水溢出的泪眼,这些形象无一不跃然于读者的视野里,挥之不去。

因失去亲人、过度思念而哭泣。《人间问题》开头介绍的怨沼就是很早以前龙渊村那些失去父母的孩子和死了儿女的老人,"都齐集在金知家的院子里,哭爹叫娘,呼儿唤女,嗓子哭破了也不肯离开。他们哭了又哭眼泪越聚越多,一夜之间淹没了金知家"而形成的大水池。因此,"怨沼"就是朝鲜民众眼泪、苦难的意象。

奉艳妈看到丈夫脖子上汩汩流淌的鲜血,一时受到惊吓,失魂落魄。直到快天亮时,她才转过神来,意识到丈夫离她而去了,这才"哎哟"、"哎哟"悲伤地哭泣、哀嚎起来。失去丈夫和儿子的奉艳妈无处投靠,只得寻求房东地主的帮助。她把寻子的希望和生活下去的勇气全部寄托在房东身上,而房东的问询触动了她内心深处最为敏感的神经:

---

① 〔朝〕姜敬爱:《地下村》。转引同上,2002 年版,第 612 页。

听到房东的话,她堵到嗓子眼的满肚子委屈和孤独化作泪水扑簌簌地掉下来。

她无力地垂下头,抓起裙子边儿擦着泪水。旁边坐着的奉艳一看见她的眼泪,泪水也不断地流下来。①

受到不幸命运打击的奉艳妈是多么无助和可怜啊!在小说持续展开的情节里,她整个人就像是泡在泪缸里,无时无刻不在哭泣、流泪。失去骨肉至亲,她哭;生产后见到老乡容爱妈,她哭;思念"被抛下"的女儿们,她哭;与女儿短暂的团聚,她哭;见不到急需哺乳的明珠,她哭……对奉艳妈而言,哭泣就是生活的常态,无论是否有哭诉的对象,而哭泣来自于凄惨的命运和不幸。

继淳(《烦恼》)的婆母因思念入狱的独子哭瞎了双眼,乃至见到"R",便想起自己的儿子,于是禁不住地痛哭起来。她的哭泣引发了"我"的共鸣,"我正好费天巴地也找不到哭的地方,就抓住那位母亲尽情地哭着"②。这是由己怜人产生的悲鸣,在那个苦难的时代俯拾皆是。

自从得知哥哥被处死的消息后,英实(《黑暗》)就哭个不停,眼睛都哭肿了。在她心里,最大的痛苦不是失恋,不是被无情地抛弃,而是永远失去了疼爱她、引导她精神成长的兄长。萦绕于其脑海中的不是痛苦呻吟的病人,也不是血淋淋的手术台,而是哥哥曾经的音容笑貌、生活点滴。正因为如此,面对义工老金的关心询问,"她的泪水便滴溜溜地打着转落下。她也不擦流下来的泪水,睁着一双渐渐模糊的泪眼看着老金"③。可见,弥漫在英实眸子里的无声的泪水昭

---

① 〔朝〕姜敬爱:《盐》。转引同上,2002 年版,第 503 页。
② 〔朝〕姜敬爱:《烦恼》。转引同上,第 583 页。
③ 〔朝〕姜敬爱:《黑暗》。转引同上,第 670 页。

示着其内心巨大的痛苦和悲哀。

因国破家亡、精神迷茫而哭泣。姜敬爱早期小说创作的主人公面临着国破家亡的家仇国恨,常怀痛苦和迷茫的心理,如《破琴》里的亨哲和惠京。眺望着波光粼粼的大海,想到祖国被日寇无端侵占,国土和自由均化为泡影,亨哲不禁泪湿双眼,默吟道:"我是不幸的朝鲜的儿子,你是可怜的朝鲜的女儿。"①与惠京分别之际,亨哲的眸子里闪动着泪花,而"从惠京的眼里溢出的两行泪水,在她那美丽的面庞上流淌着,流淌着"②。惠京的泪水隐含着与爱人分离的痛苦和对未知前途的担忧。伴随着吱呀滚动的牛车辘辘声,亨哲的小妹恩淑唱起了"哭歌"。其中,"妈妈哭了啊。她摸着我的头哭了啊"。两次复沓的歌声,加强了悲哀凄楚的氛围。

因备受歧视和不公平对待而流泪。一辈子为东家当牛做马,并立下汗马功劳的老金(《解雇》)在失去使用价值后,被少东家用5块钱粗暴地赶出家门。对此,老实体弱的老金无力反抗,唯有"眼睛里的泪珠骨碌碌地转着掉了下来"。石头(《父子》)被狡猾而冷酷的全重开除出农场后,孤独寂寞,生活困顿,见到曾经与自己共同开垦农场、宛若父亲般的老徐头时,不禁呼吸哽住,灼热的泪水无声地扑簌簌地流下来。这是饱受欺辱的痛苦之泪,也是遭受不公平对待而洒下的委屈之泪。备受无爱家庭歧视和虐待的友芳(《菜田》),每次看到同父异母妹妹秀芳,便禁不住与之比较起来,她上学,自己干活;她穿着新衣服,自己穿着破衣服;她生着一对白皙的小手,自己则长着一双粗糙的大手。想到这儿,友芳的眼泪便扑簌簌地留下来。同样,受到妯娌拒绝和言语羞辱的承浩妈也没有任何反抗的力量,只能听凭眼泪无声地涌出来。

---

① 〔朝〕姜敬爱:《破琴》。转引同上,第419页。
② 〔朝〕姜敬爱:《破琴》。转引同上,第426页。

因遭受欺骗、失去自由而流泪。如果说,上述主人公因遭受外在
势力的歧视、欺辱和不公正对待而伤心哭泣,那么,来自家庭内部的
欺骗和背叛则更令人心碎神伤,痛彻骨髓。山月(《同情》)被父母卖
掉、为养父母(实则是鸨母)卖笑的屈辱生活充满了无数的泪水。她
犹如囚禁在牢笼中的小鸟,没有自尊,没有自由。每当抬眼呆呆地望
着天空时,山月的"泪水不知不觉地盈满了眼眶"。

而保得妈(《鸦片》)的境遇更加悲惨,耸人听闻。吸毒的丈夫不
断地用假话欺骗她,而她却信以为真,盲目地听命于丈夫。最后被丈
夫哄骗至布店,确认自己已被丈夫卖给他人为妻的事实时,她手足无
措,"哇地一声哭起来"。逃跑中被铁丝网挂住的保得妈气若游丝,幻
觉中听见了保得的哭声。她想象着"哭着的保得眼睛上挂着两行冰
溜子一样的泪水,她真想现在就过去抱住他痛哭一场"①。

因爱情纠葛、无法排解而哭泣。在生灵涂炭、民不聊生的苦难时
代里,爱情也是奢侈的可望不可即的美好幻想,难以在现实中实现。
姜敬爱小说很少描写浪漫的爱情,即使写爱情,也是错位的、单相思
的。譬如,当长久陷入爱情与理智矛盾冲突中的"R"(《烦恼》)终于
鼓起勇气向继淳表白爱情时,继淳的反应是拒绝、哭泣。

　　　　话音刚落,她便呜呜地哭起来。我被她的哭声弄得全身麻
　　酥酥的,也禁不住一起哭了起来,并且无力地一屁股坐下。……
　　但是继淳仍旧不开门,只是哭。……②

继淳的拒绝和哭泣唤醒了"R"的理智,他认识到这是一段永远
无法实现的无望的爱情。尽管如此,他仍感到痛苦,无法宣泄,"额头

①〔朝〕姜敬爱:《鸦片》。转引同上,第688页。
②〔朝〕姜敬爱:《烦恼》。转引同上,第593页。

上流着汗,眼眶里盈满了无数的泪水"。

七星每次看到自己残疾的手,便深感自卑,禁不住呜呜地哭。他渴望见到大丫,可是听到大丫的脚步声,"顿时泪水滴溜溜地打起转来。透过眼泪,他分明看到了大丫啊!他抑制住泪水,可是又更厉害地颤抖起来"①。作家透过主人公七星的眼泪,将其渴慕爱情又深感自卑的纠结心理和微妙的情感动作栩栩如生地刻画了出来,令读者感到深深的同情和唏嘘。

此外,因同情弱者、无计可施而流泪,也是姜敬爱眼泪意象描写的关注点之一。例如,《足球赛》没有正面描写比赛场面,只通过场上呐喊声的减弱、姬淑们闪动着泪光的眸子和过路妇人布满泪水的眼睛传达出承浩队比赛的失败,显露出她们作为旁观者无计可施的焦急和无奈心理以及倾洒的不可抑制的同情之泪。

总之,姜敬爱写尽了笔下人物之所以流泪的各种缘由,而其眼泪之殇的承载者都是些无力反抗强者的弱者,他们诚实、善良、勤劳、忍耐,却频遭强者的欺辱和不公正对待。在面对强权世界和暴虐统治时,他们仿佛被任意宰杀的无辜的羔羊,无力反抗,只能流泪,这是他们唯一能够选择的方式。古希腊悲剧理论家亚里斯多德提出"净化说",认为悲剧能够借引起怜悯和恐惧使情感得到净化。姜敬爱小说中人物的凄惨命运和悲鸣之泪带给读者剜心割肉般的痛苦感受,引起一种圣徒受难似的悲剧之美。

# 第二节　凄风苦雨

凄风苦雨的自然意象是姜敬爱渲染和营造凄苦哀愁意境的另一种艺术手段,这也是 20 世纪二三十年代有过中国东北生活体验的朝

---

① 〔朝〕姜敬爱:《地下村》。转引同上,第 603 页。

鲜移民作家崔曙海等人作品中常见的自然意象描写。但是,与之相比,无论是篇幅、数量,抑或是强度,姜敬爱笔下狂风暴雨、电闪雷鸣和洪水泛滥的恐怖景象都可谓描写到极致,而且俯拾即是。举例来说:

1.北国的风异常凛冽,真是无法形容。我来到这儿虽然已经迎接了四个星霜,可是像那天晚上凛冽刺骨的寒风还没碰到过。整个世界好像被冻成冰块了,透过雪雾,月亮挂在清冷的空中,清晰可见的是雪花被凛冽的寒风吹得漫天飞舞。寒风好像一把锋利的刀尖儿似地刺破我的皮肤,割着我的身体,雪片纷纷落下。①

2.那天晚上,大雨倾盆。……四周伸手不见五指漆黑一片,粗大的雨珠被风驱赶着无情地打在她那裸露着的肩膀上。眼睛好像被翻过来似的,随着电火的闪现,震耳的雷声好像要击破天似地不断地响着。②

3.风裹着雨呼啸而来,天棚上的蜘蛛网仿佛无尽的烟霭一般随风飘动。远远望见柳树叶子簌簌地落下来,很快被卷进湍急的雨水中冲走。

马路两边的谷子地和高粱地的垄沟里灌满了雨水,谷穗、高粱穗的一大片被风刮倒浸泡在水里。……

快到村口时,雨点大起来,风也开始飕飕地刮起来。村前那棵总是给人以凉爽之感的老槐树,此时承受着风吹雨打,也变得忧郁起来。环绕在村后的小矮山也被大雨淹没,看不见了。③

---

① 〔朝〕姜敬爱:《二百元稿费》。转引同上,第564页。
② 〔朝〕姜敬爱:《盐》。转引同上,第523页。
③ 〔朝〕姜敬爱:《地下村》。转引同上,第628—630页。

4.突然,一阵大风袭来,长山串那边的天空黑成一片,乌云笼罩在海上,大雨倾盆而下。咔嚓嚓,咔嚓嚓,雷声摇曳着天空和长山。海中波涛翻滚,俨然一个巨大的怪物在狰狞跳跃。①

　　例1是以景衬意的写法,用以烘托天之冷、心更凉的凄苦意境。女主人公"我"对外在天气的这种感应发生在夫妻间为二百元稿费的使用问题所发生的争吵之后,她横遭丈夫的一记耳光,随后被粗暴地推出家门。此时,她的心情糟糕到极点,也冰冷到极点,感觉难以忍受寒冷刺骨的北风。按理,她在异国他乡生活已经四年,应该习惯此地的气候,可是因为吵架风波,心情恶劣败坏,所以她感觉那天晚上的寒风格外"凛冽刺骨","还没碰到过",并且"整个世界好像被冻成冰块了"。本来是北风呼号的动态天气(世界),在主体"我"的冰冷的心的作用下,变成了凝固不动的冰块,这就充分表达出女主人公心灰意冷的内在心理。并且,她的意识模糊、错乱,忽而把自己幻化成孤独的月亮,"挂在清冷的空中",传达出孤寂、悲凉、肃杀的灰色气氛。忽而使自己演变为漫天飞舞的雪花,没有根基,无处立足,恰似生活中无路可走的自己,借以再现冷酷的现实。月亮过夜消失,雪花迎日而融,两者都是短暂的存在,可是自己就连这短暂的时光也难以熬过,因为寒风(象征丈夫的詈骂、众人的口舌)此刻正像一把刀,用它那锋利的刀尖儿"刺破我的皮肤,割着我的身体",女主人公意识模糊中隐约看到了被刺破和割裂的体无完肤的另一自我,由此深刻地传达出舆论的可怕和存在的艰难。这段文字看似写景,实则用"凛冽刺骨的寒风"、"冰块"、"雪雾"等自然意象营造人物孤寂、凄楚、萧瑟的心理和意境。

　　例2是《盐》中在富人家做奶妈的奉艳妈偷跑回家看望女儿时在

①〔朝〕姜敬爱:《长山串》。转引同上,第661—662页。

路上的一段描写。在主人家的监视下，奉艳妈已多日没有回家探望两个年幼的女儿了，很不放心，于是一天夜里哄睡明珠后，偷偷地朝家里跑去。作家有意设置"大雨倾盆"、"四周伸手不见五指"、"漆黑一片"等自然意境，一方面突出奉艳妈看望女儿的难，近在咫尺，却难以相见；另一方面渲染幼女寡母的苦难，饥馑年代，唯民命最贱。就在这凄风苦雨中，奉艳妈冒着倾盆大雨蹒跚地前行着，任凭狂风驱赶着粗大的雨珠，无情地鞭打在她那裸露着的单薄的肩膀上，也不管眼睛被狂风暴雨糊住看不清路。她心里只有一个欲念，就是快点回到家，见到女儿们。然而，与女儿团聚，并不意味着她们从此可以厮守在一起。为了女儿们的生存，她必须当夜尽快赶回主人家，去喂养和照顾那个将她们母女分开的富人家孩子明珠。不断闪现又熄灭的电火，仿佛交错迭起的希望和失望，折磨着奉艳妈那颗痛苦焦灼的心。而击破天似的震耳欲聋的雷声既像明珠妈的厉声呵斥，又如反复催促的心之鼓点，使奉艳妈那颗忐忑不安的心跳动得更加厉害。在此，作家将奉艳妈思女心切、急于相见又焦躁不安的心理放在狂风大作、暴雨倾盆、电闪雷鸣的自然环境下加以呈现，自然浑成，而又相得益彰。

例3描写一场突如其来的狂风暴雨引发洪涝灾害，导致农民们颗粒无收的悲惨景象。生活在地下村里的贫苦民众，克服身体的病痛和残疾，顶着炎炎的烈日耕种、锄草、施肥，辛苦种植的庄稼好容易要收获了，却被一场突如其来的狂风暴雨击毁、淹没。在此，作家刻意渲染风和雨的急与烈："风裹着雨呼啸而来"，雨水成河，河水暴涨。狂风暴雨所过之处，蜘蛛网被掀动，柳树叶子簌簌地落下来，转眼间被湍急的雨水冲走。这是一幅洪水到来的凄惨景象。狂风暴雨仿佛脱缰的野马，时而迅疾飞腾，时而短暂歇息，肆虐不停，冲毁了农民辛苦种植的庄稼。马路两边谷子地、高粱地的垄沟里灌满了雨水，快要成熟的谷穗和高粱穗七倒八歪地浸泡在积满水的垄沟里，真是人间不平,天也无情啊! 这幅风潇雨晦的凄惨图景预示着灾年的到来。
而弥漫在大气里的潮湿的空气、起劲鼓噪的蛙鸣以及远处老鼠的吱
吱叫声,更像是苦难民众的哀鸣,渲染着悲惨和哀怜的气氛。

　　"风裹着雨,雨夹着风"的天气意象在小说后面部分中反复出现,
与风雨中艰难乞讨、被高屋大户家冲出的恶狗咬伤小腿的七星的惨
况交相呼应,起到烘托恶劣环境、强化人物悲惨处境的作用。遭受风
雨侵蚀、恶狗袭击的七星,奋力保护送给大丫的衣料不被暴雨淋湿,
免遭凶狗撕咬扯碎,只因心中怀抱的梦想,也正是这一梦想支撑他强
忍剧痛返还家园。一如他起伏的心潮,雨水也时缓时急。临近村口,
雨点又紧锣密鼓地敲起来,映入视野的山峦、树木和房屋俨然被烟雨
"淹没",模糊不清。村前那棵枝繁叶茂的老槐树在风吹雨打下,乱发
飞舞,低眉垂目,浊泪横流,愈显苍老和忧郁。村后那座时常玩耍的
小矮山,也失去了往日的热闹,被雨雾淹没。可见,姜敬爱描写的是
一场风雨肆虐、庄稼被毁、疾病流行和人的生存受到严重威胁的人间
惨剧,而构成惨剧图景的自然元素就是狂风、暴雨、雷电、洪水。

　　例4是《长山串》结尾处的一段景物描写,喻示主人公亨三陷入
绝境和前途未卜的命运。我们在生活中往往有过这样的体验:炎炎
夏日,晴空万里,突然电闪雷鸣,暴雨倾盆而下。其实,这是自然界的
正常现象,正所谓"晴天霹雳"。每当天空乌云密布,积雨云迅疾发展
时,就会出现雷电和暴雨。可是,作家在小说的开头和结尾两处描写
"晴天霹雳",绝非偶然,而是富含深意,有意安排。开头描写亨三和
志村出海打鱼,本来风平浪静,碧空万里,可是突如其来的暴风雨和
雷电击破了渔船。他们死里逃生捡得一条命,但是这场暴雨让亨三
失去了赖以为生的渔船,丢掉了养家糊口的工作,陷入饥饿的绝境
中。由此,暴风雨就是导致亨三不幸命运的罪魁祸首和灾星。

　　在小说结尾,作家再次写到"晴天霹雳"。为生计愁苦的亨三登
上长山麓岩石,眺望着碧蓝的海水,想起死去的妻子,不禁黯然神伤,

怅然若失。无意中,他被一阵嘈杂声响所惊动,原来是松林中的一群日本人在唱歌、拍手和狂欢。天公仿佛也被这强烈的贫富对比所震怒,突然变了脸。一阵大风袭来,乌云布满长山串的天空,笼罩了大海,瞬间大雨倾盆而下,伴随着"咔嚓嚓,咔嚓嚓"的雷声,震耳欲聋。雷声摇曳着天空和大地,也震荡着亨三沉郁的心,未来仿佛一个狰狞的怪物在波浪翻滚的大海中跳跃舞动,混淆着亨三的思维和判断。在此,作家采用"晴天霹雳"的意象描写,烘托亨三所处的现实困境和对未来前途的茫然和担忧,在结构上起到了与开头海上风暴的描写首尾照应的作用。

总之,姜敬爱在小说中通过乌云密布的天空、黑压压的乌云、倾盆而下的暴雨、咔嚓炸响的闪电、暴雨毁坏的庄稼、洪水肆虐的大地和波涛翻滚的大海等自然意象,营造出一幅幅凄风苦雨的悲惨图景。其笔下的主人公们就挣扎在这样恶劣、破败和恐怖的环境里,忍饥挨饿,无钱治病,心境永远是哀愁、苦闷和痛苦的。可见,自然界中的狂风暴雨、电闪雷鸣和汹涌洪水不仅是凄苦哀愁氛围的制造者,还与现实中的残酷统治者一样是制造贫穷、痛苦、灾难和黑暗的罪魁祸首。

# 第三节　以悲为美

当代文学理论家童庆炳在其《文学概论》中指出:"凡是优秀作品的深层意蕴,无一不是由个体情感、时代精神和共性审美意识的交融来表现的,以一定的民族历史文化意识来揭示人们深层心理结构中所共有的审美体验。"①通过分析姜敬爱中国东北时期小说创作

---

①转引自鲍存根:《"闲敲棋子"的多重文化意蕴——2000 年高考宋诗赏析答案辨析》,道客巴巴网,http://www.doc88.com/p-7952362543495.html。

中的眼泪意象和凄风苦雨的自然意象,可以看出,姜敬爱小说的美学意蕴就是悲戚、哀愁和沉郁,是其"以悲为美"之美学观的形象化体现。

的确,读者在姜敬爱小说中很少看到明媚灿烂的阳光、喜气洋洋的人们和欣欣向荣的景象等充满朝气、积极向上的乐观图景,萦绕于其作品中的基本格调总是凄凉、愁苦、郁闷和压抑,给人以心情抑郁、透不过气来的感受。造成这一感知和体悟的因素很多,既有民族性格的历史因袭,也有时代氛围的直接影响,更有作家审美情感的自然投射。

如前所述,朝鲜民族典型而传统的审美文化特征是"恨"。"恨"虽然是个汉字词,但不单纯对应于汉语中的单义指向"怨恨"、"痛恨"、"憎恨"或者"仇恨",而是一个多义集合体,所包含的情感非常复杂,既有悲哀、悲伤、痛苦和绝望的情绪,也有孤独、失意、怨恨和憎恨的情绪,还有自嘲、自怨、自伤和自虐的情绪等。其中,屈辱、悲哀、痛苦、苦难等"美学质素"却是最能代表朝鲜民族审美文化心理的鲜明特征,不仅深深地烙印于其民族的心理结构与行为方式中,而且充分体现在诗歌、小说、戏剧以及音乐、舞蹈和民俗等文学和艺术载体中,成为其特有的文化心理和情感模式。"恨"的形成源自于朝鲜半岛独特而微妙的地缘政治、自卑与自尊的精神缠绕等历史和政治后遗症。东、西、南三面环海、北面紧邻中国陆地的半岛性地域特点和国土面积小、人口数量少等自然条件,决定了朝鲜民族自古以来就饱受地缘政治的困扰,始终努力地寻求保持民族主体性的生存方式,以便在大国的夹缝与均衡中维持自身的存在。具体来说,接受中国儒家思想体系和典章制度作为治国理念和行为操守后,朝鲜历代统治者都模仿中国构建起本国的政治、法律、教育、文学等文化体制,通过"受封"、"朝贡"等政治外交仪式获得权力的正统性和国家保护。因此,朝鲜历来以"小中华"自居,尽管这是出于国家生存战略的需要和考量,但是在表面的光环和安逸背后,又始终被弱化民族主体性的屈辱与自卑心理所纠结和缠绕,这种心理情绪在"不对等"的国际秩序中和漫漫无尽的"朝贡"行路上得到进一步的强化和扩大,逐渐演变成悲苦、哀伤、怨愁、苦难的悲情意识和民族性格。正如朝鲜最具代表性的民谣《阿里郎》①歌词中所唱的那样:"我的郎君翻山过岭,路途遥远,春天黑夜里满天星辰,我们的离别情话千遍难尽!"《阿里郎》已成为朝鲜民族苦难的象征。

　　"朝贡"与华夷秩序的"不对等"虽在某种程度上导致民族自尊心的挫伤,然而民族得以独立,王业得以延续,文化得以传承,也不失为弱国危难之际审时度势的聪慧举措。但是历史进入 19 世纪后期,凭借"明治维新"而强盛起来的日本野心勃发,采取蚕食手段逐步侵入朝鲜,进而在 1910 年完全吞并朝鲜。朝鲜彻底沦为日帝的殖民地,丧失了国家主权和民族独立。此后,半岛资源被无限度开发和掠夺,朝鲜民众被强征劳工和慰安妇,民族自主之声被野蛮剥夺和镇压,这种民不聊生、哀鸿遍野、背井离乡的凄惨现实,都化作一股饱受屈辱和痛苦的"亡国之恨"。在国家覆亡、民族罹难的时代背景下,朝鲜涌现出无数可歌可泣的、锐志复仇与独立的朝鲜独立运动家和爱国者,他们自觉地担负起民族解放和复兴运动的历史重任,前赴后继,流血牺牲,哪怕辗转异国他乡作战和斗争,也不忘国耻血仇、民族大恨。可是,在日帝的高压政策和残酷统治下,朝鲜民族的独立之路异常艰难,充满苦难,多次陷入低潮。长达 36 年的亡国奴生活使早就积淀于朝鲜民族文化心理结构中的屈辱与悲情意识最大化,深刻影响着处于这一时代氛围的作家创作的基本格调,即悲苦、哀愁和低

①2012 年,联合国教科文组织在法国首都巴黎召开保护非物质文化遗产政府间委员会第七次会议,决定将朝鲜民歌《阿里郎》列入"人类非物质文化遗产名录"。

沉之音成为这一时期作家作品的主旋律。诚如德国哲学思想家黑格尔所言:"每种艺术作品都属于它的时代和它的民族,各有特殊的环境,依存于特殊的历史和其他的观念和目的。"①

　　姜敬爱就生活在 20 世纪上半叶朝鲜历史上最黑暗最痛苦的年代。她出生于朝鲜开始被日本侵占之时②,卒于日本无条件投降的前一年(1944 年 4 月 26 日),可以说亲眼目睹和经历了日本侵略、殖民和掠夺所造成的连年饥馑、疫疠频生、天灾人祸等时代悲剧,亲身感受到了朝鲜民众的苦难与悲哀。阴暗恐怖的时代气氛不能不影响到她的精神和创作,加之她个人生活的不幸遭遇:4 岁丧父,与寡母两人过着无依无靠、饥寒交迫的贫穷与苦难的生活,备受世人的冷眼和嘲讽。即便后来母亲改嫁,生活稍微好转,她也摆脱不了寄人篱下受虐待的屈辱生活。国仇家恨交织在一起,造成姜敬爱极为敏感的神经。接受自由平等、个性解放以及社会主义理论等新思潮新思想的影响,她特别关注现实生活中那些被侮辱被损害的底层民众,尤其是女性,痛恨欺压人民的统治阶级。她在《读廉想涉君的评论〈明日之路〉》的评论文章中,批判了以廉想涉为代表的朝鲜小资产阶级文人脱离群众、把文艺变成迷惑大众的不可超越的空幻理想的论调,指出大众并不是"重荷",而是"力量",脱离人民大众的艺术是不存在的,艺术也不能超越人民大众。她说:

---

①〔德〕黑格尔:《美学》第一卷,朱光潜译。转引自伍蠡甫:《欧洲文论简史》,北京:人民文学出版社,1992 年,第 356 页。

②姜敬爱出生于 1906 年 4 月 20 日,同年 2 月,日本在朝鲜设置统监府。此前头一年,即 1905 年,日本强迫朝鲜签订《日韩保护条约》,1907 年 7 月,日本又强迫朝鲜签订《丁未七条约》,并逼迫朝鲜高宗皇帝李熙退位,扶持傀儡皇帝李拓即位,随即 4 天后又强制解散了朝鲜军队。1910 年 8 月,日本强迫朝鲜签订《日韩合并条约》,朝鲜正式沦为日本的殖民地。

想超越就不能回避,明日之路是没有的。……不仅是想涉君,要是回顾一下最近活跃在文坛上的人,似乎疏远了俗界,变成深山幽谷里的神仙,不,简直成了漂浮在半空中的云彩。虽然很难使大众识别其真面目,但是以超人神秘存在的才智的威力,也好像把迷惑大众,使其盲目尊崇和追随作为自己的理想。①

在另一篇评论《朝鲜女性的必由之路》中,她更是将目光投向广大的女性群体,充分肯定了女性在促进家庭和谐、培育子女成长和为社会提供强壮劳动力等方面所做出的巨大贡献,同时呼吁女性学习本民族文字和阅读书籍,以此提高思想觉悟和自身修养,更多地与社会相结合。正是基于文艺为大众、为女性服务的文艺观,姜敬爱成为朝鲜底层民众的喉舌与代言人。满目疮痍的朝鲜现实、底层民众的辛酸泪水和痛苦呐喊以及个人生活的不幸,无不深深地震撼着作家的心灵,形成其以悲为美的美学观。由此,就不难理解作家为什么在作品中精心塑造奉艳妈、保得妈、承浩妈、继淳、山月、秀芳、英实、七星、石头、老金、山男、亨三等众多底层主人公的形象,并采用眼泪、凄风苦雨、狂风暴雪、黑暗等意象描写渲染凄凉、悲哀和痛苦的氛围,展现人物的悲剧命运。从这个意义上说,眼泪是国破家亡的民族灾难之泪,它的不断流淌含蓄地象征着民族苦难与悲剧的绵绵悠长和杳无尽头。

①〔朝〕姜敬爱:《读廉想涉君的评论〈明日之路〉》。转引同上,2002 年版,第705 页。

# 附录一　姜敬爱年谱①

　　1906 年 4 月 20 日,姜敬爱出生于黄海道松花郡松花村一个贫苦农民家庭。其父是一位对别人一句抱怨的话也不会说的淳朴而正直的农民,他浑身是劲的青壮年时代几乎全部为地主家当长工,年老时才多少得到一点土地组建了家庭。

　　1909 年冬天,父亲去世。

　　1910 年,父亲死后,病弱而柔顺的母亲苦寻糊口之策,经过一段彷徨之后,嫁给黄海道长渊郡长渊的崔督监(都监不是名字,好像是职称)作续弦。姜敬爱也随母亲移居到长渊生活。崔督监有钱办花甲,可是他老得简直就是个废物。在这种情况下,全部家务劳动都落到姜敬爱母亲的身上。可是崔督监眼里只有前妻生的儿女,常常责骂姜敬爱。

　　1913 年,姜敬爱从继父崔督监(抑或是他受过新式教育的儿子)看过并丢弃的《春香传》中开始学习韩国语,并读遍所能看到的"旧小说"。村里的爷爷奶奶们给她起了个"橡子小说长(即小小说家)"的绰号,经常给她买饼干吃,以便听她读小说。

　　1915 年,在母亲的极力恳求和争取下,10 岁的姜敬爱进入长渊小学校学习。她最感痛苦的是失去学习的机会,可是因为贫穷,她无

---

①该年谱译自〔韩〕李相琼:《姜敬爱全集》,转引同上,第 881—887 页,个别地方有改动。

法交付月谢金,也无钱购买学习用品等。无奈她只得去偷身旁同学的钱和物品,可见她渴望在学校学习的急迫心情。

1921 年,由于姐夫的帮助,姜敬爱入平壤崇义女校学习。身为穷苦的寄宿女学生,姜敬爱参加了由当时平壤进步学生组织的亲睦会、读书潮等,积累了自己的学养。

1922 年春天,姜敬爱遇到生于长渊的东京留学生梁柱东,两人堕入爱河。结束日本早稻田大学预科回国的梁柱东,因为与早婚妻子离婚,在长渊引起众议。他召集长渊青年学生游行,高呼反封建思想的口号。站在听讲队伍前边紧张地听他演讲的女学生就是姜敬爱。姜敬爱找到住在距离长渊镇十多里地山村的梁柱东姐姐家,住了几天,她既帮助他们做家务活,也与梁柱东谈论文学,于是两人开始恋爱。(1923 年)10 月左右,姜敬爱升入崇义女校 3 年级时,因为"同盟休学事件"遭致退学。同盟休学是 1923 年 10 月 15 日爆发的一场学生运动,是为反对学校当局过分干涉学生行动自由和宿舍总监对学生的苛刻限制而发起的。平壤崇义女校素有"平壤第二监狱"之称,寄宿生活极为苛刻和严厉。这年中秋,一位学生倡议为死去的同学扫墓,几名寄宿生向舍监老师(罗真经)请假外出被拒绝。激愤的学生们恳请校长(宣佑理——美国人)准许她们外出。校长因为不相信学生们去扫墓的话,就没同意学生们的请求。学生们平时常受舍监老师的虐待,感到就像监狱里的罪犯一样被控制,不平之心愈积愈烈。此时连校长也不理解学生们的课外活动,反而横加干涉,于是学生们在学校创建纪念日即将到来的 10 月 15 日一致举行同盟休学运动。姜敬爱因这一事件退学后,与梁柱东一起来到汉城清津洞 72 号同居。据说姜敬爱插班到东德女校 3 年级,但是只学习了一年。

1924 年 5 月,姜敬爱以"姜珂玛"的笔名在梁柱东主持的刊物《金星》上发表了一首短诗《一本书》。"珂玛"之名是因为姜敬爱的头上有两个头旋而称呼的雅名。9 月初,她与梁柱东分手,住在姐姐经营的长渊书仙旅店。对与梁柱东恋爱、私奔到汉城而又回来的姜敬爱，姐夫深感失望、丢脸和愤怒，于是狠命抽打姜敬爱的脸腮，结果造成姜敬爱患上了耳病，听力也不好。

1925 年 11 月，姜敬爱在《朝鲜文坛》上发表诗歌《秋天》。20 世纪 20 年代后半期，姜敬爱主要住在长渊，一方面进行文学写作练习，另一方面积极为贫苦的无产阶级家庭子弟开设"兴风夜校"，亲自教授学生们。尽管如此，她还是无法忍受邻居和亲属的责难和冷眼，只教了一年多。

1926 年 8 月，在《朝鲜日报》上发表诗歌《熨斗里的炭火》。同年，姜敬爱来到中国黑龙江省宁安地区某农村做了一名幼稚园老师。期间因史料的匮乏，有关她在宁安的具体活动轨迹不得而知。

1928 年冬，姜敬爱离开中国，回到了长渊。经过恋爱风波、"同盟休学事件"以及在中国所经历的困苦生活和内心苦痛后，姜敬爱的思想开始成熟起来，对社会现实的认识更加深刻，对未来的选择有了更加明确的方向，她决心成为一名真正的作家。她这样说道："我在平壤崇义女校为反对寄宿舍监而参加了同盟罢课，因此被退学，此后进入汉城东德女校，中途又退学去了故乡长渊。我家后面是树林茂密的大山，上山可以听到知了的叫声。草木和禽兽各有特色，声音各异，我也发展了自己独特的个性。我一再下着决心，一定使我的存在更有意义。所以我要进行小说创作……我就是这样想的。"

1929 年 10 月，姜敬爱成为"槿友会"（1929 年 6 月成立）长渊分会成员，同时在《朝鲜日报》上以读者投稿的方式发表了《读廉想涉君的评论〈明日之路〉》。在这篇文章中，姜敬爱以大胆的姿态表达了自己的马克思主义观点。

1930 年 11 月，姜敬爱在《朝鲜日报》"妇女文艺栏"上发表评论《朝鲜女性的必由之路》。

　　1931 年 1 月，姜敬爱在《朝鲜日报》"妇女文艺栏"中以读者投稿的方式发表短篇小说《破琴》。这部作品主要讲述一位青年知识分子陷入理念的烦恼中，以家庭破产为契机，移居到"满洲"，并开展思想运动的故事。同时，她还在《朝鲜日报》上以"姜岳雪"的笔名发表了对梁柱东的批判文章《梁柱东君的新春评论——为了反驳的反驳》。与此同时，从水源农林学校毕业，准备就任长渊郡厅官员的黄海道黄州人张河一租住在姜敬爱家里。两个人恋爱并准备结婚。姜敬爱与母亲两人生活，张河一抛弃了早婚妻子，与母亲一道来到长渊，住在姜敬爱家里。他们虽然召集亲朋好友举行了简单的婚礼仪式，可要是张河一的早婚妻子出现的话，两人肯定很难在长渊生活。于是他们离开了长渊，靠在仁川打短工生活了一段时间。在仁川这段时期的劳动体验成为姜敬爱后来创作《人间问题》的珍贵素材。6 月左右，姜敬爱与张河一移居到中国东北龙井地区。在朋友金璟载（1899 年出生于黄海道黄州中产阶级家庭，读完黄州公立高等普通学校，1919 年毕业于水源高等农林学校。火耀派北风会会员，1926 年因第二届朝鲜共产党事件被捕，1929 年 8 月出狱。出狱后，他在《三千里》、《彗星》、《批判》等刊物上以论客身份进行评论。日帝统治末期，他改名为"老仓"）的介绍下，张河一才获得龙井东兴中学教师一职。在龙井，张河一似乎与当地的抗日武装斗争势力有着一定的联系。婚后，姜敬爱虽然与丈夫因意见不合有些争吵，但基本上保持着同志关系。作为第一位阅读姜敬爱文稿的人，张河一是一位以忠言相告的好读者。

　　从（1931 年）8 月到 1932 年 12 月，姜敬爱在《彗星》杂志上连载长篇小说《母与女》，这可以说是真正奠定姜敬爱文坛地位的作品。据说，这部作品也是在张河一朋友金璟载的帮助下发表的。姜敬爱在 1931 年夏天将小说《母与女》的文稿寄给了金璟载，请他审阅批评。并非小说评论家的金璟载实在无法答应这一请求，就求某位朋友(文艺家)给审稿,并请他帮忙发表。自那以后,据说姜敬爱多次将文稿寄给金璟载,金璟载也多次主动向她约稿。

　　1932 年 1 月,姜敬爱在《新女性》上发表随笔《一个大问题》。6月左右,因日军侵略龙井地区和中耳炎病发,姜敬爱离开龙井到汉城治疗,9 月左右又回到龙井。她在 8 月和 10 月的《东光》杂志上发表随笔《离别间岛,再见吧! 间岛》,主要表达自己此时离开龙井地区的感想。以后,她虽然中间偶尔往来于汉城或者长渊,但基本上都住在中国龙井地区。姜敬爱亲自顶水洗衣服,做家务,另一方面坚持发表作品。9 月,姜敬爱在《三千里》刊物上发表了《那个女子》。12 月,在《新东亚》上发表了《初雪如花朵》。

　　1933 年 3 月,姜敬爱在《第一线》上发表了短篇小说《父子》,它以故乡附近的梦金浦渔村为背景展开故事。此外,这一年她还差不多每月发表一篇随笔。以龙井地区为小说背景,她还发表了《菜田》(《新家庭》,9 月)、《足球赛》(《新家庭》,12 月)。

　　1934 年,姜敬爱先后发表小说《有无》(《新家庭》,2 月)、《盐》(《新家庭》,5—10 月)、《人间问题》、《同情》(《青年朝鲜》,10 月)等。《有无》主要描写日军的残酷侵略。《盐》是一部描写移居到中国龙井地区的朝鲜人的悲惨生活和抗日武装斗争部队故事的中篇小说。长篇小说《人间问题》8 月至 12 月间在《东亚日报》连载了 120回,被誉为"殖民地时代最优秀的写实主义小说之一",被看作是作家的代表作。《人间问题》以后分别在 1949 年(平壤)和 1992 年(汉城)以单行本形式出版,苏联于 1955 年将其翻译成俄语,中国也于1956 年出版了汉译本。《同情》主要描写人情的冷漠,于 10 月发表在《青年朝鲜》上。

　　1935 年,姜敬爱发表《母子》(《开辟》,1 月)、《二百元稿费》(《新家庭》,2 月)、《解雇》(《新东亚》,3 月)、《烦恼》(《新家庭》,6—7 月)等。

1936年,姜敬爱参加了与之同住在龙井的安寿吉和朴永俊等作家组织的"北乡会",成为同仁,但姜敬爱因健康原因不能积极地参加"北乡会"活动。3月,她在《朝鲜日报》上发表了被认为是达到了其自然主义描写顶峰的《地下村》。8月,她在《新东亚》发表了《山男》。同年,她用日语创作出小说《长山串》,发表在《大阪每日新闻》的朝鲜版上。这部作品以黄海道梦金浦小渔村为背景,反映日本劳动者和殖民地朝鲜劳动者的共同问题。次年这部作品又被日本文艺杂志《文学案内》(1937年2月)收录,1989年12月在《韩国文学》上被翻译介绍出来。

1937年,姜敬爱在《女性》1—2月号上发表小说《黑暗》。这部作品反映因"间岛"共产党事件而被枪杀的抗日革命活动家的家人的苦难,塑造了革命者的典型形象。后在《女性》11月号上又发表了表现女性饱受苦难的小说《鸦片》。小说描写丈夫为吸食鸦片而将妻子卖给中国人做妾,妻子誓死反抗最终惨死的悲剧。

1938年,姜敬爱发表《黑蛋》(《三千里》,5月,未完)。

1939年,姜敬爱担任《朝鲜日报》"间岛"分局长。约三年前开始,姜敬爱的身体恶化,被迫回到故乡长渊。丈夫张河一稍后回国。

1940年2月,姜敬爱回到汉城,入京城帝大医院接受治疗,也曾去三防药用矿泉水之地疗养。

1944年4月26日,姜敬爱病情极度恶化,耳聋,几近失明状态,最后呼唤着先她一个月去世的母亲而离世。

1949年,张河一以副主编身份在劳动新闻社出版了《人间问题》的单行本。

1959年,平壤朝鲜作家同盟出版社发行的《现代朝鲜文学选集》第14卷中,姜敬爱的《人间问题》与李箕永的《鼠火》、韩雪野的《浊流》、《归乡》一起被收录。

1986年,平壤文艺出版社出版姜敬爱作品集《人间问题》,除长篇小说《人间问题》外,还登载了中篇小说《盐》及其它几篇短篇小说。

1992年,汉城创作与批评社以1934年报纸连载本为底本,出版了《人间问题》单行本。

1994年,平壤文学艺术综合出版社出版"现代朝鲜文学选集",其中,第30卷收录的是姜敬爱的《人间问题》。

1999年,汉城昭明出版社出版了李相琼教授编著的《姜敬爱全集》第一版,这是首次收集整理姜敬爱的全部作品并编辑出版的姜敬爱作品全本及其相关研究的重要专著。

1999年8月8日,在姜敬爱生活过和生前进行创作活动的中国吉林省龙井市琵岩山山腰处树立了"女作家姜敬爱文学碑"。该文学碑是在中韩作家、姜敬爱研究者以及相关文化人士的共同协作与赞助下建立的,其中韩国方面有女作家孔善玉、孔智瑛、朴婉绪、吴晶姬、李京子等先生和女性文学研究者许亭子(草堂大学)、李德华(平泽大学)、李相琼(科学技术院)、崔贞武(美国加州大学)、崔慧实(科学技术院)等教授;中国方面有作家李善姬、李惠善、朴香淑和诗人金学天,延边大学研究朝鲜文学的 权哲 、金柄珉、金虎雄、郑判龙 、蔡美花等教授。


注:与李相琼教授发表于1999年的《姜敬爱全集》后面附录中的年谱相比较,此年谱(2002年版)在个别地方做了修订,增加了一些新的史实资料,特别是补充了姜敬爱去世后,其作品在朝鲜和韩国出版的情况以及姜敬爱文学碑的建立情况。其中,有关姜敬爱与张河一夫妇从相识到结婚的细节描写部分,是李相琼教授亲自拜访作家李无影夫人高日新先生后,根据她的讲述加以补充的。高日新先生与姜敬爱都出生于长渊,是在一个村子长大的姜敬爱朋友的妹妹,比

姜敬爱小 5 岁,因为也非常喜爱文学,所以少女时代能够与姜敬爱接触,并建立起比较亲近的关系。由此,在目前尚未挖掘到更新资料的情况下,该年谱应算作相对比较完善的姜敬爱年谱了。

# 附录二　姜敬爱文学碑的
# 建立过程与意义①

　　姜敬爱文学碑正式建立于 1999 年 8 月 8 日,碑址位于吉林省龙井市琵岩山半山腰处。石碑采用朝鲜语文字刻成,正面镌刻着"女作家姜敬爱文学碑"的字样,背面刻着姜敬爱生卒年、生平事迹和代表性作品的简要介绍,左侧碑石上的文字是连载代表作《人间问题》时阐明"作家的话"中的一段:"人类社会总是经常不断地出现新的问题,人类正是在解决这些问题的奋斗中向前发展的。——姜敬爱";右侧则刻写着"龙井市文学艺术界联合会、朝鲜—韩国文学研究会,1999 年 8 月 8 日"。石碑底座是两块叠加在一起的长方形青石,上边的青石略小,长 1. 15 米,宽 0. 75 米,高 0. 40 米;下边的青石稍大一些,长 2 米,宽 1. 60 米,高也是 0. 40 米。左右两侧的土地被修整得极为平坦,为防止山体滑坡,后侧倚山的黄土部分垒砌了石头,并用水泥勾上缝。整座文学碑掩映在青翠的松林中,静谧安宁。

　　然而,姜敬爱文学碑的建立过程却并非易事,得经过报请相关部门审批、选取碑石、选择碑址、召开揭碑式等具体工作流程。首先是报请有关部门审批,经过十几道手续。时任延边大学副校长的金柄珉教授是主要负责人之一,他多次往返于延吉和龙井,亲自督导并安排诸项事宜。龙井市民间文学家、朝鲜语文图书社社长金载权先生

①此内容根据李相琼教授所提供的资料整理、加工写成。

非常热心于民族教育事业，顶着炎炎烈日四处奔走、交涉，最终使这项申请获得批准。其次是选取碑石，在石材、式样、尺寸大小的定制上着实花费了一番功夫，最终决定采用耐腐蚀耐酸碱的花岗岩石做文学碑的材质。文学碑高 2 米，宽 0.55 米，厚 0.10 米，碑头呈椭圆状，两侧略微翘起。整座石碑素朴大方，有如姜敬爱之为人低调谦逊。接着是选择碑址，这可谓是最为困难的工作，一度换址。最初，打算将姜敬爱文学碑建立在龙井市内的"井源地"，后来这一提案被推翻。因为"井源地"是龙井市的象征，是城市的一大景观，若在其旁边树碑，无疑会弱化姜敬爱文学碑的价值，这是其一；其二，"井源地"周围空间面积并不大，若再开辟出一个景观，势必显得拥挤、混乱和分散，对姜敬爱文学碑的形象有所损害。综合上述考虑，决定改建在琵岩山上。

琵岩山位于海兰江畔，在龙井市西南 3 公里处，属于长白山支脉——英额岭的底丘陵地，海拔高度为 494.50 米，面积为 4.5 平方公里。经过龙井市政近些年的开发和建设，已变成一座市郊森林公园，环境幽雅、景色宜人，是当地市民和游客闲暇散步、登山、观景的好去处。特别是山顶最高处坐落着"一松亭"，该亭因山崖之上矗立着一棵树冠状如凉亭的高大古松而得名，是龙井市重点文物保护单位。同时，琵岩山也是抗日战争时期当地仁人志士和爱国青年进行抗日宣传的重要场所，保存着反日斗争活动的遗址。姜敬爱文学碑选建于此，可谓是实至名归，与其进步的思想倾向和文学精神一脉相承。

姜敬爱文学碑就竖立在前往"一松亭"的半山腰的一处高地，旁边修建了较为宽敞的柏油路，道路两旁是茂密的松林，很像是作家魂牵梦绕的故乡的松林。从文学碑远眺山下，缓慢流淌的海兰江和小城龙井的市区全貌便映入眼帘。目睹此景，不免令人联想起姜敬爱在此地所过的十余年生活，仿佛看见了作家顶着洗衣盆去海兰江漂洗衣服的情景。我想，姜敬爱在天之灵，对后继者煞费苦心地将文学碑建在这里应该感到慰藉吧！

　　1999年8月8日10点30分,姜敬爱文学碑揭碑仪式正式举行。金载权社长主持仪式,延边大学副校长金柄珉教授揭碑,金允植教授等各方代表一一祝词、献花。参加揭碑式的包括中、韩、日三个国家的代表,规模较大。其中,中方代表有延边大学朝文系(现整合为朝汉文学院)的学者、延吉和龙井的文学家与文化人士;韩国方面参加者为"韩国文学评论家协会"的金允植教授、洪基三教授、金钟会教授以及姜敬爱文学研究者李相琼教授、崔慧实教授和许亭子教授等;日本方面参加者为"千年纪文学会"的会员们。值得说明的是,包括上述韩国专家和学者在内的韩国多名文学与文化人士为姜敬爱文学碑的建立提供了大量的资金资助,因此可以说,"女作家姜敬爱文学碑"的建立凝结了中韩文学家、姜敬爱文学研究者及其他文化人士的共同心血和汗水,是彪炳千秋的一件大事! 仪式结束后,在延边大学举行了"姜敬爱文学研讨会"。

　　姜敬爱文学碑的建立具有什么意义呢?

　　首先,进一步扩大了姜敬爱及其文学在国内外的影响。姜敬爱尽管以其鲜明的民众观和现实主义文学创作确立了自己在20世纪30年代朝鲜文坛的作家地位,但是由于她一直低调地生活在异国小城龙井,远离以汉城为中心的朝鲜文坛,因此在她生前及以后的很长一段时期,她都处于文学史和文学研究的边缘地带,甚至朝鲜国内很多文学家和读者对她都不是很了解。20世纪80年代以后,随着韩国社会的变化和女性意识的发展,姜敬爱及其文学开始受到重视和重新评价。20世纪90年代以后,她更是韩国各大高校硕博士论文中被研究和评价最多的韩国女作家。而在中国,对她的了解仅限于延边文学界和朝鲜语学界,大多数读者对她是陌生的。在中国吉林省延边朝鲜族自治州边境城市龙井的游览胜地琵岩山上建立姜敬爱文学碑,犹如一石激起千层浪,势必扩大姜敬爱及其文学在中国的广泛传播与影响。

　　其次,有力地推动了中国和韩国女性文学的发展和研究高潮的到来。在姜敬爱文学创作的精神家园中国龙井建立姜敬爱文学碑的喜讯,在韩国女性文学界和女性文学研究者中着实引发了不小的影响,令人鼓舞和振奋。她们纷纷慷慨解囊,表达自己对树碑的大力支持。同时,彼此之间的通信、交流和相互鼓励,强化了建立韩国女性文学传统的信心,对女性文学的发展及其研究高潮的到来起到了推波助澜的作用。对中国学界而言,无疑扩大了对姜敬爱及其创作的研究。

再次,生动地传达了东亚各国人民热爱文学热爱和平的共同心声。有着密切地缘关系的东亚国家,意识形态存在着差异,可是为了姜敬爱文学碑的建立,却能够求同存异,积极地走到一起,相互探讨,共同交流,互通友好。同样,还有一件事实是,最早在龙井智新乡明东村(姜敬爱小说《烦恼》以此地为背景)发现另一处名胜古迹——中国朝鲜族爱国诗人尹东柱墓的人是日本早稻田大学的大村益夫教授。这就充分地证明了一个道理:文学是不朽的,是感情和联系的纽带,世界人民永远都是爱好文学、爱好和平的!

图8　女作家姜敬爱文学碑,位于琵岩山山腰处,由此可俯瞰龙井城和海兰江

# 附录三 《姜敬爱全集》的两个版本

李相琼教授的《姜敬爱全集》是目前所能见到的有关姜敬爱文学创作最全面、最完整的资料,在姜敬爱文学研究中起着夯实基础的作用。《姜敬爱全集》第 1 版和第 2 版分别于 1999 年 4 月 20 日和 2002 年 5 月 10 日出版,厚达七八百页的鸿篇巨卷,发行时间间隔仅为 3 年零 20 天,可见其在读者中的广泛受欢迎度。作者在 2002 年版"再版序"中这样说:

> 1999 年 4 月出版的《姜敬爱全集》,在韩国文学研究者和作家中反映良好,承蒙这一好意,我于今年去了姜敬爱作品的主要诞生地中国延边龙井市,在鸟瞰海兰江的琵岩山山腰处也树立起了姜敬爱文学碑,作为编者,我非常高兴!
>
> 在本次再版中,初版中不足的部分得到一些完善,纠正了几处排错的地方,并且补录了稍晚搜集到的诗歌《熨斗里的炭火》和《野草莓》。并且,为帮助读者的理解,补充了书前的插图资料,添加概括地介绍作家姜敬爱生活与文学的文字说明。①

正如作者所言,两版的主体构架基本相同,依次包括插图、序、凡

---

① 〔韩〕李相琼:《姜敬爱全集》,首尔:昭明出版社,2002 年,第 6 页。

例、目录、第 1 部长篇小说、第 2 部中短篇小说、第 3 部评论·随笔·诗、附录等。但是相比第 1 版,第 2 版在插图、诗歌、附录部分里增加了一些内容。

首先,在第一版插图基础上又增加了 10 幅插图,顺序依次为:

1. 姜敬爱故乡黄海道长渊郡周边地图。姜敬爱在此长大,去世后又被埋葬于此;

2. 姜敬爱丈夫张河一担任教师的 20 世纪 30 年代龙井东兴中学当时的样子。结婚后移居龙井的姜敬爱夫妇住在东兴中学校内住宅里,现在学校名称改为龙井中学,建筑也是新盖的大楼,只有一棵大树还保留着当时的原样;

3. 东兴中学住宅楼原址后面就是流淌着的海兰江;

4. 过去东兴中学住宅楼处保留下来的茅草屋;

5. 日帝时代仁川港码头装卸的场面。《人间问题》中阿大和信哲也是这样做过仁川港的装卸工;

6. 朝鲜、韩国出版的姜敬爱作品集,包括《现代朝鲜文学选集》(小说卷,资料来源于东京外国语大学图书馆藏书)、现代朝鲜文学选集《人间问题》、姜敬爱长篇小说《人间问题》;

7. 1999 年 4 月昭明出版社发行的《姜敬爱全集》;

8. 1999 年 8 月 8 日中国龙井市琵岩山山腰处树立的"女作家姜敬爱文学碑",背面写着姜敬爱的履历和所取得的成就,侧面刻着姜敬爱《人间问题》的卷首语:"人类社会总是产生新的问题,人类正是在为解决这些问题的斗争中发展的";

9. 从中国龙井市琵岩山山腰姜敬爱文学碑处鸟瞰龙井市景和海兰江;

10.《现代朝鲜文学选集》(朝鲜作家同盟出版社,1959 年)中刊登的姜敬爱肖像素描。

其次,诗歌部分增加了 2 首诗:《熨斗里的炭火》和《野草莓》。

再次,附录部分增加了 2 篇文字,一是作品分析:姜敬爱的时代与文学;二是词语解释。

图 9　2017 年 2 月 15 日,作者与韩国姜敬爱研究专家李相琼教授就姜敬爱在中国东北龙井地区生活与创作时的几个细节问题进行交流

# 参考文献①

## 一、国内文献资料

1. 胡经之主编：《西方文艺理论名著教程》（上），北京：北京大学出版社，1988 年。

2. 崔一：《韩国现代文学中的"中国形象"研究》，延边大学 2005年博士学位论文。

3. 崔一：《殖民地语境下韩国现代作家的"东北"形象》，《东疆学刊》，2006，（3）。

4. 崔一：《中国体验与韩国普罗文学——以崔曙海、安寿吉和姜敬爱为中心》，《朝鲜韩国语言文学研究》，延吉：延边大学出版社，2007 年。

5. 蔡美花：《论朝鲜美学论的形成及其特色》，《延边大学学报》（哲社版），2008，（6）。

6. 王晓玲：《韩国"恨"文化的传承与变化——一项对韩国高中文学教科书的分析研究》，《当代韩国》，2010，（3）。

7. 全金姬：《论朝鲜半岛政治文化形成中的大国因素》，《辽宁大学学报》（哲社版），2016，（6）。

---

① 在此列入的参考文献不包括正文脚注中所引的文献。

# 二、国外文献资料

1.〔韩〕金正花:《姜敬爱研究》,首尔:梵学社,2000 年。

2.〔韩〕蔡埙:《日帝强占期在满韩国文学研究》,首尔:深泉,1990 年。

3.〔韩〕郑美淑:《被借用的男性视角和女性发现的界限——姜敬爱短篇小说的视角》,《文昌语文论集》,1999 年。

4.〔韩〕郑美玉:《姜敬爱〈人间问题〉近代性经验阅读——女性劳动问题》,《文艺美学》11,2005 年。

5.〔韩〕许正子:《体验的小说化——姜敬爱的创作特点》,《女性文学研究》13,2005 年。

6.〔韩〕李相琼:《1930 年代后半期女性文学史的再构成:以姜敬爱的〈黑暗〉为中心》,《女性主义研究》,2005 年。

7.〔韩〕林善爱:《姜敬爱小说,超越制度的方式:以〈母与女〉为中心》,《文艺美学》11,2005 年。

# 后　记

　　鉴于国内有关姜敬爱研究资料的不足,笔者大量参阅了韩国和朝鲜方面研究者的研究成果,在此向他们表达诚挚的谢意! 其中,由衷地表示感谢的是韩国姜敬爱研究著名专家和学者、前辈李相琼教授! 她在 20 世纪 90 年代末出版的《姜敬爱全集》,不仅为国内外学界姜敬爱研究者广为参考和借鉴,更是笔者进行姜敬爱研究的基础性资料蓝本。正是因为有了它,笔者才省去了很多繁琐而必须要做的基础性工作,譬如对姜敬爱生平与创作活动的整体把握,对姜敬爱小说、诗歌、随笔和评论的归纳统计等等。同时,笔者依据这一厚重的资料,11 年前才得以完成博士论文《姜敬爱与萧红小说创作之比较研究》①,并出版了专著,从而为后来进一步申报并完成国家社会科学基金项目《姜敬爱在中国东北时期小说创作研究》(13BWW028)奠定了坚实的基础和铺垫。因此,客观而公正地说,《姜敬爱全集》在我研究姜敬爱及其文学创作的过程中所起的作用是巨大的,特别是在中国国内姜敬爱研究资料比较匮乏的今天,它的价值就更显得尤为重要。

　　基于此,在 2017 年 2 月 15 日,笔者专程前往韩国大田市拜会了现就职于韩国科学技术院(KAIST)人文社会科学部的李相琼教授。时值中国年节正月十五刚过,地处东北的延吉和龙井还是春寒料峭之时,可

---

①刘艳萍:《姜敬爱与萧红小说创作之比较研究》,延吉:延边大学出版社,2010 年。

是韩国的春天似乎早早到来,暖意融融。一路上,我在脑海中不断地勾勒李教授的模样,作为姜敬爱研究专家和著名学者,想必她的言语姿态应该是矜持严肃、中规中矩吧!然而,出乎我的想象之外,出现在眼前的李教授竟是如此谦和平易、热情可亲,瞬间打消了我的些许疑虑,也安抚了我的紧张心理,我们随即顺畅地交流起来。我就研究中遇到的一些疑惑和问题,诸如姜敬爱第一次来中国东北的准确时间、姜敬爱与丈夫张河一的家庭关系和她在家庭中的角色与地位、姜敬爱与"北乡会"的关系和小说发表地的选择、如何评价姜敬爱在文学史上的地位和价值、姜敬爱文学创作的风格等请教于她。李教授耐心地、一一地加以解答,明确阐明自己的立场和观点,肯定地认为姜敬爱第一次来中国东北的时间是 1931 年 6 月;姜敬爱与丈夫的家庭关系最初虽然存在着一些波折,但是基本上属于志同道合的夫妻和革命伴侣;姜敬爱非常关心"北乡会"的成长,支持刊物《北乡》的创办,但是因为身体原因不能时时参加其活动,是非常遗憾的事情;姜敬爱文学创作的风格可以用"平易"来概括;韩国现当代文学史虽然确立了姜敬爱的文学地位,可是对其创作的价值和意义的挖掘还远远不够。

　　接着,李相琼教授询问笔者,中国读者知道姜敬爱吗?当得知姜敬爱只在中国"朝鲜—韩国学"学界存在一定的了解和影响时,她不免眉头紧锁,感到深深的忧虑,一再强调说应该扩大姜敬爱在中国的传播和影响,特别是对中国汉文读者的影响。当听说笔者拟在将来出版《姜敬爱中短篇小说选集》的计划时,她顿时高兴起来,积极建议我申报韩国中央研究院翻译项目,争取经费尽快出版。及至后来,她又先后两次提及此事,可见,她对中国读者了解并阅读姜敬爱及其创作之事是萦绕于心、挥之不去的,这是她的心愿,也是她的期盼!我也在心里暗下决心,争取早日实现我的也是她的这一宿愿。时间不知不觉过去了 3 个多小时,我为打搅她如此之长的时间而感到不安,她却毫无厌倦之态,仍然兴致勃勃地侃侃而谈。最后,我们在她的研究室里合影留念。临别之时,她不仅邀请我与之共进午餐,还毫无保留地赠送了我许多有关姜敬爱研究的珍贵资料:《姜敬爱全集》(2002 年版),《2005 年 3 月的文学人物姜敬爱》(内刊),《北乡》第 1期第 2 号、第 2 期第 3 号的影印本复印件,《林纯得,面向有尊严的女性主体》以及关于姜敬爱文学碑建立始末的文章与信件等,并一再询问我还需要什么资料。她的亲和、慷慨和无私令我感激不尽!这些资料,无疑将进一步丰富并完善我的研究课题的内涵和质量。总之,这次相见,李相琼教授给我留下了深刻的难以忘怀的印象,可谓是良师益友!

值得说明的是,李相琼教授真是一位一丝不苟的严谨的学者,在此次会面后快过两月的时候,她发来一封信函。在信中,她修正了自己最初的观点,即认为姜敬爱第一次来中国的时间应该是 1926 年,而不是 1931 年。其实,这是一个小问题,只是因为当时时间有限,我的贸然提问可能令她措手不及吧,因而未加仔细考虑便回答了。待我离开后,她一直在查阅相关资料,反复考证,最终确定是在 1926年,而 1931 年 6 月是姜敬爱第一次来龙井的时间。从她及时通过书信进行解释和说明上看,她的治学态度是严谨务实的,容不得丝毫差错。

我之所以顺利地实现拜访李相琼教授的愿望,还应得益于李教授的爱人、韩国圆光大学校人文大学国语国文科的金在湧教授及其博士生、中国江苏省盐城师范学院外国语学院韩国语系的朴丽花老师。金在湧教授的主要研究领域是中日韩文学比较研究,因此对我的研究也比较感兴趣,在他的积极斡旋下才促成了这次会面。朴丽花老师曾在延边大学汉语言文化学院汉语言专业攻读本科,我与她昔日是师生关系,毕业后,她去韩国攻读了硕士和博士学位,其博士生导师恰是金在湧教授。我与朴丽花多年未见,2016 年在苏州参加一次学术会议时意外相逢,甚是欢喜,闲谈中问及我的研究课题后,她竟然告诉我自己韩国导师的爱人就是研究姜敬爱的专家李相琼教授。真是无巧不成书！我一直苦于没有机会结识李相琼教授，因为我从她的研究和著作中获益颇多，没想到机会就近在眼前，于是在朴丽花老师的联系下，这次拜访顺利成行。在此，我向金在湧教授和朴丽花老师的热情及所付出的努力表达诚挚的感谢！

此外，曾在韩国首尔孔子学院工作的安英姬教授和在韩的金成泽、金赫、陈龙镇等学生们也为此次出行提供了极大的便利。同时，该书在撰写过程中也得到延边大学退休教师、著名翻译家朱霞教授以及何方老师等人的大力帮助。在此，一并向他们表示深深的谢意！